Cold-Hearted Rake
by Lisa Kleypas

アテナに愛の誓いを

リサ・クレイパス
桐谷美由記[訳]

ライムブックス

アテナに愛の誓いを

主要登場人物

ケイトリン・レイヴネル……………トレニア伯爵未亡人
デヴォン・レイヴネル……………トレニア伯爵
ウエストン（ウエスト）・レイヴネル ……デヴォンの弟
テオ・レイヴネル……………前トレニア伯爵。ケイトリンの亡夫。デヴォンのいとこ
ヘレン・レイヴネル……………テオの妹。三姉妹の長女
カサンドラ・レイヴネル……………テオの妹。パンドラと双子
パンドラ・レイヴネル……………テオの妹
リース・ウインターボーン……………デヴォンの友人。百貨店経営者

1

一八七五年八月
イングランド　ハンプシャー

「ぼくの人生はもう終わったも同然だ」デヴォン・レイヴネルは不機嫌に吐き捨てた。「まったく忌々しいにもほどがある。そもそも、あのいけ好かないいとこが馬から落ちなければ、こんなことにはならなかったんだ」

「正確に言うと、ちょっと違うな」弟のウエストンが口をはさむ。「テオはただ落ちたんじゃない。振り落とされたんだよ」

「あいつは心底鼻持ちならないやつだった。馬もばかじゃない。そんなテオの性格をちゃんと見抜いていたのさ」デヴォンはいらいらと応接間を歩きまわった。「テオが今もまだぴんぴんしていたら、ぼくがあの男の首の骨をへし折ってやりたいくらいだ」

初めは兄の憤慨ぶりを面白がって見ていたウエストンも、さすがに少々うんざりしてきた。「さっきから文句ばかり言っているが、何がそんなに気に入らないんだ？　伯爵の地位を継げば、このハンプシャーの領地だけでなく、ノーフォークの土地も、ロンドンの屋敷も、丸ごと相続できる――」

「不動産など欲しくもない。ウエスト、ぼくは限嗣《げんし》相続制（親族内で定めた継承順位に従い、ひとりの後継者に爵位、土地、屋敷、財産すべてを相続させる制度。対象者は男性だけで、女性は相続できない）の犠牲者だ」

「そこまで言うなら、いっそのこと全部売り払ってしまえばいい」

「なるほど。そいつは名案だ」デヴォンは部屋の隅に生えたかびを不快げに見つめた。「それにしても、ひどいぼろ屋敷だな。とてもじゃないが住めたものではない」

ふたりがエヴァースビー・プライオリーに来たのは今日が初めてだ。ここはその昔、レイヴネル一族の先祖が修道院跡に建てた屋敷だった。今のところはまだ邸内の玄関広間と応接間しか見ていないが、室内の絨毯《じゅうたん》はすり切れ、家具はどれもこれもくたびれた代物ばかりで、おまけに漆喰《しっくい》の壁は黒ずみ、ひび割れている。おそらくほかの部屋の状態も似たり寄ったりだろう。

「たしかに修理しなければ住めないな」ウエストンがうなずく。

「こんな廃墟《はいきょ》は取り壊したほうがいい」

「そこまでしなくても――うわっ」いきなり片足が絨毯にめりこみ、ウエストンは素っ頓狂な声をあげた。あわてて飛びのき、丸いくぼみに目を向ける。「いったいこれは……？」

デヴォンはかがんで絨毯をめくりあげた。床にぽっかり穴が開いていた。彼はため息まじりに首を横に振ると、ひし形の窓に向かって歩いていった。鉛の窓枠もすっかりさびついている。

「どうして直さないんだ？」ウエストンがあきれた声を出す。

「金がないからだよ」

「まさか。二万エーカー近くもある広大な領地内には、小作人が何百人も住んでいるんだろう？　だったら、かなりの収入を得られる——」

「農業は金にならない」

「ハンプシャーでもそうなのか？」

デヴォンは弟に鋭い視線を投げつけ、それから窓の外に目をやった。「ああ、ここも同じだ」

ハンプシャーは自然に恵まれた牧歌的な土地だ。豊かな森と石灰質の肥沃な大地に、青々とした生け垣に囲まれた藁《わら》ぶき屋根の家並み。だが、こののどかな田舎から遠く離れた地域では、鉄道網が整備され、次から次へと工場が建ちはじめていた。今、世の中は新興産業家たちが急速に勢力を拡大し、貴族社会の伝統や権限を脅かしつつある。こういう時代に爵位を受け継ぐことになったのは、まったく不運としか言いようがない。

「なぜそう言いきれる？」ウエストンが突っかかってきた。

「穀物価格の下落が止まらないんだ。ウエスト、誰もが知っていることだぞ。おまえは新聞を読まないのか？　いや、きくまでもないな。それでも、この話題は紳士クラブやパブで耳にしているはずだが？」

「あいにく農業の話題には興味がないんでね」ウエストンがむっつりと言い返す。彼は布張りの長椅子にだらしなく座りこみ、こめかみをもみながら口を開いた。「デヴォン、ぼくに当たるのはやめてくれ。無駄なエネルギーを使うなよ。ぼくたちは気楽に生きていくんだろう？」

「ああ、そのつもりだったさ。しかし、テオが死んだせいで状況が変わってしまった。最悪の気分だ。貧乏生活を送らなければならなくなったんだからな」デヴォンは窓ガラスに額を押し当て、重い口調で言葉を継いだ。「ぼくは自由気ままな生活が気に入っていた。仕事をする必要もなかったし。それなのに、今のぼくの肩には〝責任〟の二文字がずっしりとのしかかっているんだ！」憤懣《ふんまん》やるかたないといった口調で吐き捨てる。

「別に、これまでどおり気ままに暮らせばいいじゃないか。責任を逃れる方法をふたりで考えよう」ウエストンは上着のポケットから純銀のスキットルを取りだし、蓋を開けてひと口喉に流しこんだ。

デヴォンは弟に向き直り、眉をつりあげた。「まだ少し早いんじゃないか？　こんな時間から飲みはじめたら、昼までにはできあがってしまうぞ」

「これくらいで酔っ払ったりしないよ」ウエストンはまたスキットルを口に運んだ。

まったく困った弟だ。自堕落な生活を送ってきたつけが、今やはっきり体に現れている。今、ウエストンは二四歳。本人は隠したがるが、実は非常に頭が切れ、そのうえ長身で端整な顔立ちをしている。ところがこの一年で、大酒飲み特有の赤ら顔になり、首や腰まわりにも肉がついてきた。せっかくの美男子も、これでは台なしだ。とはいえ、飲みすぎるなと注意したところで、弟は聞く耳を持たないだろう。

ウエストンはスキットルを上着のポケットに戻した。両手の指先を合わせて尖塔《せんとう》を作り、兄に視線を向ける。「いい考えを思いついた。兄さん、財産をたんまり持った女性を見つけて結婚しろよ。そして、さっさと跡継ぎを作ればいいんだ。そうしたら問題はすべて解決する」

デヴォンの顔がみるみるうちに青ざめていく。「冗談じゃないぞ。結婚など一生する気はない。それはおまえも知っているだろう」父は子どもに無関心な冷たい男だった。母とも不仲で、ほとんど家にいたためしがない。そういう冷えきった家庭で育てば、結婚を避けたくなるのも当然というわけだ。「だから、ぼくが死んだら、おまえが爵位を継ぐことになる」

「ぼくが兄さんより長生きすると思うかい？　不摂生ばかりしているのに」

「それはこっちも同じだ」

「まあね。でも、断然ぼくのほうが不摂生に励んでいる」

これにはデヴォンも思わず笑ってしまった。

レイヴネル一族の先祖は、八〇〇年ほど前までさかのぼることができる。ときはノルマンディー公ウィリアムが、イングランドを征服して建てたノルマン朝の時代だ。レイヴネル家の男たちには脈々と熱い血が受け継がれ、そろいもそろって無類の戦闘好きで気性が荒かった。そういった性格が災いして、跡継ぎを残さずに死んでしまった者も多い。

その結果がこれだ。現在、一族の男はデヴォンとウエストンしかいない。

ふたりは良家の生まれで、何不自由なく育ってきた。しかし貴族階級には属していないため、デヴォンはこの社会の複雑な規則やしきたりについてほとんど何も知らない。彼がはっきりわかっているのは、エヴァースビーの領地は金のなる木ではないということだけだ。領地を維持する収入が得られないのは、もはや一ミリも疑う余地はない。デヴォンは自分の金を注ぎこんでまで、レイヴネル家の先祖代々の土地を守る気はさらさらなかった。そんなまねをしたら、彼だけでなくウエストンも破滅だ。

「決めたよ。継承権は放棄する」デヴォンは言った。「どうせぼくたちがろくでなし兄弟なのは周知の事実だろう？　爵位継承者がいなくなったところで、誰も気にも留めないさ」

「それはどうかな。使用人や借地人にとっては一大事だ。兄さんが爵位を継がなければ、住むところも収入も失うかもしれないんだからね」ウエストンがにべもなく返す。

「そのときは、野垂れ死にでもなんでも好きにすればいい。ウエスト、聞いてくれ。考えがあるんだ。まず、テオの未亡人と妹たちをこの屋敷から追いだす。厄介者はすばやく排除するに限る」

「兄さん、それはまずいよ――」弟があわてた声をあげる。

「次に限嗣相続を解除する方法を見つけて、ここを売り払う。それが無理なら、自分で何もかも粉々に破壊してやる――」

「デヴォン」ウエストンはドアのほうを指さした。応接間の入り口に、黒いドレスに身を包んだほっそりとした小柄な女性が立っている。

テオの未亡人――レディ・トレニア。

彼女は、グレンギャリフに種馬農場を所有するアイルランド貴族、カーベリー卿の娘だ。テオとの結婚生活は、わずか三日で突然終止符が打たれた。これを悲劇と呼ばずしてなんと呼ぶのか。本来なら幸せの絶頂にいるはずなのに。やはり彼女に悔やみ状を送っておくべきだったのかもしれない。だがテオには嫌悪しか感じず、なかなか哀悼の意を表する気になれないまま、ずるずると今日にいたってしまった。

いとこは実に恵まれた人生を送った。金も権力もあり、しかも美男子。ただし性格にきわめて難があり、テオほど独善的で傲慢な男にはそうそうお目にかかれないだろう。侮辱や挑発はテオの得意技だった。そういう行為を無視できない質《たち》のデヴォンとは当然犬猿の仲で、ふたりが顔を合わせると必ず取っ組みあいのけんかになったものだ。実際、いい思い出はひとつもない。だから、あいつにもう会えないのかと思うと寂しいと言ったら、それは真っ赤な嘘になる。

けれどもその一方で、レディ・トレニアは……夫の死を悼んでいる。それでも、彼女はまだ若いし子どももいない。それに寡婦《かふ》給付金（夫の財産から一定金額を年金として受け取ることができる制度）も支給される。あとは本人の気持ち次第だが、ひとたびその気になれば、再婚相手はすぐ見つかるだろう。どうやら噂では、かなりの美人でもあるらしい。ただ残念ながら、黒いヴェールで顔が隠れているので、本当のところはどうなのかわからない。今はっきり言えるのは、会話を立ち聞きしていた彼女に、卑劣な男だと思われているに違いないということだけだ。

それがどうした？　どう思われようとかまうものか。

デヴォンとウエストンはお辞儀をした。相手はおざなりなお辞儀を返してきた。

「ようこそいらっしゃいました、閣下。そしてミスター・レイヴネル。家財目録はできるだけ早くお渡しします。そのほうが、あなたたちも略奪したいものを決めやすいでしょうから」品のある声だ。だが、いかにも上流階級出身といった気取った口調には、とげがたっぷり含まれている。

デヴォンは室内に入ってきたレディ・トレニアをじっくり眺めた。喪服に包まれた体はほっそりを通り越して、むしろ細すぎるくらいだ。とはいえ、はかなげな姿とは裏腹に、足取りはしっかりしている。そのアンバランスさが、なぜか妙に魅力的だった。

「お悔やみを申しあげます。おつらいでしょうが、お気を落とされませんように」デヴォンは言った。

「爵位ご継承、おめでとうございます」

彼は顔をしかめた。「はっきり言って、伯爵の称号など欲しくもなかったですよ」

「これは本当の話です」ウエストンが口をはさむ。「ロンドンからここへ来るまでのあいだ、ずっと兄は文句を言っていました。いやあ、まいりましたよ。それを聞いていたぼくは、たまったもんじゃなかった」

デヴォンは弟をにらみつけた。

「わたしの代わりに、執事のシムズが敷地内をご案内します」レディ・トレニアはウエストンの言葉には取りあわず、デヴォンに目を向けた。「先ほどあなたがおっしゃったように、わたしは厄介者ですので、部屋に戻って荷造りをはじめますわ」

「レディ・トレニア」デヴォンはぶっきらぼうな口調で言った。「われわれは相当悪い印象を与えてしまったようですね。あなたに不快な思いをさせたのなら謝ります」

「いいえ、閣下、謝らなくても結構です。あなたに厄介者だと思われているのはわかっていましたので」デヴォンが口を開きかけたそのとき、彼女がふたたび話しだした。「エヴァースビー・プライオリーには何日滞在するご予定でしょう？」

「二日間の予定です。できれば今夜、夕食のときにあなたとふたりで話をしたい――」

「申し訳ないのですが、夕食はご一緒できません。わたしも義理の妹たちも深い悲しみに打ちひしがれております。ですから、食事は別々にとらせてください」

「レディ・トレニア――」

デヴォンを完全に無視して、彼女は電光石火の速さできびすを返し、応接間から出ていった。なんと、お辞儀もせずに。

開け放たれたままのドアの向こうを呆然《ぼうぜん》と見ているうちに、ふつふつと怒りがこみあげてきた。女性に鼻の先であしらわれたことは、今までただの一度もない。いったいなんだって、こちらが悪者扱いされなければいけないのだ？　そもそも、こういう事態を招いたのは彼女の夫だろう。テオが落馬して死ななければ、みんな幸せだったのだ。

「見たか、ウエスト？　無礼にもほどがある。なぜあんな態度が取れるんだ？」デヴォンは声を荒らげた。

ウエストンが口元をゆがめる。「自分の胸に手を当てて、よく考えてみろよ。彼女を追いだして、この家を粉々に破壊してやると言ったのはどこの誰だったかな？」

「ちゃんと謝ったぞ！」

「兄さん、わかってないな。自分から謝ったらだめだよ。男が先に非を認めたら、女性というのはなおさら逆上するものなんだ」

このまま黙って引きさがるつもりはない。デヴォンは心の中で息巻いた。未亡人であろうとなかろうと、そんなもの知ったことか。男をばかにしたらどうなるか思い知らせてやる。

「彼女と話をつけてくる」デヴォンはむっつりと言った。

ウエストンが長椅子に長々と横たわり、頭の下にクッションを差し入れた。「話がついたら起こしてくれ」

寝る体勢を整えた弟を応接間に残し、デヴォンは大股でレディ・トレニアのあとを追った。彼女はドレスの裾をはためかせて、廊下の突き当たりを曲がろうとしている。なんて足が速いんだ。全速力で逃げる海賊船並みにすばしこい。

「待ってくれ」語気も荒く声を張りあげる。「きみが耳にした話を真に受けないでほしい。本気で言ったわけじゃないんだ」

「嘘をついても無駄よ」レディ・トレニアがぴたりと足を止めて振り向いた。彼女も負けじと声を張りあげる。「あなたは先祖代々のこの屋敷を、本気で取り壊す気でいる。それも自分勝手な理由で」

デヴォンは彼女の前まで行って立ち止まった。両のこぶしをきつく握りしめ、冷ややかに言い返す。「では、正直に言おう。ぼくのロンドンの家には使用人がふたりしかいない。所有している馬も一頭だけだ。それが突然、伯爵家の広大な領地を管理しなければならなくなった。よりにもよって、経営難というありがたくないおまけ付きのね。しかも、小作人が二〇〇人以上もいる。こういう状況だ、目先だけでなく将来も見据え、今何をするのが一番いいのか、さまざまな角度から検討するのは当然だろう。管理業務は同情だけではできないんだ」

「まったく見さげ果てた人ね。どんな問題に直面していようと、どんな困難が待ち受けていようと、あなたのような立場の人は普通、自分のことよりもまず他人のことを考えるものよ」

レディ・トレニアは威勢のいい捨てぜりふを放つと、くるりと向きを変えてふたたび歩きはじめた。ところがアーチ形の壁龕《ニッチ》（像や花瓶などを置く壁のくぼみ）の横で、ふいに彼女の足が止まった。デヴォンはこの瞬間を逃さなかった。ニッチの両脇の壁に手をつき、わざとレディ・トレニアを腕の中に閉じこめる。彼女が息をのんだ。いいぞ、これは動揺している証拠だ。してやったりという満足感が腹の底からわきあがってくる。

「どいて」

彼は素知らぬ顔で、そこから一歩も動かなかった。「その前に名前を教えてくれるかな」

「いやよ。口が裂けても教えるものですか」

いらだたしげに、デヴォンは喪服姿の小柄な女性を見おろした。「敵対するより協力しあおう。そのほうが得るものが多い」

「口から出まかせを言わないで。わたしは夫も、この屋敷も失ったのよ。得るものなどひとつもないわ」

「そんなことはない。ぼくを敵だと決めつけなければ、きっときみにも得るものがある」

「あなたは今日初めて会う前から敵だったわ」

ふと気づくと、デヴォンはヴェールの奥を透かし見ようと目を凝らしていた。

「なぜ黒い布切れをかぶっているんだ？　それでは顔が見えないだろう」もどかしさのあまり、口調が鋭くなる。「なんだかランプシェードと話をしている気分になってきた」

「これは哀悼《モーニング》のヴェールというのよ。訪問客に会うときは、このヴェールで顔を覆わなければいけないの」

「ぼくは客じゃない。きみの親戚だ」

「でも、わたしたちは一滴も血がつながっていないわ。わたしがあなたのいとこと結婚したから、親戚になっただけだもの」

レディ・トレニアをじっと見つめているうちに、デヴォンのいらだちも静まってきた。彼女はとてもか弱そうで、まるで罠にかかった小鳥みたいだ。彼は声をやわらげた。

「何もそこまでかたくなにしきたりを守らなくてもいいじゃないか。今、きみは泣いていないだろう？　だったら、そんなヴェールは外してしまえよ。もしテオを思いだして泣きだしそうになったら、またつけ直せばいいさ。そのときは、ぼくのほうもきみにヴェールをつけていてもらいたい。女性の涙は見たくないからね」

「あら、驚いた。あなたにも意外とやさしいところがあるのね」レディ・トレニアの口調には、あからさまな皮肉がこめられている。

突然、長年封印していた遠い記憶がよみがえってきた。母の衣装部屋に通じる閉じられたドアが目に浮かぶ。そして、そのドアの前に不安げに座っている、五歳か六歳だった頃の自分の姿も。母がドアの向こうで泣いている。またひとつ情事が終わったのだ。しかし、まだ幼かったデヴォンは途方に暮れるばかりで、なぜ母が悲しんでいるのかわからなかった。絶世の美女と評判だった母親。恋多き女性。そして精神的に不安定だった女性。気分がころころ変わる妻に愛想を尽かした父は、めったに家に寄りつかなくなっていた。母のすすり泣きがやまない。デヴォンは胸が張り裂けそうになりながら、〝どうして泣いてるの？　お願いだからここを開けて〟と声をかけつづけた。

〝デヴォン、あなたはやさしい子ね〟ようやく母が涙声で話しかけてきた。〝でも、どんなにやさしい男の子でも、大人になると変わってしまうの。平気で女性の心を傷つける、身勝手で冷酷な人になってしまうのよ。それはなぜかというとね、男の人はそういうふうにできているからなの〟

〝お母様、ぼくは違うよ〟デヴォンは必死になって訴えた。〝そんな大人になんかならない。ぼく、約束する〟

母が小さく笑った。〝ああ、デヴォン、なんてかわいらしいのかしら。だけど、あなたも大きくなったら、わたしの言ったとおりだったとわかるわ〟

そう、母は正しかった。今やデヴォンも、罪悪感のかけらもなく女性を捨てるろくでなしだと世間に思われている。それでも、ひとこと言わせてもらえば、いつも相手には結婚する気はないとはっきり伝えていた。たとえ本気で夢中になっても、将来を約束するつもりはない。その理由は単純明快。約束は必ずしも絶対的なものではないからだ。人の心は移ろいやすい。愛が憎しみに変わることはよくある。そんな修羅場を幾度となく見てきたからこそ、軽々しく約束はできない。

デヴォンは目の前にいる女性に視線を戻した。「いや、ぼくはやさしい男ではないよ。女性は涙を武器にするだろう？　そのあざとさが苦手なんだ。それに泣き顔は美しくない」

「あなたほど下劣な男性は、この世にいないでしょうね」レディ・トレニアが強い口調で言い返してきた。

デヴォンは心の中でにやりとした。一言一句に力をこめて話す彼女が、おかしくてたまらなかったのだ。「それではきくが、今まできみが会った男は何人いるのかな？」

「見た瞬間に、この男性は人でなしだとわかるくらいは会っているわね」

「そうか。だが、こんなものをかぶっていたらよく見えないんじゃないかな」指先で黒い紗《しゃ》の縁取りに触れる。「きみだって本当は、ヴェールなんてかぶりたくないんだろう?」

「いいえ、その逆よ。ずっとかぶっていたいわ」

「なるほど。泣き顔を見られたくないんだな」デヴォンはつぶやくように言った。

「わたしは泣いたりしない」

彼は一瞬、自分の耳を疑った。「それはつまり、夫が事故で亡くなったときも泣かなかったということか?」

「ええ」

ずいぶんきっぱり言いきったものだ。もともと気丈な女性なのか、それとも強がっているだけなのか……。デヴォンはいきなりヴェールをつかみ、たくしあげていった。

「動かないでくれ。これでようやく互いの顔を見ながら会話ができる。それにしても、このヴェールはいったい何メートルあるんだ? まるで船の帆をかぶっているみたいだな」

手に持ったヴェールをうしろに払いのけると、彼女が小首をかしげてこちらを見あげていた。琥珀《こはく》色の瞳と目が合う。つかのま、呼吸も思考も止まった。けれどもすぐに体がざわめきだし、彼女を抱き寄せたいという衝動に駆られた。

この女性をどう表現したらいいだろう?

デヴォンは無言のまま、レディ・トレニアをじっと見おろした。年齢は思っていたよりも若い。髪は鳶色《とびいろ》。白い肌。高い頬骨。細い顎。きつく引き結ばれた、ふっくらした唇。どこか猫を連想させる気品ある顔立ちは、いわゆる美人ではない。しかしながら、その個性的な美貌は唯一無二の輝きを放っている。

繊細なレースや刺繍《ししゅう》があしらわれた喪服は、ウエストに切り替えが入ったデザインだ。ドレスの上半身は体の線にぴったりと張りつき、スカート部分は張り骨でふくらませてある。肌の露出はきわめて少ない。顔を除けば、立て襟の前部中央に入ったU字形の切れこみから喉元が見えるだけで、両手も黒い手袋でしっかり隠れている。彼女の喉がわずかに動いた。とてもやわらかそうで、思わず唇を押し当てたくなる。

彼女がレディ・トレニアではなくほかの女性だったら、今この場でなんのためらいもなく誘惑するだろう。喉に口づけながら、ドレスをゆっくり脱がせていく。やがて彼女の体が震えはじめ、唇からは甘い声がもれて……。はっとわれに返り、デヴォンの妄想はそこで終わった。きっと自分は間抜け顔をさらして、目の前の女性を見つめていたに違いない。彼は欲望にかすむ頭を必死に働かせ、このばつの悪い状況を取り繕う言葉を探した。

ところが、沈黙を破ったのは彼女のほうだった。「わたしの名前はケイトリンよ」

アイルランド系の名前だ。「なぜ訛《なま》りがないのかな？」

「子どもの頃にイングランドへ引っ越してきたからだと思うわ。わたしの両親の友人、バーウィック卿夫妻がレオミンスターに住んでいるの。わたしは彼らのお宅にお世話になっていたのよ」

「それはまたどうして？」

レディ・トレニアが顔を曇らせた。「わたしの親は家を空けることが多かったの。毎年、アラブ馬の買いつけにエジプトへ行っていたから。一度出かけたら、ふたりは何カ月も帰ってこなかったわ。わたしは……邪魔だったみたい。バーウィック卿夫妻にはお嬢様がふたりいるの。夫妻はわたしを引き取って、自分たちの子どもと一緒に育てると言ってくださった。そういうわけで、わたしは実の親とずっと離れて暮らしていたのよ」

「ご両親は今もアイルランドに住んでいるのかい？」

「母は亡くなったの。でも、父は今も向こうに住んでいるわ」昔を思いだしているのか、彼女は遠い目をしている。「アサドは父からの結婚祝いの贈り物だった」

「アサド？」なんのことかわからず、デヴォンはきき返した。

レディ・トレニアが彼に視線を向けた。顔が青ざめている。

「ああ、そうか。テオを振り落とした馬なんだな」

「アサドは悪くないわ。父が最初の所有者からアサドを買ったとき、あの子はまったく調教されていなかったの」

「そんな馬をなぜきみに贈ったんだ？」

「父はわたしが馬の扱いに慣れているのを知っているからよ。バーウィック卿も馬農場を持っているの。それで、子馬の調教をわたしにもよく手伝わせてくれたのよ」

デヴォンは彼女の細い体を上から下まで眺めおろした。「子馬ではなく小鳥の調教だろう？」

「アラブ馬は繊細なの。だから調教には、腕力よりも思いやりの心と高度な専門知識が必要なのよ」

テオにはそのどちらも欠けていた。それなのに無謀なまねをしたあげく首の骨を折り、命を落としてしまった。なんて愚かな男なのだろう。

「テオはほんの遊びのつもりだったのかな？　それとも、きみにいいところを見せたかったとか？」

一瞬、琥珀色の瞳に苦悩がよぎった気がした。「あの日、夫はひどく腹を立てていたの。わたしの言うことには耳を貸そうともしなかったわ」

これぞまさしくレイヴネル家の血だ。

拒絶されたり、反論されたりすると、テオは必ず激高した。おそらくレディ・トレニアは、彼をうまくなだめられると思ったのだろう。しかし甘かった。レイヴネル家の男は、いったん怒りに火がついたら手がつけられなくなるのだ。デヴォン自身はこの血を受け継いでいないと思っていたのだが、結局彼も例外ではなかった。けれど怒りを爆発させても、すっきりするのはその瞬間だけで、いつも後悔する。

レディ・トレニアはおなかの前で腕を交差させ、黒い手袋をつけた小さな手で肘をつかんでいる。「あの事故のあと、アサドを殺せと言う人もいたわ。でも、あの子は何も悪くないのよ。そんな残酷なことはできない。だいいち、殺すなんて間違っているわ」

「売却は考えたかい？」

「売るつもりもないわ。ありえないけれど、もし仮に売りに出すとしても、しっかり調教してからになるでしょうね」

事故だったとはいえ、夫を殺した馬の世話などできるのだろうか？　そばに行くのもつらいはずだ。もっとも、彼女はまもなくエヴァースビー・プライオリーから出ていく。十中八九、アサドを調教する時間はない。

だが、今この話をするのはよそう。

「屋敷のまわりを見たいな」デヴォンは話題を変えた。「案内してくれるかい？」

不安そうな表情を浮かべて、レディ・トレニアはわずかにあとずさりした。

「では、あなたを案内するよう庭師長に伝えるわ」

「できればきみに案内してもらいたい」わざとそこで言葉を切り、ふたたび続けた。「ぼくが怖くなければね」

彼女が顔をしかめる。「あなたなんて、ちっとも怖くないわ」

「ならば行こうか」

デヴォンが差しだした腕を無視して、レディ・トレニアは警戒するような目で見あげた。

「弟さんも一緒に見てまわるでしょう？」

彼は首を横に振った。「いや、ウエストは睡眠中だ」

「睡眠中って……こんな時間から？　具合でも悪いの？」

「まさか。健康そのものだよ。弟は猫と同じでね。毛づくろいをするとき以外は寝ているんだ」

レディ・トレニアは無表情を装っているつもりらしいが、まだまだ修行が足りない。唇の両端にはかすかな笑みが刻まれている。「じゃあ、行きましょう。案内するわ」さっそうとした足取りで廊下を歩きはじめた彼女のうしろを、デヴォンは意気揚々とついていった。

2

デヴォン・レイヴネルは本当に噂どおりの人物だった。自分勝手な人でなし。無礼きわまりない放蕩者《ほうとうもの》。

そしてハンサム……これを認めるのは癪《しゃく》だけれど。夫のテオもハンサムな人だった。でもいとこ同士のこのふたりは、どちらも美形とはいえ、性質がまったく違う。テオは太陽神アポロンを彷彿《ほうふつ》とさせる、金色の髪をした永遠の美青年。一方のデヴォンは、二八歳という年齢相応の精悍《せいかん》な顔立ちをした大人の男性だ。濃い藍色に縁取られた虹彩《こうさい》が強い光を放つ青い瞳は真冬の荒れた海を思わせ、顎にはわずかに伸びかけたひげが黒く影を落としている。

ふと、レディ・バーウィックの言葉が脳裏に浮かんだ。〝いいこと、ケイトリン、世の中には平気で若い女性の体面を傷つける男性もいるのよ。それをちゃんと覚えておいてね。相手がどんなにすてきに見えても、甘い言葉に惑わされてはだめ。たいていは誘惑しようとしているだけなの。そういう不届き者に話しかけられたら、すぐにその場から逃げだすのよ〟

〝だけど、その人が不届き者かどうかを見抜くにはどうしたらいいの？〟

〝まず、目を見るといいわ。妙にぎらぎらしていたら要注意よ。それと、やたら愛想のいい人も用心したほうがいいわね。この手の危険な男性は、ただそこにいるだけで女性を引きつけるものなの。わたしの母はそれを「オーラ」と呼んでいたわ。ケイトリン、わたしの言っている意味がわかるかしら？〃

〝ええ、なんとなくだけれどわかるわ〃これは嘘。あのときは話を合わせただけで、正直ちんぷんかんぷんだった。

けれど、今ならはっきり理解できる。レディ・バーウィックは、今まさに隣を歩いている男性みたいな人のことを言っていたのだと。だってデヴォン・レイヴネルは、全身から女性を引きつけるオーラを発散させているもの……。

「ここまで見た感想だが――」デヴォンが口を開いた。「この屋敷は残す価値はないな。いっそのこと、この丸太の山に火をつけて、一気に焼き払ってしまったほうがよほど理にかなっている」

ケイトリンは目を丸くした。「冗談でしょう。エヴァースビー・プライオリーは築四〇〇年の歴史を誇る建造物なのよ」

「古ければいいというものでもないだろう。きっと配管も朽ち果てているはずだ」

「あら、配管設備は今も現役よ」ケイトリンは強気を装った。

デヴォンの片方の眉がつりあがる。「ということは、シャワーが使えるのかな？」

一瞬、嘘をつこうか迷ったが、思い直した。「シャワーはないわ」

「では、風呂は？　今夜、ぼくはどんな最新式の浴槽にゆったり脚を伸ばして浸《つ》かれるんだい？　さびついたバケツとか？」

ケイトリンは思わず吹きだしそうになった。あわてて笑いをのみこみ、澄ました顔で言い返す。「持ち運び式のブリキの浴槽よ」

「持ち運び式？　浴室に鋳鉄製の浴槽を置いていないのかい？」

「あいにく浴室はないの。だから、お風呂は着替え室で入ってもらうことになるわね。そこに浴槽を運ぶわ」

「屋敷には水道が引かれていないのか？」

「厨房と廏舎《きゅうしゃ》には水道があるわ」

「一応確認するが、当然屋敷のトイレは水洗なんだろうな？」

無神経な話題を持ちだしたデヴォンに、ケイトリンはたしなめるような視線を投げつけた。

「にらまなくてもいいじゃないか。馬の調教ができるなら、きみは相当肝が据わっているはずだ。だったら、この程度の質問をされたところで、別にどうってことないだろう？　そこでだ、屋敷に水洗のトイレはいくつあるんだ？」

そう言われても、やはり口にしづらい話題もある。ケイトリンは頰を赤く染めながら答えた。「ゼロよ。トイレは屋外にあるの。でも、夜は寝室に便器を置いておくわ」

デヴォンの目が大きく見開かれた。どうやら心底驚いているようだ。

「ゼロ？　かつてはイングランドでも一、二を誇る豪邸だったんだろう？　それなのに、なぜこの屋敷には配管設備が整っていないんだ？」

「夫から聞いた話だけれど、昔は使用人が大勢いたらしいの。だから彼のお父様は、そういうものは必要ないと思っていたみたい」

「つまり、風呂に入るときは使用人たちに階段を何往復もさせて、湯の入った重いバケツを運ばせていたわけだ。いい運動になる仕事を与えられて、彼らも涙が出るほどありがたかったに違いない」

「皮肉はやめて」ケイトリンは辛辣に切り返した。「わたしが決めたわけではないわ」

それきりふたりは黙りこみ、イチイとナシの木が両脇に立ち並ぶカーブした小道を無言で歩きつづけた。デヴォンはずっと険しい顔をしている。

ろくでなし兄弟。テオはデヴォンと彼の弟のことをこう呼んでいた。〝あの兄弟ときたら上流社会には寄りつきもしないで、下等なやつらとばかりつきあっている。いつもイーストエンドの安酒場や娼館《しょうかん》で遊んでいるんだ。あいつらにとって、教育は単なる時間の浪費でしかない。実際、ウエストンはオックスフォード大学を早々にやめてしまったしね。その理由というのが浅はかで、デヴォンがいない大学には行きたくなくなったそうだ〟

テオは日頃から、疎遠だったこのいとこたちを快く思っていなかった。とりわけデヴォンを敵視していた。

なんという運命のいたずらか。テオもデヴォンにだけは伯爵の称号を継がせたくなかっただろうに。

「なぜテオと結婚したんだ?」物思いに沈んでいたケイトリンの耳に、隣を歩く男性の声が飛びこんできた。「きみたちは恋愛の末に結ばれたのか？」

ケイトリンはかすかに眉をひそめた。「あなたとは世間話以外はしたくないわ」

「世間話なんて退屈なだけだ」

「でも、退屈だなんて言っている場合ではないわよ。あなたのような地位の男性は、気のきいた世間話ができて当然なのだから」

「テオもその気のきいた世間話とやらができたのか？」その口調には小ばかにした響きがあった。

「ええ、できたわ」

すかさずデヴォンが鼻で笑う。「テオにそんな特別な才能があったとは知らなかったよ。いや、気づかなかっただけかな？　いつもあいつのこぶしから身をかわすことに全神経を集中させていたから」

「あなたとテオはぶつかりあってばかりいたの？」

「まあね。ぼくたちはいやになるほど短所が似ているんだ。ほら、よく言うだろう？　似た者同士はかえって反発しあうと」一拍置いてから、あざけりを含んだ声でつけ加える。「だが、どうやら長所のほうはまったく似たところがないみたいだ」

ケイトリンは押し黙り、前方にある花壇に目を向けた。シロアジサイやゼラニウム、ベニツリガネヤナギが美しい花をつけて咲き誇っている。結婚する前は、テオの長所も短所もすべてわかっていると思いこんでいた。彼に求婚され、夢心地で過ごした日々が頭をよぎる。

六カ月の婚約期間のあいだ、テオと舞踏会やパーティーに出席したり、馬車に乗って散歩したり、乗馬に出かけたりした。テオは信じられないほどすてきで、彼に会うのが楽しくてしかたなかった。そんなある日、レイヴネル一族は短気だという噂を聞いたと友人たちが教えてくれた。それなのに、すっかり恋に浮かれていて、彼女たちの言葉に耳を傾けなかったのだ。これが大誤算のはじまり。そもそも、テオとふたりきりになったことは一度もない。必ず付き添い役《シャペロン》が同伴していたから。つねに監視の目がある状況に置かれたら、テオだって本性を見せるわけがない。結局、彼の本当の姿は結婚して一緒に暮らすまでわからなかった。だけど、それに気づいたときにはもうあとの祭りだった。

「たしかテオには」デヴォンの声が静寂を破った。「妹が三人いたと思う。みんな、まだ結婚していないのかな?」

「ええ、三人ともまだよ」

長女のヘレンは二一歳。そして下のふたり、カサンドラとパンドラは双子で一九歳だ。兄のテオも、父親も、三人姉妹には何も遺《のこ》さないで亡くなった。今や彼女たちは文字どおり一文なしだ。持参金がなければ、同じ上流階級の結婚相手を見つけるのは非常に難しい。かといって、新しいトレニア伯爵には姉妹たちに持参金を持たせてやる法的義務はない。

「社交界デビューはすませたのかい?」

ケイトリンは首を横に振った。「この四年間は不幸続きで、そのたびにデビューは延期になったの。まず、お母様が亡くなって、次にお父様。でもようやく喪も明けて、今年デビューする予定だったのよ。それなのにまた……」声がふっと途切れる。

デヴォンが花壇の脇で足を止めた。ケイトリンも横に並んで立ち止まる。

「伯爵家に生まれ育った三姉妹か。全員未婚で、おまけに収入も持参金もない」彼が静かな声で話しはじめた。「とはいえ、働き口があるわけでもないし、平民と結婚するわけにもいかない。三人の行く末はオールドミスで決まりだな」

「そんなことにはならないわ。だいいち――」

突然、甲高い悲鳴がとどろいた。若い女性の声だ。

「きゃあ、助けて！　襲われる！　あっちへ行ってよ！　このけだもの！」

すぐさま小道を駆けだしたデヴォンは、叫び声が聞こえる囲い庭園のほうへ向かった。開いた門に近づくにつれて、芝生の上を転げまわる黒いドレスを着た少女の姿がはっきり見えてきた。そして飽きもせず繰り返し少女に飛びつく、何色もまざった毛色をした二匹のスパニエル犬も。少女の楽しげな笑い声がはじけ、デヴォンは歩をゆるめた。

彼に追いついたケイトリンは、息を切らしながら声を絞りだした。

「双子たちだったのね……犬とじゃれていただけだったんだわ」

「まったく、やれやれだな」デヴォンがあきれた口調でつぶやき、ぴたりと歩みを止めた。その拍子に、彼の足元で砂埃が舞いあがる。

「犬ども、さがれ！」またアイルランドの女海賊の口まねをしているのだろう。カサンドラが木の枝を振りまわして、勇ましい声を張りあげた。「船長の言うことが聞けないなら、おまえたちを細切れにして、サメの餌にするぞ！」器用に膝を使い、手に持った枝をふたつに折って、遠くへ放り投げる。「さあ、取ってこい」

カサンドラの命令とともに、二匹の犬は喜び勇んで走りだした。

パンドラは芝生の上で片肘をついて横になり、その様子を眺めている。彼女が門のそばに立っているふたりに気づいた。額に手をかざしてまぶしい太陽の光をさえぎり、威勢よく大声をあげる。「おや、新米の水夫たちじゃないか！」どうやらこちらも女海賊になりきっているらしい。双子たちはボンネットも手袋も身につけていない。そのうえ、彼女たちのドレスときたら目も当てられない状態で、パンドラのほうは片方の袖がちぎれてなくなっており、カサンドラのほうはスカートのフリルが取れてだらりと垂れさがっている。

「ふたりとも、ヴェールはどこにやったの？」ケイトリンは努めて穏やかに尋ねた。

パンドラが目にかかった髪を払い、平然と言ってのける。「あれなら魚捕りの網にしちゃったわ」

頬をバラ色に染めた、元気いっぱいのおてんば娘たち。ドレスだけでなく髪もひどいありさまで、めちゃくちゃに絡まっている。カサンドラとパンドラという名前は、ギリシア神話に登場する美女にちなんでつけられた。その名のとおり、ふたりはとてもきれいな顔立ちで、体形も手足が長くすらりとしている。

長女のヘレンとこの双子の三姉妹は、ずっと両親にないがしろにされてきた。今は亡きトレニア卿夫妻が愛情を注いだのは、爵位継承者であるひとり息子のテオだけだった。彼らはもうひとり男の子を欲しがったが、女の子ばかり三人も続けて生まれた。夫妻の落胆は大きく、それが放任という形になって現れたのだ。親の愛を得られなかった姉妹たちが不憫《ふびん》でならない。

ケイトリンはパンドラのそばへ行き、手を貸して立たせた。ドレスについた葉や草や犬の毛を払い落としてやる。「ねえ、パンドラ、忘れちゃった？　今朝、今日はお客様が来ると言ったわよね。てっきりあなたたちは静かに読書でもしているのだとばかり――」

「そんなことを言われても、図書室にある本はすべて読みつくしてしまったわ」パンドラが負けじと言い返してくる。「それも三度も」

カサンドラがにぎやかに吠《ほ》える二匹のスパニエル犬を引き連れて、こちらにやってきた。話の輪に加わるなり、すかさずデヴォンに声をかける。「あなたが新しい伯爵なの？」

彼はかがみこんで犬たちの頭を撫でてからゆっくりと立ちあがり、カサンドラに向き直った。「ああ、そうだよ。兄上が亡くなって、とても悲しいだろうね。ぼくも彼には何がなんでも生きていてもらいたかった」

「かわいそうなお兄様」パンドラが口を開く。「無謀なまねばかりしていたけれど、いつもけがひとつしなかったわ。わたしたちはみんな、お兄様に不可能はないと思ってた」

カサンドラがしょんぼりした声で言った。「きっとお兄様も、自分は無敵だと思っていたはずよ」

「閣下」湿っぽくなってきた雰囲気を変えようとして、ケイトリンは口をはさんだ。「ご紹介いたします。レディ・カサンドラとレディ・パンドラです」

デヴォンは双子の姉妹を交互に眺めた。まるで森の妖精みたいな少女たちだ。ただし、ぼさぼさの髪をしたおてんばな妖精だが。どちらかというと、カサンドラのほうが美しいかもしれない。金髪に大きな青い瞳、キューピッドの弓のような形のふっくらとした唇をしている。一方、パンドラの髪は焦げ茶色で、体つきはカサンドラよりも細く、顔立ちも鋭角的だ。

双子たちのまわりを二匹の犬が飛び跳ねながらくるくるまわりだした。犬たちが脚にまとわりつくのも気にせず、パンドラがデヴォンに話しかけた。「あなたに会うのは初めてだわ」

「いや、実は」デヴォンがパンドラに目を向ける。「ノーフォークで親族の集まりがあったときに、ぼくたちは会っているんだよ。あの頃、まだきみは小さかったからね。覚えていないのも無理はない」

「じゃあ、あなたはわたしたちのお兄様のことも知っているの？」カサンドラがきいた。

「少しはね」

「お兄様とは仲がよかった？」カサンドラがさらにたたみかける。

「仲がよかったとは言えないかな。何度か取っ組みあいのけんかもしたよ」

「男の子って、みんなけんかが好きなのよ」パンドラが澄まして言う。

「ううん、みんなじゃないわ。意地の悪い男の子と、ばかな男の子だけよ」カサンドラが言い返した。だが、すぐにデヴォンの悪口になってしまったと気づいたのだろう、彼に向かって無邪気に笑いかけた。「閣下、もちろんあなたは別よ」

デヴォンはまったく意に介するふうもなく、にやりとしてみせた。「いいや、ぼくも似たようなものだ」

「けんかが好きなのは、レイヴネル家の短気な血のせいもあるわ」パンドラは訳知り顔でうなずき、芝居っ気たっぷりに声をひそめた。「わたしたち姉妹にも、その血が流れているのよ」

「でも、ヘレンお姉様だけは違うわ」カサンドラが言う。

「そうよね。ヘレンは全然短気じゃない。何度も怒らせようとしたけれど、ちっともわたしたちの挑発に乗ってこないもの」

「閣下」ケイトリンはデヴォンに向かって切りだした。「温室を見に行きましょうか?」

「ああ、いいね。そうしよう」

「わたしたちも一緒についていってもいい?」カサンドラがきいてきた。

ケイトリンは首を横に振った。「だめよ。あなたたちはお屋敷に戻って、身だしなみを整えたほうがいいわ」

「ああ、すごくうれしい。夕食の時間が待ちきれないわ」パンドラが嬉々《きき》とした声をあげる。「だって、ロンドンから来た人と食事ができるのよ。うらやましいわ、ロンドンに住んでいるなんて。わたし、ききたいことがたくさんあるの」

デヴォンがいぶかしげな視線をケイトリンに投げた。

その視線を無視して、ケイトリンは双子たちにきっぱりとした口調で告げた。「今は服喪期間中だから、いつものようにわたしたちだけで食事をしましょう。トレニア卿にも、夕食は別々にとるとすでに伝えてあるわ」

双子たちは猛然と反発してきた。「そんなのいやよ、ケイトリンお義姉《ねえ》様。四人だけで食事をするのはもう飽きたわ。ねえ、いいでしょう、みんなで――」

「お行儀よくするわ。だから、お願い――」

「トレニア卿たちはわたしたちのいとこなのよ！」

「いとこなんだから、別に一緒に食事をしてもかまわないでしょう？」

ケイトリンの胸がちくりと痛んだ。少女たちに気晴らしが必要なのはよくわかっている。でも、この男性は彼女たちを屋敷から追いだそうとしている人だ。しかも彼の弟、ウエストンは朝っぱらから酔っ払っているみたいだった。そんなろくでもない男性と、まだあどけない双子を食事に同席させるわけにはいかない。それに、おてんば娘たちが行儀よくふるまうなんてとうてい無理な話だ。夕食をともにしても、いいことはひとつもない。

「だめよ」ケイトリンはふたたびきっぱりと言った。「トレニア卿と弟さんには、ふたりだけで食事をしていただきましょう」

「でも、ケイトリンお義姉様」カサンドラが食いさがる。「わたしたちは長いあいだ、なんの楽しみもなかったのよ」

「わかっているわ」かわいそうだと思いつつも、ここは心を鬼にした。「だけどね、カサンドラ、服喪期間は故人を偲《しの》んで静かに過ごすものなの。何かを楽しむ時間ではないのよ」

双子たちはむっとした表情でケイトリンをにらみつけている。

そこに突然、救世主が現れた。なんとデヴォンだ。彼は冗談めかしてカサンドラに話しかけた。「船長、上陸してもいいでしょうか?」

「しょうがない。許可してやる」カサンドラがふくれっ面のまま、海賊口調で応える。「そこの意地悪女を連れて、とっとと船からおりろ」

ケイトリンは顔をしかめた。「カサンドラ、意地悪女だなんてひどいわ」

「ドブネズミよりましでしょう」パンドラがつっけんどんに言い放った。「わたしなら、お義姉様をそう呼ぶわ」

たしなめるようにパンドラを見てから、ケイトリンはデヴォンと並んでまた小道を歩きだした。「それで」しばらくして口を開く。「あなたもわたしを責めるつもり?」

「いや、ドブネズミ以上の言葉が見つからないからね」

ケイトリンの口から、ふっと乾いた笑みがもれた。「わたしだって、あの子たちの気持ちは痛いほどわかるのよ。あんなに活発な少女たちが、もう一年おとなしく過ごさなければいけないんですもの。すでに四年も喪に服しているのに、これではまるで生き地獄よね。なんとかしてあげたいけれど、どうしたらいいのかしら。解決策が見つからないわ」

「彼女たちに家庭教師をつけていないのか?」

「今まで何人もいたみたい。でも、誰ひとりとして長続きしなかったそうよ。もって三カ月が限界だったと聞いたわ」

「優秀な家庭教師を見つけるのはそんなに難しいのかな？」

「あの子たちについていた家庭教師は、みんな申し分のない能力を備えていたと思うわ。だけど、あのふたりに行儀作法を教えるのは至難の業だったのよ。それできっと音をあげたんじゃないかしら」

「長女のレディ・ヘレンも行儀作法が身についていないのかい？」

「いいえ、ヘレンは完璧に身についているわ。彼女は妹たちとは別々に授業を受けていたから……性格もずっと穏やかよ」

四棟並んで立つ温室が近づいてきた。ガラス張りの屋根が午後の日差しを受けてまぶしく輝いている。「思うんだが、双子のおてんばたちが外で遊びたいなら、自由に遊ばせてやればいいんじゃないかな。屋敷にじっと閉じこもっていなくても、敷地内なら何も問題はないだろう？」デヴォンが言った。「それもだめなら、せめて窓を覆っている黒い布を取り払って、室内に日の光を入れたらどうだい？」

ケイトリンは首を横に振った。「それはできないわ。喪布を外したら、間違いなく非難されるでしょうね」

「なぜ？」

「ハンプシャーは都会とは違うのよ。まだ古いしきたりが根強く生きているの」

「いったいどんなやつが、化石みたいなしきたりを守りたがるんだ？」

「わたしよ。夫の名誉を汚すわけにはいかないもの。もちろん思い出も」

「まいったな。どう考えても、薄暗い家の中でひっそり暮らすのは身体的にも精神的にもよくないだろう。だいたい、テオはしきたりを気にする男ではないよ。あいつは家族がにぎやかに過ごしているほうが喜ぶはずだ」

「テオとは疎遠だったあなたに彼の何がわかるというの？　知ったふうな口をきかないで」ケイトリンはやり返した。「なんと言われようと、わたしはしきたりをないがしろにするつもりはないわ」

「じゃあ、きみはろくでもないしきたりも大切にするのか？」

「しきたりにろくでもないものなんてないわよ」

「そうかな。結構あると思うけどね」

「これ以上、この話はしたくないわ」ケイトリンは足を速めた。

「たとえば決闘がそうだ」楽々と彼女に歩調を合わせて、デヴォンがのんびりした口調で続ける。「生けにえの儀式も、一夫多妻制もね。しきたり好きのきみはきっと、こういったものもすたれてほしくないんだろうな」

「あなたなら、一〇人くらい妻を持ちそうね」

「それはありえない。妻なんて、ひとりも持ちたくないよ。煩わしいだけだ」

ケイトリンはデヴォンをにらみつけた。「もういいかげんにして。あなたって、いちいち神経に障る人だわ。わたしは今、喪に服しているの。あなたはこういう状況にふさわしい会話の仕方も知らないの？」

辛辣な言葉を投げつけても、彼は平然とした顔をしている。

「では、教えてほしい。喪に服している女性とは、どんな話をすればいいんだ？」

「その女性を悲しませたり、動揺させたり、いらだたせたりしない話よ」

「それだと話すことがなくなってしまうじゃないか」

「まあ、よかった」力をこめて言い放ったケイトリンに、デヴォンがにやりとしてみせる。

彼はズボンのポケットに両手を入れ、あたりを見まわした。「ここの庭は何エーカーあるのかな？」

「二〇エーカーはあるわね」

「温室では何を育てているんだ？」

「オレンジにブドウ、それからモモに、シダとヤシの木と南国の花々……そしてここはランの温室よ」ケイトリンはドアを開けて室内に入った。続いてデヴォンも足を踏み入れる。

温室の中は蒸し暑く、ランが好むこの環境を一年じゅう保つために、隣接するボイラー室で温度を管理している。甘いバニラとさわやかな柑橘系《かんきつけい》の香りが、またたく間にふたりを包みこんだ。ここにはテオと三姉妹の母親、ジェインの情熱が詰まっている。彼女はランのエキゾティックな美しさに魅せられ、世界各地から収集した珍種や希少種を丹精こめて育てていた。

ヘレンのほっそりとした姿が、すぐにケイトリンの目に留まった。ヘレンは母親が亡くなってから、ずっとランの世話をしている。庭師たちが手伝っているとはいえ、わずか数人で二〇〇鉢ものランを毎日欠かさず手入れするのは大変な作業に違いない。

温室に入ってきたふたりを見て、ヘレンは背中に垂らしてあるヴェールにあわてて手をやった。

「顔を隠さなくても大丈夫よ」ケイトリンは声をかけた。「トレニア卿はモーニングヴェール反対派なの」

ヘレンはヴェールから手を離し、ふたりに近づいてきた。彼女の髪は淡い金色で、肌は透き通るように白い。妹たちもきれいだが、姉も人目を引く美貌の持ち主だ。ただし、カサンドラとパンドラが青空にさんさんと輝く太陽なら、ヘレンは夜空に凛《りん》と浮かぶ月を連想させる。また、性格も自由奔放な双子たちとは違い、物静かで控えめだ。

「仕事の邪魔をして悪かったね」挨拶を終えてから、デヴォンがヘレンに言った。

「いいえ、閣下。気になさらないでください」彼女はためらいがちに笑みを浮かべた。「ランの健康状態を見ていただけですから」

「健康かどうかはどうやって見きわめるんだい？」

「わたしはまず葉の色を見ます。それに花びらの張りも……ランにはアブラムシやアザミウマなどの害虫がつきやすいんです。それから土の湿り具合も確認します。品種によって、湿った土を好むものもあれば、乾いた土を好むものもあるんですよ」

「温室の中を案内してくれるかな？」

ヘレンはうなずくと、両脇にランの鉢植えが並ぶ通路を歩きはじめた。デヴォンとケイトリンもうしろからついていく。「ここにあるランはすべて母が集めたんです。これはペリステリア・エラタといいます」ヘレンはあずき色の小さな斑点が入った白いランを指さした。「母はこのランが大好きでした。花の中心にハトがいるみたいに見えるんですよ、わかりますか？　それで〝ハトのラン〟とも呼ばれているんです。そしてこれは……デンドロビウム・アエムルム……花びらが似ているので、別名は羽根のランです」はにかみながらも、ケイトリンに茶目っ気のある笑顔を向ける。「義姉はランがあまり好きではないんですよ」

「はっきり言って、大嫌いなの」ケイトリンは鼻にしわを寄せた。「なかなか咲かないでしょう？　なんだかわざと出し惜しみをしている感じがするのよね。その性格の悪さがいやなのよ。でもそれより何より、においがだめ。中には悪臭を放つ種類もあるじゃない？　履き古した靴というか、腐った肉というか……もう勘弁してほしいわ」

「そういうにおいがするランは、わたしも苦手よ」ヘレンも顔をしかめる。「だけど、いつかは悪臭のする花も愛せるようになりたいわ。独特のにおいもそのランの個性だと思って、愛さないといけない気がするの」

「わたしは絶対に無理」鼻のしわがさらに増えた。「どうがんばっても、隅にある、あのふくらんだ白いランは――」

「ドレスレリアよ」ヘレンが教える。

「この際、名前はどうでもいいわ。ヘレン、たとえ愛せるようになったとしても、くさいものはくさいのよ」

ヘレンは微笑み、ふたたび通路を歩きだした。デヴォンに隣のボイラー室で温室の温度調整をしていることや、雨水をためておくタンクについて話している。

ケイトリンはデヴォンの表情をうかがった。彼はしげしげとヘレンを見おろしている。いやな予感に、たちまちケイトリンのうなじがざわついた。デヴォンも弟のウエストンも、道徳心のかけらもない放蕩者なのは間違いない。ヒツジの皮をかぶったオオカミたち。できるだけ早く、義理の妹たちをエヴァースビー・プライオリーから出そう。

寡婦給付金は三姉妹のために使おうと決めている。大金は支給されないけれど、小さな一軒家か下宿先を見つけて、針仕事か何かすれば四人で暮らしていけるはずだ。

正直に言って、不安がないわけではない。けれども前途にどんな困難が待ち受けていようと、デヴォン・レイヴネルの手に彼女たちをゆだねるよりはずっとましだ。

3

その日の夜。

デヴォンはウエストンとふたりで、見事なまでにおんぼろな食堂で夕食をとっていた。キュウリの冷製スープ、ローストしたキジ肉のオレンジソースがけ、ブレッドプディング。料理は思いのほかおいしい。

「昼間、執事に頼んで地下の貯蔵室を見に行ってきたんだ」ウエストンがのんびりした口調で切りだした。「いやあ、あそこは天国だったな。シャンパンもワインもブランデーも山ほどあったよ」

「よく地下なんかに行けたな」デヴォンは応えた。「いつ天井が落ちてくるかわからないのに」

「いや、生き埋めになる心配はまったくなかったよ。実にしっかりとした造りだった。壁も傾いていないし、床も平らだったしね。それでついでに、外壁の石の傷み具合も調べてみたんだ。ざっと見ただけだが、どこにもひび割れはなさそうだった」

「驚きだ」デヴォンはわざと目を見開き、弟をからかった。「年じゅう酔っ払っているわりには観察力があるんだな」

「少しはぼくを見直したか？」一瞬、ウエストンはいらだった表情を見せた。「なんてね、冗談だよ。兄さんをがっかりさせて悪いが、どういうわけか、あのときだけはしらふに戻ったみたいだな」弟はワイングラスに手を伸ばした。「ところで、ちょうど今はライチョウ狩りのシーズンだ。明日の朝、撃ちに行かないか？」

「ああ、それはいいな。楽しみだ」

「そのあと土地管理人と弁護士に会って、ここをどうするか相談しよう」ウエストンはにやりとして、デヴォンに意味ありげな視線を向けた。「そういえば、まだきいていなかったな。レディ・トレニアと話をつけてくると言って出ていったきり、しばらく戻ってこなかっただろう？　彼女とどんな話をしたんだ？」

デヴォンは軽く肩をすくめた。「別に」

ヘレンとの挨拶を終えたとたん、なぜか急にケイトリンはよそよそしくなったのだ。その態度は温室内を見てまわっているあいだ続き、別れるときは、ようやくいやな役目から解放されてほっとしている様子だった。

「ヴェールはずっとかぶったままだったのか？」ウエストンがさらに食いさがる。

「いや、途中で外したよ」

「彼女、きれいだったかい？」

「きれいだったら、なんなんだ？」デヴォンはうんざりした顔で弟を見た。

「ただの好奇心だよ。テオなら結婚相手はよりどりみどりだったはずだ。でもあいつのことだから、その中でも一番の美人を選んだに違いないと思ったのさ」

デヴォンは手元に視線を落とした。濃いルビー色の高級ワインをグラスの中でまわしながら、ケイトリンを思い浮かべる。鳶色の髪。切れ長で琥珀色の目。白い肌。日差しを受けて、ほんのりとバラ色に染まっていた頰。喪服に包まれた、ほっそりしたしなやかな体。優雅な立ち居ふるまい。そして……うまく言葉では言い表せないが、彼女はほかの女性にはない何かを持っている。こちらの心をかき乱す何かを……。

「外見だけなら」ややあって、デヴォンは口を開いた。「彼女を自分のものにしたいと思う男は多いだろうな。しかしレディ・トレニアは見た目はかわいいが、性格は獰猛《どうもう》なアナグマの人間版だ。とにかく気が強い。嚙みつかれる前に、できるだけ早く彼女をこの屋敷から追いだすつもりだ」

「テオの妹たちは？　彼女たちはどうなるんだ？」

「自力でなんとかするしかないだろう。レディ・ヘレンは家庭教師に向いていそうだったよ。ただし、実際に雇われるかどうかは別問題だ。もしかしたら、彼女の容姿が妨げになるかもしれないな。家庭教師をするには美人すぎるんだ」

「へえ、そうなのか」

デヴォンは弟に険しい視線を投げつけた。「いいか、ウエスト、変な気を起こすなよ。レディ・ヘレンには近づくな。話しかけるのも、ちらりと見るのも禁止だ。言うまでもないが、それは双子の妹たちに対しても同じだぞ。わかったか？」

「どうしてそんなふうに禁止令を出すんだ？」

「彼女たちは純真無垢《むく》な少女だからだよ」

ウエストンも鋭い目で兄を見返した。「本当に彼女たちは、ぼくとほんの数分話をするくらいで気絶してしまうような、か弱い花なのか？」

「〝か弱い〟とは言っていない。現に双子の妹たちのほうは、いつも元気に駆けまわっている野生の子ギツネみたいだった。あの世間知らずの子ギツネたちのおてんばぶりはすさまじいよ」

「なあ、兄さん、かわいそうだと思わないか？　庇護者《ひごしゃ》もいないのに、いきなり社会に放りだされるんだぞ」

「ぼくの知ったことではない」デヴォンはカラフェに手を伸ばし、グラスにワインを注いだ。世間知らずの若い娘が、自力でなんとかできるほど世の中は甘くない。それは百も承知だ。しかし、今は何も考えたくない。「三姉妹をこういう状況に追いこんだ張本人はテオだ。文句があるならあいつに言ってくれ」

「彼女たちを助けてやったらどうかな」ウエストンがデヴォンをまっすぐ見据える。「ほら、窮地に陥った乙女を救いだす高潔な英雄みたいに」

デヴォンは親指と人差し指の腹で両方の目頭をもんだ。「ウエスト、助けてやりたくても無理なんだ。ぼくにはこの領地も娘たちも救えない。だいいち、ぼくは英雄ではないからな。

まあ、そんなものになりたいとも思わないが」

翌朝。

ライチョウ狩りを楽しみ、今、デヴォンとウエストンは書斎にいた。土地管理人のミスター・トットヒルと弁護士のミスター・フォッグも同席している。ふたりは九〇代だと言われても驚かないくらい年老いて見えた。

「……先代の伯爵様にはご子息がいらっしゃいませんでした……そういうわけでして、永久拘束禁止則に基づき、資産は譲渡されます……」フォッグの長たらしい話がようやく終わり、室内に沈黙が落ちる。デヴォンはぼんやり眺めていた机の上の書類の山から顔をあげた。

「それはどういう意味だ？」フォッグに視線を向ける。

「あなたは財産について、ご自分の好きなように取り決められるのです、閣下」フォッグが鼻眼鏡の位置を直す。その丸いレンズのせいで、弁護士の顔がだんだんフクロウに見えてきた。「今は限嗣相続の制限が設けられておりませんので」

デヴォンは隅の椅子に座っているウエストンに目をやった。ふたりは顔を見あわせ、同時に安堵《あんど》の表情を浮かべた。なんとすばらしい。これで領地を売り払うことができる。さっさと借金を清算し、責務と永遠におさらばしよう。もとの自由気ままな生活に戻る日が待ちきれない。

「それでは閣下、限嗣相続の再設定手続きに入ってもよろしいでしょうか？」

「いや、結構だ」

フォッグとトットヒルが当惑した顔でデヴォンを見た。

「閣下」トットヒルが口を開く。「ミスター・フォッグはこういった手続きの専門家です。これまでも二度、レイヴネル家が限嗣相続の再設定をした際は、その手続きをこの方にゆだねたのですよ」

「ぼくは別にミスター・フォッグの能力を疑っているわけではない」デヴォンは椅子の背にゆったりと体を預け、ブーツを履いた足を机にのせた。「ただ、限嗣相続制度に縛られたくないだけだ。ということで、相続財産は売却する」

デヴォンの言葉に、ふたりの男が目を大きく見開いて固まった。

「具体的に言うと、何を売却するのでしょうか？」最初に衝撃から立ち直ったのはトットヒルだった。

「すべてだ。屋敷も含めて」

ふたりは猛烈な勢いで反論してきた。エヴァースビー・プライオリーは、何世紀にもわたってレイヴネル家が先祖代々守ってきた屋敷ですぞ……閣下、あなたには領地を維持する義務があるのです……今、軽々しく何もかも手放してしまうと、将来お生まれになるお子様は肩身の狭い思いをせねばならなくなるでしょう。そこのところをよくお考えください……。

いらだたしげに、デヴォンは手振りでふたりを制した。「エヴァースビー・プライオリーは、もう守る価値などない」にべもなく言い捨てる。「まともな人間なら誰でもそう思うはずだ。それから子どもについてだが、心配する必要はまったくないよ。ぼくは独身主義者なのでね」

トットヒルが助け舟を求めてウエストンのほうを見た。「ミスター・レイヴネル、あなたからも兄上に考え直すよう言ってください」

弟は両手を横に広げ、天秤《てんびん》みたいに上半身をゆっくりと左右に揺らした。「右手は責任や借金や仕事に追われる人生。左手は自由と快楽を享受する人生。どちらを選ぶか思い悩むまでもないだろう？」

ふたりに言い返す隙を与えずに、デヴォンは言った。「では、はじめようか。まずは投資と不動産関係の書類と、ありとあらゆる証明書のリストが欲しい。それに、ここ とロンドンの屋敷の完全な家財目録も。絵画からタペストリー、絨毯、家具、銅像、彫刻、銀食器、温室の植物、厩舎や馬車置き場に置いてあるものにいたるまで、ひとつ残らず書きだしてくれ」

トットヒルが呆然とした面持ちで尋ねる。「家畜の一覧表もご入り用でしょうか？」

「当然だ」

「わたしの馬は渡さないわ」突然、女性の声が会話に割って入ってきた。男性四人の目がいっせいに書斎のドアのほうに向けられる。声の主はケイトリンだった。彼女は身をこわばらせ、嫌悪感をあらわにしてデヴォンをにらみつけている。「アラブ馬はわたしのものよ」

ケイトリンに気づいたとたん、デヴォンを除く三人はすぐに立ちあがった。デヴォンは椅子に腰かけたまま、彼女をにらみ返した。「きみは部屋にこっそり忍びこんで、人を驚かせるのが趣味なのか？」

「あなたは略奪品を、それはそれは熱心に並べたてていたわ。だからドアの開く音が聞こえなかっただけじゃないかしら。閣下、はっきり言っておきます。アラブ馬は目録から除外してください」

「レディ・トレニア」フォッグがおずおずと口をはさんだ。「残念ながら、あなたは結婚と同時に動産所有権を放棄なさったのです」

ケイトリンの目がすっと細くなる。「寡婦給付金と結婚するときに持ってきた私物は、受け取る権利があるはずですわ」

「ええ、寡婦給付金は受け取ることができます」トットヒルが応える。「ですが、それは所有物ではありません。レディ・トレニア、法律というものは実に複雑なのです。これを申しあげるのは大変心苦しいのですが、現在のイングランドの法律では、既婚女性は独立したひとりの人間とは見なされません。ですから、あなたの愛馬もご主人の所有物になります。つまり今は、ここにいらっしゃるトレニア卿のものなのです」

トットヒルの話を聞いていたときは蒼白《そうはく》だったケイトリンの顔が、みるみるうちに赤く染まっていく。「ミスター・トットヒル、あなたはジャッカルの習性をご存じですか？　あの動物は死肉をあさり、骨になるまで食べつくすそうです。トレニア卿もジャッカルと同じだと思いませんか？　だって、彼は財産をすべて奪おうとしているんですもの。アラブ馬は父がわたしに贈ってくれたものです。どうしてそれをこんな人にあげなければいけないのですか?」

デヴォンは椅子から立ちあがり、怒りに任せてまくしたてるケイトリンのそばへ行った。さすがに肝の据わった女性だ。彼女はひるむそぶりなどみじんも見せず、自分よりはるかに背が高いデヴォンを挑むように見あげた。「口を慎んでくれ」彼は語気鋭く言い捨てた。「ぼくを責めるのはお門違いだ」

「そうかしら。あなたは難題に向きあおうともしないで、エヴァースビー・プライオリーを売り払うことしか頭にないじゃない。責められて当然だわ」

「レディ・トレニア、現実を見るんだ。借金の山に埋もれているのに、収入は以前の半分しか入ってこない。金庫も空っぽだ。すでに状況は、ぼくがどうにかできる範疇《はんちゅう》を超えているんだよ」

「わたしを言いくるめようとしても無駄よ。あなたの魂胆はわかっているわ。本当は相続した財産を売却したお金で、自分の借金を返済するつもりなんでしょう」

デヴォンは思わずこぶしを握りしめた。なんでもいい。手当たり次第に叩き壊したくなる。気がすむまで、何度も何度もこぶしを打ちつけたい。まったく。こちらの身にもなってほしいものだ。上流階級に属する気取った親戚連中とは疎遠だし、友人も誰ひとりとして貴族社会に通じていない。相談できる相手は皆無だ。それでもなんとか自力で目の前の問題を処理しようとしているのに、彼女は頭ごなしになじってくる。怒りではらわたが煮えくり返りそうだ。

「ぼくには借金はなかった」デヴォンは苦々しい口調で言った。「だが、今は借金地獄だ。財産を相続したせいでね。きみがあのとんまのテオと結婚する前から、すでに財政状態は逼迫していたんだ。あいつは何も言わなかったのか？　だとしたら、きみも貧乏くじを引いたことになるが、今さら後悔したところでもう遅い。レディ・トレニア、誰かがレイヴネル家の現状を打開しなければならない。いやな役まわりだが、それができるのはぼくなんだよ」デヴォンはきびすを返し、机に向かって歩きだした。「この話しあいにきみは必要ない」振り返らずに前を向いたまま言う。「今すぐ、この書斎から出ていってくれ」

「エヴァースビー・プライオリーは四〇〇年もの長い年月、数々の革命や戦争を耐え抜いてきたのよ」ケイトリンの軽蔑に満ちた声が追いかけてきた。「その重い歴史をいきなり現れた放蕩者が途絶えさせようとしている。そんなの勝手すぎるわ」

まるでぼくがすべて悪いみたいな言い草だ。だが、屋敷を手放す原因を作ったのはぼくではない。偉そうな口をきくのもたいがいにしろ。

デヴォンは必死に怒りを抑えこんだ。わざと足を投げだして椅子に座り、弟に目を向ける。「ウエスト、テオは落馬して死んだと聞いただろう？」平然とした口調で言った。「だが本当は、寝室のベッドの中で凍死したらしいぞ」

兄の嫌味な言葉に、ウエストンがぷっと吹きだした。

トットヒルとフォッグは下を向いている。

ケイトリンはくるりと背を向け、鼓膜が破れんばかりの派手な音をたててドアを閉めた。

「兄さん」ウエストンがからかい気味にたしなめた。「今のひとことはまずかったな。完全に嫌われてしまったじゃないか」

「別に嫌われてもいいさ」デヴォンはそっけなく言い返した。「そんなことをぼくが気にすると思うか?」


トットヒルとフォッグが帰ったあとも、しばらくデヴォンは書斎に残っていた。帳簿を開き、見るともなしにページをめくる。しきりに話しかけてくるウエストンの声にも反応しなかった。そんな兄にうんざりしたのか、しばらくすると弟は大きなあくびをしながら書斎から出ていった。それさえ、デヴォンは気づかなかった。息が詰まりそうになり、いらだたしげにネクタイをゆるめ、シャツの一番上のボタンを外す。

くそっ、ロンドンの家に帰りたくてたまらない。管理が行き届いた、快適で住み心地のいいわが家に。もしテオがまだ伯爵だったら、そして自分も以前と変わらず一族の厄介者のままだったら、今頃はハイド・パークの乗馬用道路《ロットン・ロウ》で朝の乗馬を楽しんでいたのだ。そのあとはいつものように、行きつけの紳士クラブでゆっくりと食事を満喫する。それから友人と一緒にボクシングの試合を見に行く。まあ、競馬でも芝居でもいいが。選択肢はいろいろある。そうこうするうちに夜になり、娼婦とほんのひとときの快楽におぼれる。なんの悩みも責任もない人生。

失うものも何もない人生。

突然、雷鳴がとどろいた。ただでさえ気分が落ちこんでいるのに、天気まで悪くなってきた。窓の外に目をやり、急に暗くなった空をにらみつける。雨が降りだすのも時間の問題だろう。まもなく本格的な嵐の到来だ。

「閣下」遠慮がちに戸枠を叩く音が、デヴォンの耳に届いた。

廊下にヘレンが立っている。彼はどうにかにこやかな表情を顔に張りつけて、椅子から立ちあがった。「レディ・ヘレン」

「お邪魔をしてすみません」

「いや、いいんだ。さあ、入って」

ヘレンはおずおずと室内に入ってきた。窓の外をちらりと見てから、デヴォンに視線を向ける。「閣下、実は……嵐が予想より早くやってきそうなので……従僕に義姉を探しに行ってもらいたいのですが……」

いったいケイトリンはいつの間に外出したのだろう？　デヴォンは顔をしかめた。

「レディ・トレニアはどこへ出かけたのかな？」

「丘の向こうにある農民の家です。ミセス・ラフトンの様子を見に。彼女はお産のあと、なかなか体調が戻らないんです。それで義姉はスープとニワトコの果実酒を持って、お見舞いに行きました。わたしも一緒に行ったほうがいいかきいたのですが、義姉に……しばらくひとりになりたいと言われて」ヘレンは指の関節が白くなるほどきつくこぶしを握りしめた。

「そろそろ帰ってくる頃だとは思うんです。けれど空模様が急に怪しくなってきたので、雨に当たるのではないかと心配で……」

全身ずぶ濡れになったケイトリン。これは見ものだ。ほくそ笑みたくなるのを、デヴォンはぐっとこらえた。

「従僕に探しに行かせなくてもいいんじゃないかな」ごくさりげない口調で言う。「レディ・トレニアは機転のきく女性だ。きっとミセス・ラフトンの家で雨がやむのを待つよ」

「そうですね。でも……このあたりの土地は、雨が降るとすぐにぬかるむんです。だから、もし帰ってくる途中だったら……」

ますます見ものだ。泥まみれになってぬかるんだ道を歩いているケイトリン。思いきり高笑いしたいところだが、ヘレンの前では我慢するしかない。デヴォンは窓に近づいた。まだ雨は落ちていないが、鉛色の雲が低く垂れこめている。「もう少し待ってみよう。レディ・トレニアはすぐそこまで来ているかもしれないよ」

稲妻が空を切り裂いた。まばゆい閃光《せんこう》が走り、続いて轟音《ごうおん》が鳴り響く。

ヘレンがそばに寄ってきた。「閣下、さっきあなたは義姉と口論していましたよね――」

「ぼくは、口論というのは文明人同士がする意見のぶつけあいだと思うんだ。だが、あのときのぼくたちは野蛮人同然だった。互いを八つ裂きにする一歩手前まで来ていたからね」

彼女はわずかに眉をひそめた。「わたしにも、あなた方が大変な状況に置かれているのはわかっています。そういうときって、つい心にもないことを言ってしまうものですよね。でも、いがみあうより――」

「レディ・ヘレン――」

「ヘレンと呼んでください」

「ヘレン、きみは話せばわかりあえると思っているのかな？　だが残念ながら、それは幻想なんだ。人の本性を見抜くすべを、きみも身につけるといいよ。将来必ず役に立つから」

彼女が小さく微笑む。「わたしはこれでも人を見る目があるんですよ」

「それなら、ぼくたちの互いに対する人物評が正しいのはもうわかっているね。レディ・トレニアはぼくをろくでなしだと思っているし、ぼくは彼女を血も涙もない女性だと思っている。賭けてもいい、彼女ならひとりでも生きていけるよ」

月長石を思わせる銀色がかった青い目を大きく見開いて、ヘレンはデヴォンに向き直った。

「閣下、あなたは義姉を誤解していると思います。義姉はわたしと同じように兄の死を悲しんで――」

「そうだろうか。ぼくにはそれほど悲しんでいるふうには見えないな」デヴォンは言い放った。「レディ・トレニアは、自分でも泣いたりしないと言っていたしね。夫が亡くなったにもかかわらず」

ヘレンが目をしばたたく。「義姉はそこまであなたに話したんですか？　じゃあ、その理由もご存じなんでしょうか？」

デヴォンは首を横に振った。

「そうですか。でも、それはわたしの口から言うことではありません」

がぜん興味がわいてきたが、彼はそれを押し隠し、軽く肩をすくめてみせた。

「では、この話はもうやめよう。とにかくなんと言われようと、レディ・トレニアに対するぼくの考えは変わらないよ」

するとデヴォンの読みどおりに、無関心を装った態度が功を奏し、ヘレンはためらいつつも話しはじめた。「もう少し義姉のことをよく知ってもらいたいから言いますけど……絶対に誰にも口外しないと、名誉にかけて約束してくれますか？」

「もちろんだとも」即座に答える。守るべき名誉などないが、彼は一瞬も迷わず約束した。

ヘレンは少し離れた窓の前に立ち、外を見つめた。稲光が空を裂き、雷鳴が響く。その瞬間、青白い光が彼女の繊細な顔を照らしだした。「兄の落馬事故のあと、義姉が泣いているところを、わたしは一度も見ていませんでした。それで、義姉は人前で感情を出したくないのだと思っていたんです。悲しみ方は人それぞれですから。ところがある日の夜、応接間で義姉とふたりで刺繍をしていたときのことです。指に針が刺さっているのに……義姉はぴくりとも動かないで、じっと椅子に腰かけたまま、にじみでてきた血を見つめているんです。わたしはそんな義姉の姿を見ていられなくなって、彼女の指にハンカチを巻きつけながら、〝どうしたの？〟とききました。義姉はどこかうしろめたそうな表情を浮かべて……〝テオを失って本当は泣きたいのに、どうしても涙が出ない〟と言ったんです……」

ふいにヘレンは口をつぐみ、ペンキのはげかけた窓横の壁に視線を向けた。

「続けてくれ」デヴォンはそっと促した。

ヘレンは治りかけのかさぶたをはがすみたいに、慎重にペンキの破片をつまみ取り、窓台に置いた。壁からもうひとかけら破片を取り除いてから、ふたたび口を開く。

「それからわたしは義姉に〝今まで泣いたことはある?〟ときいてみたんです。そうしたら、アイルランドを離れる日に泣いたと教えてくれました。まだ彼女が小さかったときです。その日は三本マストの蒸気船に乗って、家族全員でイングランドへ行くことになっていた、少なくとも義姉はそう信じていたんです。ほんの子どもですもの、両親にみんなで出かけるんだよと言われたら、疑ったりしませんよね。でも港に到着して乗船するとき、彼女と子守役が渡り板をのぼったのに、お父様もお母様もうしろからついてきませんでした。お母様はこう言ったそうです。〝あなたはこれからイングランドで暮らすのよ。とても親切な人のおうちに住むの。いつか、わたしたちがあまり外国に行かなくてもよくなったら、あなたをアイルランドに呼び戻すわ〟そして、ふたりは歩き去っていきました。泣き叫ぶ義姉を残して。子守役は、必死に抵抗する彼女を無理やり船の中に引きずっていきました」ヘレンはデヴォンを横目でちらりと見た。「義姉はまだ五歳だったんですよ」

彼は小声で悪態をついた。机に向き直り、天板に両手をついて虚空を見つめていると、ヘレンが静かに先を続けた。

「船室に落ち着いてからも、ずっと彼女は泣きつづけました。何時間も泣いているので、とうとう子守役が怒りだしたんです。〝いいかげんにしてください。そのうるさい口を今すぐ閉じないなら、わたしはここから出ていきますからね。それでもいいんですか？　わたしがいなくなったら、お嬢様はひとりぼっちになるんですよ。まったく、なんて手に負えない子どもでしょう。ご両親が追い払いたくなるのも当然です〃と……ひどい言い方ですよね」ヘレンはいったん言葉を切ってから、また話しはじめた。「子守役の小言を聞いて、すぐに義姉は泣きやんだそうです。このとき、彼女は二度と泣かないと幼心に誓いました。強く生きていくためです」

「その後、ご両親は彼女をアイルランドに呼び戻したのか？」

ヘレンは首を横に振った。「お母様の姿を見たのはそれが最後だと思います。数年後、レディ・カーベリーはエジプトから戻ってくる途中で、マラリアにかかって亡くなりました。訃報を聞かされたとき、義姉は涙ひとつこぼさずに悲しみに耐えました。わたしの兄が亡くなったときも同じです」

大粒の雨が激しい音をたてて降りだした。

「義姉は血も涙もない女性などではないわ」ヘレンがつぶやくように言う。「彼女は深い悲しみを心に抱えています……ただ、表に見せないだけです」

今さらだが、デヴォンは真実を知らないほうがよかった気がした。ケイトリンに同情したくなかったのだ。とはいえ、両親からの拒絶は、幼い頃の彼女の心に大きな傷を残したに違いない。なんの因果か、自分と同じだ。だから、過去のつらい出来事やそのときの感情は、胸の奥底に鍵をかけて閉じこめておきたいと思う彼女の気持ちはよくわかる。

「レディ・トレニアを育ててくれたのは、バーウィック卿夫妻だったね。彼女から聞いたよ。ふたりは本当にやさしい人たちだったのかな？」

「そう思います。バーウィック卿夫妻の話をするときは、いつも言葉の端々から敬愛の情が伝わってきますもの」ヘレンはひと呼吸置いて続けた。「でも、しつけはとても厳しかったようです。決まりごとがたくさんあって、絶対に守らなければいけなかったんです。たぶん、夫妻は自制を重んじる方たちなんでしょうね」ふっと笑みを浮かべて言葉を継ぐ。「そうはいっても、例外もあるんですよ。夫妻は馬のことになると、それはもう夢中で……。義姉の結婚式前日の夕食会でも、馬談議に花を咲かせていました。彼らに言わせれば、厩舎のにおいに勝るものはないんですって。一時間近く馬の話題で盛りあがって……兄は会話を楽しみながらも、内心では少しうんざりしていたんじゃないかしら。特に馬が好きでたまらないというわけではなかったから」

ああ、そうだろうとも。きっとテオはうんざりしていたはずだ。あの男は自分にしか興味がなかった。デヴォンは振り返り、窓の外に目をやった。

これはひどい嵐だ。川が氾濫したら、あたり一面は水浸しになるだろう。もはや全身ずぶ濡れになったケイトリンの姿を想像して、面白がっている場合ではない。

まったく、いやな役まわりばかりだ。

デヴォンは口の中で小さく悪態をつくと、机から手を離して体を起こした。「ヘレン、これから――」

「義姉を探しに行くよう従僕に言ってくださるんですか？」彼女が期待をこめたまなざしをデヴォンに向ける。

「いや。ぼくが彼女を迎えに行くよ」

ヘレンは安堵の表情を見せた。「閣下、ありがとうございます。あなたはなんてやさしい方なんでしょう！」

「それは違う」彼はドアに向かって歩きだした。「ぬかるみに足がはまって、身動きが取れなくなっているレディ・トレニアの姿が見たいだけだ」

ケイトリンは、伸びすぎた生け垣と広大なカシの森にはさまれた、土埃が舞う小道を足早に歩いていた。嵐がいよいよ近づいているのだろう、森の木々がざわめいている。

突然、大きな雷が鳴り響き、地面が揺れた。どうしよう。ラフトン家に引き返そうかしら？あそこの家族なら、天候が落ち着くまで家にいさせてくれるはず。でも、屋敷まであと半分のところまで来ている。それならこのまま先を急いだほうがいい。彼女はショールをしっかりと肩に巻きつけた。

ついに雨がぽつりぽつりと落ちてきた。本格的に降りだしたら大変なことになる。ケイトリンは生け垣の隙間を抜けて、牧草が生えた丘を目指した。このあたりの土壌は粘土石灰質で、雨が降るといつもひどくぬかるむ。屋敷へ続く道がそんな状態になる前に、できるだけ早く丘を越えなければ。

大失敗だわ。もっと空模様の変化に注意を払っていればよかった。そうしたら、ミセス・ラフトンのお見舞いは明日に延期したのに。やはりデヴォンと言い争いをしたのがいけなかった。あれで完全に頭に血がのぼってしまい、後先も考えず屋敷を飛びだしたのだ。けれども今は、ミセス・ラフトンと話をしたおかげでその怒りもおさまり、物事を冷静に考えられるようになっている。

ケイトリンはミセス・ラフトンとの会話を思い起こした。ベッドの脇の椅子に座り、初めは体調や生まれたばかりの女の赤ちゃんの話をしていた。それがいつしか農業の話題に移り、ミセス・ラフトンは領地の内情や聞こえてくる噂話を教えてくれた。レイヴネル家は名ばかりの領主で、もう長いあいだ、彼女の言葉を借りれば〝思いだせないほど昔から〟小作人たちを顧みなかったこと。そのため、農作業の方法が一〇〇年前とまったく変わっていないこと。でもほかの領地では、かなりの数の小作人が最先端の農業技術を取り入れていること。ミセス・ラフトンの話は小作人が抱える問題にも及び、その内容はすべて、先ほどのデヴォンの指摘を裏づけるものだった。

つまり、彼は嘘をついていたわけではなかったのだ。

ねえ、テオ、なぜ隠していたの？　まさか領地の財政状況が破綻寸前だとは考えもしなかったわ。彼の気前のいい言葉が頭に浮かぶ。〝実はここ何年も、屋敷の中は放置されたままになっているんだよ。これにはわけがあってね。亡くなった母が選んだ装飾品を何ひとつ変えたくなかったからなんだ。だが、結婚を機にすべて買い替えようと思っている。きみに任せるよ。絹のダマスク織やフランス製の壁紙、ベルベットのカーテン、漆喰やペンキなどの塗料、絨毯、家具……欲しいものはなんでも注文するといい。ああ、それから厩舎も改築しよう。最新の設備を備えた厩舎にするんだ〟

すべてテオの作り話だったのだ。そしてわたしは、すてきなおとぎばなしをすっかり信じこんでしまった。だけど、いくらおめでたいわたしでも、遅かれ早かれそんな散財ができる余裕などないことに気づいただろう。それはテオもわかっていたはず……いったいどう言い訳をするつもりだったのか……。

テオが亡くなり、ふたりの結婚生活がはじまったとたんに終わってしまった今、その答えは永遠にわからない。もはや自分に残された道はひとつだけ。過去は忘れ、未来に目を向けるしかない。

そう、新たな人生を歩むのよ。でも記念すべき第一歩を踏みだす前に、まずはデヴォンを責めたのは間違いだったと自分の非を認めよう。たしかに彼の傲慢な態度には腹が立つ。とはいえ、エヴァースビー・プライオリーの運命はデヴォン・レイヴネルの手中にあるのだ。彼の考えひとつで、どうにでもできる。これが今、目の前にある現実だ。時間を置かず、屋敷に戻ったらすぐデヴォンに謝ったほうがいいだろう。下手《したて》に出たところで、どうせまた言い返されるのはわかっているけれど。

ため息をついて、ケイトリンは足を速めた。靴の中に水が染みこみ、ストッキングが濡れている。ドレスも濡れてきたせいで、生地を黒く染める染料のアニリンのにおいがつんと鼻をつく。ああ、最悪だわ。背中に垂らしてあるヴェールも水を含んで重たくなってきた。せめてトーク帽を脱いで、つばの広いボンネットをかぶってくればよかった。でも、今さら後悔しても遅い。そもそも衝動的に屋敷を飛びださなければ、こんな目に遭わずにすんだのだ。髪を振り乱して走りまわる双子たちと同じふるまいをした自分がすべて悪い。

黒ずんだ空にいきなり稲妻が走った。思わず飛びあがってしまい、鼓動が一気に速くなる。とっさにケイトリンはドレスの裾を両手で持ちあげて駆けだした。足を前へ運ぶたびに、靴の踵《かかと》がやわらかい地面に沈む。かわいそうに、マツムシソウもヤグルマギクも茎が折れて、可憐な花が濡れた草についている。とうとう大粒の雨が落ちはじめた。これはもう手遅れかもしれない。丘を駆けおりた頃には、屋敷へと続く道は泥だらけになっているだろう。

ふたたび稲妻が光り、雷鳴がとどろいた。ケイトリンは身をすくめ、両手で耳を覆った。そのとき、ふとショールがなくなっていることに気づいた。自分の運の悪さを呪いつつ、額に手を当ててひさしを作り、目を凝らしながらあたりを見まわす。五メートルほど戻ったところに、布のかたまりが落ちていた。「もういや」そんな弱気な言葉が口からもれた。

ショールを拾いに行こうと足を踏みだした瞬間、降りしきる雨を透かして黒い物体がぼんやり見えた。それはどんどんこちらに近づいてくる。ケイトリンはぴたりと立ち止まり、そのなんだかわからないものに背を向けて、反射的に両腕で頭を守った。いったいあれは何？　これからわたしはどうなるの？　雷と胸の鼓動の音が耳の奥でこだまする。彼女はじっと息をひそめて待った。何かが起きるのを。体が恐怖で小刻みに震えている。そのうち永遠とも思える時間が過ぎた気がした。ところが一向に何も起こらない。目の錯覚だったのかしら？

ケイトリンは雨に濡れた顔をドレスの袖でぬぐった。

その拍子に、巨大な物体を視界の隅にとらえた。おそるおそる横に目を向けると、がっしりとした黒毛の馬がいた。黒い物体の正体はこの荷馬だったのだ。彼女は視線をさらにあげた。馬の背には男性がまたがっている。嘘でしょう、どうしてデヴォンがここにいるの？

彼は乗馬服も手袋も身につけていない。それなのになぜか……これは馬番から借りたのかしら……ちっとも似合わない、くたびれたフェルト帽をかぶっている。

「レディ・ヘレンから、きみを迎えに行くよう頼まれた」無表情のまま、デヴォンが口を開いた。「さあ、どうする？　選択肢はふたつにひとつだ。ぼくと一緒に馬に乗って屋敷へ戻るか、ここにとどまって雷雨の中で言い争いを続け、その果てに落雷で死ぬか。ぼくなら迷わず後者を取るね。帳簿に目を通すのは、もううんざりだからな」

内心の動揺を隠して、ケイトリンは馬上のデヴォンを見つめた。

選択肢はふたつ……。普通に考えれば前者を選ぶだろう。けれども正直、自分にとっては究極の選択だ。この馬に乗るのはなんの不安もない。たくましくて、穏やかで、とても頼りになるいい子だ。ただ……ふたりの体が触れあったり……彼の腕が自分にまわされたりしたら……。

だめ。やっぱり無理よ。男性にそこまで近づかれるのは耐えられない。考えただけで鳥肌が立ってきた。

「わたし……あなたとは一緒に乗れないわ」きっぱり断ろうとしたのに、今にも泣きだしそうな震えた声しか出なかった。顔を流れ落ちる雨が口の中まで入ってくる。

デヴォンの口が開きかけた。その瞬間、ケイトリンは痛烈な皮肉を浴びせられるものと覚悟したが、彼はすぐにまた口を閉じた。雨に打たれ、ずぶ濡れ状態の彼女の全身に視線を走らせ、表情をやわらげる。「そうか。じゃあ、きみが馬に乗るといい。ぼくは歩くよ」

あまりにも予想外の言葉に、ケイトリンはあっけにとられてデヴォンを見あげた。

「いいえ、結構よ」ようやく応える。「でも……どうもありがとう。わたしは大丈夫だから、あなたはもう屋敷に戻ってちょうだい」

「選択肢の内容を変えるよ」デヴォンの声にはいらだちがこもっていた。「一緒に歩いて戻るか、あるいは一緒に馬に乗って戻るか。このどちらかを選んでくれ。ぼくはきみをここに残して、ひとりで屋敷へ戻るつもりはない」

「わたしなら本当に――」

突然、雷の轟音が響き渡り、ケイトリンの言葉が途切れた。

「きみを置いていけるわけがないだろう。一緒に帰ろう」嵐の真っただ中にいるのに、まるで応接間で話をしているみたいな落ち着いた口調だ。高圧的な言い方をされたら断ったのに。けれどもデヴォンは手法を変えてきた。こちらのかたくなな態度を軟化させるには、やさしく接したほうがいいと思ったのだろう。

馬が首を上下に振り、前足で地面を蹴った。

デヴォンと一緒に馬に乗って屋敷に戻るしかない。心の中であきらめのため息をつく。ケイトリンは両腕で自分を抱くようにして、不安のにじむ声で言った。「わかったわ。で、でも……その前に話があるの」

彼の眉があがった。冷ややかな表情を浮かべている。

ケイトリンは心を決め、早口でまくしたてた。「さっきは書斎で無作法なふるまいをしてしまったわ。あなたを責めてごめんなさい。ミスター・トットヒルやミスター・フォッグ、それにあなたの弟さんにも、わたしが間違っていたときちんと伝えるつもりよ」

デヴォンの表情が変わった。口の端にかすかな笑みを刻んでいる。その表情に、彼女の心臓が早鐘を打ちはじめた。「別にわざわざ言う必要もないだろう。きっと今頃あの三人は、きみよりはるかに口汚い言葉でぼくをののしっているよ」

「でも、このままうやむやにしてはいけない――」

「もうすんだことだ。忘れよう。さあ、早く屋敷に戻ったほうがいい。嵐がひどくなってきた」

「ちょっと待って、ショールを取ってくるわ」

彼はケイトリンの視線をたどり、黒いかたまりに目をやった。「あれはショールなのか？おいおい、冗談だろう。あのまま置いていこう」

「いやよ――」

「もう使い物にならない。あきらめるんだ。ぼくが新しいのを買ってやるよ」

「あなたから個人的にものを受け取るつもりはないわ。だいいち、今のあなたに何かを買う余裕はないでしょう。エヴァースビー・プライオリーを相続して、借金地獄に落ちてしまったんだもの」

デヴォンが一瞬にやりとした。「それが、いくらでも買えるんだな。不思議なことに、借金を山ほど抱えている者に限って、節約しようとは考えないものなんだ。完全に金銭感覚が麻痺してしまうんだよ」鞍《くら》の上で体をうしろへずらし、彼はケイトリンに手を差しだした。

空に稲光が走り、大柄で引きしまった体が浮かびあがる。

彼女はいぶかしげにデヴォンを見あげた。馬にまたがったまま、わたしを引っ張りあげるつもりなのかしら？「ねえ、大丈夫？　いきなり手を離したりしないわよね？」

彼がむっとした顔をする。「レディ・トレニア、ぼくをそのへんの軟弱な坊やと一緒にしないでくれ」

「だけど、ドレスは濡れて重くなっているし――」

「ほら、早くぼくの手をつかんで」

ケイトリンはデヴォンに近づいた。彼の温かい手を握ったとたん、体に緊張が走った。テオが亡くなってから、男性に触れるのはこれが初めてだ。彼の葬儀のあと、抱きしめてくれようとしたバーウィック卿とも、手袋をつけた手で軽く握手をするだけにとどめた。

〝ごめんなさい〟そうささやいたとき、バーウィック卿はわかったというふうにうなずいてくれた。彼は心のやさしい人だ。けれども、普段はあからさまな愛情表現はしない。それはレディ・バーウィックも同じで、いったん打ち解けたらどこまでも親切なこの女性には、自制することの大切さを教えられた。レディ・バーウィックはいつもこう言っていた。〝感情に支配されてはだめよ。あなたが自分の感情を支配するの〟

雨に濡れて冷たくなった手を包む、デヴォンの温かい手の感触に全身が震えた。

横殴りの風雨の中で、馬は辛抱強く待っている。

「弾みをつけて飛びあがってくれないか」デヴォンが言った。「それと同時にきみを引きあげるから、左足を鐙《あぶみ》にかけてくれ。鞍はまたがなくてもいい。横鞍に乗る感じで腰かけるんだ」

「いつ飛びあがったらいいの?」

「今だよ」彼があっさり答える。

ケイトリンは両脚に渾身《こんしん》の力をこめて飛びあがった。デヴォンに軽々と引っ張りあげられ、鐙に足をかける間もなく、気づいたら鞍の上に座っていた。すぐに彼の左腕がしっかりと体にまわされ、電光石火の早業で家路につく準備が完了する。「気を楽にして。こうして支えているから大丈夫だ」

デヴォンの熱い吐息が耳にかかり、ウエストにまわされた腕の筋肉の力強さも伝わってくる。この状態で気を楽にするなんて、とうてい無理な話だ。ケイトリンの体は完全に固まっていた。

「隣人の体調を心配して見舞いに行ったきみがこんな目に遭って、自分のことしか考えない連中は家でのんびりくつろいでいる。これを皮肉と言わずになんと言うのかな」

「どうして迎えに来てくれたの？」やっとの思いで声を出す。彼女はなんとか緊張をやわらげようと必死だった。

「レディ・ヘレンが心配していたんだ」デヴォンはいったんケイトリンのウエストから手を外し、彼女の頭からヴェールとトーク帽を取って、地面に放り投げた。「すまない」彼女に文句を言う隙を与えず、言葉を続ける。「だが、染料のにおいがあまりにもひどい。イーストエンドの安酒場を思いだすよ。あそこの床と同じにおいなんだ。まあ、そういうわけだから悪く思わないでほしい。そんなことより、右足で鞍をまたいでくれ」

「できないわ。スカートに足が引っかかっているの」馬が重心を移した。その拍子にケイトリンは鞍から滑り落ちそうになり、思わずデヴォンの太腿をつかんで体を支えた。石かと思うほど硬い太腿だ。あわてて手を引っこめたが、今にも心臓が破裂しそうだった。

彼はひとまず手綱を左手に持ち替えてフェルト帽を脱ぎ、ケイトリンにかぶせた。それから幾層にも襞《ひだ》が重なるスカートを引っ張って、鞍をまたげるようにしてくれた。

馬にふたり乗りするのは子どものとき以来だ。けれど馬といっても正確にはポニーだったし、一緒に乗る相手もたくましい男性ではなく、バーウィック家の女の子だった。互いの脚が触れあいそうなほど、すぐうしろにデヴォンがいる。そのうえ、つかめるものはたてがみだけで、握りしめる手綱もなければ足をのせる鐙もない。これでは心もとない。

馬がゆっくりと駆けだした。巨大な馬体のわりには、アラブ馬や純血種の馬並みに動きがなめらかだ。荷馬は軽快に三拍子のリズムを刻みながら、徐々に速度をあげていく。ケイトリンはすぐに気づいた。荷馬がこれほど流れるような走りができるのは、デヴォンの手綱さばきが見事だからだと。彼は的確なタイミングで合図を出し、巧みに馬を操っている。とはいえ、彼女がひとりで乗るときとはまるで勝手が違い、初心者みたいに鞍の上で体がぽんぽん跳ねてしまう。それがいらだたしい。

ウエストにまわされたデヴォンの腕に力が入る。「リラックスするんだ。絶対に落ちたりしないよ」

「そう言うけれど、わたしには何もつかむものが――」

「ただ馬の動きに身を任せればいい」

こわばった体から力を抜こうとしているうちに、いつしかケイトリンは背中をデヴォンの胸に預けていた。やがて魔法をかけられたかのように、馬に合わせて動くこつをつかんだ。馬とふたりの人間が同じリズムで動いている。その規則正しい揺れが心地いい。激しい風雨の中で、しばし時を忘れた。

また、彼の腕にわずかに力が加わった。たくましい太腿の筋肉の動きが、幾重にもなった布地越しにも伝わってくる。甘い痛みが、耐えがたいほどゆっくりとケイトリンの胸に広がっていく。

馬が速度を落とした。歩いて丘をのぼりはじめると、デヴォンは前傾姿勢を取った。馬の脚にかかる体重を分散させるためだ。ケイトリンも同様に前かがみになり、ごわごわした黒いたてがみをつかんだ。雷鳴が空気を切り裂く。その音にまじって、デヴォンのくぐもった声が耳に届いた。言葉が聞き取れず、彼女は振り返った。「今なんて――」そう言いかけた瞬間、頬が彼の顎をかすめ、息が止まりそうになった。

「あと少しだ」デヴォンがもう一度口にする。雨に濡れた肌にかかる彼の吐息が温かい。

丘の頂上に到着した。ふたたび馬が走りだし、二階建ての大きな廏舎に向かって駆けおりていく。廏舎内には乗馬用の馬一二頭が住む馬房と、馬車用の馬一〇頭が住む馬房が広い中央通路の両側に並び、馬具室や飼料貯蔵室、馬車置き場、それに馬番の住居もある。

このプラム色のれんが造りの廏舎は屋敷とはまるで違い、隅々まで手入れが行き届いていた。すべては廏舎長のミスター・ブルームのおかげだ。彼は厳しい基準を設けてレイヴネル家の廏舎を管理しており、床はつねに清潔に保たれ、馬具も金属製であれ革製であれ、ひとつ残らずいつもぴかぴかに磨きあげられている。ブルームが世話をする馬が長生きするのも当然の結果だと言えるだろう。ケイトリンがブルームに初めて会ったのは、テオが事故に遭う二週間ほど前だった。そのとき少し言葉を交わしただけで、すぐに白いマトンチョップひげ（太くて長いもみあげ。マトンチョップに形が似ているため、こう名づけられた）を生やし、きらきら輝く青い目をしたヨークシャー出身のこの廏舎長が大好きになった。背は低いが筋骨隆々としたブルームは、なんと素手でクルミを簡単に割ることができるのだ。彼はカーベリーパーク種馬農場や、ケイトリンの父親が育成した最上級のアラブ種の馬についてもよく知っていた。それにアサドを快く廏舎に迎え入れてくれた。

テオが亡くなったあと、彼の友人たちにアサドを殺せと詰め寄られた。でも、そんな残酷な行為を受け入れられるわけがない。ケイトリンは意地でもアサドを守り抜くつもりでいた。そんな彼女の味方はブルームだけだった。厩舎長は、テオの軽はずみな行動が悲劇的な事故を招いたとわかっていたのだ。〝馬は乗り手の気分に敏感に反応します。だから頭に血がのぼっているときは馬に乗っちゃだめなんですよ〟ふたりきりになったとき、ブルームは目に涙をためてケイトリンにこぼした。彼はテオが成長する姿をずっと見てきた。テオに馬の乗り方を教えたのも彼だった。〝とりわけアラブ馬は敏感です。乗り手が攻撃的になっていると興奮して手がつけられなくなる。あの日、トレニア卿に言ったんですよ。アサドはやめて、ほかの馬にするようにと。ひと目見ただけで、かっかしてるのがわかりましたからね。だが、旦那様はおれの話を聞こうともしなかった。それでもやっぱりおれは、旦那様を止められなかった自分を責めています〟

テオが亡くなってから、ケイトリンは一度も厩舎に来ていない。来ることができなかったのだ。アサドが悪いとは思っていないけれど、あの子に会った瞬間、自分の中にどんな感情がわきおこってくるのか知るのが怖かった。結局、自分はテオだけでなくアサドも失望させてしまった。この事実をそろそろ受け入れるときなのかもしれない。

物思いに沈んでいるうちに、気づいたらすでにアーチ形の石門をくぐり抜け、厩舎の中に入るところだった。急に胃が締めつけられ、ケイトリンは目を閉じた。唇もきつく引き結ぶ。息をするたびに、馬や藁や飼料などの懐かしいにおいが鼻孔をくすぐる。子どもの頃から大好きな、心安らぐにおいだ。

デヴォンが馬を止めておりた。馬番がふたり、近づいてくる。

「いつもより入念に脚の手入れをするんだぞ」どこからか現れたブルームが、馬番たちに穏やかな声で言った。「こういう天気のときは蹄叉《ていさ》腐爛《ふらん》を起こしやすいんだ」厩舎長は馬上のケイトリンに気づいた。「レディ・トレニア、また厩舎に来てくださったんですね。うれしいです」

ふたりは視線を合わせた。今ブルームは心の中で、この期に及んでようやくアサドに会いに来たのかと思っているに違いない。彼に非難のまなざしを向けられるだろうと覚悟していたが、その目に浮かんでいるのはやさしさと気遣いだった。ケイトリンはおずおずと微笑んだ。「ミスター・ブルーム、わたしもあなたに会えてうれしいわ」

驚いたことに、馬からおりようとするケイトリンにデヴォンが手を貸してくれた。彼女のウエストを両手でつかみ、床の上に立たせる。彼はケイトリンの頭にちょこんとのったフェルト帽を取った。

水滴がしたたり落ちるその帽子をブルームに差しだす。「ありがとう、ミスター・ブルーム。この帽子があって助かったよ」

「レディ・トレニアを無事に見つけられてよかったです。なんせこの嵐ですから」ケイトリンがちらりと馬房のほうに目をやったことに気づいたのだろう、ブルームが慎重に切りだした。「アサドは元気にしてますよ。行儀もとてもいいです。声をかけてやってください。きっと喜びます」

彼女の心臓が激しく打ちはじめた。膝もがくがく震え、やっとの思いでうなずく。

「そ、そうね……ちょっとあの子の様子を見てこようかしら」

突然、デヴォンの指が顎の下に添えられ、そっと上を向かされた。彼の顔は雨に濡れ、髪からもぽたぽたと水滴が落ちてくる。「今日はやめておいたほうがいいだろう」デヴォンはケイトリンに視線を据えたまま、ブルームに話しかけた。「レディ・トレニアに風邪を引かせたくない」

「そうですね、また今度にしましょう」ブルームがすぐに相づちを打つ。

彼女は唾をのみこみ、デヴォンから目をそらした。全身が小刻みに震えはじめ、恐慌をきたす一歩手前まで来ている。「いいえ、今会うわ」意を決して、小声で言った。

馬房へ向かって歩きだしたケイトリンのうしろから、デヴォンが無言でついてくる。だが、ブルームは一緒に来なかった。彼女とアサドの久しぶりの再会を邪魔したくないと思ったのかもしれない。馬番たちに指示を出すブルームの大きな声が背後で響いた。

「ほら、おまえたち、手を休めるな！　体もしっかり拭くんだぞ。それが終わったら、こいつに温かい餌をやってくれ」

アサドは一番奥の馬房にいた。近づいてくるケイトリンをじっと見つめている。やがてアサドが頭を持ちあげ、耳をぴんと立てた。彼女に気づいたのだ。アサドは速度と持久力の両方を兼ね備えた小型の去勢馬だ。馬体は張りがあり、均整が取れている。毛色は光の加減で金色にも見える栗色。たてがみと尻尾は亜麻色だ。「坊や、元気だった?」ケイトリンは手のひらを上にして差しだした。その手のにおいをかぎ、アサドがうれしそうにいななく。彼女の愛馬は形のいい頭をさげて前に出てきた。鼻と額を撫でてやる。アサドはもっと撫でてくれとばかりに、甘えて顔をすり寄せてきた。

「もっと早く会いに来なくてごめんね」ケイトリンは馬の目と目のあいだに、ぎこちなくキスをした。アサドは彼女のドレスの肩の部分を軽く噛んでいる。親切にも毛づくろいをしようとしてくれているのだ。ケイトリンの唇に自然と笑みが浮かぶ。彼女は愛馬の顔をあげさせて、彼が喜ぶやり方でなめらかな首をかいてやった。「ひとりぼっちで寂しかったでしょう」亜麻色のたてがみをくしゃくしゃと撫でる。

アサドがケイトリンの肩に顔をのせてきた。この仕草は信頼の証だ。彼女は思わず泣きそうになった。「あなたは何も悪くないのよ」馬に顔を寄せてささやく。「すべてわたしのせいなの。ごめんなさいね、本当に――」

喉が痛いほど締めつけられる。唾もうまくのみこめない。徐々に息ができなくなって……。ケイトリンはアサドの首から手を外すと、くるりとうしろを向いて愛馬に背を向けた。肩を大きく上下させて息をしながら、おぼつかない足取りで歩きだす。けれどもほとんど進まないうちに、彼女はデヴォンの胸に倒れこんだ。

彼がすばやくケイトリンの腕をつかんで抱き止める。「どうした?」自分の激しい鼓動の音にかき消され、デヴォンの声はかすかにしか聞こえない。

彼女は力なく首を横に振った。自分の体が自分のものでない気がする。胸に鋭い痛みが走った。このまま心臓が止まってしまうのかしら……。

「話はできるかい？」デヴォンが彼女の体をやさしく揺すった。

言葉が出てこない。話そうとしても、口から出るのは荒い息だけだ。ところが突然、嘘のように喉の圧迫感が消えた。ケイトリンは思いきりデヴォンを突き飛ばした。もういや。いったい何をやっているのよ？　彼の目の前で醜態をさらしてしまった自分が情けなくてしかたがない。この人にだけは、そんな姿を絶対に見せてはいけないのに。

すぐにデヴォンの腕が肩にまわされた。必死に身をよじって逃れようとしても、彼はまったく気にするふうもなく、ケイトリンの肩を抱き寄せたまま通路をゆっくりと歩きはじめた。

「閣下」ブルームが目を丸くして駆け寄ってきた。「何かあったんですか？」

「少しふたりだけになりたい」デヴォンがきっぱりとした口調で言う。「どこか適当な場所はないか？」

「それなら馬具室がいいでしょう」ブルームが馬房の先にあるアーチ形のドアを指さした。

デヴォンはなかば抱えこむようにして、ケイトリンを鞍棚がずらりと並ぶ部屋の中に連れていった。彼女はなおも体をひねり、手足をばたつかせて抵抗した。デヴォンは辛抱強く繰り返しケイトリンの名前を呼びながら、彼女を腕の中に包んでいる。もがけばもがくほど、体を包む腕の力が強くなり、しまいには彼の胸に顔を押しつける格好になってしまった。それでもめげずにデヴォンの腕を振りほどこうと無駄な試みを続けていたが、ケイトリンの体から少しずつ力が抜けていった。やがて口から嗚咽《おえつ》がもれだした。

「大丈夫だ」彼がささやきかける。「大丈夫……何も心配はいらない。ぼくがそばにいる」

嗚咽は本格的な泣き声に変わった。ケイトリンはデヴォンの首に腕を巻きつけ、彼の喉のくぼみに顔をうずめて大声で泣きはじめた。一度こぼれた涙はとめどなくあふれだし、それとともにさまざまな感情が堰《せき》を切ったようにわきあがってきた。

きついコルセットのせいか息が苦しい。膝に力が入らなくなり、意識が遠のいていく。ケイトリンはゆっくりとくずおれた。すぐさまたくましい腕に抱きあげられたのはわかったものの、自分で体を動かすことはできず、その温かくて頼もしい腕に身を預けた。そのうち目の前が暗くなり、ついには完全な闇に包まれた。

4

ケイトリンはゆっくりと現実に戻ってきた。声が聞こえる。くぐもった話し声だ。誰の声だろう？　足音が遠ざかっていく。屋根を叩く雨音が耳に障る。お願い、静かにして。もう少し、まどろんでいたいの……。彼女は顔を反対側に向けた。その拍子に、温かくてやわらかいものが頰に触れた。そっと撫でられているみたいだ。なんだかくすぐったい。

これは何？　わたしは何に寄りかかっているのかしら？　硬いけれど心地よくて、一定のリズムで上下に動いている。どこからかいい香りが漂ってくる。馬と革と、そして朝露に濡れた土を思わせるベチバー油の香り。ということは、今は朝ね……でも、なんとなく違う気がする……。

そうだわ、嵐に遭ったのよ。思いだしたとたん、体がこわばった。

低いささやき声が耳をくすぐる。「大丈夫だ。さあ、ぼくに寄りかかって」

ケイトリンはぱっと目を開けた。「誰……」わけがわからず、まばたきを繰り返す。「ここは……いったい……」

顔をあげたその瞬間、青い瞳と目が合った。デヴォンの腕の中にしっかり包まれていることとに気づき、胸の奥にかすかな痛みが走る。けれど、不思議と不快ではなかった。ふたりは馬具室の床に敷いた馬用毛布の上に座っていた。馬具室は馬房のそばにあり、厩舎の中で一番暖かくて、湿度の低い部屋だ。白松材の壁には鞍棚がずらりと取りつけられている。ケイトリンは頭上の天窓に目を向けた。ガラスの表面を、雨がまだら模様を描きながら流れ落ちていく。

だめよ、心の準備ができていない。今はまだ、自分が取った行動を深く考えられそうにない。彼女はきつく目を閉じた。まぶたがかゆい。なんだか腫れているみたいだ。人差し指でごしごしこすりはじめる。

デヴォンに軽く手首をつかまれた。「こすってはいけない。余計にひどくなる」彼はやわらかい布を手渡した。馬具を磨くときに使う布切れだ。「心配しなくても清潔だよ。さっき厩舎長が持ってきてくれたんだ」

「もしかして、ミスター・ブルームは……見たの？　つまり、その……わたしのこんな姿を……」声がだんだん小さくなっていく。

デヴォンの口調はやけに楽しそうだ。「ぼくの腕に抱かれているきみの姿を彼は見たのか、ということかな？　見たと思うよ」

ケイトリンは悲痛なうめき声をあげた。「最悪だわ。厩舎長にどう思われたか、想像もしたくない……」

「変な想像はしていないさ。かえって喜んでいたくらいだ。ブルームは〝レディ・トレニアもたまには赤ん坊みたいに泣きわめいたほうがいい〟と言っていたよ」

泣きわめく……。恥ずかしすぎて、穴があったら入りたい。

デヴォンの手がもつれた髪の中に滑りこんできた。指先で頭皮をやさしくもみほぐしはじめる。不適切このうえない行為なのは百も承知だけれど、あまりにも気持ちがよくて、やめてと言う気になれなかった。

「気分はどうだい？　よかったら、事故が起きた日のことを詳しく話してくれないか？」彼が静かな声で言う。

たちまちケイトリンの体から血の気が引き、力が抜けていった。彼女は弱々しく首を横に振った。

相変わらずデヴォンは、頭皮をそっともんでくれている。「さあ、話してごらん」

いつもの自分なら、〝あなたには関係ないわ〟と言い返すだろう。でも、今はその気力もない。「わたしのせいなの」気づくと言葉が口から滑りでていた。目の縁からこぼれ落ちた涙がこめかみを濡らす。「テオが死んだ原因はわたしにあるのよ」

デヴォンは無言のまま、ケイトリンが先を続けるのを辛抱強く待っている。

彼女は早口で話しだした。「そう、わたしが殺したも同然なの。事故が起きた日、テオはひどく腹を立てていたと言ったでしょう？　それはわたしとけんかをしたからよ。もう少しわたしが柔軟な態度を取っていたら、テオは今も生きていたわ。あの日の朝、わたしはアサドに乗るつもりでいたの。だけどテオはいい顔をしなかった。それでわたしたちは言いあいになって……彼に家にいろと言われたけれど、わたしはどうしてもいやだった。そうしたら、テオは自分も一緒に出かけると言いだしたの。だけど――」嗚咽がもれて言葉が途切れたが、懸命に声を振り絞った。「わたしは彼にだめだと言ったのよ。はなから馬に乗るのは無理だった。だって、前の晩からずっとお酒を飲みつづけていて、ふらふらだったんだもの」

デヴォンは涙で濡れた彼女のこめかみに親指を当て、円を描くようにマッサージをはじめた。「テオはきみが間違っていることを証明しようとしたんだな」

ケイトリンは顎を震わせてうなずいた。

「それで彼は屋敷を飛びだしていった。そのとき、あいつの怒りは頂点に達していたに違いない」デヴォンが先を続ける。「そして廏舎へ向かい、足元がふらついているにもかかわらず、きみの愛馬に乗ると言い張った。おそらくテオには、しらふのときでもきみの馬は乗りこなせなかったはずだ」

彼女の顔が引きつった。「彼をうまく制御できなかったわたしが悪いのよ。もっといい妻だったら――」

「おいおい」泣きだしたケイトリンを彼がなだめる。「もう泣くな。ゆっくり深呼吸してごらん、気持ちが落ち着くから」

デヴォンがケイトリンを自分の膝の上に座らせた。彼女の手から布を取りあげ、目と頬をぬぐってくれる。まるで子どもに戻った気分だ。「いいかい、こう考えるんだ」彼は静かな口調で言った。「テオをうまく制御できなかったと言ったね？　だが、夫は馬じゃない。調教してどうにかなるものではないんだ。テオは自分の意志で物事を決められる、れっきとした大人だった。愚かな危険を冒したのも、あいつが選択したことだ。ただ、その代償はあまりにも大きかった」

「あなたの言うこともわかるわ。だけどテオは酔っていたから――」

「それもあいつが自分で選択したんだ」

驚きだった。デヴォンには、こちらの過失を責められると思っていた。それなのに、彼は淡々と事実を述べている。だからといって、罪悪感が消えるわけではないけれど。「それでもわたしが悪いのよ」ケイトリンは言い張った。「テオは怒りっぽい性格だったの。頭に血がのぼるといつも、まともな判断ができなくなったわ。わたしはテオをなだめなければいけなかったのに、かえって怒らせてしまった」

「テオが怒りっぽい性格だったのは、きみのせいではないよ。彼が短気を起こして無謀なまねをする気になったら、誰もあの男を止められないんだ」

「初めはテオも無謀なまねをする気はなかったの。わたしが彼の怒りに火をつけたから、あの人は自分を抑えられなくなってしまったのよ」

デヴォンがいらだたしげに口元をゆがめる。「いいや、それは違う」

「どうしてそう言いきれるの？」

「ぼくもレイヴネル家の一員だからさ。怒りっぽい性格はうちの遺伝だ。だが制御不能なほど逆上しても、自分が今何をしているかは完璧にわかっている。そういうものなんだよ」

ケイトリンはかたくなに首を横に振った。「あなたはテオとわたしが言い争っている場にいなかったじゃない。なんとでも言えるわ。あのとき、わたしは彼をひどくなじったの……そのときの彼の顔をあなたに見せたかったわ」

「たとえなじったとしても、きみが口にした言葉のせいでテオが自殺行為に及んだわけじゃない」

ふと気づくと、ケイトリンはデヴォンの襟足の髪に指を差し入れていた。おまけに両腕を彼の首にまわしている。いつからこの体勢だったの？　顔から火が出そうになりながら、彼女は腕をほどいた。

「あなたはテオに厳しいわ。それは彼を嫌っていたからね」ばつの悪さを隠し、平静を装って言った。「でも――」

「ぼくはきみに好意を持っているかどうか、まだわからない。その人物を好きか嫌いかは関係ないんだ。ぼくはそんなもので自分の意見を変えたりしないよ」

ケイトリンは目を大きく見開いてデヴォンを見つめた。ふたりの目は同じ高さにある。彼のどこか冷淡で感情を排した言葉のほうが、どんな同情の言葉よりも慰めになるのはなぜだろう？

「事故が起きたあと、馬番が大あわてでわたしを呼びに来たの」口から言葉がこぼれでた。「テオは地面に横たわっていたわ。首の骨が折れていた。だから医師が来るまで、誰もテオを動かさなかったのよ。わたしは彼に顔を近づけて名前を呼んだ。彼は目を開けたわ。その目を見て、テオは死ぬんだとわかった。わたしは彼の頬に手を当てて、愛していると言ったの。彼の返事は〝きみはぼくの妻なんかじゃない〟だった。それが最後の言葉よ。医師が到着したときには、もう意識がなかった……」また涙が流れ落ちた。いつしかケイトリンは、馬具磨き用の布をきつく握りしめていた。デヴォンの手が伸びてきて、彼女の手を包みこむ。

「ぼくはテオの最後の言葉に深い意味はないと思うな。首の骨が折れていたんだ。本音を言える状態ではなかったよ」彼はケイトリンの握りしめた手の甲を、親指でそっと撫でた。

「いいかい、よく聞いてくれ、泣き虫さん……テオはもともと向こう見ずな男だった。生まれつきなんだよ。レイヴネル家には何世紀にもわたって、この性格が受け継がれている。たとえテオが聖人と結婚しても、あいつの短気で無鉄砲なところは一生変わらなかったんだ」

「わたしは聖人ではないわ」彼女はうつむき、か細い声で応えた。

「それはきみと初めて会って五分も経たないうちに気づいたよ」デヴォンの口調には面白がるような響きがあった。

自分のこぶしを包む、美しくも男らしい大きな手を見おろしたまま、ケイトリンは小声で言った。「もう一度、初めからやり直せたらいいのに」

「あれは事故だったんだ。誰もきみを責めやしないさ」

「それでも、わたしは自分を責めるわ」

彼が冗談めかして言う。「しるしは隠せても、胸の痛みはいつまでも消えないでしょう」

ナサニエル・ホーソーンの小説『緋文字《ひもんじ》』からの引用だ。すぐにそうとわかり、みじめな気分になる。彼女は顔をあげてデヴォンを見た。「あなたはわたしのことをヘスター・プリンみたいだと言いたいのね？」

「苦難に耐えるところだけね。だが、ヘスターは罪を背負って生きたとはいえ、楽しい思いもした。きみと違って」

「楽しい思いって？　言っている意味がわからないわ」

彼はケイトリンの顔をじっと見つめている。「男と快楽にふけったということさ」

驚きのあまり、彼女は目を丸くした。内心うろたえつつも、デヴォンをにらみつける。

「信じられない、いきなり何を言いだすの――」この人は二重人格なのかしら？　今までやさしかったのに、また不愉快なろくでなしに戻ってしまった。「失礼ね！　こんな話はしたくないわ！」ケイトリンは彼の膝の上からおりようとして身をよじった。そんな彼女を、デヴォンは涼しい顔で抱きかかえている。

「今のきみは怒っても説得力がないな。まずはドレスの乱れを直すのが先じゃないのか？」

彼女はドレスを見おろした。自分のあられもない姿にぎょっとする。ドレスのボタンだけでなく、コルセットの上ふたつの留め金まで外れていた。たちまちケイトリンの顔は真っ赤になった。「どうしてこんなことに？」

デヴォンの目が嬉々として輝いている。「きみは呼吸するのも苦しそうだった。それで、こういうときは慎み深さよりも酸素のほうが重要だと思ったんだ」ケイトリンはあわててコルセットの留め金を留め直しはじめた。その様子をのんびり眺めながら、彼が涼しい顔で続ける。「手伝おうか？」

「結構よ！　いつものあなたなら、レディが下着を身につけるときは手伝うのでしょうけれど」

「たしかに、レディに手を貸すことはあまりないかな」デヴォンが楽しげに笑う。ケイトリンは必死の形相で留め金と格闘していた。

今日は朝からずっと神経が張りつめっぱなしで、もうくたくただ。そのせいで、単純なこともまともにできない。彼女は腹立ち紛れにため息をついた。

あまりの不器用さを見るに見かねたのだろう、デヴォンがぶっきらぼうに言った。

「ぼくがやろう」ケイトリンの手を払いのけ、手慣れた感じでコルセットの留め金を留めていく。デヴォンの指の関節が肌に触れる。彼女は息を止めて体をこわばらせた。彼はあっという間にすべて留め終え、次にドレスのボタンに手をかけた。「そんなに緊張するなよ。きみを襲ったりしない。言っておくが、ぼくは世間の評判ほど女癖の悪い男ではないんだ。だいいち、こういう控えめな胸には――まあ、かわいらしいが、まったくそそられない」

ケイトリンはデヴォンをにらみつけた。彼の頬にまつげが影を落としている。これでまたひとつ、この人を憎む理由が増えたわ、と心の中で思った。デヴォンは彼女がにらんでいるのも意に介さず、長い指でドレスと共布の小さなループにやすやすとボタンをくぐらせていった。

「ほら、終わった」

ケイトリンはすばやく彼の膝からおりた。

「気をつけてくれよ」彼女の膝が下腹部をかすめ、デヴォンが顔をしかめる。「まだ跡継ぎを作っていないんだ。領地を守るには、家宝の宝石よりぼくの体の特定部位のほうがはるかに重要だろう？」

「そんなこと知らないわ。わたしには関係ないもの」ケイトリンはふらふらと立ちあがった。

「それもそうだが、ぼくとしてはまだ男性機能を失いたくないんでね」デヴォンもにやりとして立ちあがり、彼女の体を支えた。

ケイトリンは自分の姿を見おろした。今さらながら、泥だらけのドレスに唖然《あぜん》とする。彼女は黒いクレープ地の喪服に絡みついた干し草や馬の毛を払い落とした。

「屋敷まで送ろうか？」デヴォンが言った。

「いいえ、別々に戻ったほうがいいわ」

「きみの好きにすればいいさ」

背筋をぴんと伸ばして、ケイトリンは言い添えた。「今日のことは誰にも言わないでほしいの」

「ああ、わかった」

「それと……わたしたちは今も友人ではないわよ」

デヴォンがまっすぐ彼女の目を見据えた。「じゃあ、敵なのかな？」

「さあ、どうかしら。それはまだわからないわ」震える息を吸いこむ。「あなたは……アサドをどうしようと思っているの？」

彼の表情がどことなくやわらいだ。「きみの愛馬はしっかり調教し直すまで、ここに置いておくつもりだ。今はそれしか言えない」

望んでいた答えではなかった。それでも、ただちに売り払われるよりはずっとましだ。ちゃんと調教し直したら、あの子を大切にしてくれる人がきっと現れるだろう。

「そういうことなら……わたしたちは敵ではないわね」

デヴォンはネクタイも襟も外して、シャツ一枚の姿で目の前に立っている。彼のズボンの裾も泥だらけだ。そして髪は乱れているだけでなく、干し草までついている。それなのに、デヴォンはとてもハンサムだった。ケイトリンはおずおずと手を伸ばし、彼の髪についた干し草を取った。なぜか右側の髪だけが外側にはねている。思わずそちらにも手を伸ばして撫でつけたい衝動に駆られた。

「服喪期間はどのくらいあるんだ？」デヴォンが唐突に尋ねた。

彼女はびっくりして目をしばたたいた。「未亡人の場合？　それなら服喪期間は四つに分けられるの」

「四つ？」

「ええ。夫が亡くなった日から一年間は正喪期間。次の第二服喪期間は六カ月よ。そして第三服喪期間は三カ月。その後は半喪期間といって、寿命が尽きるまで続くわ」

「もし再婚したくなったらどうするんだ？」

「正喪期間が終われば再婚はできるのよ。正確には、一年と一日が過ぎたらだけれど。でも子どもがいるとか、お金がないとかならまだしも、そんなに早く再婚したら、まわりからはいい顔をされないわね」

「いい顔はされないが、また結婚できるというわけだ」

「そうよ。でも、どうしてそんなことをきくの?」

デヴォンは軽く肩をすくめた。「ただの好奇心だよ。男の場合は六カ月喪に服せばいいだけだろう——男は忍耐力がない。一生喪に服すのは無理だな」

ケイトリンも肩をすくめた。「もともと男性と女性は心の構造が違うのよ」

彼がいぶかしげな視線を向けてきた。

「だって女性のほうが愛情深いでしょう。違う?」

「本気でそう考えているなら、きみは男のことをまるでわかっていないな」デヴォンの口調は穏やかだった。

「ばかにしないで。わたしは結婚していたのよ。男性のことならよくわかっているわ」ケイトリンはドアに向かって歩いていった。敷居で立ち止まり、デヴォンに向き直る。「今日は迎えに来てくれてありがとう。助かったわ」返事も待たずに、彼女は馬具室から出た。

デヴォンはのろのろした足取りでドアに向かった。目を閉じて戸枠に額をもたせかけ、小さくため息をもらす。

まいったな……ケイトリンが欲しくてたまらない。

いったいどうしてしまったのだろう？　彼は壁に背を預けた。救いようがないほど心が弾む。こんな気分になるなんて、まるで自分が自分でなくなったみたいだ。

女の涙は嫌いなはずだった。相手の目が潤んできたのがわかると、ただちに尻尾を巻いて逃げだしたくなる。ところがケイトリンを腕に抱いた瞬間、自分の世界が、過去が、今までかたくなに信じてきたものが、すべて吹き飛んでしまった。彼女が身を預けてきたときは、感動すら覚えた。それは情熱を分かちあいたいからでも、不安を埋めたいからでもなく、ただ単純に彼女が人肌のぬくもりを求めていたからだ。正直に言って、これまで女性を慰めたいと思ったことなど一度もない。だが涙に暮れるケイトリンを抱きしめているうちに、ふと気づいた。慰めるという行為は、熱く激しい情事よりもはるかに親密なものだということに。

そうとわかったとたん、彼女をさらに強く抱きしめずにいられなかった。

まったく自分らしくもない。頭の中は完全に混乱し、体は今もまだケイトリンが膝の上に座っている気がして、熱くほてっている。唇に触れた、あのなめらかな頬の感触が忘れられない。涙と夏の雨の味がした、ほんの一瞬の口づけ。ケイトリンが意識を取り戻す前の秘めやかな出来事。また彼女にキスしたい。ゆっくりと時間をかけて、体のあらゆる場所に。一糸まとわぬ姿の彼女を、そして絶頂のあとの気だるい余韻に浸る彼女を、この腕に抱きたい。これほどまでに欲望をかきたてられる女性は初めてだ。ケイトリン・レイヴネルのすべてが欲しくてしかたがない。

くそっ、最悪の状況じゃないか。ぼろ屋敷。借金の山。自分のものにできない女性。ケイトリンは一年と一日を喪に服す。しかしそれが終わっても、ふたりの関係は何ひとつ変わらないだろう。ケイトリンは愛人に身を落とすような女性ではない。それにレイヴネル家の男など、テオでもう懲りごりのはずだ。

デヴォンは浮かない顔で、床に脱ぎ捨てられた上着を拾いに行った。よれよれになったその上着をふたたび着て、馬具室を出る。馬番の少年ふたりが話をしながら馬房の掃除をしていた。デヴォンに気づき、彼らはぴたりと口をつぐんだ。あたりは静寂に包まれ、聞こえるのは床をこするほうきとシャベルの音だけだ。デヴォンは馬房が並ぶ通路を奥へと進んだ。興味津々に彼を見る馬もいれば、そっぽを向いている馬もいる。

彼はケイトリンの愛馬がいる馬房にそっと近づいた。アサドは不安げに横目でこちらをうかがっている。「やあ、アサド。大丈夫だ、何もしないから」声をひそめて話しかけた。「まあ、そうはいっても、レイヴネルの男を嫌うおまえの気持ちもよくわかるよ」

アサドはそわそわと脚を動かしながら尻尾を振っている。デヴォンはゆっくりと馬房の前に行った。

「気をつけてください、閣下」ブルームの穏やかな声が背後から聞こえてきた。「嚙まれますよ。アサドは知らない人を嚙む癖があるんです。でもそれ以前に、このアラブ馬は男より女の子のほうが好きなんですよ」

「男なら当然だ」デヴォンはケイトリンをまねて、手のひらを上にして差しだした。

アサドは目を半分閉じて、慎重に手のにおいをかいでいる。やがて頭をさげて服従の姿勢を取り、デヴォンの手のひらに鼻をすり寄せてきた。彼は顔をほころばせ、馬の頭を撫でた。

「おまえはハンサムだな」

「この坊主ときたら、自分が男前なのをちゃんと知ってるんですよ」ブルームがおかしそうに笑って近づいてきた。「閣下の手についている奥様のにおいがわかったんですね。どうやらアサドはあなたが気に入ったみたいだ。馬というのは、好きな人間の言うことならなんでも聞くんです」

デヴォンはアサドの首から肩に向かって撫でてやった。馬のぬくもりがじんわりと手に伝わってくる。つややかな光沢を放つ毛並みの手触りは、まるで絹そのものだ。

「アサドの荒い気性をなだめるこつは？」隣にいるブルームに尋ねた。「仮にレディ・トレニアがこいつを調教するとして、なんの危険もないのかな？」

「まったくないです。気性は決して荒くありません。アサドは繊細なだけなんですよ。目も耳も鼻もいいし、立派な馬です。やさしく接してやれば暴れたりはしません」ブルームは言葉を切った。白い頰ひげを引っ張りながらしばらくためらっていたが、また話しはじめた。

「挙式の一週間前に、アサドはレオミンスターからここにやってきました。そのとき、トレニア卿がこいつを見に来たんです。いやあ、奥様が一緒じゃなくてよかったですよ。アサドがトレニア卿に嚙みつきましてね。そのお返しに、旦那様はこいつの鼻を思いきりこぶしで殴りつけたんです。おれは言いました。〝閣下、殴ったらだめです。怖がらせるだけで、信頼されませんよ〟と」ブルームは悲しげにかぶりを振った。目には涙が浮かんでいる。「おれは旦那様を子どもの頃から知っているんです。坊ちゃまは、それはもうみんなに愛されてましたよ。ただ、燃え盛る暖炉から飛びだした赤い石炭でした」

デヴォンはいぶかしげな顔でブルームを見た。「どういう意味かな？」

「ヨークシャー地方では、癇癪《かんしゃく》持ちのことをこう言うんです」

デヴォンが口を開きかけたそのとき、アサドが彼の顎に鼻をそっと押し当ててきた。デヴォンは顔をそらさずにじっとしていた。

「やさしく鼻に息を吹きかけてやってください」ブルームがささやく。「アサドは閣下と友だちになりたがってますよ」

デヴォンは言われたとおりにした。するとアサドが息を吹き返してきた。デヴォンの胸に鼻をすり寄せ、シャツをなめている。

「閣下、お見事です。アサドを手なずけましたね」ブルームの丸い顔に満面の笑みが浮かぶ。

「ぼくの腕がよかったわけじゃない」デヴォンはつややかなアサドの頭を撫でた。「レディ・トレニアのにおいのおかげだ」

「まあ、そうですが、あなたは馬の扱いに慣れている」ブルームがさりげなくつけ加えた。

「奥様の扱いにも」

デヴォンは目を細めて廏舎長を見おろした。白いマトンチョップひげを生やした年配の男もこちらを見あげている。澄ました顔で。

「レディ・トレニアは夫の事故死の衝撃からまだ立ち直れずにいる」デヴォンは言った。「何も彼女だけではない。同じ境遇の女性がそばにいたら、ぼくは救いの手を差し伸べるよ」いったん言葉を切ってから続ける。「頼みがあるんだ。今日、彼女が取り乱したことは、あくまでこの廏舎の中だけにとどめておいてくれ」

「わかってます。馬番たちには、ひとことでも口外したら、けつをぶっ叩くと言ってありますよ」ブルームは気遣わしげな表情を浮かべている。「あの日の朝……事故が起きる前に、旦那様と奥様はもめたんです。おれは奥様がご自分を責めてるんじゃないかと、ずっと心配でした」

「ああ、自分を責めて苦しんでいる」デヴォンは静かな口調で応えた。「だが、彼女に言ったんだ。ぼくのいとこが取った軽はずみな行動に対して、きみには何も責任はないとね。もちろんアサドにも責任はない。あの悲劇はテオが自分でまいた種なんだよ」

「そのとおりです、閣下」

デヴォンは最後にもう一度、アサドの頭を撫でた。「じゃあな、相棒……明日、帰る前にまた来るよ」彼は廏舎の出入り口に向かって通路を歩きだした。ブルームも並んで歩いている。「伯爵が亡くなったという噂は、あっという間に領地じゅうに広まったんだろうな」

「ええ、早かったです」

「トレニア卿夫妻の口論の原因を知っている者はいるのかい?」

ブルームは無表情だ。「さあ、どうでしょう」

いや、この厩舎長は知っている。間違いない。使用人というのは、えてして何もかも知っているものだ。とはいえ、夫婦間の問題をブルームにしつこく尋ねるわけにはいかないだろう。しかたない、この話はここでやめておこう……とりあえず今のところは。

「レディ・トレニアをよろしく頼む。アサドの調教は自分がすると言いだしたら、彼女から目を離さないでいてほしい。ミスター・ブルーム、ぼくはあなたになら彼女を安心して任せられるよ」

「ありがとうございます、閣下」ブルームはうれしそうな声をあげた。「それじゃあ、レディ・トレニアはエヴァースビー・プライオリーにいてもいいんですね？」

デヴォンはあっけにとられて厩舎長の顔を見おろした。

単純な質問だ。だが、同時にとてつもなく複雑でもある。ケイトリンをどうするつもりだ？　テオの妹たちはどうする？　屋敷は？　厩舎は？　使用人たちは？　領地の小作人やその家族は？

本当にすべてを運任せにする気なのか？

だが、しかしだ、自分の人生はどうなる？　残りの人生をダモクレスの剣（つねに戦々恐々としている状況）の下で生きることになってもいいのか？　一生、膨大な借金や義務や責任に縛られるんだぞ？

つかのま、デヴォンは目を閉じた。認めたくなかっただけで、答えはすでに出ている。テオの死の知らせを受け取った瞬間、ダモクレスの剣は自分の頭上につるされたのだ。

選択の余地はない。

望むと望まざるとにかかわらず、爵位とともに責任も受け継いだのだから。

「ああ、そうだ」デヴォンはようやく口を開いた。かすかな吐き気がせりあがってくる。「全員、今までどおりの生活を続ければいい」

ブルームがにっこりしてうなずいた。なんだか、この男の作戦勝ちといった感じがする。デヴォンは屋敷へ通じるドアを開き、玄関広間へ向かった。まるで現実味がない。果たして自分は本気なのか？　すべてを背負う覚悟はできているのだろうか？

屋敷に入ると、二階のほうからピアノの音と女性の声が聞こえてきた。誰だ？　男の声もする。まさか、空耳だろう……。いや、これは絶対に男と女の話し声だ。

メイドが大階段の手すりをせっせと磨いている。デヴォンは彼女に声をかけた。

「この音はどこから聞こえてくるんだ？」

「二階の応接間です、閣下。みなさん、そちらで午後のお茶の時間をお過ごしになられています」

デヴォンは足音を忍ばせて階段をのぼりはじめた。一歩一歩応接間に近づくにつれ、男の声がはっきり聞こえてくる。ウエストのやつめ、まったく懲りない男だ。

「トレニア卿」応接間に入っていったデヴォンに、ウエストンがにやりとしてみせた。反省の色はかけらも見当たらない。「ついにかわいいとこたちに会えたよ」ゲームテーブルの脇の椅子に腰かけている弟の足元に、おてんばの双子が座っていた。ふたりは夢中になって、イングランド地図のジグソーパズルを組み立てている。ウエストンはスキットルに入ったアルコールを気前よく紅茶に注ぎながら、デヴォンを横目で見た。「なんだい、その格好は？　汚らしいな」

「なぜおまえがここにいるんだ？」デヴォンは室内を見まわした。「この中に堕落してしまった者はいるかな？」

「一二歳から堕落した生活を送っているよ」ウエストンがしれっと答える。

「ウエスト、おまえは黙っていろ。女の子たちにきいているんだ」

「まだ堕落していないわ」カサンドラがあっけらかんとした口調で言う。

「どうしてないのよ！」パンドラが大声を張りあげた。手のひらいっぱいにのせたパズルのピースを真剣な目で見つめている。「ルートンが見つからないわ」

「気にしなくていい」ウエストンがパンドラに話しかけた。「ルートンなんかなくてもイングランドは困らないよ。実際、ないほうが今より発展するんじゃないかな」

「でも、ルートンは帽子作りで有名な街だそうよ」カサンドラが話に入ってきた。

「知ってる？　帽子を作っていると頭がどうかなってしまうんですって」次はパンドラだ。

「帽子作りって、そんなに退屈な仕事なのかしら？」

「退屈で頭がどうかなるんじゃないんだよ」ウエストンが言う。「帽子職人たちはフェルトを作る過程で水銀溶液を使うんだ。この蒸気を何度も繰り返して吸いこむと、頭がどうかなってしまうのさ。それで〝マッド・アズ・ア・ハッター（帽子屋のように正気を失っている）〟という決まり文句ができたんだ」

「職人たちがかわいそうだわ。どうしてそんな体に悪いものを使うの?」パンドラがきいた。

「代わりの職人はいくらでもいるからだよ」ウエストンは皮肉を吐いた。

「パンドラ!」今度はカサンドラが大声をあげた。「形の違うピースをはめこまないで! 全然違うじゃない。本当に適当なんだから」

「ちゃんとぴったり合ってるわ」嘘八百もいいところだ。それなのに、パンドラはかたくなに言い張っている。姉妹げんかがはじまった。

「ねえ、ヘレンお姉様」カサンドラが声をかけた。「マン島は北海にあるの?」

曲が止まった。ヘレンは応接間の隅にある小型のアップライトピアノの前に座っている。ピアノは調子外れの音を出していたが、彼女の腕前は見事だ。「いいえ、アイリッシュ海よ」

「もうやめた!」パンドラがパズルのピースを放り投げた。「これって、いらいらマックスだわ」

ヘレンがきょとんとした表情のデヴォンに目を向けた。「パンドラは新しい言葉を発明するのが好きなんです」

「別に好きじゃないわ」パンドラがとがった声で言い返す。「新しい言葉を作るのは、自分の気持ちをぴったり表す言葉がないときだけよ」

ヘレンはピアノから離れてデヴォンのそばへ来た。「閣下、義姉を迎えに行ってくださってありがとうございます。義姉はまっすぐ自室に戻りました。今はメイドたちがお風呂の準備をしています。お風呂のあとは食事をとって、少し休むのかもしれません」

「彼女の具合は大丈夫かな?」ケイトリンはヘレンになんと言ったのだろう? デヴォンは心の中で思った。

ヘレンがうなずく。「大丈夫だと思います。ただ少し疲れているみたいでした」

ああ、そうだろう。少しどころか、かなり疲労困憊《こんぱい》しているはずだ。

デヴォンは弟に視線を移した。「ウエスト、話がある。図書室へ行かないか?」

ウエストンがティーカップの中身を飲み干した。椅子から立ちあがり、いとこたちにお辞儀をする。「きみたちのおかげで楽しい午後を過ごせたよ」彼はパンドラに向き直った。「パンドラ、さっききみはウエールズの場所にポーツマスのピースを置いたんだよ……でも、これは余計なひとことだったかな」

「ほら、わたしの言ったとおりだったじゃない」カサンドラが声を荒らげた。またけんかをはじめた双子たちを尻目に、デヴォンとウエストンは応接間をあとにした。

5

「いやあ、楽しかった。正直、純真無垢な少女たちの相手をして、こんなに愉快な時間を過ごせるとは思ってもいなかったよ」デヴォンと図書室へ向かいながら、ウエストンが言った。「それにしても元気な双子たちだ。きっと田舎暮らしはつまらないだろうな」

「ウエスト、仮の話だが、あの子たちをロンドン社交界にデビューさせたとして――」これもデヴォンを悩ます問題のひとつだ。「見込みはあると思うか？」

一瞬、ウエストンは考えこむような表情を浮かべた。「夫を見つけられるか、ということかい？　その可能性はゼロだな」

「レディ・ヘレンも無理かな？」

「レディ・ヘレンは天使だよ。きれいで、物静かで、洗練されている……彼女には大勢の求婚者が群がるはずだ。だが、いざ結婚となると、彼女も難しいだろうな。持参金のない女の子は見向きもされないからね」

「実は、レディ・ヘレンにいいんじゃないかと思う男がいるんだ」

「誰だい？」

「ぼくたちの仲間さ……セヴェリンとか、ウインターボーンとか……」

「よしてくれよ。教養のない野蛮人たちじゃないか。兄さんは本気でやつらがレディ・ヘレンにふさわしいと思っているのか？　彼女は伯爵家のお嬢様だぞ。結婚相手は家柄がよくて、彼女同様に洗練された男じゃないとだめだ」

「ならばきくが、教養のない男に百貨店の経営者が務まるか？」

「リース・ウインターボーンは冷徹な成金だ。あいつは私腹を肥やすためならなんでもする。たしかにやり手だよ。それは認めるが……レディ・ヘレンにはふさわしくない。ふたりが結婚したとしても、互いに不幸になるだけだ」

「ああ、そのとおり。不幸になるのは目に見えている。しかし、それが結婚というものだ」

ふたりは図書室に入った。デヴォンは出窓の前に置かれた書き物机に向かい、張り地がすり切れた椅子に座った。今のところ、屋敷の中でこの空間が一番気に入っている。室内の壁はカシ材の羽目板。地図や書類がおさめられた引き出し付きの細長い書棚。圧巻なのは壁面をほとんど占領する本棚だ。おそらく三〇〇〇冊以上の本が並んでいるだろう。そして、このにおい。空気中には上質皮紙や羊皮紙のほかに、葉巻やインクや本の埃のにおいもかすかに漂っている。このいろいろまざりあったにおいが、妙に落ち着くのだ。

デヴォンは机の上にある葉巻ホルダーを手に取り、ぼんやりと眺めた。木製のホルダーの表面にはハチの巣が彫られており、小さな真鍮《しんちゅう》製のハチがあちこちに埋めこまれている。

「ウインターボーンがもっとも手に入れたいのは、金で買えないものなんだ」

「冗談だろう。あの男はそんなものに興味はないよ」

「貴族の娘でも？」

ウエストンは本棚の前をぶらついている。一冊抜きだし、ぱらぱらとページをめくりはじめた。「なんだってこんな話をしているんだ？　ぼくたちはレディ・ヘレンを男に会わせる計画を立てるために、わざわざ図書室に来たのか？　彼女の将来など知ったことではなかったはずだ。この領地を売り払ったら、彼女とは二度と会わないんだぞ。それなのに、なぜ急に気にしはじめたんだ？」

デヴォンは真鍮製のハチを指先でなぞりながら口を開いた。「領地は売らないことにしたんだ」

ウエストンが本を取り落としそうになる。「なんだって？　兄さん、気でも触れたのか？　なぜ売らないんだ？」

今は答えたくない。自分でも、まだ頭の中がきちんと整理できていないのだ。

「領地を持たない伯爵にはなりたくないからさ」

「いつから世間体を気にするようになったんだ？」

「ぼくは今、貴族だ。世間体を気にするのは当然だろう」

ウエストンが鋭い視線を投げつけてきた。「兄さんは財産など相続したくもないとずっと愚痴っていたよな。ぼくにはそれがまったく理解できなかった。だが今朝、トットヒルとフォッグに会ってようやくわかったんだ。ここの領地は重荷以外の何物でもないとね。こんな借金だらけの土地なんか、さっさと売り払ってしまえよ。爵位だけ継承すればいいじゃないか」

「領地を持っていなければ、爵位にはなんの価値もない」

「そんなことを言っても、ここを維持するのは無理だ」

「だったら、維持できるように何か方法を見つけるさ」

「いったいどうやって？　資金管理なんかしたこともないくせに。農業だってそうだ。カブの種まき時期さえ知らない。断言するよ。兄さんの全能力を総動員しても、領地運営はできない」

デヴォンも同じ意見だった。それなのになぜか、弟に図星を指されれば指されるほど、ますます意固地になった。「テオにできたんだ、ぼくにできないはずがないだろう」

ウエストンがあきれたように頭を振る。「その自信はどこから来るんだ？　死んだいとこと張りあおうとしているのか？」

「くだらない」デヴォンは切り捨てた。「ばかも休み休み言ってくれ。まわりをよく見てみろよ。ここには何百人もの人々が暮らしている。この領地を売り払ったら、この先、生きていけない者も多くいるだろう。それなら一家でマンチェスターに移り住み、小汚い工場で働けばいい、というわけにはいかないんだ」

「マンチェスターの工場で働くことのどこが悪い？　小汚いのはここも同じだ。泥だらけの土地に暮らしているんだからな」

「都会にはさまざまな病気が蔓延《まんえん》している。犯罪も貧民街も多い。そういうことを考えれば、田舎のハンプシャーのほうがはるかに住みやすいはずだ。ウエスト、ぼくはこの領地を立て直したいと思っている。小作人にとっても、商人にとっても、使用人にとっても、暮らしやすい場所にしたい。口で言うほど簡単でないのは百も承知だ。だが、やらなければいけないんだよ」

ウエストンは他人を見るような目つきで兄を見た。「勝手にすればいいさ。小作人も商人も使用人も、今は兄さんのものだ」

デヴォンは弟をにらみつけた。「そうだ。彼らは誰のものだと、おまえは思っていたんだ？」

ウエストンは口の端に薄笑いを浮かべた。「ひとつきいてもいいかな、領主様。立て直しに失敗したらどうするんだ？」

「失敗の二文字は頭の片隅にもない。初めから失敗することを前提に考えていたら、成功するものもしなくなるからな」

「すでに失敗するのは目に見えているじゃないか。まあ、いい。領主様を気取って、せいぜい悦に入っていればいいさ。だがな、その横で借地人たちは相変わらず飢えに苦しんでいるんだ。デヴォン、ぼくはそんな自己陶酔的な愚行には絶対につきあわないからな」

「つきあってくれと頼む気など、さらさらないよ」デヴォンは言い返し、ドアに向かって歩きはじめた。「おまえはただの酔っ払いだ。そんなやつに用はない」

「何様のつもりだ？」背後からウエストンの怒鳴り声が飛んできた。

デヴォンは敷居で立ち止まり、弟に冷ややかな視線を投げた。「ぼくはトレニア伯爵だ」

そのひとことを残して、図書室から出ていった。

6

ケイトリンは深い眠りからゆっくりと目覚めた。悪夢を見なかったのは、テオが亡くなってから初めてだ。ぼんやりした頭でそんなことを考えていると、朝食がのった盆を持ったメイドのクララと、そのうしろから家政婦が寝室に入ってきた。ケイトリンはベッドから起きあがり、ヘッドボードに背を預けて座った。

「おはようございます、奥様」クララは盆を慎重にケイトリンの膝の上に置いた。家政婦はカーテンを開けている。窓の外は曇り空だ。「トレニア卿からのお手紙ものせてあります」

いぶかしく思いながらも好奇心に駆られて、ケイトリンは折りたたまれた小さな羊皮紙を開いた。デヴォンの筆跡は鋭角的で力強い。文字は黒いインクで書かれていた。

〝奥様へ

今日、ロンドンへ戻る。だが、その前に話がしたい。重要な件だ。できるだけ早く図書室に来てほしい。

トレニアより〟

デヴォンと顔を合わせると思ったとたん、全身の神経がびくりと反応した。ついにこのときが来た……一刻も早く屋敷から出ていけと言われるに違いない。テオの未亡人も、彼の妹たちも、デヴォンにとってはただのお荷物だ。当然といえば当然だろう。こちらとしても、彼に迷惑をかけたくない。

今日は、これから住む家を探そう。寡婦給付金だけでは厳しい生活を強いられるけれど、三姉妹と自分の四人でなんとかやっていくしかない。新たな人生は違う土地ではじめるのはどうだろう？　エヴァースビー・プライオリーで暮らしたのはたった三カ月。いい思い出はあまりない。でも、ヘレンや双子たちはこの屋敷で生まれ育った。もしかしたら、ここを離れたがらないかもしれない。それでも彼女たちには変化が必要だ。新しい友人を作ったり、新しい景色を楽しんだり、新しい経験を積んだりしたほうがいい。そうだ、彼女たちのためにも違う土地へ移ろう。きっと大丈夫……四人で力を合わせればなんとかなる。絶対に。

問題は使用人や借地人たちだ。彼らのことが心配でならない。それにテオの死をもってレイヴネル一族の歴史が終焉《しゅうえん》を迎え、代々受け継がれてきたすばらしい財産が人手に渡ってしまうのも残念でしかたがない。

ケイトリンは沈んだ表情で身支度を整えはじめた。クララの手を借りて、ペチコート、コルセット、腰当て《バッスルパッド》を身につけていく。最後に長袖の黒いクレープ地のドレスを着た。ドレスの上半身は体にぴったりしたデザインで、スカート部分はたっぷりとプリーツが入っている。

クララが前身頃に並ぶ黒いボタンを留め終え、白い麻素材の付け袖を手首につけてくれた。ヴェールはどうしようか一瞬迷ったが、結局かぶらないことにした。今さらデヴォンに対して形式張る必要はないだろう。

ケイトリンは鏡の前に座った。クララの器用な手が編みこんだ髪をねじり、後頭部にピンで留めていく。クララがおずおずと口を開いた。「奥様……トレニア卿は使用人たちをどうするおつもりなのでしょう？　何か聞いていらっしゃいますか？　みんな心配しているんです。年配の使用人たちは、特に不安がっています」

「残念ながら、わたしもトレニア卿から何も聞いていないの」ケイトリンは自分の無力さが歯がゆかった。「でも、あなたはわたしのメイドよ。安心して。仕事は失わないわ」

「ありがとうございます、奥様」クララはほっとした様子だが、まだ不安のほうが大きいに違いない。その気持ちはよくわかる。彼女は大邸宅の女主人に仕えている上流使用人だ。今さら一般家庭や下宿屋などで働きたくないだろう。

「みんなが職を失わずにすむように、わたしからもトレニア卿にお願いしてみるわ」ケイトリンは言った。「だけど、あまり期待しないでね。わたしにはなんの影響力もないのよ」

クララと物悲しげな笑みを交わし、ケイトリンは寝室を出た。

図書室に近づくにつれて、鼓動がどんどん速くなっていく。ケイトリンは背筋を伸ばしてドアを開けた。

デヴォンは本棚の前に立っていた。手を伸ばし、横に倒れている本をもとに戻している。

「閣下」そっと声をかけた。

彼が振り向いた。全身を黒で統一している、今日もうっとりするほどすてきだ。上着も、ベストも、ズボンも、すべて同じ素材で仕立てられたスーツは今流行のゆったりしたシルエットだが、それでも引きしまった体の線ははっきり見て取れる。ふいに自分にまわされたデヴォンの腕や頬に触れた胸の感触を思いだしてしまい、ケイトリンの顔が一気に赤く染まった。

デヴォンが無表情でお辞儀をした。一見、彼はくつろいでいるようだったが、近づいてみると目の下にうっすらとくまができている。それに落ち着いた態度の裏に隠された緊張も、かすかに伝わってきた。そのせいで、二日前に初めて会った冷淡な放蕩者とは違う人物に見える。

「昨夜はよく眠れたかい？」彼の声も静かだった。

顔が燃えるように熱い。「ええ、おかげさまで」ケイトリンはお辞儀を返した。「手紙を読んだわ。わたしに話って何かしら？」両手の指を組み、しっかり握りしめる。

「実は領地の話なんだ。決めたよ――」

「お願いが――」デヴォンと同時に言ってしまい、ケイトリンはあわてて口をつぐんだ。

「ごめんなさい。話をさえぎって――」

「きみからどうぞ」

彼女は握りしめた両手に視線を落として話しはじめた。「できれば使用人たちの何人かでもいいから……本当は全員のほうがいいけれど……レイヴネル家で、この先もずっと働かせてやってほしいの。あなたは年配の使用人たちには辞めてもらおうと思っているかもしれない。でも、彼らはわずかばかりの退職金をもらうより、今までどおりレイヴネル家で働きたいと望んでいるわ。そういう彼らの気持ちも考慮してくれないかしら」

「わかった。よく考えてみるよ」

ふっと沈黙が落ちた。うつむいていても、デヴォンの視線を痛いほど感じる。その強いまなざしにさらされて、全身の肌が粟《あわ》立った。静かな室内に、マホガニー材の炉棚時計が時を刻む音だけが響いている。

彼のやわらかな声が耳に響いた。「緊張しているね」

「昨日の今日だから――」ケイトリンは言葉を切り、うなずいた。

「昨日の出来事は誰も知らない。ぼくたちだけの秘密だよ」

それはわかっている。でも、気まずくてしかたがない。昨日はデヴォンに自分の弱さや品のない姿を見せてしまった。こんなふうにやさしく声をかけられるより、ばかにして笑い飛ばしてもらったほうがましだ。

ケイトリンは顔をあげた。彼の目を見据え、なかば自暴自棄に言い放つ。「やっぱり、あなたは敵でいてくれたほうが気が楽だわ」

デヴォンが口の端に笑みを浮かべた。「それは困ったな。ぼくとしては、きみと手を組みたいのに。さっきの話の続きだが、領地は売らないことに決めたんだ」

ケイトリンは目を丸くした。驚きすぎて言葉が出ない。ひょっとして、今のは聞き間違いだろうか？

「はっきり言って、エヴァースビー・プライオリーの現状は絶望的だ」デヴォンは話しつづけている。「ここの領地を再建できるかどうかは未知数だし、もしかしたら今以上に悪くなるかもしれない」書き物机のそばにふたつ並んだ椅子を手振りで示す。「まずは座らないか？」

ケイトリンはうなずいた。頭の中では疑問が渦巻いている。でも、どうして急に……。昨日の彼は、明らかに領地をさっさと売り払い、一刻も早く厄介な問題を終わらせたがっていたのに。

彼女はスカートを整え、膝の上で指を組みあわせると、デヴォンに目を向けた。

「どうして気が変わったの？」

デヴォンがゆっくりと口を開く。その表情は困惑しているかのようだ。「この領地を売り払いたい理由を、ひとつずつあげてみたんだ。ところが、なぜかいつも最終的には同じ結論に戻ってしまう。ここに暮らす男たちのために、女性たちのために、子どもたちのために、領地は売らずに再建するべきだと。それにエヴァースビー・プライオリーは、いわばレイヴネル一族の魂の結晶だ。そのことを無視してはいけないと思った」

「すばらしい決断だわ」ケイトリンはためらいがちに笑みを見せた。

彼が乾いた笑いをもらす。「ウエストにはさんざんけなされたよ。当然、弟は失敗すると見ている」

「だったら、わたしは」気づくと口から言葉が滑りでていた。「バランスを取って、あなたは成功すると見るわ」

デヴォンの顔に驚いた表情がちらりとよぎる。だが、すぐに彼は笑みを浮かべた。めまいがしそうなほどすてきな笑顔だ。「金は賭けないほうがいいな」デヴォンの顔から徐々に笑みが消えていく。「昨夜はひと晩じゅう起きていた。自問自答しながらね。それで、ふと思ったんだ。ぼくと同じ立場だったら、父ならどうするだろうかと」

「領地を救おうとしているお父様の姿は想像できた？」

「いや、一瞬たりとも想像できなかった」彼が鼻で笑う。「ぼくは、父がイエスと言ったら、ノーを選ぶようにしている。そのほうが不思議といつも正しい選択なんだ」

思わずこみあげてきた同情の念を隠して、ケイトリンは口を開いた。「お父様はお酒を飲む方だったの？」

「酒だけじゃない。あらゆるものに手を出したよ。そして気に入ったら、必ず無茶をする。父は骨の髄までレイヴネルの男だった」

彼女の頭にテオの顔がぱっと浮かんだ。「ねえ、気を悪くしないでほしいのだけど」思いきって言ってみた。「レイヴネル家の短気な気性は、財産管理の仕事に向いていないんじゃないかしら」

デヴォンの目が笑っている。「鋭いな。まさにそのとおりだよ。レイヴネル家の一員のぼくが言うんだから間違いない。知ってのとおり、レイヴネル一族は血の気の多い連中ばかりだが、ぼくの母親の家系は冷静沈着な性格なんだ。しかし残念なことに、ぼくだけでなく母もこの血を受け継がなかった。ある意味、父よりも母のほうが手に負えなかったよ」

「手に負えなかった？」ケイトリンは目を見開いた。「お母様は気性が激しい女性だったの？」

「いや、そういうわけでもない。母は情緒不安定だったんだ。感情の揺れがとにかく大きかった。冗談でもなんでもなく、自分の子どもたちさえ忘れることがしょっちゅうあった」

「その点、わたしの両親はつねに子どもと一緒にいたがったわ」ケイトリンの口から自然に言葉がついて出た。「ただし、馬の子どもだったけれど」

デヴォンが小さく笑い声をもらし、それからため息をついた。前かがみになって膝に肘をつき、絨毯に視線を落とす。その姿は一見くつろいでいる様子だが、実際はかなり精神的にまいっているはずだ。無理もない。心構えも準備もなしに、難題の山に取り組まなければならないのだから。ひとりで重荷を背負うデヴォンを、ケイトリンは心から気の毒に思った。

「実は、話しあいたい問題がもうひとつあるんだ」彼が体を起こして言った。「テオの妹たちだが、彼女たちを屋敷から追いだすわけにはいかない」ケイトリンの顔に浮かんだ表情を見て、デヴォンは片方の眉をつりあげた。「なんだ？　ぼくにだって良心はある。辛辣なことを言ったり無視したりしていても、たまにはひと肌脱ぐときもあるんだ」

「彼女たちがここに住みつづけてもいいのなら――」

「ああ、そのつもりだ。しかし、今までどおりというわけにはいかない。まずは彼女たちにシャペロンをつけようと思っている。それも厳しく指導できる女性をね。そういう女性がそばにいないと、いつまで経っても社交界にデビューできないからな」

「社交界にデビュー？」ケイトリンは驚きの声をあげた。「三人とも？」

「なぜそんなに驚くんだ？　三人とも、そういう年頃だろう？」

「それはそうだけれど……お金が……」

「その心配はぼくがする」デヴォンはいったん言葉を切ってから続けた。「だから、きみは最大の難問を解決してくれ。双子のおてんばたちはきみに任せるよ。どんな手を使ってもいい。なんとか彼女たちを文明人らしくしてほしい」

「わたしが？」ケイトリンはこれ以上ないほど目を見開いた。「つまり……もしかして……わたしも三姉妹と一緒にエヴァースビー・プライオリーにいてもいいの？」

デヴォンがうなずく。「きみはテオの妹たちと、さほど年齢が変わらない。あの子たちはきみの言うことなら聞くと思うんだ。まったくの他人同士というわけでもないしね」ひと呼吸置いて続ける。「彼女たちだって上流階級のほかのレディたちと同じように、パーティーや舞踏会を楽しんでも罰は当たらないだろう。ぼくはそういう機会を三姉妹に与えてやりたい。そのためにはきみの力が必要だ。これまでどおりこの屋敷に住んで、おてんばたちに礼儀作法をみっちり教えこんでくれ」彼はかすかに微笑んだ。「それからアサドの調教だが、きみがやりたいならやればいい。おそらくアサドのほうが、パンドラより早く作法を身につけるだろうな」

胸が高鳴っている。うれしさのあまり心臓が破裂しそうだ。ヘレンや双子たちとここにいられる……アサドとも……まるで夢を見ているみたい。「あなたもこの屋敷に住むのよね？」ケイトリンはおそるおそるきいた。

「いや、財産管理の仕事はロンドンでしようと考えている。しばらくは、たまにしかこちらに来られないかな。ぼくが留守のあいだ、家の中のことはすべてきみが管理してくれ。大変な仕事がふたつもきみの肩にのしかかってしまうが、ここにいてくれるだろうか？」

ケイトリンは即座に答えた。「ええ、もちろんよ、閣下」心の中で大きく安堵のため息をもらす。「わたしにできることなら、なんでも喜んでするわ」

7

デヴォンとウエストンがハンプシャーを離れて一カ月が過ぎた。そんなある日のこと、ケイトリン宛に小包が届いた。

レイヴネル家の女性たちは全員、二階の応接間に集まっている。ケイトリンは興味津々の六つの瞳に見つめられながら小包を開いた。中からカシミアのショールが現れた瞬間、三姉妹の口から歓声があがった。今、ロンドンで大流行中のペルシア製の手織りのショールだ。縁取りには花刺繡が施され、絹のフリンジがついている。色は鮮やかな夕焼け色。赤とオレンジと金がまざりあい、絶妙なニュアンスを作りだしていた。

「こういうのをグラデーションカラーって言うのよ」カサンドラはうっとりとショールに見とれている。「こんなふうに染めたリボンを見たことがあるわ。ああ、なんておしゃれなの！」

「お義姉様の髪の色に合うわね」ヘレンが言った。

「ねえ、送り主は誰？」パンドラが尋ねる。「どうして送ってきたの？」

ケイトリンは同封されているカードを手に取り、力強い筆跡で走り書きされたメッセージを読んだ。

〝約束の品だ。トレニアより〟

デヴォンはわざとこの色を選んだんだわ……天と地がひっくり返っても、決して未亡人は身につけない色を。

「送り主はトレニア卿よ」ケイトリンは顔をしかめた。「このショールは受け取れないわ。ハンカチとかキャンディボックスとかならまだしも、こういった贈り物をもらうほど、彼とは親しい間柄ではない――」

「あら、トレニア卿は親戚じゃない」よりによって、ヘレンが驚きのひとことを放った。

「これがもし下着なら、お義姉様の言い分どおり受け取れないわ。でも、ショールはごく一般的な贈り物よ」

「特大のハンカチだと思えばいいわ」いかにもカサンドラらしい発想だ。

「受け取ったとしても、黒に染め直さなければだめね」

ケイトリンの言葉に、姉妹たちはぎょっとした表情を浮かべた。三人がいっせいにしゃべりだす。

「だめよ、染め直すなんて――」

「どうしてそんなことをするの？」

「意味がわからないわ。こんなにきれいな色なのに――」

「わたしは喪に服しているのよ。この派手な色を身につけられると思う?」ケイトリンも負けじと言い返した。「まるでオウムじゃない。これを肩にかけて外に出たら、どんな噂が立つか考えてみて――」

「じゃあ、家の中で巻いていればいいわ」パンドラが口をはさむ。「それなら誰にも見つからないでしょう?」

「さあ、早く、つけてみて」カサンドラが急《せ》かす。そこにすかさず姉妹ふたりが加勢して、〝早くつけて〟の大合唱がはじまった。その声に結局ケイトリンも根負けして、ショールを肩にかけた。

「なんて美しいのかしら」ヘレンは満面の笑みを浮かべている。

たしかにとても美しい。それにうっとりするような手触りだ。これほどふんわりとしたやわらかな生地には、今まで触れたことがない。ケイトリンは鮮やかな色のショールに手を滑らせ、ため息をもらした。「そうね、これを黒く染め直すなんてできないわ。だけどショールはアニリンで黒く染めたと、トレニア卿には言うつもりよ」

「嘘をつくの?」カサンドラが目を丸くした。「それはマナー違反よ。わたしたちの教育に悪いじゃない」

「もう二度と彼に不適切な贈り物を送らせないようにするには、そうするしかないの」

「でも、トレニア卿は不適切だと思わなかったのかもしれないわ」パンドラがデヴォンの肩を持つ。「贈り物のマナーを知らなかったということもありうるでしょう？」

「いいえ、マナーなら、彼はちゃんと知っているわ」ケイトリンはきっぱりと言った。「あの人はマナーを破るのが生きがいなのよ」

〝閣下へ

先日はすてきなカシミアのショールを贈っていただき、ありがとうございました。秋めいてくるこれからの季節に大変重宝します。そうそう、ショールは黒く染め直しました。おかげで今は、喪服にも合わせせられるようになりました。

まずはご報告かたがた、お礼申しあげます。

レディ・トレニアより〟

「黒く染め直しただって？」デヴォンは大声を張りあげた。

彼は愉快さといらだちの入りまじった表情で手紙を机の上に置き、銀製のペン皿に手を伸ばした。新しいペン先を本体に差しこみ、白い便箋を一枚用意する。今はまだ午前中だ。けれどもすでに、弁護士や建築業者や取引先の銀行に宛てて六通も手紙を書き終えていた。インクで汚れた指先を見おろして、デヴォンは顔をしかめた。従者に渡されたレモン汁と塩で作った染み抜き剤も、ほとんど効果がなかったのだ。おまけに文字を書きすぎて手首も痛いが、思いがけずケイトリンから手紙が届いた。それも挑発的な手紙が。

いいだろう、挑戦を受けて立とうではないか。

デヴォンの顔に笑みが広がる。彼女を思いきりいらだたせてやる。さて、どういう文面にしようか……。

インク壺《つぼ》にペン先を浸して書きはじめた。

〝奥様へ
ショールを気に入ってくれてうれしいよ。夏も盛りを過ぎ、これからは日ごとに涼しくなっていくだろう。存分に活用してくれ。

それでいろいろ考えた結果、エヴァースビー・プライオリーの屋敷の窓を覆う黒いカーテンをすべて、ロンドンの慈善団体に寄付することに決めた。もう黒い布はいらないだろう？　それなら、冬が来る前にコートか何かに作り直して、貧民街に住む者たちに配ったほうがいいと思ったんだ。きみもこの考えには賛成してくれると確信している。人助けという崇高な目的のために、使わなくなったものを役立てるんだからね。

そういうわけで、できるだけ早くカーテンを送ってほしい。すぐ送るのは無理だというのなら、ぼくがそちらに行って自分でカーテンを取り外してもいい。忙しいとはいえ、そのくらいの時間はいくらでも取れる。

トレニアより〟

一週間後、ケイトリンから手紙とともに大型の木箱が届いた。木箱の中には黒いカーテンが入っていた。

〝閣下へ

どうやらあなたは貧しい人々を心配するあまり、大切なことを書き忘れたようですね。今エヴァースビー・プライオリーには、あなたが雇った労働者の大群が押し寄せています。配管工や大工は屋敷の中を勝手に動きまわり、あろうことか壁や床をはぐ作業をはじめました。配管工事費は驚くほど高額です。果たしてここまで配管にお金をかける必要はあるのでしょうか？　連日の騒音と労働者の無礼な態度には我慢なりません。彼らはわたしたちが服喪期間中であることもおかまいなしです。遺族の心を逆撫でするこのような工事は、ただちにやめさせてください。

レディ・トレニアより〟

〝奥様へ

誰にでも得手不得手がある。ぼくの場合は野外トイレが苦手だ。

ということで、配管工事は続行する。

トレニアより〟

〝閣下へ
領地には修理が必要な箇所が多々あります。小作人の住居、家畜小屋、排水設備、門や柵……数えあげたらきりがありません。こういう状況であるにもかかわらず、あなただけが苦手なものに大金を投じなければいけないのでしょうか？
レディ・トレニアより〟

〝奥様へ
きみの質問に対する答えは――
イエスだ。
トレニアより〟

「もう！　憎たらしいったらないわ」ケイトリンは図書室の書き物机に手紙を叩きつけた。礼儀作法の本を読んでいたヘレンと双子たちが顔をあげ、いぶかしげな目を向けてくる。
「トレニア卿よ。彼に工事業者たちが一日じゅうひどい騒音をたてて作業していることを伝えたの。そうしたら、彼はこのまま工事を続けると言うのよ。本当に身勝手な人だわ。自分だけがこの屋敷で快適に暮らせればいいと思っているんですもの」
「わたしは別に騒音は気にならないわ」カサンドラが言う。「それより、この音を聞くとわくわくする。家がだんだん美しくよみがえっていくんだなって感じるのよ」

「実はわたし、家の中にトイレができるのが楽しみなの」パンドラが少しきまり悪そうに打ち明けた。

「パンドラ、まさかトイレに引かれてトレニア卿の味方をしているの？」

「トイレだけじゃない。壁も床もよ。使用人たちのためにもこうなってよかったと、わたしは思ってるわ」

ヘレンがケイトリンに微笑みかけた。「お義姉様、もう少しの辛抱よ。どんなふうに家が生まれ変わるのか想像しながら、工事が終わるのを楽しみに待ちましょう」

階下から響き渡る騒音で床が揺れた。その音のせいで、ヘレンのなんとものんきな声がところどころ聞こえなかった。

「もう少しの辛抱ですって？」ケイトリンは憮然と言い返した。「辛抱しているうちに家が崩れ落ちてしまうわ」

「今、階下《した》ではボイラー装置を取りつけているのよ」パンドラが口を開いた。「装置は水がためられたふたつの銅円筒を水管でつないだ構造になっているの。それでね、その水管を燃焼ガスで温めることで、円筒の中の水がお湯になるのよ。これのすごいところは、全然待たずにすぐお湯が沸くってこと。で、今取りつけ中のボイラーにつながっている配管を通って、お湯が出てくるというわけ」

ケイトリンは眉をひそめてパンドラを見た。「どうしてそんなに詳しく知っているの？」

「工事長が教えてくれたのよ」

「パンドラ」ヘレンがやさしく話しかける。「レディは紹介されていない男性とおしゃべりしてはいけないのよ。特に、家の中で作業をしている職人と話してはいけないの」

「でも、ヘレンお姉様、工事長はおじいちゃんよ。顔なんか、サンタクロースみたいなんだから」

「年齢は関係ないわ」ケイトリンはさらりと切り捨てた。「パンドラ、約束したわよね。決まりごとはきちんと守るって」

「ちゃんと守っているわよ」パンドラはむっとした表情をしている。「覚えた決まりごとは全部守っているわ」

「不思議ね。ボイラー装置の構造はよく覚えているのに、礼儀作法の基本はどうして覚えられないのかしら？」

「だってボイラー装置のほうが面白いもの」パンドラは『美しい立ち居ふるまい――入門編』に視線を落とし、章のタイトルを読みあげた。「レディにふさわしい立ち居ふるまい」

パンドラが心配だ。ケイトリンは本を読むふりをしている義妹を見つめた。三姉妹に作法の指導をはじめて二週間が過ぎた。パンドラには悲しくなるくらい進歩が見られない。その点、カサンドラはのみこみが早かった。けれども彼女はパンドラを気遣い、けなげにも自分の進歩を隠そうとしている。教える立場になって、今までは気づかなかったことが見えてきた。パンドラのほうが、カサンドラよりはるかに自制心がないのだ。

ミセス・チャーチが図書室の入り口に姿を見せた。丸々と太ったこのほがらかな女性は、レイヴネル家の家政婦だ。「まもなく二階の応接間にお茶が運ばれてきます」彼女は告げた。

「やった！」パンドラがはじけるように椅子から立ちあがる。「おなかがぺこぺこなの。今なら馬車の車輪だって食べられそうよ！」彼女はあっという間に図書室から消えた。

カサンドラは申し訳なさそうにケイトリンをちらりと見ると、パンドラのあとを追って駆けだしていった。

ヘレンはいつものように本を集めている。ケイトリンは椅子を机の下に入れた。

「ヘレン、パンドラは前からあんなに……」そこで口をつぐみ、言葉を探した。

「そうよ」ヘレンが沈んだ声で言う。「だから家庭教師はすぐ辞めてしまうの。長く続いた人はひとりもいないわ」

「社交界デビューに向けて、どういうレッスンをしたらいいのかしら？　パンドラは五分もじっと座っていられないでしょう？」

「わたしにもわからない」

「カサンドラはこの二週間でずいぶん変わったわ。だけどパンドラは……ふたりを同時にデビューさせられるかしら？　なんだか自信がなくなってきたわ」

「舞踏会であれ、夜会であれ、カサンドラはパンドラと一緒でなければどこにも行かないでしょうね」

「それはだめよ。カサンドラは自分を犠牲にしてはいけないわ」

ヘレンは華奢な肩をすくめた。「ふたりはつねに一緒に行動するの。だからカサンドラは自分を犠牲にしているとは思っていない。子どもの頃は、ふたりにだけわかる言葉で話していたわ。どちらかが叱られると、もうひとりは自分も罰を受けると必ず言い張ったのよ。妹たちを引き離すのは無理ね」

「それでも、いつかは離れなければいけないのよ。週二回くらい、パンドラに個人レッスンをするわ。ヘレン、そういう日はカサンドラとふたりで自習してくれる？」

「ええ、いいわよ」

ヘレンは本棚へ向かった。今日もいつもと変わらず、一冊一冊やさしい手つきで本をもとの場所に戻していく。ヘレンにとって本は友人であり、気晴らしであり、外の世界をかいま見られる唯一の窓でもある。純粋な彼女は欺瞞《ぎまん》に満ちたロンドン社交界にはなじめないだろう。ヘレンを守らないといけないという気持ちが、ケイトリンの中にふつふつとわきあがってきた。

「ねえ、ヘレン、すぐにでも社交界にデビューしたい？」ケイトリンはそっと切りだした。

ヘレンはしばらく無言だったが、やがて静かに口を開いた。「わたしもいつかは結婚したいわ」

「あなたの理想の男性はどういう人なの？」ケイトリンはからかうような笑みを浮かべてきいた。「ハンサムで背が高い人がいい？　それとも、たくましくて勇敢な人が好き？」

「顔とか身長より、わたしはやさしい人がいいの。本と音楽が好きで……子どもも好きな男性がわたしの理想よ」

「約束するわ。必ずそういう男性を見つけてあげる」ケイトリンは力をこめて言った。「ヘレン、あなたの理想の男性は絶対に見つかるわ」

「何かあったのか？　どうして紳士クラブへ食事に来なかったんだ？」ウエストンが足音も高く応接間に入ってきた。ここはデヴォンのテラスハウスだ。最新設備がそろったこのしゃれた住まいも、今はすでにどの部屋からもほとんど家具がなくなり、小物類は木箱に詰めてある。インド人の外交官に貸しだすことも決まった。どうやらそのインド人はここに愛人を住まわせるらしい。「今日のメニューはビーフステーキとカブのマッシュだぞ。兄さんの大好物じゃないか。それなのに――」ウエストンがいきなり言葉を切った。「なぜ机に座っているんだ？　椅子はどうした？」

むっつりと押し黙ったまま、デヴォンは郵便物をより分けていた。顔をあげて弟を見る。

「忘れたのか？　メイフェアに引っ越すんだよ」

「忘れていないさ。でも、こんなに早く引っ越すとは思わなかった」

メイフェアにあるレイヴネル・ハウスは、中央階段を軸に建てられたジャコビアン様式の豪奢な大邸宅だ。外観は石とれんが造り。内装は落ち着いた色調で統一されており、重厚な雰囲気を醸しだしている。寝室の数は一二。ところ狭しと並べられた家具。全体的な印象はエヴァースビー・プライオリーの小型版といったところだが、ありがたいことに、こちらはぼろ屋敷ではない。とはいえ、レイヴネル・ハウスはひとりで住むには広すぎる。しかし、それもしかたがない。ウエストンも移ってきたらどうかと誘ってみたが、きっぱり断られてしまったのだ。まあ、自分のテラスハウスなら好き勝手ができる。そういう快適な生活を手放したくないと思うのは当然だ。

だから弟に腹を立ててはいない。

「なんだか浮かない顔をしているな」ウエストンがふたたび口を開いた。「それなら今夜、気分転換に遊びに行かないか？　ちょうどミュージック・ホールで女性三人の曲芸ショーがあるんだよ。トリオ名は〝軟体美女〟だ。彼女たちはタイツとちっぽけな金色の布切れしか身につけないで――」

「いや、いい。ぼくは行かない」

「どうしてだ？　〝軟体美女〟だぞ」ウエストンが繰り返す。デヴォンがこの言葉に興味を示さないのが信じられないといった口調だ。

たしかに以前の自分なら弟の誘いを受けたかもしれない。けれども今は心労が重なりすぎて、体のやわらかい女曲芸師にはまるで関心がわかない。これまでデヴォンとウエストンは、仲間たちと飽きるほど夜の街に繰りだした。ミュージック・ホールにも数えきれないくらい曲芸ショーを見に行っている。しかし悪ふざけやどんちゃん騒ぎには、もう目新しさは感じない。

「ウエスト、おまえは楽しんでくればいい。あとで〝軟体美女〟の感想を聞かせてくれ」デヴォンは手に持った手紙に視線を戻した。

「いやだね」弟が不機嫌な声で言い返してきた。「実際に自分の目で見なければ、面白いかどうかなんてわかりっこないからな」ひと呼吸置いて続ける。「そんなに夢中になって、誰からの手紙を読んでいるんだ？」

「ケイトリンからだ」

「いい話でも書いてあるのか？」

デヴォンは鼻で笑った。「それは皆無だな。悪い話ばかりだ」彼は手紙を差しだした。ウエストンが読みあげていく。

〝閣下へ
今日、ミスター・トットヒルが訪ねてきました。彼はひどく老けたように見えました。これはあくまでもわたしの想像ですが、ミスター・トットヒルが急に老けこんでしまったのは、あなたが領地を再建すると決めたのに、その大事業の達成に向けて自分の力を発揮できないことが原因なのではないかと思います。ミスター・トットヒルの意気消沈している姿は、見ているこちらもつらくなりました。
実は、至急の対応を要する問題が発生しました。領地の低地地区に住む小作人五名は、先代の伯爵と排水路を改善するという約束を三年前に交わしたそうです。彼らの農地は〝鳥もち〟並みにべたべたした粘り気のある土であるために、耕すことができないのです。先代の伯爵は排水路の改修工事をするときに、あろうことか民間の土地改良会社から借金をしていました。しかも、いまだに工事もお金の返済も終わっていません。当然の結果として、四季裁判所から通知が届いたのです。それによると選択肢はふたつしかありません。ただちに借金を返済するか、排水路の工事を終えるかのどちらかです。

わたしにできることがありましたら、ご遠慮なくおっしゃってください。既出の五名の小作人とは知りあいです。もし彼らに伝言があるのなら、わたしがあなたの代わりに伝えてもかまいません。

レディ・トレニアより〟

「この〝鳥もち〟というのはなんだ？」ウエストンが手紙をデヴォンに返した。

「西洋ヒイラギの樹皮を煮詰めて作るにかわだよ。それを木の枝に塗って鳥をつかまえるんだ。その枝に止まったら最後、永遠に逃げられなくなる」

デヴォンには、鳥もちの罠にかかった鳥たちの気持ちがよくわかった。

この一カ月、寝る間も惜しんで領地経営の再建に取り組んできたが、ほとんど成果が見られない。作物栽培、土壌改良、酪農、畜産、林業、経理、投資法、財産法、地方政治、どれをとっても知識不足で、すべてを理解するには何年もかかりそうだ。そのため今はとりあえず、細かいことにはこだわらないで全体像を把握するように心がけている。だが、状況は切迫していた。そういつまでも悠長に構えてはいられないのだ。

やはり自分の右腕になってくれる者を雇ったほうがいいのだろうか？　しかし、簡単には見つからないだろう。まして信頼できる人間となればなおさらだ。とはいえ、トットヒルに任せるわけにもいかない。あの男は年を取りすぎているし、おまけに柔軟な考え方ができない。それはレイヴネル家のもうひとりの土地管理人、カーロウも同じだ。早急にこのふたりの後任を探さなければいけないのは百も承知だが、イングランド全体でも高度な専門知識を備えた土地管理人は、ほんのひと握りしかいない。

今朝は先の見えない絶望感にさいなまれ、自暴自棄になっていた。途方もない重責を引き受けた自分の愚かさに、ほとほと嫌気が差したのだ。そんなときにケイトリンから手紙が届いた。それは弱気な彼を鼓舞する手紙だった。

ケイトリンのためならどんなことでもしよう。彼女のためならどんな困難にも立ち向かおう。手紙を読み終えた瞬間、そう心に決めた。

「それで、どうするんだ？」物思いに沈んでいたデヴォンの耳に、ウエストンの声が聞こえてきた。

「まずはトットヒルに、その借金について話を聞いてみるよ。だが、おそらく満足のいく答えは得られないだろうな。それから自分でも当時の帳簿に目を通してみる。まあ、いずれにせよ地所の管理人には会いに行くつもりだ。土壌を改良するのにどのくらい費用がかかるのか知りたいからね」

「どうしてかな、全然兄さんがうらやましくないよ」ウエストンが軽い調子で言う。だが、ふたたび話しはじめたとき、弟の口調は打って変わって痛烈だった。「まったく理解もできない。デヴォン、何度も言わせるな。領地をさっさと売ってしまえ。そこに住んでいるやつらになんの義理もないじゃないか。当然だよ、もともと兄さんの土地ではなかったんだから」

デヴォンはウエストンをにらみつけた。「それで、今その土地はどうなった?」

「たまたま転がりこんできただけだろう!」

「たとえそうでも、今はぼくの領地だ。ウエスト、帰ってくれ。さもないと、おまえをぶちのめすぞ」

しかし、弟はその場から一歩も動かなかった。仁王立ちになり、にらみをきかせて兄を見ている。「いったいどうしたんだ? なぜ変わってしまったんだよ?」

いらだたしげに、デヴォンは目をこすった。もう何週間もまともに寝ていなかった。そのうえ腹も減っている。うちの料理人兼メイドときたら、今朝は黒焦げのベーコンと薄い紅茶しか持ってこなかったのだ。そして今度はこれだ。なんの得にもならないのに、弟と言い争っている。「なあ、ウエスト、おまえはこれから先も今までと同じ生き方をするつもりか?」

デヴォンは静かに口を開いた。「身勝手な快楽やくだらない遊びにかまけるだけの人生を、これからも送るのか?」

「それがぼくの望む人生だ!」

「そうか。だがな、人生は何が起こるかわからないものなんだよ。まあ、いい。好きにすればいいさ。おまえには何も頼まないから安心しろ」

ウエストンが仏頂面で近づいてきた。ぎこちない動作でデヴォンの隣に腰かける。

「その言葉、忘れるなよ。ばかやろうだ、兄さんは」

無言のまま、ふたりは並んで机に座っていた。デヴォンは顎の下がたるんだ締まりのない弟の横顔を眺めた。頬にはアルコールのせいで網目状の毛細血管が浮きでている。あの少年はどこへ行ってしまったのだろう？　いつも笑っていた活発な男の子だった頃の面影は、今の弟にはかけらも残っていない。

ウエストンの顔をぼんやり見ているうちに、見逃していた事実にふと気づいた。弟には、領地が抱えている問題に対処できる能力がじゅうぶんにあるのだと。ウエストンは頭の切れる男だ。わが弟ながら、いつも一目置いていた。だがときに、頭のいい人間も愚行に走るものだ。

デヴォンとウエストンが放蕩者になったのも、当然のなりゆきだったと言えるだろう。父親が決闘で命を落としたあと、母親は子どもふたりを寄宿学校に入れて、大陸旅行へ出かけた。そして訪れる先々で恋しては失恋してを繰り返し、そのたびに心のひびが少しずつ広がっていった。母の死因が病気だったのか自殺だったのかは今も知らない。知りたいとも思わない。

父親に続いて母親も失い、学校の休みには親戚から親戚へとたらいまわしにされた。あのつらい年月がデヴォンの脳裏をよぎった。兄弟を引き離そうとする大人たち。かたくなにそれを拒む自分とウエストン。信じられるのはお互いだけだった。それは今も同じだろう？

自分の新しい人生に弟も加えるべきではないのか？　きっとウエストンはいやがるだろうけれど。それでも自分たち兄弟の絆は強い。無理やり断ち切らない限り、どちらかひとりが違う方向へ進むことはできないくらいに。

「ウエスト、やはりおまえに頼みがある。力を貸してくれないか」デヴォンは静かな声で、嘘偽りのない気持ちを打ち明けた。

弟はしばらく何も言わず、兄の顔を見ていた。「頼みとは？」

「エヴァースビー・プライオリーに行ってほしい」

「いとこたちに近づいてもいいのか？」ウエストンは相変わらず仏頂面だ。

「しかたがない。ほかに道はないからな。それに、あのいとこたちがそばにいても、おまえはたいして興味がなさそうだったし」

「純真無垢な子を誘惑してもね。簡単すぎてつまらないよ」ウエストンが腕組みをした。

「なぜエヴァースビーに行かなきゃいけないんだ？」

「おまえに排水路問題の処理を頼みたい。五人の小作人たちと個別に会い、三年前にどういう約束をしたのか、今何をしなければならないのか――」

「いやだよ」

「なぜだ？」

「なぜって、あたりまえじゃないか。彼らと天気や家畜の話をしなければいけないからさ。生きた動物なんか見たくもない。ぼくが好きなのは、皿の上にジャガイモと一緒にのったポートワインで煮込んだ肉だけだ」

「いいからハンプシャーへ行け」デヴォンはきっぱりと言い放った。「小作人たちに会って、じっくり話を聞いてやるんだ。できるだけ思いやりをこめて聞くんだぞ。話を聞き終わったら、その結果を報告書にまとめること。そしてどうしたら領地経営を立て直せるかについて、おまえの意見を書いたリストも作ること。両方とも、あとでしっかり読ませてもらうよ」

ウエストンはぶつくさ言いながら机からおりると、ベストのしわを伸ばした。

「リストを作るまでもないさ。ぼくの意見はひとつしかない」弟は応接間のドアに向かって歩きだした。「無駄なあがきはやめて、さっさと売り払うことだ」

8

〝奥様へ
小作人の排水路問題に対する、きみの心遣いに感謝する。だが、きみはすでに多大な負担を背負っている。それで、この問題は弟のウエストンが対処することになった。弟は水曜日にエヴァースビー・プライオリーへ向かう。滞在期間は二週間の予定だ。ウエストンには口が酸っぱくなるほど、紳士らしいふるまいをするよう言い聞かせてある。しかし、もしかしたらきみを煩わせるかもしれない。そのときはすぐに電報を打ってくれ。もう一度弟に、紳士とは何かについての講義をし直すつもりだ。
ウエストンは水曜日の正午にアルトン駅に到着する。誰かを駅へ迎えに行かせてくれたらありがたい。あいつを野放しにして、他人に迷惑をかけるわけにはいかないのでね。
トレニアより

P. S. 本当にショールを黒く染め直したのか？〟

〝閣下へ

来る日も来る日も職人たちが出す騒音に煩わされているので――彼らは軍楽隊の演奏よりも大音響をとどろかせます――あなたの弟さんが屋敷に滞在していることさえ気づかないでしょう。

水曜日に弟さんを迎えに行きます。

レディ・トレニアより

P．S．お忘れかもしれませんが、わたしは喪に服しています。色鮮やかなショールは身につけられません〟

ウエストンがハンプシャーへ来る水曜日の午前に、ケイトリンのこの手紙に応えた電報が彼女のもとに届いた。

〝奥様へ

だが、服喪期間は永遠には続かない。

トレニアより〟

ケイトリンはかすかに笑みを浮かべて電報を読み終えた。弟ではなく、デヴォンにハンプシャーに来てほしかった……。一瞬、ばかげたことを考えた自分を心の中で叱る。そして強くこう言い聞かせた。デヴォンほど癪に障る男性はいない。彼は人を落ち着かない気分にさせる天才。しかも自分勝手。彼こそ、毎日この大騒音に悩まされる原因を作った張本人なのよ。それにカーテンの件は絶対に許してあげない——家族だけでなく使用人たちも、屋敷の中が明るくなって喜んでいるけれど。

そうよ。デヴォンになんて会いたくない。これっぽっちも会いたいとは思わないわ。実際忙しすぎて、彼のことは忘れているもの。だから……ブリストルグラスを思わせる青の澄んだ瞳も、目に浮かんだりはしない。もう……体にまわされたたくましい腕の感触も、肌をかすめたひげの感触も……〝大丈夫だ。ぼくがそばにいる〟……耳元で静かに響いた低いささやき声も……思いだせない……。

それにしても、なぜデヴォンは排水路問題の処理を弟に任せたのだろう？　前回、彼らがエヴァースビーを訪問したときは、ウエストンの酔っ払っている姿しか見かけなかった。あの彼が小作人たちとまともに話ができるのかしら？　とはいえわたしは、彼には無理だと反対できる立場ではない。ウエストンは伯爵家の領地と爵位の次期継承者だ。ひょっとしたらデヴォンは、弟に領地管理とはどういう仕事をするのかを、今のうちに経験させておいたほうがいいと考えたのかもしれない。

一方、ケイトリンとは違い、三姉妹はウエストンにまた会えるのが楽しみでたまらないといった様子だ。すでに彼女たちは〝ウエストンと一緒にすることリスト〟まで作っている。「ミスター・レイヴネルには、あなたたちと遊ぶ時間はないと思うわよ」ケイトリンは言った。四人は居間で針仕事の真っ最中だ。「ここへは仕事をしに来るんですもの。現に小作人たちは、今か今かと彼の到着を待っているわ」

「でも、ケイトリンお義姉様」カサンドラが顔を曇らせた。「少しは遊ばなきゃだめよ。仕事ばかりしていたら、ミスター・レイヴネルはへとへとになってしまうわ」

思わずケイトリンは吹きだした。「ええ、そうね。彼はこれまで一日たりとも働いたことはないはずよ。だから、きっと疲れ果ててしまうでしょうね。それでもミスター・レイヴネルの人生初の仕事がうまくいくように、〝一緒にすることリスト〟はまた次に会うときまで取っておきましょう」

「だけど、紳士は働かなくてもいいんじゃなかった?」カサンドラがなおも言う。

「実際はそういうわけではないのよ」ケイトリンは応えた。「貴族の男性は領地を管理したり、政治に携わったりしているの」ひと呼吸置いてから続ける。「ところで紳士という言葉の使い方だけど、わたしは一般の労働者も高潔で親切な男性は紳士だと思うの」

「お義姉様の考えに賛成よ」ヘレンが相づちを打つ。

「わたし、働いてみたいな」突然、パンドラが口を開いた。「電報手とか、書店経営とか、面白そうだもの」

「パンドラ、帽子職人もいいんじゃない?」カサンドラは寄り目にして、おかしな顔を作った。「それでいつの間にか気づいたら、頭がどうかなっているの」

パンドラがにやりとする。「頭がどうかしたわたしは、腕を振りまわしてぐるぐる走りまわるのよ。それを見た人は、〝まあ、なんてかわいそうなの。今日のパンドラは自分をニワトリだと思ってるのね〟って言うの」

「わたしはその人たちに教えてあげるわ。〝パンドラは帽子職人になる前から、頭がどうかしていたのよ〟って」ヘレンが穏やかな口調で言う。彼女の瞳はきらきら輝いていた。

パンドラは楽しげに笑いながら針を運び、白い付け袖のほつれを直している。「わたしは自分の好きなことができる自由な時間も欲しいの。もしそういう時間が取れないなら、働くのは無理かも」

「結婚しても自由な時間は持てないわよ」ケイトリンはパンドラに笑みを向けて言った。「女主人は屋敷を取り仕切らなければいけないから」

「だったら、結婚なんかしない。カサンドラが結婚したら、わたしはそのお屋敷に住まわせてもらうわ。もちろんカサンドラの旦那様が許してくれるならね」

「何を言っているのよ、ばかね」カサンドラが愛情のこもったやさしい声で応えた。「あなたに一緒に住んだらだめだと言うような男性とは、わたしは絶対に結婚しないわ。誰もわたしたちを引き離すことはできないのよ」

パンドラが付け袖のほつれた箇所を縫い終え、脇へ置こうとした。同時にスカートも引っ張られ、いらだたしげにため息をつく。「もういや。誰かはさみを貸してくれる？　またスカートも一緒に縫ってしまったわ」

その日の午後、ウエストンが予定どおり屋敷に到着した。それにしてもすごい荷物だ。従僕がふたりがかりで巨大なトランクを抱え、足元をふらつかせながら階段をのぼりはじめた。困ったことに、レイヴネル家の三姉妹は大はしゃぎだ。満面に笑みをたたえ、まるで戦争の英雄が戻ってきたみたいにウエストンを出迎えている。彼は革のバッグに手を伸ばし、中からきれいな紙に包まれた箱を次々に取りだした。どの箱にも包装紙と同色のリボンが結ばれ、飾り文字の〝W〟が刻印された小さなタグがついている。

「この〝W〟はどういう意味なの？」箱を受け取ったヘレンがウエストンにきいた。

彼はにこやかにヘレンに微笑みかけた。「これは〈ウインターボーン百貨店〉のマークなんだよ。昨日の午後、そこへ買い物に行ったんだ。かわいいいとこたちに手ぶらで会うわけにはいかないだろう？」

突然、玄関広間にカサンドラとパンドラの歓喜の叫びが響き渡った。その瞬間、レディらしい立ち居ふるまいを指導してきたケイトリンの苦労が、あっけなく水泡に帰した。双子たちは黄色い声をあげて、ウエストンのまわりをぐるぐる飛び跳ねだした。ヘレンまでもがうれしさを抑えきれないようで、頬をピンク色に染めている。

「カサンドラ、パンドラ、少し落ち着きなさい」顔がほころびそうになるのをこらえ、ケイトリンはたしなめた。「レディは興奮したウサギみたいに飛び跳ねたりしないのよ」

パンドラはすでに小箱の包装紙を破りはじめている。

「だめよ、破らないで！　その紙は取っておいて！」ヘレンがあわてて大声を張りあげる。彼女はケイトリンにも箱を手渡した。「はい、お義姉様。ねえ、このすてきな包み紙を見て。

薄い紙が何枚も重なっているのよ」

「手袋だわ！」パンドラが叫んだ。「ああ、なんておしゃれなの！　わたし、死にそう」淡いピンク色のキッド革の手袋をぎゅっと握りしめ、胸に押し当てている。

「今年は色付きの手袋が流行しているんだ」ウエストンが言った。「店員がそう言って、しきりに勧めてきたんだよ。それで贈り物はこれに決めた」眉をひそめているケイトリンに向かってにやりとする。彼のグレーの瞳は愉快そうに輝いていた。「かわいい女性には美しいものを身につけてほしいからね」今の言葉で、不適切な贈り物も許されると言わんばかりの口調だ。

ケイトリンはすっと目を細めた。「あなたたち」努めて穏やかに声をかける。「いただいた贈り物は応接間で開いたらどうかしら？」

三姉妹はにぎやかにおしゃべりしながら、弾む足取りで応接間に入っていった。テーブルに贈り物をのせると、さっそく包みを開けはじめる。慎重に外したミルクの泡に似た白いふんわりとした薄紙を丁寧に手で伸ばしてから、一枚また一枚と重ねていった。

薄紙の山が高くなるごとに箱の中身が現れていく。スミレ色にも水色にも見える、やさしい色合いの手袋……キャンディボックス……エンボス加工を施した銀色と金色の扇……肌につけたりお風呂に入れたり、枕に香りづけしたりして使うフローラルウォーターのボトル……それに小説や詩集……。本を除けば、喪に服す者への贈り物としてはどれも不適切な品ばかりだ。けれども三姉妹は、ほんのささやかな贈り物さえ長いあいだもらっていない。今の彼女たちは本当にうれしそうだ。こんなに喜んでいるのに、それに水を差すようなことは言えなかった。

ケイトリンはウエストンをちらりと盗み見た。黒い髪に端整な顔立ち。どぎまぎするくらい兄によく似ている。だけどせっかくのハンサムな顔も、弟のほうは頬が赤く、全体的に締まりがない。きっと不摂生な生活を送っているせいだろう。現にまだ昼間だというのに、彼はアルコールのにおいをぷんぷんさせている。ふたたび彼女はウエストンにさっと視線を走らせた。彼の身なりは一分の隙もない。刺繡が施された絹のベスト。粋な柄が入ったネクタイ。ルビーかガーネットのどちらかだろう、赤い石が埋めこまれたカフスボタン。少々華美すぎる気もするけれど、それでも彼はしゃれた格好をしている。

「さっきから鋭い視線が突き刺さるんだが、そんなふうに怖い目でぼくをにらまないほうがいいと思うよ」ウエストンがケイトリンにささやきかけた。彼の目は贈り物を腕に抱えて応接間から出ていこうとしている三姉妹に向けられたままだ。「きみがぼくを嫌っていることに気づいたら、彼女たちは悲しむんじゃないかな」

「はっきり言って、わたしはあなたが気に入らないわ」ケイトリンとウエストンは話しながら応接間を出ると、大階段に向かって歩きだした。「でも、別にあなたを嫌っているわけではないわよ」

「レディ・トレニア、それは偶然だな。実はぼくも自分が気に入らないんだ」ウエストンがにやりとする。「ぼくたちには共通点もあるんだね」

「ミスター・レイヴネル、もしあなたが――」

「そろそろ名前で呼びあわないか？」

「いいえ、遠慮するわ。ミスター・レイヴネル、もしこれから二週間ここに滞在するつもりなら、紳士らしくふるまってくれるかしら。それができないなら、わたしはあなたをアルトン駅へ送り返して、最初に来た列車に放りこむわ」

ウエストンは目をぱちくりさせてケイトリンを見ている。彼女が本気かどうかを推し量っているのだろう。

「わたしにとって、義妹たちはこの世で一番大切な存在なの」ケイトリンは言った。「彼女たちが傷つく姿は見たくないのよ」

「ぼくは誰も傷つけるつもりはないよ」ウエストンが不快げに口元をゆがめる。「ここに来たのは伯爵に頼まれたからだ。田舎者たちとカブの栽培について話をしてくれとね。話しあいが終わったら、ただちにロンドンへ帰る。約束するよ。これで満足かい、レディ・トレニア？」

田舎者ですって？　聞き捨てならない言葉だ。小作人たちは家族総出で身を粉にして働き、どんな困難にも我慢強く耐えてきた。彼のような、人を見下す者たちのおなかを満たすために。

「この領地に住んでいる小作人たちには――」ケイトリンは口を開いた。「敬意を払ってもらいたいわ。彼らは何世代にもわたって、この地で懸命に働いてきたの。それで手にするのはほんのわずかな見返りだけよ。小作人たちがどういうところに住んでいるのか、早く自分の目で確かめに行くといいわ。あなたが暮らしている環境と比べてごらんなさい。そうしたらようやくあなたは、自分が彼らの尊敬に値する人間かどうか考えてみる気になるかもしれないわね」

「なるほど」ウエストンがつぶやくように言う。「兄が言っていたとおりだ。きみの性格はアナグマと同じだな」

ふたりは嫌悪感をあらわにしてにらみあい、それから別々の方向へ歩いていった。

その日の夜、夕食の場は思っていた以上に会話が弾み、にぎやかな雰囲気に包まれた。だが心配そうな視線を幾度となく送ってきたところを見ると、ヘレンだけはケイトリンとウエストンのあいだに漂う張りつめた空気に気づいていたのだろう。食事中、ウエストンはずっとワインを飲みつづけ、副執事は何度も地下の貯蔵室へ新しいボトルを取りに行かなければならなかった。泥酔する彼の姿は見るに堪えず、ケイトリンが怒りを爆発させそうになったのは一度や二度ではない。彼女は食事が終わるとすぐに三姉妹を二階へ向かわせ、相変わらずワインをあおっているウエストンをひとり残して、自分も食堂から早々に引きあげた。

翌朝、ケイトリンは夜明けとともに起きだし、乗馬服に着替えて廏舎へ向かった。最近はこれが朝の日課になっている。そう、アサドの調教を開始したのだ。今、アサドは恐怖を克服する訓練を受けている。それに毎朝協力してくれるのは廏舎長のミスター・ブルームだった。ケイトリンはブルームと一緒に、訓練用の端綱をつけたアサドを柵で囲まれた放牧場へ連れていった。

ブルームの助言はいつも的確で、ケイトリンは彼に全幅の信頼を寄せていた。ブルームは馬を拘束しても恐怖は克服させられないと考えている。特にアラブ馬には、その方法はまったく効果がないらしい。〝ちょうどクモの巣に引っかかったハエみたいに、おとなしくなるだけなんですよ。まず大切なのは、本格的な訓練に入る前に馬と信頼関係を築くことです。馬にとって安心できて頼れる存在になったら、拘束道具に頼らなくても調教できます〟

ケイトリンは調教用のロープを引っ張りながら、アサドを一歩前へ、そして一歩うしろへと動かした。

「もう一度」ブルームが笑みを浮かべて指示を出す。「前へ一歩、うしろへ一歩、それを繰り返すんです」

アサドは少しとまどっているようだが、自ら進んで動いている。その動きはまるでダンスのステップを踏んでいるかのごとく軽やかだ。

「お嬢さん、たいしたもんだ」ブルームが褒めてくれた。彼はケイトリンを称号で呼ぶのも忘れて指導に没頭している。「今のアサドは前後運動に夢中で、恐怖が入りこむ隙はない状態なんですよ」彼は静かにケイトリンに近づき、彼女の左手に鞭《むち》を持たせた。「アサドの脇腹を叩くときはこれを使うといい」それから廏舎長はアサドの横に立ち、黒い傘を開いた。

そのとたんアラブ馬はいななき、見慣れない物体から逃げようとした。「そうか、坊ず、これが怖いのか」傘を開いたり閉じたりを繰り返しつつ、ケイトリンに話しかける。「お嬢さん、手を動かして、坊ずに怖がっている暇はないと教えてやるんです」

ケイトリンはふたたびロープを引っ張り、アサドを前後に動かした。徐々にアサドはリラックスしていき、リズムよくステップを踏みはじめた。それでもまた、ぱたぱたひらめく傘を気にしはじめると鞭で脇腹を軽く叩き、前後運動に集中させた。アサドは不安げに耳を動かしたり、皮膚をぴくっと震わせたりしているものの、それでもケイトリンの命令に従って動き、傘から逃げようとはしなくなった。

ブルームが傘を閉じた。ケイトリンはアサドに微笑みかけ、首を撫でてやった。誇らしい気持ちとうれしさで胸が熱くなる。彼女は愛情をこめてアラブ馬に話しかけた。

「よくがんばったわね。なんて賢い子なのかしら」スカートのポケットからニンジンを取りだし、アサドにやった。

「じゃあ、次は坊ずの背に乗って――」目を細めてご褒美のニンジンをむしゃむしゃ食べているアサドを見つめ、ブルームが口を開いた。

そのとき、まだ一〇歳にも満たない馬番見習いの少年、フレディが息を切らして走ってきた。「ミスター・ブルーム、馬番頭からの伝言だよ。ミスター・レイヴネルが厩舎に来てるんだ。馬に乗りたいって」

「フレディ、馬番頭はロイヤルをミスター・レイヴネルに貸すことを知っているはずだぞ」

フレディが小さな顔を不安げにしかめる。「でも、ミスター・レイヴネルはべろべろに酔っ払ってるんだ。だから馬番頭が困ってるんだよ。馬に乗ったらだめだと言っても、ミスター・レイヴネルは言うことを聞かないんだ。それにミスター・カーロウも、早くミスター・レイヴネルにロイヤルを貸せってうるさいんだよ。ふたりは小作人に会いに行くんだって」

ケイトリンの頭に〝悪夢ふたたび〟という言葉がよぎる。またしても、酒に酔ったレイヴネルの男が馬を乗りまわそうとしているのだ。

とっさに彼女は放牧場の柵を乗り越え、ドレスの裾を持ちあげて駆けだした。うしろからブルームの声が追いかけてくる。

厩舎の中に入ったとたん、怒りもあらわに馬番頭に詰め寄るウエストンの姿が目に飛びこんできた。ふたりのかたわらには、でっぷり太った中年男性がいらだちと困惑が入りまじった表情を浮かべて立っている。テオの父親が一〇年以上前に雇った、ロンドン在住の土地管理人、カーロウだ。その彼がここにいるということは、小作人の話を聞きに行くウエストンに同行するつもりなのだろう。

誰が見ても、ウエストンが酔っ払っているのは一目瞭然だ。顔は赤く、額には玉の汗がにじみ、目は充血して、足元はふらついている。

「ぼくは酔ってなどいない」彼はむきになって怒鳴り散らしていた。「こんなのはまだ序の口だ。ぼくは酩酊《めいてい》状態でも馬に乗ったことがあるんだよ。勝手に人を酔っ払い扱い――」

「みなさん、おはようございます」ケイトリンは話をさえぎった。ところが、いきなりテオのぐったりした顔が目に浮かび、心臓が激しく打ちはじめる。こちらを向いた彼の目……その冷たい瞳を見た瞬間、命が燃えつきようとしているのがわかった……ケイトリンは何度もまばたきをした。そうしているうちにテオの顔は消えたが、今度はアルコールのにおいが鼻腔《びこう》を満たし、吐き気がこみあげてきた。

「レディ・トレニア」カーロウが声を張りあげた。救世主が現れたと思ったのか、安堵の表情を見せている。「この愚か者は話が通じなくて困ります。あなたのほうから説明していただけないでしょうか」

「わかりました」ケイトリンは素知らぬ顔でウエストンの腕をつかみ、爪を食いこませた。「ミスター・レイヴネル、外に出ましょう」

「奥様」カーロウがおずおずと口を開く。「愚か者は、この馬番頭のほう――」

「ジョンは愚か者ではありません」ぴしゃりと切り捨てた。「ミスター・カーロウ、どうぞほかの用事をすませてください。ミスター・レイヴネルは具合が悪いので今日は休みます」

「わかりました、奥様」

「なんだよ？」ウエストンが食ってかかってくる。ケイトリンは彼の腕を引っ張って、廏舎の外に連れだした。「ぼくは夜明けと同時に起きて廏舎に来たんだぞ」

「夜が明けたのは四時間も前よ」

ケイトリンは歩きつづけ、人目につかない用具小屋の裏までウエストンを連れていった。彼はつかまれた腕を振りほどき、ケイトリンをにらみつけた。「痛いな。どういうつもりだ？」

「あなたがお酒くさいからよ」

「ぼくは毎朝、ブランデー入りのコーヒーで一日をはじめるんだ」

「足元がふらついているのに、どうやって馬に乗るつもりなの？」

「いつもどおりに乗るさ。足がふらつくのは、何も今日が初めてじゃない。ぼくの心配ならしなくてもいいよ」

「あなたのことなんて心配してないわ。わたしが心配なのは、あなたが乗る馬のほうよ。それから、あなたが会いに行く小作人も。彼らはただでさえ大変な思いをしているのよ。そのうえ、酔っ払いの愚か者の面倒まで見させるわけにはいかないわ」

ウエストンが鋭い視線を投げてきた。「ぼくはもう行く」

「だめよ。一歩も動いたらだめ」ケイトリンは今も握りしめている鞭を、これ見よがしに振りかざした。「言うことを聞かないと叩くわよ」

ウエストンが目を丸くする。けれども一瞬の隙をつかれ、ケイトリンは鞭を奪われてしまった。彼はよろめきながら鞭を地面に放り投げた。「ほら、どうぞ。文句があるなら言えよ」

彼女は腕組みをした。「そもそも、なぜあなたはハンプシャーに来たの？」

「兄の手伝いをするためだ」

「よく言うわ。なんの役にも立っていないじゃない」嫌悪感もあらわに声を荒らげる。「あなたはトレニア卿がどれだけの重責を背負っているのか、ちゃんとわかっているの？　大きな賭けに出ていることも知ってる？　それでも失敗は決して許されないのよ。なぜだかわかるかしら？　この領地を失ったら、二〇〇人以上の農民とその家族を路頭に迷わせてしまうからよ。彼らだけじゃない、使用人だって五〇人もいるの。そのほとんどが長年レイヴネル家に仕えてきたのよ。そういう人たちの今後の人生を、あなたは破滅させるつもりなの？」

ウエストンはそっぽを向いている。ケイトリンは震える息を吸いこんだ。怒りを必死に抑えて続ける。「この領地に暮らす人々は今、生きるか死ぬかの瀬戸際に立たされているのよ。そして頼みの綱はあなたのお兄様だけなの。みんなが彼を頼りにしているのよ。彼にはわたしたちを見捨てるという選択肢もあったはず。それなのに、自分には関係のない問題を解決しようとしてくれているわ。だけど、あなたはどう？　そういうお兄様を助けるどころか、お酒ばかり飲んでいるじゃない。間抜けな顔をしてふらふら歩かれたら目障りだわ――」

怒りに声がわななく。ケイトリンはいったん口を閉じて唾をのみこみ、ふたたび静かに言葉を継いだ。「今すぐロンドンに帰って。ここにいても、あなたはなんの役にも立たないわ。文句があるなら好きに言えばいい。早くロンドンに戻って、トレニア卿にわたしは本当に嫌味な女だったと伝えたらどう？　それを聞いても、今さら彼は驚かないと思うけれど」

ケイトリンはウエストンに背を向けた。「お酒を浴びるほど飲むあなたに、救いの手を差し伸べてくれる人もいるかもしれないわね。でも、果たしてあなたは救う価値のある人間かしら？」そう言い捨てて、彼女はその場をあとにした。

9

予想外の展開だ。ウエストンは尻尾を巻いてロンドンに逃げ帰ったりはしなかった。ケイトリンが立ち去ったあと、彼も厩舎を離れて屋敷に戻り、そのまま自室に引きこもったのだ。酩酊状態で馬に乗らなかったことを考えると、少なくとも彼にはテオより理性が残っていたのだろう。

その日は一日じゅう、ウエストンは部屋から出てこなかった。おそらく寝ていたのだと思うけれど、こっそりお酒を飲んでいたとしても、まったく驚かない。

三姉妹は、夕食の時間になっても姿を見せないウエストンが心配でたまらないようだった。けれども彼女たちには〝あなたたちのいとこは急に具合が悪くなったの。もしかしたら明日の朝、ロンドンに戻るかもしれないわ〟としか言わなかった。それでも、ヘレンは酔って分別を失う男性の姿をいやになるほど見てきた。この言葉だけで、何があったのかぴんと来たのだろう。ウエストンのことをもっと聞きだそうと口を開きかけたパンドラを、ヘレンはやんわりと制してくれた。頼りがいのある義妹に、ケイトリンは感謝の気持ちをこめた視線を送った。

翌朝、空がようやく白みはじめた頃、ケイトリンは朝食室へおりていった。意外にも、すでにウエストンが来ていた。彼は椅子に座り、テーブルの上にのったティーカップの中をむっつりと見つめている。ひどい顔だ。肌は青白く、目の下には濃いくまができていた。

「おはよう」ケイトリンは声をかけた。「具合でも悪いの？」

彼が充血した目を向けてきた。「しらふという病名があるなら、そのとおり、ぼくは具合が悪い」

彼女はまっすぐサイドボードへ向かった。銀製のトングを使い、トーストしたパンにベーコンをのせる。その上にトーストしたパンをもう一枚重ねて半分に切り、皿にのせた。その皿をウエストンのところに持っていく。「さあ、食べて。ベーコンサンドイッチは二日酔いに一番効くのよ。バーウィック卿がいつもそう言っていたの」

ウエストンはうんざりした表情でサンドイッチを見おろしている。けれどもケイトリンが自分の分のサンドイッチを作り、テーブルへ戻ってきたときには、彼も手に取って食べはじめていた。

彼女はウエストンの隣の席に腰かけた。「午前中のうちに列車に乗れるように馬車を用意させましょうか？」

「どうしてもぼくを厄介払いしたいんだな」彼は紅茶をひと口飲んだ。「悪いが、あいにくロンドンに戻るつもりはない。小作人たちの話を聞かないといけないからね」

「ミスター・レイヴネル――」

「この仕事は絶対にやり遂げたい」ウエストンが語気を強める。「生まれて初めて兄に頼られたんだ。だから、どんなに大変でも最後までやり抜くよ」

ケイトリンは目を丸くして隣に座る男性を見つめた。「わかったわ」しばらくして、ようやく口を開く。「では、誰かにミスター・カーロウを呼んできてもらうわね」

「いや、きみが同行してくれないか」ウエストンの声は不安そうだ。「今日一日だけでもいいから」

「でも、ミスター・カーロウのほうが小作人たちの状況を詳しく知っている――」

「カーロウではだめだ。きっと小作人たちは萎縮してしまうだろう。ぼくは彼らの率直な意見が聞きたい」ウエストンはサンドイッチがのった皿をじっと見据えていた。「まあ、カーロウがそばにいなくても、ぼくには思っていることの半分も話してくれないだろうけどね。彼らからしたら、ぼくは都会から来た軟弱者だ。農場生活の〝の〟の字も知らない男に、誰も本音なんか話さないよ」

「彼らは人を外見や先入観で判断したりしないわ。それより、その人の態度を見るはずよ。大丈夫、誠実に接すれば相手も心を開いてくれるわ」

「その誠実さという資質が、ぼくには欠けているんだ」彼がぽつりと言う。

「資質は関係ない」ケイトリンは応えた。「大切なのは気持ちよ。相手の話を真剣に聞く気持ちがあるかないかなの」

「勘弁してくれ、吐き気がしてきた」ウエストンは顔を思いきりしかめ、ベーコンサンドイッチにかぶりついた。

朝食後、さっそくケイトリンとウエストンは小作人に会いに出かけた。最初に訪れたのはジョージ・ストリックランドの家だ。ケイトリンは心の中で安堵のため息をもらした。ウエストンは自分など鼻先であしらわれると決めてかかっていたが、その予想に反して、ストリックランドに温かく迎えられたのだ。

ストリックランドは筋肉質でがっちりした体形に、角張った大きな顔をした中年の男性だった。体も顔もごつくていかにも怖そうなのに、そんな見かけに似合わない、やさしい目をしている。ストリックランド家の土地は六〇エーカーほどしかない。そこで彼は三人の息子とともに農業を営んでいる。彼らの住まいは今にも崩れそうなあばら家だ。住居の隣には、寄り添うようにしてトウモロコシを貯蔵する大きな納屋が立っている。家畜小屋は無計画に増設してきたのだろう。小さな土地のあちこちに点在しており、これらもまた倒壊寸前だった。

「お会いできてうれしいです、ミスター・レイヴネル」ストリックランドが言った。両手で帽子を握りしめている。「これから畑に行きたいんですが、かまいませんか？　それなら仕事をしながら話ができるので。実を言うと、今はオーツ麦の収穫時期なんです。それで雨が降る前に、刈り取り作業を終えてしまいたいんですよ」

「予定どおりに刈り取れなかった場合はどうなるのかな？」ウエストンが尋ねた。

「実が地面に落ちてしまいます。それは雨だけでなく、強風にやられても同じです。せっかくいい実をつけていても、収穫量は見込めません。だいたい三分の一はあきらめなきゃなりませんね。だから急いで収穫しないとだめなんです。時間との勝負ですね」

ウエストンがケイトリンに目を向けた。彼女は軽くうなずき、自分は外で話してもかまわないと伝えた。三人はオーツ麦畑に向かって歩いていった。ウエストンの肩近くまで伸びた金色の穂が風に揺れている。ケイトリンは空中に漂う麦の甘い香りを深く吸いこんだ。やがて忙しく働いている労働者の姿が見えてきた。切れ味の鋭い大鎌で麦を刈っている者、刈り取った麦を集めている者、集めた麦を束ねて縛っている者、麦を刈り取ったあとの畑に落ちた穂を熊手でかき集めている少年たち。

「一日にひとり当たり、どれくらい刈り取れるんだ？」ウエストンがストリックランドに話しかけた。ストリックランドはさっそくしゃがみこみ、麦の穂を手際よく縛っている。

「穀物の種類によって違いますが、オーツ麦の場合、熟練者で二エーカーというところですね」

ウエストンの目はじっと労働者たちに注がれたままだ。「刈り取り機なら？」

「それはバインダー（刈り取りと結束を同時に行うことができる機械）のことですか？」ストリックランドが帽子を脱いで頭をかく。「だったら、一二エーカー以上は刈り取れるだろうな」

「一日で？　じゃあ、そのバインダーを導入したら、労働者は何人いれば間に合う？」

「男ふたりに馬一頭ですね」

「すごいな。労働者はふたりだけなのに、六倍も生産性が向上するのか」ウエストンは目を丸くしている。「なぜバインダーを使わないんだ?」

ストリックランドが鼻で笑った。「決まってるじゃないですか、高いからです。二五ポンド以上もするんですよ」

「でも、すぐにもとが取れるんじゃないかな」

「無理ですよ。馬と機械の両方を持つ余裕なんて、とてもじゃないがありません。そのふたつのうちどっちかを選ぶとしたら、馬を選びます」

ウエストンは次々と麦を縛っていくストリックランドの手元を真剣な表情で見ている。

「ぼくにも手伝わせてほしい。縛り方を教えてくれないか?」

ストリックランドはウエストンの注文仕立てのスーツにちらりと目をやった。

「どう見ても農作業用の格好じゃないですよ」

「かまわないさ。手伝いたいんだ」ウエストンは上着を脱いでケイトリンに渡すと、ストリックランドの隣にしゃがみこんだ。「あとで、友人たちに手にできたたこを見せびらかしたいしね」ウエストンは見よう見まねで麦束を縛りはじめた。ストリックランドは縛り方のこつを教えている。何より肝心なのはあまりきつく縛らないこと、そのほうが空気に触れやすくなるので麦穂が早く乾燥するのだ、と。

ケイトリンは驚きの目でウエストンを眺めていた。どうせすぐ飽きるだろうと思っていたのだ。ところが彼は手を動かしつづけ、次第にうまく縛れるようになっていった。彼は作業をしながら、ストリックランドと排水路や作付けについて話をしている。

事態はまったく意外な方向へ向かいつつあった。どういうわけか、ウエストンは実に楽しそうだ。どちらが本当の彼なのだろう？　初対面の人間と熱心に話しこんでいるこの男性は、昨日の救いようのない酔っ払い男とはまるで別人だ。今のウエストンは、領地やそこに住む人々を心底気にかけているように見える。

最後のひと束を縛り終え、ウエストンが立ちあがった。両手についた土を払い、ズボンのポケットから取りだしたハンカチで顔をぬぐう。

ストリックランドもシャツの袖で額の汗を拭いた。「では、次は麦の刈り方を教えましょう」明らかに面白がっている口調だ。

「お願いすると言いたいところだが、無理そうだ」ウエストンはくたびれた笑みを見せた。この表情なら知っている。彼の兄の顔にも同じ笑みが浮かんでいたときがあった。ふいにウエストンの顔がデヴォンの顔と重なり、ケイトリンの胸に痛みが走った。「鋭い刃物を使いこなす自信がないよ」ウエストンは畑を見まわした。「ミスター・ストリックランド、酪農をやろうと考えたことはあるかい？」

「ないです」ストリックランドがきっぱりと言う。「収穫量が微々たるものでも、酪農をやるより農業のほうがまだ儲《もう》かるんですよ。ほら、ことわざにもあるでしょう？　〝穀物が高いときは牛肉が安い〟とね」

「現状ではそうなんだろうな。でも、これからは工業地帯に引っ越す人がますます増えるだろう？　そうしたらミルクや肉の需要も高まるんじゃ――」

「いや、酪農をはじめる気はありません」ストリックランドの顔から笑みが消えた。「絶対にありえない」

ケイトリンはウエストンに近づき、上着を手渡した。そっと彼の腕に触れ、自分のほうに顔を向けさせてからささやいた。「もしかしてミスター・ストリックランドは、あなたが酪農の話題を持ちだしたのは、排水工事をしたくないからではないかと思っているんじゃないかしら」

そう言われてはっと気づいたのだろう、ウエストンの曇りかけていた表情がとたんに明るくなった。「いや、それはない」彼はストリックランドに向き直った。「約束どおり、排水路の改修工事はするよ。実際、この件ではトレニア伯爵に選択の余地はないんだ。工事を実施する法的義務があるからね」

ストリックランドはまだ半信半疑の表情だ。「しかし、これまで何度も約束を破られているんですよ。今回こそ信じるとはなかなか言えません」

ウエストンはしばらく押し黙ったまま、目の前の男性の不安そうな顔を見つめていた。

「約束は守る」断固とした口調で言い、ストリックランドに手を差しだした。

その瞬間、ケイトリンは目を見開いた。握手というのは親しい友人同士か、同じ階級の男性同士でしかしないものだ。現にストリックランドもためらいを見せている。だがやがて、彼はウエストンが差しだした手を握り、ふたりは笑顔で力強い握手をした。

「いい話しあいができたわね」土埃の舞う農道をゆっくりと馬を進ませながら、ケイトリンはウエストンに声をかけた。このウエストン・レイヴネルという男性はなかなかのやり手だ。状況を冷静に見きわめ、ストリックランドの不安をやわらげた彼の手腕は見事としか言いようがない。「あなたも隅に置けないわね。農作業を手伝ったのは、ミスター・ストリックランドの気持ちをほぐすためだったんでしょう？」

「別に計算ずくの行動だったわけではないよ」ウエストンはどこかうわの空だ。「ただ彼の話をいろいろ聞きたかっただけだ」

「それは成功したわ」

「この排水路の問題だが、ぼくはあまりにも簡単に考えすぎていた。溝を掘り、そこに土管を並べて、また土を戻せばいいとね」

「実際、簡単そうに聞こえるわ」

「ところが、そうでもなさそうなんだ」ウエストンは首を横に振った。「口で言うだけなら簡単なんだけどね。排水路の整備には細かい問題点があって、それにしっかり対処しなければ、余計な費用がかかってしまう可能性があるんだよ」

「細かい問題点というと？」

「それがまだよくわからない。でもその部分をはっきり突き止めないと、エヴァースビー・プライオリーの再建は難しい」口を開きかけたケイトリンを、彼がじろりとにらんだ。「領地を売り払えばいいと考えていたくせに、今さらどういう風の吹きまわしだと言いたいんだろう？」

「違うわ」むっとして言い返した。「ほかの小作人たちの農地も、ストリックランド家の農地と大差ない状態だと言おうとしていたのよ」

「〝穀物が高いときは牛肉が安い〟か」ウエストンがつぶやくように言う。「このことわざが通用するのも今のうちだけなのに。数年後には確実に牛肉が高くなり、穀物が安くなっているはずだ。そしてその後も、穀物と牛肉の価格が逆転することはないとぼくは思う。ミスター・ストリックランドはまだ気づいていないけどね。だが、だからといって農業をやめろと言っているわけではないよ」

「それでも、農業から酪農へ転換したほうがいいと思っているのね」

「まあね。土壌が粘土質だろう？　それを考えると酪農のほうが楽だし、儲かる気がするんだが」

「たしかにそうかもしれないわ。でも、この地域では畜産業は農業より下に見られるのよ」

「そうなのか？　上も下もないだろうに。どちらも糞《ふん》をスコップで集めなきゃならないんだから」ウエストンはでこぼこ道に足を取られて歩きづらそうな馬を、なんとか前に進ませようとしている。

「いったん手綱をゆるめて」ケイトリンは言った。「こういうときは焦ってもだめなの。もう少しゆっくり進ませてあげるといいわ」

言われたとおりに、ウエストンは手綱を持つ手をゆるめた。

「あとひとつ、助言をしてもいい？」

「どうぞ」

「背筋を伸ばして座ってみて。姿勢が悪いと馬の動きについていくことができないの。それに腰痛の原因にもなるのよ。上体をまっすぐにして体の力を抜くの……そう、そんな感じ……今の姿勢は重心が一点に集まっているから、馬も動きやすいのよ」

「ありがとう」

ケイトリンはウエストンに微笑みかけた。女性からの意見も素直に受け入れる彼の心意気がうれしかったのだ。「あなたは筋がいいわ。すぐに乗馬の達人になれるわよ」いったん言葉を切ってから続けた。「ロンドンではあまり馬に乗らないの？」

「ああ。歩くか、貸し馬車を利用するかのどちらかだな」

「でも、あなたのお兄様は……」そう、デヴォンの手綱さばきはすばらしかった。

「ぼくと違ってうまいんだろう？　兄は毎朝、乗馬をするんだ。悪魔並みに意地の悪い、大きな連銭葦毛《あしげ》の愛馬でね。その馬も兄と同じで、激しい運動をしないと一日がはじまらないんだよ」

「だからトレニア卿は引きしまった体をしているのね」ケイトリンはつぶやいた。

「乗馬だけじゃない。兄はボクシングクラブの会員にもなっている。これがすさまじくてね、意識がなくなるまで戦うんだよ。この戦い方はサバットと呼ばれているんだ」

「サバット？　聞いたことがないわ」

「もともとは、パリのごろつきたちが路地裏で使っていたけんかの技だった。しかもきわめて凶暴な技だ。兄はひそかに、ならず者と一戦交えたいと思っているんじゃないかな。今のところはまだ、その機会はめぐってきていないが」

ケイトリンは思わず笑ってしまった。「どうしてトレニア卿は激しい運動に打ちこむの？」

「怒りの感情を抑えるためさ」

彼女の顔から笑みが消える。「ひょっとして、あなたもかっとなりやすい性格？」

ウエストンはふっと笑いをもらした。「もちろんそうだよ。ただぼくの場合は、怒りを紛らわすのに殴りあいのけんかは選ばない。一番の対処法はなんといっても酒だな。これに尽きる」

テオと同じだ、とケイトリンは心の中で思った。「だけど、わたしはしらふのあなたのほうが好きよ」

彼がにやりとする。「しらふ生活をはじめて、まだ半日だ。あと何日かしたら、きっときみは今の言葉を撤回して、怒り狂っているだろうな」

しかし二週間経っても、ケイトリンは怒り狂ったりしなかった。ウエストンは夕食にグラス一杯か二杯のワインを飲むだけで、ほぼ禁酒生活を続けたのだ。彼は毎日規則正しく過ごしていた。小作人の家を訪れ、屋敷に戻ってきたら農業の専門書を読みあさり、それからデヴォンに渡す報告書を書く。その枚数はかなりの量になっていた。

そんなある日のこと、ウエストンはレイヴネル家の女性陣に向かって宣言した。もっと多くの小作人たちに会い、彼らの抱えている問題や悩みを知りたいと。そして新たな情報が集まるにつれて、領地の実情がよりはっきりと見えてきた。それは決して楽観視できるものではなかった。

「でも、お先真っ暗というわけでもない」夕食の席で、ウエストンは女性四人を前にして言った。「兄が自分の任務を果たせば、希望の光は必ず見えてくるはずだ」

「トレニア卿の任務って？」カサンドラがきいた。

「資金を確保することだよ。それも大金だ」

「働いていないのに、お金を集められるの？」パンドラが尋ねる。「もしかして犯罪に手を染めるとか？」

ウエストンは水の入ったゴブレット越しににやりとした。「誓ってもいいが、兄は犯罪に手を染めていないし、悪党の一味でもない」ケイトリンに目を向ける。「もう少しここにいようかと思っているんだ。あと二週間……いや、一カ月は必要かな。まだまだやることが山ほどあるんだよ」

「だったら、いればいいわ」ケイトリンはあっさりと応えた。

彼の目が丸くなる。「本当に？」

「小作人たちのためだもの」

「じゃあ、ついでにクリスマスまでここにいようかな？」

「どうぞ」またしても間髪入れずに答えた。「好きなだけここにいていいのよ。だけどロンドンが恋しくならない？」

ウエストンは口元を引き結び、自分の皿に視線を落とした。「たしかに……恋しくないと言えば嘘になる。でもここにはやらなきゃいけないことがたくさんあるし、それに兄を助けたいんだ。デヴォンには信用できる相談相手があまりいないからね。実際、兄のまわりには自分の領地の現状を把握していない領主のほうが多くて、相談したくてもできないみたいなんだよ」

「だけど、あなたとトレニア卿は領地の現状を把握している？」

彼は白い歯を見せて笑った。「いや、ぼくたちもまだまだだな。それでも彼らとは決定的な違いがある。それは、ぼくも兄も現実から目をそむけていないということだ」

10

一カ月後。玄関広間にケイトリンの鋭い声がとどろいた。「ウエスト！」彼女は逃げるウエストンを追い、大階段を駆けおりていた。「待ちなさい！　止まって！」

彼はまったく速度を落とそうとしない。「そっちこそ、追いかけてくるなよ。アッティラ大王みたいで怖いじゃないか」

「ちゃんと説明してちょうだい」彼女は階段をおりきったところで、ようやくウエストンに追いついた。すかさずくるりと向きを変え、彼の前に立ちはだかって逃げ道をふさぐ。「あなた、頭がどうかしちゃったの？　どうしてこの屋敷に豚がいるのよ？」

追いつめられて、ついにウエストンも観念した。「しかたがなかったんだ。ジョン・ポッターの農場に行ったとき、あの子豚は処分される寸前だったんだよ。体が小さすぎるというだけの理由で」

「よくあることでしょう」ケイトリンはにべもなく言い返した。

「目が合ったんだ」彼が言う。「そうしたら、ぼくに向かって微笑んでいるように見えたんだよ」

「あのね、ウエスト、豚というのはどれも微笑んでいるように見えるの。もともと口の端が上を向いているでしょう?」

「どうしようもなかったんだ。だって、かわいそうだろう? とっさに家に連れて帰らなきゃと思ったんだよ」

ケイトリンは首を横に振り、ウエストンを見あげた。もう何を言っても無駄なのはわかっている。すでにカサンドラとパンドラは生卵と牛乳をまぜて作った特製ミルクを子豚にあげているし、ヘレンはかごにやわらかい布を敷きつめて寝床を用意していた。今さら、ポッター家に返してきなさいなんて言えるわけがない。

「いつまでも子豚のままじゃないのよ。大きくなったらどうするの?」

一瞬、ウエストンが考えこむ表情を見せた。「食べるとか?」

ケイトリンはいらだたしげにため息をついた。「本気で言っているの? 義妹たちは子豚にハムレットという名前までつけたのよ。一家のペットを食べられると思う?」

「ハムレットがベーコンになるなら食べてもいいかも――」彼女の表情を見て、ウエストンは口をつぐんだ。「冗談だよ。じゃあ、子豚を返せばいいんだろう?」

「そんなことができるわけ――」

ウエストンが片手をあげてさえぎった。「すまない、時間がないんだ。今すぐアルトン駅へ行かないと、列車に乗り遅れてしまう。きみの小言ならあとでたっぷり聞くよ」

「列車? どこへ行くの?」

彼はケイトリンの脇をすり抜けて玄関のほうへ向かった。「昨日、伝えただろう？　さては聞いていなかったんだな」

彼女もウエストンのうしろからついていった。背中をにらみつけて心の中で叫ぶ――豚を連れてきた罰として、これからはいっさい食卓にベーコンは出しませんからね！

ふたりは応接間の前で立ち止まった。室内では職人たちが床板をはがし、脇に放り投げている。その音だけでも鼓膜が破れそうなのに、ほかの場所からも絶え間なく金槌《かなづち》で釘を打つ音が聞こえてくる。

「昨日も言ったが」ウエストンが声を張りあげた。「ウィルトシャーに行くんだ。そこで最新の農法を試している男に会いに行ってくる」

「何日、留守にするの？」

「三日間だ」彼がにやりとする。「寂しくても泣かないでくれ。すぐに戻ってくるから」

「何を言うの、わたしが泣くわけないじゃない」そんな軽口を叩きつつも、ケイトリンは執事の手を借りて帽子と上着を身につけているウエストンを心配そうに見つめた。また痩せたからだ。ここへ来た当初と比べると、体重は一〇キロ近く落ちているだろう。ウィルトシャーから帰ってきたら、この上着も寸法を直さなくては。そう頭の中に書き留めてから口を開いた。「ウエスト、ちゃんと食べないとだめよ。食事を抜いてばかりいたら、かかしみたいになってしまうわ」

毎日馬に乗って領地をめぐり、畑を歩いたり、門の修理を手伝ったり、逃げたヒツジを追いかけたりしているうちに、ウエストンは目に見えて変わっていった。まず体重が減りはじめ、すぐにどの服も寸法が合わなくなってしまった。やがて顔のむくみや顎の下のたるみも消え、今ではすっきりと引きしまった顔立ちをしている。おまけに屋外で過ごす時間が長いので、肌が健康的に日に焼けていて、見た目も若々しくなった。すっかり活力あふれる青年に変身した彼に、いつも酔っ払っていた頃の怠惰な面影はどこにもない。

ウエストンは身をかがめ、ケイトリンの額にキスをした。「それじゃあ、行ってくるよ、アッティラ大王」やさしい口調で言う。「ぼくの留守中に、あまりみんなを怖がらせたらだめだぞ」

ウエストンが出かけるとすぐに、ケイトリンは厨房のそばにある家政婦の部屋へ向かった。今日は目がまわるほど忙しい洗濯日だ。家じゅうの洗濯物が洗い場に集められ、そこで仕分けされて沸騰した湯を注がれ、洗われ、すすがれ、絞られ、そして隣の乾燥室につるされる。そのあいだケイトリンとミセス・チャーチは、使用人の制服の在庫確認と新たに注文する品について話しあうことになっていた。

ちょうどふたりがメイドたちのエプロンを新調するべきかどうかの検討をはじめたときだった。執事のシムズが、ミセス・チャーチの部屋のドアを叩いた。

「お仕事中に申し訳ございません、奥様」声は落ち着いているが、彼は不愉快そうに顔をしかめている。「小作人が――ウッテン夫妻が、ミスター・レイヴネルに会いたいと言っているのです。ミスター・レイヴネルは留守だと伝えたのですが、帰ろうとしません。緊急事態が起きたと言って聞かないのです。ですから従僕にふたりを追い払わせる前に、奥様にお伝えしたほうがいいかと思いまして」

ケイトリンは眉をひそめた。「だめよ、追い払うなんて。きっとよほどの事情があるんだわ。ウッテン夫妻を応接間にお通ししてちょうだい。そこでふたりに会うから」

「そうおっしゃるのではないかと懸念しておりました」シムズが厳しい表情で言う。「奥様、いけません。喪に服していらっしゃるのですから、心静かにお過ごしください」

突然、階上から何かが床に叩きつけられる衝撃音が響き、天井が揺れた。

「ああ、驚いた！　心臓が止まるかと思ったわ！」ミセス・チャーチが大声で叫ぶ。

ケイトリンは笑いを噛み殺し、シムズにちらりと目を向けた。

「ウッテン夫妻を応接間にお通しします」執事の顔にあきらめの表情が浮かぶ。

応接間に足を踏み入れたとたん、若い夫婦の動揺しきった姿がケイトリンの目に飛びこんできた。妻の目は泣きはらしたせいで赤くなり、夫の顔は血の気を失って青白い。

「まさか病気とか、けがではないわよね？」開口一番、ケイトリンは尋ねた。

「違います、奥様」ミスター・ウッテンが答え、妻はお辞儀をした。彼は手に持った帽子をねじりながら、ウッテン家の農地にいきなり鉄道会社の代理人を名乗る男が現れたことを話しはじめた。

「代理人はふたりで来ました。彼らは土地の調査だと言ったんです。それでおれは、誰に頼まれたんだと尋ねました。そうしたらやつらは、トレニア卿の許可を得ていると言ったんですよ」ウッテンの声が震えている。「鉄道会社がうちの農地を買うことになったたって……おれはあわててミスター・カーロウのところへ行きました。でも、ミスター・カーロウも何も知らなかったんです」彼の目からついに涙があふれた。「奥様、あそこは親父がおれに残してくれた土地です。それなのに鉄道会社は、畑をつぶして線路を敷くつもりなんですよ。このままだと、おれたち一家は無一文で家から追いだされてしまいます――」ウッテンはさらに言葉を継ごうとしたが、妻が声をあげて泣きはじめた。

この衝撃的な話は、ケイトリンにはまさに寝耳に水だった。「変ね、ミスター・レイヴネルもそういうことは何も言っていなかったわ。それにトレニア卿も、何かを決めるときは必ず弟さんに相談するの。今の話のような重要な事柄を独断で決めるとは思えない。きっとその代理人たちの主張は根も葉もない言いがかりよ」

「でも、あのふたりは借地の契約期間が切れたのを知ってました」ウッテンが苦悶《くもん》に満ちた目を向けてくる。「いつ切れたのかも、更新していないことも、すべて知っていたんです」

これにはケイトリンも言葉を失った。

デヴォン、いったいどうなっているの？　あなたは小作人に無断で農地を売り払ったりしないわよね。そうよ、彼は絶対にそんな冷酷な人じゃない。

「この件はわたしに任せて」彼女は力をこめて言った。「ミスター・レイヴネルは一〇〇パーセントあなたたちの味方よ。しかもトレニア卿の心を動かす力もあるの。だから、あまり気をもまないで。ミスター・レイヴネルが戻ってくるのは三日後なのよ。あなたたちにとっては長い三日間になるかもしれないけれど、いつもどおりの生活を続けてね。ミセス・ウッテン、もう泣いたらだめよ。おなかの赤ちゃんに障るわ」

いくらかほっとした表情を浮かべて、ウッテン夫妻は帰っていった。ふたりを見送ったあと、ケイトリンは急いで書斎へ向かった。大きな机の前に座り、インク壺の蓋を開けて、デヴォンに送る電文を書きはじめる。

ウッテン夫妻が置かれた状況について書き連ねているうちにだんだん腹が立ってきて、法的手段に訴えると脅し文句もつけ加えた。もちろん自分の領地を売ろうがどうしようが、デヴォンには好きにできる権利がある。弁護士といえども、彼が決めたことに口をはさめない。それはわかっているけれど、彼の注意を引くぐらいの効果はあるはずだ。

電文を書き終えた便箋を封筒に入れると、ベルを鳴らして従僕を呼んだ。

「この電報を今すぐ郵便局に届けてちょうだい。そして郵便局長に、大至急送ってくれるよう伝えてほしいの」

「承知しました、奥様」

従僕がいなくなると、入れ替わりにミセス・チャーチが書斎の入り口に現れた。

「レディ・トレニア」家政婦は困った顔をしている。

「あら、ミセス・チャーチ」ケイトリンは明るい口調で応えた。「あなたを忘れたわけではないわよ。さあ、エプロンの話の続きをしましょう」

「はい、奥様。ですが、その前にほかのお話があります。実は、主寝室にある浴室の配管工事が終わりました」

「まあ、よかった。ようやく終わったのね」

「それはそうなのですが――職人たちは二階の別の部屋にも浴室を作りはじめています。それが、奥様の寝室の床下に配管を通さなければいけないみたいで……」

ケイトリンはさっと椅子から立ちあがった。「じゃあ、今わたしの寝室には男性がいるの？　嘘でしょう、誰からもそんな話は聞いていないわ」

「工事長が言うには、奥様のお部屋に配管を通すしか方法はないようです」

「いやよ！」

「すでに職人たちは奥様の許可も得ずに床をはがしています」

信じられない思いと表情で首を横に振り、ため息をついた。「しかたがないわね。配管を通すだけなら、せいぜい半日程度で工事は終わるでしょう。それくらい我慢するわ」

「ところが奥様、半日どころか数日はかかるそうです。工事がすべて終わるのは、一週間後くらいだそうで」

ケイトリンはあんぐりと口を開けた。「そんなに長いあいだ寝室を使えないの？　ミセス・チャーチ、わたしはどこで寝たり着替えたりしたらいいの？」

「ご安心ください。奥様の身のまわりの品は主寝室へ運ばせました」ミセス・チャーチが言う。「現在、トレニア卿はロンドンに滞在中ですから。それに主寝室は廊下の一番奥にありますので、静かに過ごせるかと思います」

そう言われても、ケイトリンの気分は少しも晴れなかった。テオが事故に遭った日の記憶がよみがえってくる。主寝室は、酔っていたとはいえ元気なテオの姿を最後に見た場所だ。彼と激しく言い争った場所。一生後悔することになる言葉を彼に投げつけた場所。屋敷の中でもっとも嫌いな場所。あの部屋には忌まわしい思い出しかない。

「ほかに使える部屋はないの？」

「今はひと部屋もありません。空き部屋はほかに三室あったんです。でも、職人たちはそこの床もはがしてしまいました」ミセス・チャーチは申し訳なさそうな表情を浮かべている。ケイトリンが主寝室を使いたがらない理由をわかっているのだ。「あの、もしよろしければ、東翼の寝室でしたらご用意できます。ただしばらく使っていないので、準備に時間がかかりますが、それでもかまわないでしょうか？」

「わたしは東翼の寝室でもいいわ。だけど今夜はまだ使えないのね？」またしてもため息をつき、ケイトリンは椅子にどさりと座りこんだ。「じゃあ、寝る場所はもう主寝室しか残っていないわ」

「奥様、主寝室には新品の銅製の浴槽があります。いの一番にその浴槽に浸かることができますよ」さあ、キャンディをあげますから機嫌を直してください——今のミセス・チャーチの口調は、そんなふうにすねた子どもをなだめるときと似ていた。

ケイトリンは引きつった笑みを浮かべた。

ところがその夜、彼女は主寝室の浴室で至福の時間を過ごしていた。銅製の浴槽はうっとりするほどすてきで、深さがたっぷりあるだけでなく、頭をのせられるように縁全体が丸みを帯びた形状になっている。首までしっかり浸かれる浴槽に入るのは初めての経験だ。あまりにも快適すぎて、大嫌いなこの部屋でも熟睡できそうな気分にさえなっていた。ああ、まるで天国だわ。

大きな浴槽にゆったりと身をゆだね、ケイトリンは極上のひとときを味わった。やがて湯が冷めてきて、それを見計らったようにメイドのクララが浴室に入ってきた。

クララの手を借りて、トルコ製のやわらかなタオルで体を拭き、純白のネグリジェを頭からかぶると、ケイトリンは暖炉脇に置かれた布張りの椅子に向かって歩いていった。椅子に腰をおろし、背もたれにかけてあるグラデーションカラーのショールで膝を覆う。そして、木彫りの天蓋付きの重厚な四柱式ベッドに視線を向けた。

一瞬にして、天にものぼる幸福感は跡形もなく消えてしまった。

このベッドには結婚式の夜に一度寝ただけだ。どこからか、テオのろれつのまわらない怒鳴り声が聞こえてきた。

〝おい、いいかげんにしてくれ。言われたとおりにしろよ。動くな……じっとしていろ。少しは妻らしくふるまったらどうだ……くそっ……〟

翌朝、結局一睡もできず、ケイトリンは憔悴《しょうすい》しきっていた。目の下には黒いくまがくっきりと浮きでている。彼女は厩舎へ向かう前に、まずミセス・チャーチに会いに行った。家政婦は食器棚の整理をしていた。「ミセス・チャーチ、お仕事の邪魔をしてごめんなさい。お願いがあるのだけれど、今日じゅうになんとか寝室の準備を終えてほしいの。やっぱりだめみたい。主寝室で寝るくらいなら、野良猫たちと納屋で眠ったほうがましよ」

ミセス・チャーチは気遣わしげな表情でケイトリンを見ていた。「わかりました、奥様。今夜までにはご用意いたします。すでにメイドたちはバラ園が一望できる部屋の掃除をはじめているので安心してください。今は絨毯の掃除と床磨きをしています」

「ありがとう、ミセス・チャーチ。助かるわ」

ケイトリンはほっと胸を撫でおろして廏舎へ急いだ。プラム色の建物に一歩近づくごとに気持ちが高揚していく。朝の乗馬は元気の源だ。アサドに乗ったあとはいつも爽快な気分になり、全身の細胞が生き返った感じがする。彼女は馬具室に入り、乗馬服のスカートを取り外して壁のフックにかけた。

普通、女性は擦過傷を防止するために、乗馬服のスカートの下にセーム革か羊毛の膝丈ズボン《ブリーチズ》を身につけている。ケイトリンのようにブリーチズ姿で乗馬をする女性は、まだまだ圧倒的に少数派だ。

そのため、はしたないと眉をひそめる人もいるけれど、馬を調教する場合はスカートよりブリーチズのほうが適している。つねに落馬の危険が伴う、馬の背にまたがっての調教ではなおさらだ。たしかに長い乗馬用スカートは優美で気品がある。とはいえ、実は鐙や低い木の枝に引っかかったり、馬の脚に絡まったりすることがよくあり、それに気を取られていては調教どころではなくなってしまう。

ふいに、初めてブリーチズ姿で馬具室から出ていった日のことが頭をよぎった。あのときは馬番たちにぎょっとした顔で見つめられ、本当に恥ずかしかった。けれど、慎み深さよりも安全性を重視しているミスター・ブルームは、すぐにケイトリンの格好を褒めてくれた。あんなに驚いていた馬番たちも、今ではすっかり慣れた様子だ。彼らがケイトリンの常識外れの姿をなんとも思わなくなったのは、彼女の体形も大いに関係しているのは言うまでもない。女らしさのかけらもない痩せっぽちの体つきでは、目の保養にはならないのだ。

ケイトリンはアサドを放牧場に連れていった。今日は半円を描いたり、ジグザグに進んだりする図形運動の練習をする。訓練は順調に進み、アサドは彼女の指示にすばやく反応した。動きもなめらかで集中力も途切れない。そこで今朝は時間を延長し、アサドを囲いの外へ出して走らせてみた。

元気よく牧草地を駆けまわる愛馬との時間を存分に楽しんだあと、ケイトリンは廏舎に戻ってきた。体じゅうが心地よい疲労感と満足感に包まれている。彼女は屋敷に戻り、弾む足取りで裏階段を駆けあがった。二階に着いたところで、スカートを馬具室に忘れてきたことにふと気づく。一瞬、引き返そうかと考えたが、あとで従僕に取りに行ってもらえばいいと思い直し、そのまま主寝室を目指した。ところが何歩も進まないうちに、銅管を腕に抱えた職人三人が廊下をこちらに向かってやってきた。そのひとりがブリーチズ姿のケイトリンを見て固まる。危うく銅管を落としそうになった彼に、もうひとりが厳しい声で怒鳴りつけた。

「よそ見をするな。ちゃんと前を向いて歩け」

頬を赤らめながら職人たちの横をすり抜け、ケイトリンは急いで主寝室に駆けこんだ。部屋の中はひっそりしている。どうやらクララはいないようだ。配管工事費が高すぎるとさんざん文句を言ったけれど、使いたいときにいつでもすぐお湯が出るのは、やはりうれしい。今みたいにメイドがいなくても、わざわざベルを鳴らして呼ぶ必要もない。ケイトリンはドアが開いたままの浴室へ直行し、いそいそと中へ入った。

ドアをしっかりと閉めて振り向いた瞬間、浴槽の中に人がいるのが見えた。

「きゃあ！」あわてて両手で顔を覆う。

けれども、時すでに遅し。デヴォン・レイヴネルの濡れた体が、彼の一糸まとわぬ姿が、まぶたの裏にくっきりと焼きついてしまった。

11

いいえ、そんなはずないわ。ただの幻覚よ。デヴォンのわけがない。だって彼はロンドンにいるのよ！　きっと気のせい……だったら、浴室のこのむしむしする空気は何？　このスパイシーなにおいは？　これは間違いなくデヴォンのにおいよ。それに……さわやかな石けんの香りもする。

少しだけ指を広げて、その隙間からおそるおそるのぞいてみた。

幻覚でも、気のせいでもなかった。紛れもなくデヴォン・レイヴネル本人だ。立ちのぼる白い湯気を透かして、銅製の浴槽の縁に頭を預けている彼が見えた。そして、水滴がついた広い肩も、たくましい腕も、黒い毛に覆われた胸も……。ふと気づくと、彼も口の端にかすかな笑みを浮かべてこちらを見ている。

ケイトリンはくるりと背を向け、ドアのほうを向いた。頭の中は混乱状態だ。

「どうしてここにいるの？」やっとの思いで声を出す。

デヴォンが皮肉たっぷりの口調で答えた。「よく言うよ。ぼくに脅迫状を送ってきたのはきみだろう？」

「わたしが……あなたに脅迫状を送った？　それは……もしかして電報のこと？」完全に思考停止状態に陥っている。「あれは脅迫状ではないわよ」

「いや、どこからどう読んでも脅迫状だった」

「でも、まさかこんなに早く来るとは思わなかったわ。だって、まったくあなたらしくないじゃない！」彼の低い笑い声が聞こえ、ケイトリンの顔は真っ赤に染まった。

彼女は真新しい金属製の取っ手をぎゅっと握りしめて引っ張った。びくともしない。ドアは閉じたままだ。

「レディ・トレニア、それは――」

デヴォンが背後から声をかけてきた。だが、とにかくこの場から離れたいという気持ちが先行しているせいで、彼の言葉がまともに耳に入ってこない。ケイトリンは取っ手を力いっぱい引っ張った。その瞬間ぽろりと取っ手が外れ、うしろによろける。彼女は呆然と手の中の金属を見おろした。

つかのま、浴室に沈黙が落ちた。

デヴォンが咳《せき》払いをした。必死に笑いをこらえているのは、彼の声を聞けばわかる。

「それはノーフォークラッチといって、留め金付きの取っ手なんだ。まず上の小さなつまみを親指でさげてから、取っ手を引くんだよ」

よく見ると、ドアの取っ手があった場所の上部に、小さな金具がぽつんと突きでている。ケイトリンはそのつまみを何度も続けざまに押しさげた。けれども悲しいことに、ドアは激しく揺れるだけで、ちっとも開く気配がない。

「スウィートハート……」今やデヴォンは大笑いしている。「それは……いくらがんばっても無駄だよ」

「そんなふうにわたしを呼ばないで！」彼に背を向けたまま、ケイトリンは声を荒らげた。

「じゃあ、わたしはここからどうやって出たらいいの？」

「もうすぐ、ぼくの従者がタオルを持って戻ってくる。そのときに寝室側からドアを開けてもらうよ」

落胆の声をもらし、彼女は木製のドアに額を押し当てた。「あなたと一緒にここにいることを彼に気づかれたら、わたしはもう身の破滅だわ」

背後から、湯がはねる音が聞こえた。

「サットンは気づいたとしても何も言わないさ。口が堅い男だからね」

「そんなの嘘よ」

瞬時にして背後が静まり返った。「どういう意味だ？」

「その逆だという意味。彼はあなたの華やかな女性遍歴を使用人たちにぺらぺらしゃべっているわ。あなた、ミュージック・ホールでショーをやっていた女性曲芸師ともつきあっていたんですってね。メイドが教えてくれたわ」ケイトリンはわざとらしくいったん言葉を切り、ふたたび続けた。「羽根しか身につけていない女性だったって」

「サットンめ」デヴォンがつぶやく。湯が大きくはねる音がした。

ケイトリンは身をこわばらせて、ひたすら目の前のドアだけを見つめていた。昨夜、自分が至福を味わった浴槽に、今はデヴォンが浸かっている。彼との距離はほんの数メートル。湯がはねる音が聞こえるたびに、彼の一糸まとわぬ姿が脳裏にちらつく。胸を覆う毛は湯に濡れて色濃くなり、肌には石けんの泡が……。

ドアをじっと見据えたまま、彼女は手に持った取っ手を慎重に床に置いた。

「どうしてこんな時間にお風呂に入っているの？」

「ロンドンから列車で来て、アルトン駅で貸し馬車を雇ったんだ。それが、ここへ来る途中で馬車の車輪が外れそうになってね、御者が修理するのに手間取っていたから手伝った。外は寒いし、おまけに泥だらけになったよ」

「あなたの従者に、御者を手伝うよう言えばよかったじゃない」

デヴォンが鼻で笑う。「サットンには無理だ。あの藁みたいに細い腕で車輪を持ちあげられるわけがない」

ケイトリンは水滴が浮いたドアに指を滑らせた。「急いでハンプシャーに来なくてもよかったのよ」

「弁護士や裁判所なんて言葉を並べて、法的手段に訴えると書かれた電報が送られてきたんだ。これは緊急事態だと思うだろう」嫌味をこめた声が返ってくる。

あの電報は少し大げさすぎたかもしれない。「もともと訴えるつもりはなかったわ。わたしはただ、あなたの目に留まってほしかったの」

今度は一転してやさしい声が彼女の耳に届いた。「ぼくはいつだってきみを見ているよ」

今の言葉をどう受け取ったらいいのだろう？　問いただそうと口を開きかけたそのとき、ドアの向こう側でかすかな物音がした。次の瞬間、ドアが開きかけた。全身を恐怖が駆けめぐる。とっさにケイトリンは両手でドアを押さえつけた。背後でデヴォンが勢いよく立ちあがり、浴槽から飛びだした気配がする。あっという間に彼の手が伸びてきて、ドアを押さえた。もう一方の手がケイトリンの口を覆う。そんな必要はまったくないのに。自分の人生がかかっているのだ。何があっても、絶対に声を出したりはしない。

背中にデヴォンのぬくもりが伝わってきて、思わず体が震えそうになった。すぐうしろにいる大柄な男性の存在を痛いほど意識せずにはいられない。

「旦那様？」ドア越しに男性のいぶかしげな声が聞こえてきた。

「サットン、勝手に入ってくるな。まずノックしろ。おまえはそんなことも忘れたのか？」デヴォンが強い口調で言う。「ノックなしにいきなりドアを開けてもいいのは、屋敷が火事になったときだけだ」

彼の体についた水滴が染みこみ、乗馬服の背中の部分が濡れてきた。温かい肌から石けんの香りが漂ってくる。ケイトリンはドアを押さえているデヴォンの手を見つめた。がっしりした大きな手。肌はどちらかというと浅黒い。中指の第二関節がすりむけて赤くなっているのは、おそらく馬車の車輪を直しているときについた傷だろう。爪は短く整えられている。そして親指と人差し指には、インクの染みがかすかに残っていた。

「お言葉ですが、閣下」サットンのわざとらしいほど恭しい口調には、皮肉とも取れる響きがまじっていた。「あなたがつつましい方だったとは知りませんでした」

「ぼくは変わったんだよ」デヴォンが応える。「貴族になったからな」

彼がぴったりと身を寄せているせいで、その声がケイトリンの全身に響き渡った。彼に包まれている感じがする……生命力に満ちた屈強な体に。このなじみのない感覚は少し怖いけれど、同時に不思議なほど心地いい。デヴォンの息遣いや鼓動を背中に感じているうちに、下腹部が熱くほてりはじめた。

「……少々問題がありまして」サットンは話しつづけている。「荷物を主寝室に持ってこられないんです。従僕はミセス・チャーチに、ここへは運ぶなと言われたそうなんです。なんでも一時的にレディ・トレニアが使っているとかで」

「そうなのか？　それで、その理由は？　ミセス・チャーチは、なぜレディ・トレニアが勝手にぼくの部屋を占領しているのか言っていたか？」

「現在、レディ・トレニアの寝室は床下に配管を通す工事を行っているんです。レディ・トレニアはこの工事に相当不快な思いをされているようで。従僕が教えてくれました。奥様はあなたにかなり腹を立てていると。それはもう大変な剣幕で怒っていたそうです」

「彼女も気の毒に」デヴォンがケイトリンの頭に顎をのせた。面白がっていることは、その笑いを含んだ声でわかる。「不快な思いをさせて悪かったな」

「この話にはまだ続きがありまして。レディ・トレニアは、先代の伯爵が亡くなってから、この部屋を使っていないのです。ただの一度も。まあ、昨夜まではということですが。使用人のひとりが言うには、それは――」

ケイトリンは体をこわばらせた。

「もういい」デヴォンが話をさえぎった。「レディ・トレニアが主寝室を使わなくなった理由など、どうでもいい。興味はないよ」

「そうですか」サットンが応える。「では、話を戻しましょう。それで荷物ですが、従僕はとりあえず二階の部屋に運び入れました。ところが、どの部屋なのか誰もわからないのです」

「荷物を運んだ従僕にきけばいいだろう」デヴォンがすげなく言い返す。

「その男は今、屋敷にいないんです。レディ・カサンドラとレディ・パンドラが、逃げだした豚を捜索するために彼を連れていってしまったので」

デヴォンの体がぴくりとした。「今、〝豚〟と言ったか？」

「はい、閣下。レイヴネル家の新しいペットです」

彼はケイトリンの口からそっと手を外した。ほんの一瞬、指先が彼女の顎をかすめた。

「どういうことだ？　なぜ家畜を――」

ケイトリンは顔を上に向けた。その瞬間、頭をさげていたデヴォンの唇が彼女のこめかみに触れた。ただの偶然だ。それなのに体じゅうの神経がざわめいた。

「――屋敷の中で飼っているんだ？」デヴォンの声がかすれている。彼はドアが完全に閉じないように側面をつかんだ。

「それはもっともな疑問だと思います。ただし、ここが手入れの行き届いた美しいお屋敷であればですが」サットンが取り澄ました口調で言った。「タオルをドアの隙間からお渡ししましょうか？」

「いや、まだ必要ないから、ドアの前の床に置いておいてくれ」

「床に、ですか？」サットンが驚いた声をあげる。「閣下、せめて椅子の上に置かせていただきます」さっそく寝室から軽めの家具を動かす音が聞こえてきた。

デヴォンはまだドアをつかんだままだ。きつくつかんでいるせいで親指の先は白くなり、腕の筋肉は盛りあがっている。彼の手を見つめながら、息を詰めてドアの向こうの音に耳を澄ましていると、腰のあたりに硬いものが触れていることに気づいた。デヴォンの広くて温かい胸からは離れたくないけれど、この体勢はしっくりこない。ケイトリンはもぞもぞと体を動かし、居心地のいい場所を探しだした。とたんにデヴォンの呼吸が速くなった。彼は片手でケイトリンのヒップを押さえこみ、動きを封じた。

そのとき、ようやく何が触れていたのかわかった。

たちまちケイトリンの背筋に緊張が走り、息が苦しくなる。恐怖がひたひたと押し寄せてきた。あれほど心地よかったデヴォンのぬくもりは跡形もなく消え去り、全身が凍りつく。どうしよう、彼に襲われる。きっと傷つけられる……。

結婚して初めて、男性の本性を知った。彼らは欲望が高まると、理性を失って獣になる。

デヴォンが行動に移すまで、あとどれだけ時間が残されているだろう？　彼はどこまで残酷になれる人なの？　ひどいことをされそうになったら、声の限りに叫ぼう。評判が地に落ちたってかまわない。抵抗しつづけよう。絶対に屈したりしない。

デヴォンの手が動いた。ケイトリンのヒップから離れ、ウエストに添えられて――コルセット越しでも、手の感触ははっきりと伝わってきた――彼は円を描くように、そっと撫ではじめた。怖《お》じ気《け》づいた馬をなだめるときと同じ手つきで。

血管が激しく脈打つ耳に、サットンとデヴォンの話し声が届く。

「閣下、荷物は主寝室に移したほうがいいでしょうか？」

「いや、それはあとでいい。とりあえず今は服を持ってきてくれ。できるだけ急いで頼むよ」

「承知しました」

一度大きく深呼吸してから、デヴォンがケイトリンに言った。「もう大丈夫だ、サットンはいなくなった。ひとつ言わせてもらうが、ぼくの体重より重くなるペットを家の中で飼うのは反対だからな。そもそも、なぜ豚なんて飼いはじめたんだ？　わけがわからない」

どういうこと？　ケイトリンは困惑して、目をしばたたいた。欲望をむきだしにした獣は、のんびり豚の話などしない。もしかしてデヴォンは、初めからわたしを襲う気はなかったのかしら？

無言のままのケイトリンをいぶかしく思ったのだろう、デヴォンが彼女の顎に手を添えて、自分のほうに顔を向けさせた。いつまでも避けてはいられない。覚悟を決め、ケイトリンは彼と視線を合わせた。デヴォンの目は穏やかで、危険な光はいっさい宿っていなかった。

「男の裸を見たくないなら、目をそらしていたほうがいい」彼が言う。「これからぼくはタオルを取りに行く」

ケイトリンはうなずき、目をきつく閉じた。

そのまま心が落ち着くのをじっと待つ。でも、腰に触れていたデヴォンの高ぶりの感触がまだ残っていて、いくら待ったところで心のざわめきは静まりそうにない。

ふと、バーウィック卿一家と大英博物館を訪れたときの出来事を思いだした。あの日の目的は、一八世紀の偉大な探検家キャプテン・クックが、南太平洋を航海したときに収集した民族衣装や手工芸品を見ることだった。その展示室へ行く途中で、イタリアの彫刻が置かれた部屋の前を通りかかった。その入り口には、取り外しのできる石膏《せっこう》のイチジクの葉で局部を隠した男性の裸体像が二体並んでいた。ところが、あろうことか一体の裸体像の葉っぱが床に落ち、粉々に砕けてしまったのだ。まさかの展開に腰を抜かしそうなほど驚いたレディ・バーウィックは、イチジクの葉が取れた彫像を自分の娘たちとケイトリンの目に触れさせないようにするため、その場から急いで立ち去ろうとした。けれど……ケイトリンたちは、すでにイチジクの葉の下にあるものをしっかりと目撃していた。

たしかに初めて目の当たりにした男性の裸像は衝撃的だったけれど、それ以上に興味をかきたてられた。まるで冷たい大理石に命が吹きこまれたみたいに見えたからだ。盛りあがった筋肉や浮きでた血管を精巧に表現した、彫刻家の卓越した技に感銘を受けたことを今でもよく覚えている。だが、その若々しい男性像の下腹部は控えめに表現されており、レディ・バーウィックが大騒ぎするほど扇情的とは思わなかった。

でも生身の男性は、博物館で見た大理石の彫刻とはまったく違った。それを知ったのは、結婚式の夜にテオの体を見たときと、彼の興奮を感じたときだ。

そして、少し前にデヴォンの体と自分の体が触れあっていたときも……。

彼の全身をくまなく見てみたい……。

すぐにケイトリンは心の中で自分を叱りつけた。でも、好奇心がむくむくとふくれあがる。ちらりと見るだけなら、かまわないのでは？　今を逃したら、男性の裸身を見る機会は二度とめぐってこないだろう。彼女は少しずつ体を横にずらし、そっと寝室の中をのぞいた。

まあ！　すてき……とても健康的で、強靭《きょうじん》な筋肉に覆われた体。どこからどう眺めても、まさに男性そのものといった感じだ。荒々しいけれど、神々しいほどに美しい。今、デヴォンは横を向いている。それをいいことに、ケイトリンはじっくりと見つめた。彼がタオルで髪を拭き終えた。乱暴な拭き方をするから、毛先が跳ねている。次は腕と胸を拭きはじめた。また同じように、ごしごしと手荒に拭いている。そして今度はタオルの両端を手に持ち、腕を左右に動かしながら背中を拭きはじめた。大きくてたくましい背中に広い肩幅。厚い胸板は毛に覆われ、下腹部は……想像していたよりもずっと毛深い。彼の男性の証《あかし》は……テオより大きい気がする。それにしても、男の人の体というのは不思議だ。あんなものがついていて邪魔ではないのだろうか？　馬にだって乗りにくいはず。そもそも、いったいどうやって乗っているのだろう？

ケイトリンの顔がぽっと赤く染まった。こっそりのぞき見しているのをデヴォンに気づかれたら大変だ。彼女はふたたびドアのうしろに隠れた。

少しして、デヴォンが浴室に近づいてくる足音が聞こえてきた。ドアの隙間から手渡してくれたトルコ製の乾いたタオルを、さっそくケイトリンは体に巻きつけた。

「体はちゃんと隠れている？」彼女は思いきって尋ねた。

そっけない声が返ってくる。「隠れているとは言えない」

「じゃあ、浴室で待つ？」おそるおそる口にする。隙間風の入る寝室より、浴室でサットンを待つほうがいいに決まっているけれど。

「いや、いい」

「でも、そこは寒いでしょう」

「ああ、凍えそうだ」ぶっきらぼうな口調で切り返された。声の大きさから考えて、どうやらデヴォンはドアのすぐ向こう側にいるらしい。「ところで、きみが着ているそれはなんだ？」

「乗馬服よ」

「違うな。乗馬服に着替える途中でやめたみたいな格好だ」

「失礼ね。アサドを調教するときはいつもこの格好よ。それで、この上に重ねてはくスカートをうっかり馬具室に忘れてきたの」デヴォンの言い方にむっとして、ケイトリンはこうつけ加えた。「ミスター・ブルームはわたしのブリーチズ姿を褒めてくれるわ。馬番の少年とわたしをしょっちゅう間違えそうになるんですって」

「だったら、ミスター・ブルームの目は節穴だな。まともに目が見える男なら、きみを少年と間違ったりはしない」彼はいったん言葉を切った。「ブリーチズ姿で乗馬をするのは今日から禁止する」

「なんですって？」ケイトリンは目を丸くした。「わたしに命令するつもり？」

「そのとおり。はしたない格好をしているんだからな」

「まあ！　あなたが作法についてわたしに講釈を垂れるわけ？　忌々しい偽善者のあなたが？　笑えるわ」

「きみもずいぶん言葉遣いが悪くなったものだ。廏舎に出入りしているせいだろう」

「いいえ、あなたの弟のせいよ」ケイトリンはすかさずやり返した。

「どうもぼくはエヴァースビー・プライオリーを長く留守にしすぎたようだ」デヴォンが苦々しい口調で言う。「屋敷の管理がまるでなっていないのも当然だな」

ここまで言われて、おとなしくしていられるわけがない。彼女は開いたドアのところまで出ていき、デヴォンをにらみつけた。「あなたでしょう、配管工を雇って屋敷の中をぐちゃぐちゃにしたのは！」

「配管工など取るに足りない問題だよ。この混沌《こんとん》とした状態を作りだした原因はほかにある。

まずはそれをどうにかしなければならない」

「何よ、偉そうに。わたしを支配できると考えているなら――」

「ああ、いいね。きみを支配するのも悪くないな」彼がしみじみと言った。

痛烈な言葉を投げつけたくても、歯の根が合わないほどケイトリンは震えていた。体に巻いたタオルは水分を吸収してくれたが、それでも濡れたままの服を着ているのはやはり寒い。寒気に襲われている彼女に気づき、デヴォンが寝室を見まわしはじめた。体にかけるものを探しているのだろう。彼が暖炉脇の椅子の背にかけてあるショールを見つけるのも時間の問題だ。

デヴォンの動きが止まった。やがて彼は今までとは明らかに違う口調で話しだした。

「黒く染めていなかったんだな」

「ここに持ってきて」ケイトリンは腕を突きだした。

彼がショールを手に取った。顔にゆっくりと笑みが広がっていく。「きみはこのショールをよく使うのか?」

「ねえ、それを早く渡してくれないかしら」

デヴォンはこちらに向かってのんびりと歩いてくる。きっとわざとに違いない。まったく、彼ときたら、自分が今どんな格好をしているのか忘れているのかしら? 腰にタオルを巻いているだけなのに、いかにも堂々とした歩きっぷりだ。体を見せびらかしているの? だとしたら、恥知らずのうぬぼれ屋だ。

　ようやくデヴォンが近くまで来た。ケイトリンはひったくるようにしてショールをつかんだ。

　湿ったタオルを外し、ショールを体に巻きつける。お気に入りのやわらかな生地に包まれて、やっと人心地がついた。

「黒く染め直すことはどうしてもできなかったの」彼女はしぶしぶ打ち明けた。未亡人への贈り物としては不適切だけれど、この鮮やかな夕焼け色のショールはすごく気に入っている。今では自分にとってなくてはならない大切なものだ。これを肩にかけると、いつも気持ちが安らいだ。

　人生最高の贈り物。

　デヴォンにも正直にそう伝えたほうがいいのはわかっている。でも、気恥ずかしくて言えない。

「このショールの色はきみによく似合う。とてもきれいだよ、ケイトリン」彼の低い声がやさしく響いた。

　彼女の顔がほてりだした。「その呼び方はやめて」

「わかった」デヴォンは小さく笑い、自分の姿を見おろした。「礼儀を忘れるなということだな」

　ケイトリンも彼の視線をたどり、黒い毛に覆われた厚い胸板から波打つ腹筋へと目をやった。彼女の顔がみるみる赤くなっていく。

突然、主寝室のドアを叩く音がした。たぶん従者だろう。ケイトリンはすかさず浴室の奥に身を隠した。

「入れ、サットン」

「旦那様、服をお持ちしました」

「ありがとう。ベッドの上に置いてくれ」

「服を着るお手伝いをしなくてもよろしいのですか？」

「今日はいい」

「ご自分でお召しになるのですか？」サットンが驚きの声をあげた。

「世の中にはそういう男もいるだろう」デヴォンがぶっきらぼうに答える。「さがっていいぞ」

サットンはあきらめのため息をついた。「かしこまりました、旦那様」

ドアが開き、そして閉じた。ややあって、デヴォンが声をかけてきた。

「すぐ服を着るから、もう少し待ってくれ」

その言葉に、ケイトリンはがっくり肩を落とした。もう二度と服の下に隠れたすてきな体を見られないのが残念でならない。

衣《きぬ》ずれの音と、ふたたび話しだしたデヴォンの声が重なる。「この部屋はきみが使うといい。ぼくが来る前はきみの部屋だったんだ」

「いいえ、いいわ。あなたが使って」

「そうか」

彼女は話題を変えた。「小作人たちの件で話があるの。電報でも伝えたけれど――」

「その話はウエストが帰ってきてからにしよう。あいつがいないとはじまらない。家政婦が言っていたが、ウィルトシャーに行ったんだって？　ここにはいつ戻ってくるんだ？」

「明日よ」

「弟はウィルトシャーへ何をしに行ったんだ？」

「最先端の農法を試している人の話を聞きに行ったの」

「あいつのことだ、どうせ娼館で遊んでいるんだろう」

「あなたって、弟さんのことを何も知らないみたいね」デヴォンに反論できて、もちろん自分も気分がいいけれど、ここはウエストンのためにもひとこと言ってやりたい。ケイトリンは先を続けた。「ミスター・レイヴネルは、ここに来てからずっと真剣に仕事に取り組んでいるわ。今では小作人や領地の農場について、誰よりも知っているんじゃないかしら。たぶん土地管理人よりも詳しいと思うわ。書斎に行って、ほんの数分でもいいから、彼が書いている報告書や帳簿を見てみて。きっとあなたの弟さんを見る目も変わるはずよ」

「さあ、それはどうかな」デヴォンが浴室のドアを開けた。彼はグレーのウールのスーツを着ている。ネクタイはつけていない。シャツの襟元と袖口のボタンも外したままだ。顔にはなんの表情も浮かんでいなかった。「ボタンを留めてくれるかい？」そう言って、腕を突きだす。

ケイトリンは片方の袖口におずおずと手を伸ばし、ボタンを留めはじめた。指の関節が手首の内側をかすめる。デヴォンの肌はなめらかで、燃えるように熱い。彼の息遣いを強く意識しながら、もう一方の袖口のボタンを留め終えた。ゆっくりと襟元に手を伸ばして、今度は小さな金ボタンをひとつひとつ留めていく。シャツに触れている指に、彼の喉が脈打つ感触や激しい鼓動の音が伝わってきた。

「ありがとう、助かったよ」デヴォンの声はかすかにかすれていた。

向きを変え、ドアのほうへ歩きだした彼にケイトリンは声をかけた。「廊下に誰もいないことを確認してから部屋を出てね」

デヴォンはドアの前で立ち止まり、振り返って彼女に視線を向けた。その目にはあざけりの光が宿っている。「心配は無用だ。レディの寝室からこっそり抜けだすくらい、わけないさ」顔をしかめているケイトリンに不敵な笑みを投げかけると、彼は廊下をのぞき、それから音もなく部屋を出ていった。

12

主寝室を出るなり、デヴォンの笑みは消えた。行く当てもなく廊下をぼんやり歩いていると、出窓のある連絡路に出た。その先は狭いらせん階段に続いており、使用人部屋と屋根裏にあがれるようになっている。低い天井に背中をかがめ、彼はらせん階段へと進んだ。エヴァースビー・プライオリーほど古い屋敷になると、数十年のあいだに何度も増築され、思いがけないところに人目につかない秘密の場所ができているものだ。それを珍しがる者もいるだろうが、家屋の建築において、突飛さはむしろ蛇足だとデヴォンは考えていた。

狭い階段に腰をおろすと、太腿に両肘をのせてうなだれ、震える息を吐きだした。ケイトリンと肌を密着させてドアの前に立ちながら、デヴォンはかつて味わったことのない甘美な拷問にさいなまれた。体を震わせる彼女は、生まれたばかりの子馬が立ちあがろうとするかのようだった。これほどの欲望を覚えたことはない。振り向かせて唇を奪い、この腕の中で彼女の体がとろけるまでキスを浴びせたくてたまらなかった。

小さなうめき声をあげ、デヴォンは手首の内側をさすった。ケイトリンの指が触れた部分が、烙印《らくいん》を押しつけられたみたいに熱くうずいている。

サットンは何を言いかけたんだ？　テオの死後、ケイトリンが主寝室で寝ようとしない理由はなんだ？　夫が死ぬ前に口論をしたことが何か関係あるのか……それとも、それ以上の原因が？　ひょっとすると、彼女は初夜にいやな経験をしたのかもしれない。上流階級の若い女性たちは、結婚するまで夜の営みについて何も知らされずにいることがあるものだ。いとこのベッドでの腕前を憶測する気はないが、いくらテオでも初体験の妻には気を遣い、やさしくしてやったのではないか？　花嫁の緊張を愛撫で解きほぐし、不安を快感で忘れさせてから、自身の快楽に浸ったはずだ。

抱きあうふたりを想像し、テオの手がケイトリンをまさぐる様子を思い浮かべると、なじみのない苦しさがデヴォンの体を締めつけた。これはまさか……嫉妬か？

女性を思って嫉妬したことなど、一度もないというのに。

小声で悪態をつき、デヴォンは濡れた髪に指を滑らせた。過去のことをあれこれ考えたところで、テオがケイトリンの初めての男だという事実は変わらない。

だが、自分が彼女の最後の男になってやる。

心を落ち着かせて、デヴォンはエヴァースビー・プライオリーの中をゆっくりと歩きまわり、最後に訪れたときから変わっているところを調べた。屋敷のあちこちで職人たちが働き、いくつもの部屋が解体されるか修理されるかの途中だ。これまでのところ、建物の修繕にはひと財産かかっており、すべて終わるまでにその一〇倍はかかる見込みだった。

最後に書斎をのぞくと、台帳と書類の束が机の上に高く積みあげられていた。デヴォンは弟の小さく几帳面な文字でつづられた報告書を手に取り、ウエストンが領地についてこれまで調べたことに目を通した。

その内容は思ってもみなかったほど事細かく記され、読み終わるのには二時間近くかかった。しかも、弟はまだ領地の半分も調べ終えていないようだ。どうやら小作人の家を一軒一軒まわっている最中らしく、それぞれの家族について、抱えている問題や心配事、土地の状態、それに農業に関する知識と意見が詳しく書き留められていた。

気配を感じ、椅子に座ったまま顔をあげると、ドアのところに立つケイトリンの姿が目に飛びこんできた。

彼女はふたたび喪服に身を包み、髪は三つ編みにしてくるりとまとめ、うなじで留めている。手首は清楚《せいそ》な白い袖に隠れていて、頰ははっとするほど紅潮していた。

食べてしまいたいほど魅力的だったが、デヴォンはさりげない視線を送って立ちあがった。「スカートか」初めて彼女のドレス姿を見たかのように、軽く驚いた声をあげる。「どこかへ出かけるところかい？」

「パンドラたちのレッスンをしに図書室へ行くところよ。あなたがここにいるのを見かけたから。ミスター・レイヴネルの報告書は見てくれた？」

「ああ。弟の熱心さに感心しているところだ。それに驚いてもいる。ウエストはロンドンを発《た》つ前は、地所は丸ごと売り払えばいいと言っていたんだが」

ケイトリンは微笑み、琥珀色の瞳で彼をじっと見つめた。「あなたがここを売り払わなくて本当によかったわ」そっとささやく。「彼もそう思っているんじゃないかしら」

主寝室での出来事が胸によみがえり、デヴォンの下腹部が痛いほど張りつめた。長い上着の裾で隠れているのがありがたい。彼女に手を触れることができるなら……。あの肌を愛撫し、唇を重ねることができるなら、いかなる代償でも払おう。

ケイトリンが机にあった鉛筆に手を伸ばした。黒鉛の芯をはさんだ木材の軸は、ちびて短くなっている。「ときどき思うの……」彼女ははさみを取り、片方の刃を使って鉛筆を削りはじめた。

「何を?」かすれた声で問いかける。

彼女は手元に集中し、心ここにあらずといった様子で答えた。「テオなら、自分の領地をどうしていたかしらって。もし彼が生きていたらよ」

「選択肢がなくなるまで放置していただろうな」

「だけど、なぜそんなことを? 彼は愚かな人ではなかったのに」

心の奥底にあった正直な思いに突き動かされ、デヴォンは言った。「賢さは関係ない」

ケイトリンが手を止めて、当惑のまなざしで彼を見つめた。

「エヴァースビー・プライオリーはテオの生家だ。それが朽ちていくのを直視するのはつらかったんだろう」

彼女の表情がやわらいだ。「でも、あなたは直視している。この屋敷のために、自分の人生がすっかり変わってしまっても」

デヴォンは無造作に肩をすくめた。「ほかにすることもなかったからだ」

「けれど楽ではなかった」詫《わ》びるような微笑みが、ケイトリンの唇に浮かんで消えた。「わたしはあなたへの感謝を忘れがちね」

真面目な女学生のように鉛筆を削る彼女の姿に、デヴォンはただ見とれた。

「その調子では――」しばらくして彼は言った。「鉛筆一本を削るのに丸一日かかる。なぜナイフを使わないんだ？」

「バーウィック卿に禁じられていたの。はさみのほうが安全だと教えられたから」

「そんなことはない。きみが今まで指を切断しなかったのが不思議なくらいだ。ほら、はさみを置いて」デヴォンは机に手を伸ばし、インク壺がのったトレイに置いてあった銀製の折りたたみナイフを取った。刃を開き、ケイトリンに握らせる。「こうやって持つんだ」彼女が止めようとするのを無視して、指をきちんと柄に添えさせた。「削るときは必ず芯の先を外へ向け、ナイフを押しだす」

「ねえ、ナイフを使う必要はないわ……はさみのほうが慣れているし……」

「やってみてごらん。このほうが簡単だ。これから一生、間違ったやり方で鉛筆を削りつづけていたら、無駄に費やした時間が最終的には何日分、いや、何週間分にもなりかねない」

若い娘のように、ケイトリンがくすくす笑う。「わたし、そんなにいつも鉛筆を削っているわけじゃないのよ」

デヴォンはうしろへまわり、背中から抱きしめるようにしてケイトリンの手に自分の手を重ねた。彼女はじっと動かず、体をこわばらせているものの、おとなしくしていた。主寝室での危うい状況を彼がうまく対処したことで、ふたりのあいだにはささやかな信頼関係が生まれていた。デヴォンに対する恐れをすべてぬぐい去ることはできないにしても、彼がケイトリンを傷つけることは絶対にないと理解してくれたようだ。

ケイトリンを胸に抱く喜びが、寄せては返す波のようにデヴォンをのみこんだ。華奢な体から甘いバラの香りが立ちのぼり、彼の鼻孔をくすぐる。さっき抱いたときにも、この香りがした……甘ったるい香水とは違い、花から抽出された精油が凛とした冬の大気のように、彼の意識を目覚めさせる。

「刃を滑らせるのは六回でいい」ケイトリンの耳元でささやく。彼女はうなずいて肩の力を抜き、デヴォンはその手を正確に導いた。刃を寝かせ気味に立ててひと削りし、鉛筆の先端の一面をそぎ落とす。それから少しだけまわして次の面をそぎ、もう一度繰り返すと、きれいな三角形ができた。「あとは角を削るんだ」ふたりは手を重ねたまま作業に集中し、角張った面をナイフで取り、鉛筆の先をきれいにとがらせた。

完成だ。

最後にもう一度甘美な香りを吸いこみ、デヴォンはゆっくりと彼女を放した。この先ずっと、バラの芳香に包まれるたびに、このひとときのことを思いだすだろう。

ケイトリンがナイフと鉛筆を置いて、彼を振り返った。

触れるでもなく、離れるでもなく、ふたりはごく近くで向きあっていた。

彼女は当惑した表情を浮かべている。うっすらと開いた唇は、言いたいことがあるのに、それが何かわからないかのようだ。

張りつめた沈黙の中で、デヴォンの自制心は少しずつ崩れていった。気がつくと身を寄せて、ケイトリンの背後にある机に両手をつき、彼女を自分の腕の中に閉じこめていた。彼女はあとずさりして机にぶつかり、デヴォンの腕をつかんで体を支えている。彼はケイトリンが抗議の声をあげるのを、彼を押し返すのを、どいてと命じるのを待った。

けれども彼女は心を奪われたかのようにデヴォンを見つめ、小さく息を切らしている。デヴォンの腕をつかむ手に力が入り、すっと抜けた。ケイトリンの額には青い血管がうっすらと浮かんでいる。顔を寄せてそこに唇を押し当てると、彼女のとまどいが、デヴォンに惹かれることへの抵抗が伝わってきた。

自分が自制心を失いかけていることを心の片隅で意識しながら、デヴォンは背中を起こして両手を机から離した。歩み去ろうとすると、ケイトリンが彼の腕をぎゅっと握った。そのまなざしはわずかに焦点がぼやけている。いつか……そうなるのだろうか？　ケイトリンを抱きあげ、その体を奥深くまで満たして……。

心臓が鼓動をひとつ打つたびに、デヴォンは彼女へと引き寄せられた。

片方の手はケイトリンの頬を包んで上を向かせ、反対の腕は彼女の体に巻きついた。

ケイトリンが目を伏せ、薄紅色の肌にまつげが三日月形の影を落とす。迷いが眉間に小さなしわを刻み、デヴォンはそこに口づけしてから、彼女の唇を求めた。

抵抗されると思っていた。押し返されると。しかしケイトリンの唇はとろけるように彼を受け止め、小さな喜びの声をもらした。熱いものが背筋を走り、デヴォンは両手で彼女の顔を包みこむと、そっと横を向かせて唇を押し開けた。敏感に反応する唇をまさぐり、歓喜と甘さを探り当てようとしたが……舌が触れあうなり、彼女の舌はさっと逃げてしまった。

欲望と純粋な興味に突き動かされ、彼はケイトリンの耳元へ口を滑らせた。

「だめだ」そっとささやく。「きみを味わわせてくれ……その唇の中のやわらかさを感じさせてほしい……」

もう一度ゆっくりと唇を重ね、やさしく愛撫する。やがてケイトリンの唇が唇に押しつけられ、舌が彼に応えて動くのがわかった。ケイトリンの両手が彼の胸へとあがり、彼女はなすすべもなく降伏して、首をのけぞらせた。それは想像を絶するような歓びで、デヴォンにとって――きっとケイトリンにとっても――なじみのないものだった。彼は苦しいほどの渇望を感じ、両手をケイトリンの体に滑らせて、さらに引き寄せようとした。衣ずれの音をたてるドレスの下で、彼女の体が動くのが感じられる。張りのあるしなやかな肢体を、糊《のり》のきいた何層もの衣服にレース、それにコルセットが縛りつけている。それらをすべてはぎ取り、生まれたままの姿のケイトリンを見つめ、素肌に唇を押し当てたかった。

けれども彼女の顔を両手で包みこみ、親指で頬を撫でたデヴォンは、その肌が濡れていることに気づいた。

涙だ。

彼ははっと動きを止めた。顔をあげてケイトリンを見おろす。ふたりの浅い吐息がまざりあった。彼女の濡れた瞳は当惑の色を浮かべている。ケイトリンが指を自分の唇へと持ちあげ、やけどしたかのようにそっと触れた。

心の中で、デヴォンは自分を叱責した。心がはやるあまり、彼女に無理強いしてしまった。意志の力を振り絞って手を離し、彼はあとずさりした。

「ケイトリン――」うめくように言う。「すまない、ぼくは――」

次の言葉を待たずに、彼女は逃げ去った。

翌朝、デヴォンは馬車に乗り、ウエストンを迎えに駅へ行った。アルトンの街を横切る長い大通りに沿って商店が並び、にぎわいを見せている。堂々とした家並みが続き、ボンバジン生地の製造工場と製紙工場がそびえていた。あいにく、建物が見えるよりもずっと先に化学薬品の刺激臭が、製紙工場が近くにあることを知らせている。

従僕は駅舎のそばに馬車を寄せ、身を切るような一月の風から避難した。デヴォンはじっとしていることができずに、黒いウールのコートのポケットに両手を入れ、駅の構内をうろうろと歩いた。明日はロンドンへ帰る。家具でいっぱいだというのに空っぽでしんとした屋敷を思うと、嫌悪感が胸に広がった。だが、ハンプシャーから離れる必要があった。このままケイトリンのそばにいたら、彼女の心の準備ができる前に、自分を止められずにふたたび誘惑してしまう。

彼女を口説くのは長期戦になることを忘れてはならない。忌々しい喪が明けるまでは。

乗車切符を持つ者や出迎えの者たちで構内は次第に混雑してきて、デヴォンはやむなく歩きまわるのをやめた。人々の話し声や笑い声は、列車が近づく音にすぐにかき消された。汽笛を鳴らし、シュッシュッと気ぜわしげな音をたてながら、鉄のかたまりが勢いよく駅へ向かってくる。

金属的な甲高い音とともに列車が停止すると、赤帽たちが旅行鞄《かばん》や荷物をおろして運び、ここでおりる客とこれから乗りこむ客が押しあいへしあいしながら交錯した。デヴォンは人の波をかき分けて弟を探した。どこにも姿が見当たらず、従僕を振り返ると、こちらへ手を振って何か叫んでいる。しかし、雑踏の中でよく聞こえない。

従僕のほうへ足を踏みだしたとき、相手が見知らぬ男と話しているのが目に入った。男の衣服は上質ながらもサイズが合っておらず、事務員や商人が着ているような、ぶかぶかの古着に見えた。男の体は引きしまり、黒みがかったぼさぼさの髪は散髪の必要がありそうだ。オックスフォードにいた頃のウエストンに、驚くほどよく似ている。何か冗談を思いついたみたいに、顎を引いて笑うところは特にそっくり……。

いや、あれはウエストン本人だ。

「デヴォン」弟が笑い声をあげ、うれしそうに手を差しだして握手をした。「ロンドンにいたんじゃないのか？」

デヴォンはしばらく唖然としていた。ウエストンはすっかり若返っていた。いかにも健康そうで、その目は澄みきっている。弟のこんな姿を見ることは、もう二度とないだろうと思っていたのに。

「ケイトリンに呼ばれたんだ」ようやくそう告げた。

「彼女に？　なぜだい？」

「それはあとで説明する。おまえこそ、いったい何があったんだ？　すっかり見違えたぞ」

「何もないさ。ああ、体重は少し減ったかな。そんなことより、脱穀機を購入する手続きを終えたところなんだ」ウエストンの顔は喜びに輝いている。最初、デヴォンは彼が皮肉を言っているのかと思った。

弟が農具のことを嬉々として話しているなんて。

馬車へと向かいながら、ウエストンはウィルトシャー訪問の目的と、自分が訪ねていった農学者から学んだことを熱心に語った。農学者は自分の農場で最新の農法を採用し、涵養《かんよう》という、地表の水を地下に浸透させる方法に蒸気動力を組みあわせることで収穫高を倍増させ、労力は半減させることに成功していた。さらに農業機械を最新のものに替えるために、現在使用しているものを安価で手放そうとしているのだという。「ある程度の投資は必要だけど、大きな見返りが期待できる。ぼくが算出した数字を見てもらえれば――」

「書斎にあったものには目を通した。感心したよ」

弟は無造作に肩をすくめた。

ふたりは馬車に乗りこみ、上質の革張りの座席に腰をおろした。

「エヴァースビー・プライオリーでうまくやっているようだな」馬車が走りだすと、デヴォンは言った。

「自分でも驚いているよ。あそこにいるといっときも気が休まらないし、いつも誰かに邪魔されてばかりだ。座っているだけで犬が飛びかかってきたり、女性たちのおしゃべりにつかまったりする。四六時中、騒ぎが起きていて、何か壊れたり、爆発したり、崩れたり——」

「爆発だって？」

「一度だけね。洗濯物を干す乾燥室の通気に問題があったんだ。爆発といっても、心配するほどじゃない。壁のれんがが被害をこうむったぐらいさ。誰もけがはしていないよ。とにかく、あの屋敷は年がら年じゅう大騒ぎってことだ」

「それなら、なぜロンドンへ戻らない？」

「ぼくは戻れない」

「領地内の小作人たちをすべて訪問するつもりだからか？　そんな必要はない——」

「そうじゃないんだ。実は……エヴァースビー・プライオリーが気に入っているんだよ。理由は自分でもわからない」

「それは……気に入っている相手がいるということか？」ウエストンとケイトリンの関係を疑い、デヴォンの心は凍りついた。

「誰も彼も気に入ってるよ」ウエストンが即答した。

「特定の相手はいないのか？」

弟が目をしばたたく。「女性たちの誰かに恋愛感情を抱いてるかという意味かい？　まさか、冗談だろう。彼女たちのことは知りすぎていて、実の妹みたいなものだ」

「ケイトリンも？」

「ケイトリンは特にそうだよ」ウエストンは微笑んだ。「ぼくは彼女が好きだ」率直に言う。「テオは女性を選ぶ目はあったようだな。ケイトリンと暮らしていたら、彼の人生も変わっていただろうに」

「あいつにはもったいない女性だ」つぶやくように言う。

ウエストンが肩をすくめた。「彼女にふさわしい男性なんて思いつかないよ」

デヴォンは指の背のかさぶたが引きつるまで、こぶしを握りしめた。「彼女はテオの話はするのか？」

「いや、めったにしない。亡き夫を深く悼もうとしているが、心がついていかないようだ」兄の鋭いまなざしに気がつき、ウエストンは言い添えた。「あのふたりは出会ってまだ数カ月で、三日間の結婚生活だった。たった三日だ！　ろくに知りもしない男のことを、いつまで嘆きつづけろというんだ？　状況を斟酌《しんしゃく》もせずに、長々と喪に服すよう強制する社交界のほうがばかげているよ。だって、自然ではないだろう？」

「社交界というのは、自然なふるまいを禁じる場だ」デヴォンは冷ややかに言った。

ウエストンが苦笑いした。「たしかに。だが、ケイトリンに陰気な未亡人の役は似合わない。彼女には元気があり余っている。そもそも、だからこそ彼女はレイヴネルの男に惹かれたのさ」

ウエストンとケイトリンが打ち解けた間柄なのは、エヴァースビー・プライオリーに戻るなりわかった。玄関広間でまだ執事が帽子と上着を受け取っているところに現れたケイトリンは腰に両手を当てて、わざといぶかるようにウエストンを見つめた。「家畜は連れて帰らなかったの？」

「今回はね」ウエストンが微笑み、彼女の額にキスをした。

親しげなその仕草をケイトリンがごく自然に受け入れるのを見て、デヴォンは驚いた。

「期待どおりの成果はあった？」彼女が尋ねる。

「一〇倍はあったね」ウエストンはすかさず答えた。「肥料についてだけでも、きみをうならせるような知識を山ほど仕入れてきたよ」

ケイトリンは笑みを浮かべたが、デヴォンを振り返ると、その表情はよそよそしくなった。

「おかえりなさいませ、閣下」

堅苦しい挨拶にむっとして、デヴォンはうなずいた。

「兄はきみに呼ばれてロンドンから来たと言っている」ウエストンが言った。「愉快な話し相手がいなくて寂しかったのかい？　それともほかに理由が？」

「あなたが出発したあと、ウッテン家で問題が起きたの」ケイトリンが説明した。「トレニア卿に状況を話して、何か知っているのか尋ねたけれど、これまでのところはぐらかされているわ」

「ウッテン家で何があったんだ?」ウエストンがふたりの顔を交互に見ながら尋ねた。

「それは図書室で話そう」デヴォンは言った。「レディ・トレニア、きみは同席する必要はないが——」

「もちろん同席するわ」ケイトリンが眉根を寄せる。「すべて解決すると、ウッテン家の人たちに約束したんですもの」

「彼らもきみに相談するのではなく、ぼくかミスター・カーロウに話すまで待つべきだったな」デヴォンはそっけなく言った。

「彼らは真っ先にミスター・カーロウのもとへ行ったのよ」彼女が反論する。「でも、彼も何も知らされていなかった。そしてミスター・レイヴネルは不在だったわ。相談できるのはわたししかいないでしょう」

「今後、借地のことに関して問題が起きた場合は、関わらないようにしてくれないか。きみは荘園《しょうえん》の女主人がやるようなことだけやってくれ。病気の小作人に食料を差し入れするとか、そういう務めがあるだろう」

「そんな人を見下すような物言いは——」ケイトリンが言い返す。

「玄関広間に突っ立ったまま、口論をはじめる気かい?」ウエストンが割って入った。「教養のある者同士、ここは図書室へ移動して話しあおうじゃないか」彼はケイトリンの腕を引き寄せて足を踏みだした。「メイドに紅茶とサンドイッチを運ばせよう。列車に揺られたあとで、すっかり腹ぺこだよ。もっと食べろって、きみはいつもぼくに言っているよね？」

デヴォンはふたりの会話にはうわの空で、あとについていった。ウエストンと腕を組むケイトリンの姿に顔をしかめる。なぜ弟は彼女に触れているんだ？　どうして彼女はそれを許している？　なじみのない苦々しさが、ふたたび胸を締めつけた。

このぼくが嫉妬とは。

「ミセス・ウッテンは話もできないほど泣いていたわ」ケイトリンは憤然として訴えた。「子どもが四人いて、そのうえおばさんの世話までしているんですもの、もし農場を失うことになったら――」

「大丈夫だ」ウエストンがやさしい声でなだめた。「何もかも解決する。約束するよ」

「ええ、でも、トレニア卿もあんな大事なことを何も言わずに決めるなんて――」

「まだ決まったわけではない」デヴォンはうしろから冷ややかに言った。

ケイトリンが首をめぐらせ、いぶかしげに目を細めた。「それなら、なぜ領地に鉄道会社の代理人がいたのかしら？」

「廊下で仕事の話はしたくない」

「あなたが呼んだんでしょう？」ケイトリンが立ち止まって振り返ろうとするのを無視して、ウエストンは図書室のほうへ彼女を引っ張りつづけた。

「紅茶はダージリンがいいかな」ウエストンがつぶやくように言う。「いや、もっと味が強いほうがいい……セイロンかペコだ。あとはクリームとジャムをはさんだあの小さなパンがあれば……あのパンはなんという名前だったかな、ケイトリン？」

「コーニッシュ・スプリットよ」

「ああ、それだ。どうりでぼくが気に入ってるわけだ。ダンス・ホールにいる踊り子たちの演目みたいな名前だからね」

三人は図書室に入り、ケイトリンはドアの横の呼び鈴を引っ張って、メイドが来るのを待った。紅茶とサンドイッチ、それに菓子を持ってくるよう頼んでから、長テーブルへと向かう。そこではデヴォンがすでに領地の地図を広げていた。

「やっぱりあなたなんでしょう？」

デヴォンは彼女をじろりとにらんだ。「なんの話だ？」

「あなたが鉄道会社に土地を調べさせたのね？」

「そうだ」無愛想に答える。「だがこのことは内密にするよう、代理人には言ってあった。まったく、口の軽い連中だ」

ケイトリンの瞳が怒りに燃えあがった。「じゃあ、本当なのね？　ウッテンの農地を売り払ったの？」

「いいや、そのつもりはない」

「だったらどうして――」

「ケイトリン」ウエストンがそっとたしなめる。「兄の話を最後まで聞こう」

彼女は顔をしかめて口をつぐみ、地図の端がめくれないようデヴォンが文鎮を置くのをじっと見つめた。

鉛筆を手に取って、デヴォンは領地の東側に線を引いた。「この前、〈ロンドン鉄鉱石鉄道〉の重役と会ってきた」それからケイトリンのために説明を加える。「この鉄道会社は民間企業で、ぼくの友人のトム・セヴェリンが所有しているんだ」

「ロンドンにある紳士クラブの会員仲間だよ」ウエストンが言い添える。

デヴォンは地図をじっくり調べてから、先ほどの線の横にもう一本線を引いた。

「セヴェリンは既存のポーツマス線を路線短縮したいと考えている。さらには、高速化が進んでいる列車に対応できるよう、全長約一〇〇キロの路線を始発駅から終着駅まで、すべてレールを敷き替える予定だ」

「そんな費用があるのか？」ウエストンが尋ねた。

「すでに一〇〇万ポンドを確保しているそうだ」

ウエストンは感嘆の声をもらした。

「ああ、たいしたものだ」デヴォンは相づちを打ち、淡々と続けた。「路線短縮計画にはいくつかの候補があり、その中でもこの地域の自然勾配は路線を敷くのにもっとも適している」二本の線のあいだを薄い斜線で塗りつぶす。「領地の東側に鉄道を通す許可を与えることで、土地使用料として、毎年かなりの金額が入ってくる。それでわれわれが抱えている財政問題も軽減するだろう」

ケイトリンがテーブルに身を乗りだし、鉛筆で記された箇所を注意深く見つめた。

「でも、それは無理だわ。あなたが描いたこの線はウッテン家の農場だけでなく、ほかの小作人の土地も横切っている。この区域は少なくともほかに三軒の農家が使っているのよ」

「全部で四軒の農家に影響が出る」デヴォンは認めた。

地図を調べるウエストンの額にしわが刻まれた。「線が通過しているこの二箇所は、われわれの領地ではない。ここに線路を通すことはできないな」

「その二箇所には鉄道会社の負担で連絡橋がかけられ、領地のすべての箇所が一本の鉄道で結ばれることになっているんだ」

ウエストンが意見を述べる前にケイトリンが顔をこわばらせて立ちあがり、テーブルの向こう側からデヴォンを見据えた。「こんな話を認めることはできないわ。小作人たちから農場を奪うなんて許されない」

「弁護士は、法的には問題がないと言っている」

「法的にはよくても、道義的に間違っているわよ。小作人たちから家と生活を取りあげるなんて。彼らにどうやって暮らせというの？　子どもたちもいるのよ？　いくらあなたでも、罪悪感ぐらいは持っていると思っていたのに」

デヴォンは彼女に冷たい視線を投げた。非情な男だと勝手に思いこまれたことがいらだたしい。「小作人を見捨てるつもりはない。生計を立てられるよう、ぼくが責任を持って、ほかの仕事を斡旋《あっせん》する」

彼が言い終える前に、ケイトリンは首を横に振っていた。「あの人たちは何世代にもわたって農業を営んできたの。生まれてこのかた、ずっと畑や家畜とともに暮らしてきたのよ。土地を取りあげられたら、彼らは途方に暮れるだけよ」

デヴォンが予想していたとおりの反応だ。彼女にとっては小作人が第一で、仕事は二の次なのだ。だが、そうも言ってはいられない。「彼らはわれわれが抱えている数百世帯のうちの四軒にすぎない。鉄道会社との契約を取り逃せば、エヴァースビー・プライオリーのすべての世帯が農地を失うことになるかもしれないんだぞ」

「ほかに方法があるはずよ」ケイトリンは食いさがった。

「そんなものがあれば、ぼくがとうに見つけている」デヴォンが夜も眠らずに代替案を探したことなど、彼女は知らないのだ。それでも決定的な打開策は見つからず、気の進まない妥協案がいくつか頭に浮かんだだけだった。その中でもっとも被害が少ないのが、この解決策なのだ。

孤児の手から食べ物を取りあげようとする男を見るような目で、ケイトリンはデヴォンを見つめた。「だけど――」

「いいかげんにしてくれ」我慢しきれず、彼は声を荒らげた。「小娘のように騒がれては話にならない」

ケイトリンの顔が蒼白になった。それ以上は何も言わずに、彼女は急いで図書室から出ていった。

ウエストンがため息をつき、兄にちらりと目をやった。「さすがだね。説得するより、怒鳴りつけて従わせるほうが簡単だ」

デヴォンが言い返すよりも先に、弟はケイトリンのあとを追って退室した。

13

廊下の途中で、ウエストンはケイトリンに追いついた。

兄のことなら誰よりもよく知っている。そのうえ彼女とも親しいウエストンは、ふたりはお互いに相手の一番悪いところを引きだすとわかっていた。兄とケイトリンが同じ部屋にいると、空気はめらめらと燃えあがり、言葉は銃弾に変わるのだ。どうしてあのふたりは、お互いに対しては礼儀を忘れてしまうのだろう？

「ケイトリン」ウエストンはそっと呼び止めた。

彼女が足を止めて振り返った。唇を固く引き結び、顔をこわばらせている。

ウエストン自身、兄の逆鱗《げきりん》に触れたことが何度かあるので、ケイトリンがどれほど傷ついたかは想像できた。「領地が財政難にあるのはデヴォンのせいじゃない。兄は被害を少なくしようとしているだけだ。それを非難するのは酷だよ」

「じゃあ、どう非難すればいいの？」

「デヴォンを？」声にすまなそうな響きをにじませる。「現実的すぎるということかな」

ケイトリンがとがめるような視線を彼に向けた。「この領地を存続させるために、ウッテン家やほかの三軒には犠牲になれというの？　デヴォンには別の方法を見つけてもらうわ」

ウエストンはうなじをさすった。この二日間、農家の冷えきった家屋のでこぼこしたベッドで寝起きしたせいで、肩が凝っていた。「人生は公平じゃない。それはきみもよく知っているはずだ」

「あなたなら、お兄さんを説得して、やめさせることができないかしら？」

「いいや、ぼくも兄と同じ結論にたどり着くだろうからね。鉄道会社と借地契約を結べば、毎年必ず利益が出る。安定した収入を得る方法はそれしかない」

ケイトリンがうなだれた。「あなたは小作人たちの味方だと思っていたのに」

「味方だとも。それはきみも知っているだろう」ウエストンは彼女の細い肩に手を伸ばし、やさしくつかんだ。「約束する、彼らのためにできることはすべてやろう。農地は小さくなるが、彼らが最新の農法を学ぶ気になってくれれば、今より収穫高を増やせるかもしれない」しっかり聞いてくれと、彼女をそっと揺さぶる。「あの四軒については、暮らしが少しでも楽になるよう、ぼくがデヴォンを説得する。地代を安くして、排水路の改修と家屋の修繕はこちらが費用を負担しよう。耕作と収穫に利用できる機械も、ぼくたちで提供するんだ」反抗的な表情のケイトリンを見おろし、彼は困ったように言った。「そんな顔をしないでくれ。人に見られたら、殺人の手伝いをするよう、ぼくがきみをそそのかしているみたいに思われそうだ」

「あなたに消してもらいたい相手なら、ひとりいるわ」ケイトリンがつぶやくように言う。

「むしろ、きみは兄が長生きするよう祈らなくてはだめだよ。もしデヴォンの身に何かあれば、次に伯爵になるのはこのぼくだ。そうなったら、ぼくはさっさとこの領地を手放すだろう」

「あなたが?」彼女は心の底から驚いているようだった。

「きみがまばたきをひとつするあいだにね」

「でも、あんなに一生懸命、領地のために働いて……」

「きみも前に言っただろう、デヴォンは重責を背負っていると。あれだけのものを背負わされたら、ぼくならあっという間に押しつぶされる。だから、ぼくは兄を支持するしかないんだ」

ケイトリンがしぶしぶというふうにうなずいた。

「きみもちゃんと現実を受け入れたね」ウエストンは微笑んだ。「一緒に図書室へ戻るかい?」

「いいえ、口論するのは疲れたわ」つかのま、彼女はウエストンの胸に額を押し当てた。心からの信頼を示すその仕草を、ウエストンはうれしく思うと同時に意外に感じた。

ケイトリンと別れて、彼は図書室に戻った。

デヴォンは一見落ち着いた様子でテーブルの横に立ち、地図を見おろしている。だが、絨毯の上には折れた鉛筆が散らばっていた。

兄の険しい横顔に目を注いで、ウエストンは穏やかに問いかけた。「もう少しうまく彼女と接することはできないのか？　多少なりとも社交辞令を交えるとか、方法はあるだろう？　鉄道会社に領地の使用を許可する案には賛成するが、勝手に話を進めるのには反対だ」

デヴォンが怒りに満ちた目でにらみつけてきた。「くだらない。自分の領地の活用法をめぐって、彼女にいちいち許可を取れというのか」

「ぼくたち兄弟と違って、ケイトリンには良心がある。彼女の意見に耳を傾けても害にはならないよ。それどころか彼女の意見は正しいんだから、しっかり聞くべきだ」

「ぼくの案に賛成すると言ったばかりだろう！」

「実際的な観点から見ればね。道義的にはケイトリンが正しい」兄がテーブルのそばで行ったり来たりするのを、ウエストンは眺めた。まるで檻《おり》に閉じこめられたトラだ。「ケイトリンのことを理解してやってくれないか。勝ち気に見えるけど、内面はとても傷つきやすい女性だ。少しでいいから思いやって――」

「彼女のことなら、言われなくてもわかっている」

「ぼくほどではないだろう」ウエストンはもどかしい思いで言った。「何しろ、ひとつ屋根の下に暮らしているんだ」

その言葉に、デヴォンがぞっとするほど冷たい視線を投げてきた。「おまえは彼女を欲しているのか？」

唐突な問いに、ウエストンは面食らった。「欲している？　それは、異性として、という意味か？　まさか、ケイトリンは夫を亡くしたばかりなんだぞ。それもテオの妻だった女性だ。彼女に対してそんな感情を抱く男がどこに……」声が小さくなって途切れた。デヴォンはふたたびうろうろと歩きまわり、その表情は殺気立っている。

デヴォンとケイトリンが顔を合わせるたび、漠然とした敵対心と張りつめた緊張感がふたりのあいだに漂う理由に思い当たって、ウエストンは愕然《がくぜん》とした。しばし目を閉じて考える。まずい状況だ。誰にとっても厄介な話だし、いずれ面倒なことになるのは目に見えている。どこからどう見ても、現状を悪化させるだけだ。自分の思い違いであることを願い、彼は鎌をかけてみた。

「まあ、それは建前として」暇を持てあましている上流階級の子弟然として続ける。「彼女はなかなかの美人だ、その点は同意するだろう？　あの愛らしい唇を見ると、いろいろ妄想してしまう。屋敷内のひとけのない場所で抱きしめて、ちょっとばかり楽しむぐらいはいいかもな。彼女も初めは抵抗してみせるだろうが、すぐに子猫みたいに体をくねらせて――」

あっという間に、ウエストンはデヴォンに胸元をつかまれていた。「彼女に触れてみろ、命はないぞ」兄が歯をむいてうなる。

信じられない思いで、ウエストンはデヴォンを凝視した。「やっぱりそうか。なんてことだ！　彼女を欲しているのは兄さんのほうじゃないか！」

弟に一杯食わされたことに気づき、デヴォンの怒りが少しだけ静まった。彼はウエストンをつかんでいた手を離した。

「テオから爵位と財産を継承し、今度はその妻までもらおうとはね」ウエストンはあきれた声で言った。

「テオは死んだ」デヴォンが小声で言う。

「彼女を誘惑したのか？」

「まだだ」

ウエストンは手のひらで額をぴしゃりと叩いた。「なんてことだ。ケイトリンはもうじゅうぶんつらい目に遭ったと思わないか？　ああ、にらみつけるがいいさ。ぼくをへし折って、そこの鉛筆みたいに床に投げつけたいんだろう。そうすれば兄さんはテオと同類だと証明される」気色ばむ兄の顔を見て、追い討ちをかける。「兄さんの情事は、貯蔵室にある肉が全部なくなるよりも先に終わりがちだ。すぐに癇癪を起こすし、さっきケイトリンを怒鳴りつけたみたいに、口論のたびに頭に血がのぼるようでは――」

「もういい」デヴォンが不気味な穏やかさで言った。

額をさすり、ウエストンはうんざりした声で続けた。「デヴォン、これまでずっと、ぼくたちはお互いの欠点に目をつぶってきた。だからといって、気づいていなかったわけじゃない。ケイトリンを求めるのは軽率で、愚かな劣情だと言わざるをえないよ。兄さんも紳士なら、彼女をそっとしておいてくれ。ケイトリンは繊細で心のやさしい女性だ。彼女には本物の愛を見つけてほしい。仮に、愛というものが兄さんの胸の中にあったとしても、ぼくはまだそれを一度も見たことがない。自分に心を寄せる女性たちを、兄さんがどうあしらったかは知っている。愛情を示されると、とたんに気持ちが冷めるんだろう」

デヴォンは冷たい目で弟を見つめている。「彼女に何か言うつもりか？」
「いいや、余計な口出しはしない。兄さんが頭を冷やしてくれるように願うよ」
「心配はいらない」デヴォンはうなった。「彼女はぼくに敵意しか抱いていないさ。これでベッドに誘いこめたら奇跡に等しい」

ケイトリンはふた晩続けて夕食を抜くことも考えたが、反抗心に突き動かされて、家族とともに食卓につこうと決めた。デヴォンがエヴァースビー・プライオリーで過ごす最後の夜だ、一時間半のあいだ同席するぐらいは我慢できる。テーブルに近づくと、デヴォンが彼女のために椅子を引いた。その表情からは何も読み取れず、ケイトリンは短く礼を述べた。体が触れたわけでもないのに肌がぴりぴりして、そんな自分に怒りを覚える。

あのキス……あの苦しいほどの快感……どうしてデヴォンはあんなことを？　なぜわたしはそれに応えてしまったの？　悪いのは彼ではなく、わたしのほうだ。デヴォンはロンドンの放蕩者。あんなふうに口説くのはしょっちゅうだろう。そばに女性がいたら、手を出さずにはいられないのだ。わたしは誘惑に抵抗し、デヴォンの頬を叩いてやるべきだったのに、彼の腕の中で立ちつくして……。

デヴォンに何をされたのか、言い表す言葉は見つからなかった。ケイトリン自身、自らの中に存在することさえ知らなかった一面を、彼は解き放ったのだ。愛欲は罪だと教えられて育ち、自分は肉欲とは無縁だと考えていた。けれど……それは思い違いだとデヴォンが証明した。熱い舌が絡みあうと両脚は力なく震え、覆いかぶさる彼の下で床にくずおれてしまいそうだった。本当なら、恥じ入って涙を流すべきだったのに。

食卓での会話が弾む中で、ケイトリンはただ胸を詰まらせていた。豪華な食事を楽しめないのは残念だ。ヤマウズラのパイは肉汁たっぷりで、揚げたカキのパテが添えられている。みずみずしいセロリとラディッシュ、キュウリのサラダは、テーブルへ出される直前に塩で味つけされていた。口に運んではみるものの、どの食べ物も喉に張りつくようだった。

近づいてきた休暇の話題になると、カサンドラがクリスマスにはエヴァースビー・プライオリーに来るのかどうかデヴォンに尋ねた。

「ぼくが来てもかまわないかい?」デヴォンが問い返す。

「かまわないどころか、大歓迎するわ!」

「クリスマスの贈り物を期待してもいいのかしら?」これはパンドラだ。

「パンドラ」ケイトリンは静かにたしなめた。

デヴォンが苦笑する。「どんな贈り物を期待しているんだ?」双子に問いかけた。

「〈ウインターボーン百貨店〉に並んでいるものなら、なんだっていいの」パンドラが興奮した声をあげた。

「わたしが欲しいのは、にぎやかなクリスマスよ」カサンドラが遠い目をして言った。「覚えてる、パンドラ? 子どものとき、ママがクリスマスに舞踏会を開いたことがあったでしょう。きれいなドレスをまとった淑女たちに正装した紳士たち……音楽にダンス……」

「それに、あのごちそう……」パンドラが言い添える。「プディングに、ケーキに、ミンスパイ……」

「来年は楽しいクリスマスにしましょうね」ヘレンがやさしく声をかけて妹たちに微笑み、ウエストンに顔を向けた。「普段、クリスマスはどうやって過ごされるの？」

ウエストンがためらった。ありのままに答えるべきかどうか迷っているようだが、最後は正直に言った。「クリスマスには友人宅を次々に訪問して、酒をごちそうになり、そのうちどこかの客間で意識を失ったら、誰かがぼくを馬車に乗せて自宅へ送り届け、あとは使用人たちがぼくをベッドへ運んで終わりだ」

「あまり楽しそうじゃないわね」カサンドラが言う。

「今年からは」デヴォンが声をあげた。「みんなでクリスマスをきちんと祝いたいと思う。実は友人をひとり、エヴァースビー・プライオリーに招待しているんだ」

テーブルに沈黙が落ちた。全員が驚いた顔で彼を見つめている。

「友人って、どなたなの？」ケイトリンは尋ねた。小作人たちから農地を略奪しようとしている鉄道会社の者たちではありませんように、と心の中で祈る。

「ミスター・ウインターボーンだよ」

双子たちが息をのみ、喜びの声をあげる横で、ケイトリンはデヴォンをにらみつけた。喪中の家に家族以外の者を招くのは礼儀に反することぐらい知っているくせに。

「大きな百貨店を経営されている方？」ケイトリンは問いかけた。「派手なご友人たちや取り巻きを、ぞろぞろ引き連れていらっしゃるんでしょう？　この屋敷は喪中だということをお忘れかしら？」

「まさか」デヴォンがにらみ返してきて、彼女の神経を逆撫でした。「来るのはウインターボーンひとりだ。クリスマス・イヴの食卓にもうひとり増えるぐらいなら、さほど負担にはならないと思うがね」

「ミスター・ウインターボーンほど影響力のある紳士であれば、クリスマスには一〇〇〇ものお誘いがあったはずでしょう。なのに、どうしてここへ？」

怒りを抑えきれないケイトリンを見つめながら、デヴォンの瞳が愉快そうに輝く。

「ウインターボーンは物静かな男だ。田舎でのんびりと休暇を過ごすのに魅力を感じたんだろう。せっかく来てくれるんだ、クリスマスにはきちんともてなしたい。賛美歌ぐらいは許可してもらえないか」

双子が同時に声をあげた。

「お願いよ、いいと言って、ケイトリンお義姉様！」

「ああ、最高のクリスマスになるわ！」

ヘレンまでもが、賛美歌ならいけないはずはないわね、とつぶやいている。

「賛美歌だけ？」ケイトリンは敵意もあらわにデヴォンをにらみつけ、皮肉を返した。「いっそ音楽とダンスも楽しんで、ろうそくを灯した大きなクリスマス・ツリーを飾ってはいかが？」

「すばらしい提案だ」彼がさらりと応じる。「では、すべてまとめて楽しもう」

ケイトリンは怒りのあまり言葉を失い、ぎゅっと握りしめたこぶしから、ヘレンがバターナイフをそっと取りあげようとするのにも気づかなかった。

14

ハンプシャーに一二月が訪れ、凍《い》てつく風が、木々や生け垣を白い霜で覆った。家の者たちは間近に迫ったクリスマスを心待ちにし、派手なお祝いには反対していたケイトリンも、気がつくと少しずつ譲歩していた。最初は使用人たちがクリスマス・イヴに内輪のパーティーを開くのを承諾し、その次には玄関広間に大きなモミの木を飾るのを許した。

そして今度はウエストンが、より大々的に祝えないかと彼女に持ちかけた。

彼は書斎で手紙をしたためているケイトリンを見つけた。「ちょっと邪魔していいかな?」

「もちろんかまわないわ」書き物机の隣にある椅子を勧め、彼女はペンを置いた。相手が穏やかに微笑んでいることに気づいて尋ねる。「何を企《たくら》んでいるの?」

ウエストンが目をしばたたいた。「どうしてわかったんだい?」

「あなたがそういう顔をしているときは、必ず何かあるからよ」

彼が苦笑いする。「双子たちがきみに言いだせずにいたから、代わりにぼくがその役目を引き受けた。きみに追いかけられても、ぼくなら逃げきれるからね」そこで間を置いた。

「トレニアご夫妻は、領地内の小作人たち全員と地元の職人たちも何名か、クリスマス・イヴのパーティーに招待していたそうで――」

「絶対にだめ」

「ああ、ぼくも最初はだめだと言った。だが……」なだめるようなまなざしをケイトリンに送る。「みんなで集まってクリスマスを祝えば、地域の絆が深まる」ウエストンは言葉を切って続けた。「きみが小作人の家を訪問するのと、たいして違わないよ」

ケイトリンは両手に顔をうずめてうめいた。そんなことをすれば盛大なパーティーになってしまう。音楽に、贈り物に、お菓子に、陽気な笑い声。レディ・バーウィックなら、きっとこう言うだろう――〝喪中の家でお祭り騒ぎなんて、とんでもありません〟。一年間は死を悼み、行動を慎んで過ごさなければならないというのに、たとえ一日か二日とはいえ、浮かれ騒ぐのは間違っている。何より困るのは……わたし自身、心ひそかに楽しみを求めていることだ。

ケイトリンは指の隙間から声をあげた。「礼儀に反しているわ」弱々しく告げる。「この屋敷では喪中のしきたりを何ひとつ守っていない。窓にかけた黒いカーテンはさっさと外してしまったし、ヴェールだって、もう誰もかぶっていないのよ。それに――」

「そんなことを気にする者はいないよ」ウエストンが言う。「喪に服しているあいだの、たったひと晩だ。それを小作人たちが非難すると思うかい？　逆に領主からの思いやりと善意のしるしだと受け止めて、喜んでくれるはずだ。ぼくもきちんとクリスマスを祝ったことはないが……自分のまわりにいる人たちに愛と善意を分け与えるのが、本当のクリスマスの祝い方だと思うんだ」長いためらいのあと、彼は続けた。「費用はすべてぼくが出すよ。それで……」寂しげに声を曇らせ、とどめのひとことを放つ。「ぼくも初めて、本当にクリスマスを祝えるんだから」

ケイトリンは両手をおろし、陰気な目を彼に向けた。「あなたって、よくもそう平然と人の心を操れるものね、ウエストン・レイヴネル」

彼はにやりとした。「きみは絶対に許してくれると思っていたよ」

「まあ、なんて大きいのかしら」一週間後、玄関広間でヘレンが声をあげた。

「これほど大きいものは、このお屋敷でも初めてですよ」ミセス・チャーチが心配そうに顔をしかめる。

ウエストンがふたりの従僕と執事の手を借り、巨大なモミの木を小石を敷きつめた金属製の鉢に入れるのを女性たちは見守った。広間には男たちのうめき声と悪態が響き、針のように細い緑の葉が床一面に散らばっている。木の先端からは、細い球果がぱらぱらと落下した。弧を描く大階段の途中には副執事が立って、木の上部に結びつけられたひもをつかんでいた。広間の反対側ではパンドラとカサンドラが二階にあがり、木に結わえてある別のひもを握っている。モミの木がまっすぐ立てられたら、ひもを階段と二階の廊下の手すりにくくりつけて、傾かないようにするのだ。

副執事がひもをしっかりと引き、ウエストンと従僕たちが下から木を押しあげた。やがてモミの木はまっすぐになり、堂々とした大枝がスパイシーな常緑樹の香りを振りまいた。

「いい香り」深呼吸して、ヘレンがうっとりとした声をあげた。「バーウィック卿夫妻のお屋敷ではクリスマス・ツリーを飾っていたの、ケイトリンお義姉様？」

「ええ、毎年ね」ケイトリンは微笑んだ。「だけど小さな木よ。レディ・バーウィックは、もともとは異教徒の儀式だとおっしゃっていたわ」

「カサンドラ、これじゃ飾りが全然足りないわ」二階の廊下からパンドラの声が聞こえた。

「こんなに大きな木は初めてだもの」

「ろうそくをもっと用意しましょうよ」双子の片割れが提案する。

「ろうそくを増やすのはだめよ」ケイトリンは階下から声をかけた。「火事になる危険があるわ」

「でも、お義姉様」手すりから彼女を見おろして、パンドラが懇願する。「飾りを増やさないと、せっかくのクリスマス・ツリーが台なしよ。とっても寂しく見えてしまうわ」

「毛糸やリボンでお菓子を飾って、結びつけたらどうかしら」ヘレンが提案する。「枝からさげれば、きっとかわいらしいわ」

ウエストンが両手をはたいて枝を払い、手のひらについた樹液を親指でこそいだ。

「今朝、ウインターボーンから届いた荷物を開けてみるといい。きっとクリスマス飾りが入っているはずだ」

玄関広間の動きと音が瞬時に消え、全員が彼を振り返った。

「荷物ですって？」ケイトリンが険しい声で問いただす。「どうして今まで秘密にしていたの？」

ウエストンは彼女に目を向けて、玄関広間の隅を指さした。そこには巨大な木箱があった。

「秘密でもなんでもないよ。朝からずっとそこに置きっ放しだ。この大木と格闘するのに忙しくて、言い忘れていたんだ」

「あなたが注文したの？」

「いいや。この前デヴォンから届いた手紙に、ウインターボーンが自分の店からクリスマス飾りを送ると書いてあった。招待してくれたお礼だそうだ」

「わたしは招待していないわよ」ケイトリンはぴしゃりと言った。「お会いしたこともない方から贈り物を受け取るなんて、絶対にできないわ」

「きみへの贈り物ではなく、家族みんなへのものだ。ツリーに飾るおもちゃとかモールばかりだよ。全部飾ろう」

まだ迷いながら、ケイトリンはウエストンを見つめた。「いいえ、やっぱりだめよ。適切とは思えないもの。相手は未婚の紳士で、血縁でもないし、こちらは若い女性ばかりの家だわ。シャペロンはわたしひとりよ。わたしがあと一〇歳年上で、社交界での評判も安定していれば遠慮なくいただくけれど、こんな状況では……」

「ぼくだって家族の一員だ」ウエストンが反論する。「そう考えれば、この家は女所帯とは言えないだろう？」

彼女はけげんそうな視線を向けた。「あなたが？　本気で言っているの？」

ウエストンがじれったそうに天を仰いだ。「ぼくが言いたいのは、ウインターボーンが贈り物を送ってきたことを変なふうに勘繰る者がいたとしても、この家にはぼくがいるんだから――」

ヘレンが苦しげな声をもらし、彼ははっと言葉を切った。彼女の顔は真っ赤に染まっている。

「ヘレン？」ケイトリンは心配して呼びかけた。けれども義妹は背中を向け、その肩は震えている。ケイトリンは不安になってウエストンに目をやった。

「ヘレン」彼はそっと声をかけると大股で近づき、彼女の上腕を握った。「気分が悪いのかい？　何か――」ヘレンはぶんぶんと首を横に振り、何か言葉を吐きだすと、激しく震える手で彼のうしろを指さした。振り返ったウエストンの顔つきが一変し、彼は大きな声で笑いだした。

「ふたりともどうしたの？」ケイトリンは強い口調で尋ねた。玄関広間を見まわして、隅にあった木箱が消えているのに気づく。百貨店から贈り物が届いたと聞くなり、双子は二階から駆けおりていた。そして重たい木箱をふたりで持ちあげ、こっそり応接間の中へ運んでいる。

「あなたたち」ケイトリンは厳しい声をあげた。「今すぐもとへ戻しなさい！」

しかし、あとの祭りだ。走り寄るケイトリンの前で応接間のドアがばたんと閉まり、鍵のかけられる音が中から響いた。彼女は足を止め、唖然として口を開いた。

ウエストンとヘレンはおなかを抱えて、苦しそうに笑っている。

「言っておきますけど」ミセス・チャーチがあきれた声を出した。「うちにいる従僕の中でも一番目と二番目に力持ちのふたりが、やっとのことであの木箱を屋敷の中まで運んだんですよ。それをあのふたりのお嬢様方は、さっさと持っていったんですからねえ」

「よ、よほど、欲しかったのね」ヘレンが息を切らして言う。

「いくらきみでも」ウエストンがケイトリンに言った。「あの木箱を彼女たちから取りあげるのは無理だと思うよ」

「ええ」あきらめて同意した。「あのふたりが相手ではかなわないわ」

ヘレンは笑いすぎてこぼれた涙をぬぐった。「行きましょう、お義姉様。ミスター・ウインターボーンが何を送ってくれたのか見たいわ。あなたもよ、ミセス・チャーチ」

「中へ入れてくれるとは思えないけれど」ケイトリンはぼやいた。

ヘレンがにっこりする。「わたしが頼めば大丈夫よ」

ようやく双子が応接間に入れてくれたときには、すでに木箱の蓋は開けられ、無数の包み紙が散乱していた。

執事と副執事、それに従僕たちもやってきて、木箱の中身をのぞきこんだ。それはまるで海賊の宝箱を開いたかのような光景だ――果物の絵が描かれた茶色いガラス球に、本物の羽根で飾られた張り子の鳥、錫《すず》製の兵隊や踊り子、それに動物が次から次へと木箱から出てきた。

中に入っていた大きな箱には、フェアリー・ライトと呼ばれる色付きガラスの小さな容器がきれいに並んでいた。これは中にオイルを入れ、座金のついたろうそくの芯を浮かせて、木につりさげる飾りだ。

「これじゃあ、火をつけないわけにはいかないわね」さまざまな形のガラスの容器に顔をしかめながら、ケイトリンは言った。

「火をつけているあいだは、ツリーの横に水のバケツを用意しましょう」ミセス・チャーチが提案する。「男の子をふたり置いて、もしツリーに火がついたらすぐに消火できるよう、番をさせればいいですよ」

パンドラが木箱の底から引っ張りだしたものを見て、全員が息をのんだ。それは磁器で作られたクリスマスの天使で、金色の髪が白い頰を縁取り、真珠と金糸で彩られたサテンの衣服の背中からは金粉が塗られた翼が広がっている。

豪華な天使の飾りをよく見ようと、家族や使用人たちが集まってくるのをよそに、ケイトリンはウエストンの腕を引っ張って部屋の外へ出た。

「何か裏があるんでしょう」彼女は言った。「伯爵がミスター・ウインターボーンを招待した本当の理由を教えてちょうだい」

ふたりは大階段の下で足を止めた。

「兄は友人をもてなそうとしているだけだ、裏なんてないよ」

ケイトリンは首を横に振った。「あなたのお兄さんが、なんの理由もなく人をもてなすとは思えないわ」相手をじっと見据える。「話して。どうして彼はミスター・ウインターボーンを招待したの？」

「ウインターボーンはさまざまな事業を手がけている。おそらくデヴォンは彼に助言を仰ぐつもりだろう。それに将来、仕事のうえで手を組みたいとも考えているはずだ」

もっともな理由ではあったが、ケイトリンの直感は何か引っかかるものがあると訴えていた。「ふたりはどうやって知りあったの？」

「三年ほど前、ウインターボーンはロンドンにあるふたつの紳士クラブに入会しようとして、その両方から断られたんだ。彼は庶民の生まれでね、父親はウエールズで食料雑貨店を営んでいた。だから、ウインターボーンがクラブから入会を拒まれたのを、当然だとあざ笑う者たちもいたんだ。それを知ったデヴォンは、彼をぼくたちのクラブ〈ブラブラーズ〉に会員として招き入れた。そしてウインターボーンは、その恩をずっと忘れていない」

「〈ブラブラーズ〉？」オウム返しに聞き返す。「おかしな名前ね」

「〝ささいなことですぐに口論するやつ〟という意味だよ」ウエストンは手首にまだついていた樹液をこすった。「〈ブラブラーズ〉は〈ホワイツ〉や〈ブルックス〉といった一流の紳士クラブからはねつけられた者たちのためのクラブだが、社会的成功をおさめた者たちや、ロンドンでも屈指の才人たちが集まっている」

「ミスター・ウインターボーンみたいな？」

「まさにそのとおり」

「彼はどんな方なの？　性格は？」

ウエストンは肩をすくめた。「物静かな質《たち》だが、その気になれば恐ろしく魅力的にもなれる」

「若い方？　それともご年配なのかしら？」

「三〇歳とか、それぐらいだ」

「外見は？　すてきなの？」

「女性たちはそう思っているようだな。もっとも彼ほどの資産家なら、ヒキガエルみたいな容貌でも女性が群がるだろうけどね」

「善良な方？」

「ひと財産を築くには、聖人ではいられないよ」

ウエストンと視線を合わせ、聞きだせるのはここまでだとケイトリンは気がついた。

「伯爵とミスター・ウインターボーンは明日の午後、到着する予定なんでしょう？」

「ああ、アルトン駅までぼくが迎えに行く。きみも行くかい？」

「わたしは残ったほうがいいでしょうね。ミセス・チャーチや料理人と、すべて準備ができているかどうか確認するわ」ため息をつき、浮かない顔で大きなツリーを見あげた。罪悪感と不安が胸をかすめる。「このパーティーの噂が、近くに住んでいる紳士階級の方々の耳に入らないよう願うけれど、きっと無理でしょうね。やっぱりパーティーなんて開くべきではなかったわ」

「もう決まったことだ」ウエストンが彼女の肩をそっと叩いた。「だから、きみも一緒に楽しもう」

15

「きみは〈ホワイツ〉のメンバーに推薦されるだろう」ウインターボーンが言った。列車はロンドンからハンプシャーへと続く線路を、車体を揺らしながら勢いよく走っている。一等客車のこの個室には、あと四人は余裕で乗車が可能なのだが、ウインターボーンはふたりで空間を独占できるように、空いている座席の分も料金を支払った。デヴォンの従者であるサットンは、はるか後方の二等客車に乗っている。

デヴォンは驚いて視線を向けた。「どうしてきみが知っているんだ?」

返事の代わりに、ウインターボーンは横目でちらりとデヴォンを見た。他人の個人的な情報を、ウインターボーンが当事者本人より早く知ることはたびたびあった。ロンドンのほとんどすべての人たちと掛け売りで取引をするため、各々の財政状態のみならず、何を買い、どんな習慣があるかといった私生活の詳細をよく知っているのだ。さらに、百貨店の従業員たちが売り場で小耳にはさんだ情報の多くも、ウインターボーンのもとに集められているらしい。

「わざわざそんなことをする必要はないのに」デヴォンは座席のあいだの空間に脚を伸ばし

た。「推薦を受けるつもりがないんだから」

「〈ホワイツ〉は〈ブラブラーズ〉より権威があるんだぞ」

「ほとんどの紳士クラブがそうじゃないか」顔をしかめて言い返す。「高尚なクラブは息が詰まる。それに以前のぼくを〈ホワイツ〉には不要と見なしていたにもかかわらず、伯爵になったからといって入会を認める理由が理解できない。ぼく自身は何も変わっていないのに。まあ、今では巨額の負債を抱えているという点では、ほかの貴族たちと同じになったわけだが」

「変化はそれだけじゃない。きみは社会的にも政治的にも力を得たんだ」

「資本を持たない力だけどね。それより金が欲しいよ」

「選ぶなら、つねに権力だ。金は奪われることもあるし、価値がさがる可能性もある。そうなれば何も残らない。しかし力があれば、より多くの金を得ることもできる」

「きみの言うとおりだといいんだが」

「ぼくはいつだって正しい」ウインターボーンはこともなげに言った。

こんな発言をしてなるほどと思わせる人間はほとんどいないが、ウインターボーンは間違いなくそのひとりだ。

彼は自らの能力に完璧に合った時代と場所に生まれた、まれな人間と言える。業績がふるわず傾きかけていた父親の店を立て直し、驚くほど短期間に商売の一大帝国を築きあげた。世間に名を知られた人物として、ウインターボーンにはおびただしい数の友人、知人、そして敵がいるが、第二の肌のように彼につきまとう、よそよそしい雰囲気を突き破ることのできた者は誰もいなかった。ウインターボーンは一流のものを好み、本能的に品質を見きわめる力を持っている。しかし彼の真の才能は、人々の欲求を抜け目なく把握するところにあると言っていいだろう。どういうわけか、彼は人が買いたいものを、本人がそれと気づく前に特定することができるのだ。

ウインターボーンが窓の下にある作りつけの棚からデカンターを取ってモルト・ウイスキーをふたつのグラスに注ぎ、ひとつをデヴォンに渡した。無言でグラスを合わせたあと、ふたりはベルベット張りの座席にゆったりともたれかかり、次々と変わりゆく窓の外の景色を眺めた。

この贅沢《ぜいたく》な個室は客車に三つあるコンパートメントのひとつで、それぞれの部屋には外へつながるドアがひと組ずつついている。切符を持たない客の不正乗車を防ぐためにポーターが外からドアを施錠するのが、鉄道会社の一般的な習わしだ。同じ理由から、窓には真鍮製の格子が取りつけられていた。なんとなく閉じこめられているような閉塞感を覚え、デヴォンは気を紛らわせようと景色に意識を向けた。

それにしても、イングランドはなんと小さくなったことだろう。今や数日という単位ではなく、ものの数時間で国内を移動できるようになった。車窓の景色は、じっくり楽しむ間もなく次から次へと流れていく。そのせいで鉄道のことを〝魔術師の道〟と呼ぶ者もいるくらいだ。橋を渡り、牧草地や街道や古くからの村々を横切った列車は、石灰岩の山を深く切り開いた切り通しを通過し、開けた荒れ地のそばをシュッシュッという音をたてながら走った。やがて、午後の白い空の下にうずくまるような、わびしげな濃い緑の傾斜が続くハンプシャーの丘が姿を現した。

もうすぐ家に帰ると思うと、デヴォンの胸は期待にふくらんだ。家族のみんなに贈り物を用意したのだが、ケイトリンにはほかの誰よりも時間をかけて選んだ。そしてついに〈ウインターボーン百貨店〉の宝石売り場のカウンターのひとつで、馬に乗るギリシアの女神の姿を優美に彫刻した、珍しいカメオのブローチを見つけた。背景の黒いオニキスとの対比が際立つ、白い小粒の真珠で縁取られたクリーム色のカメオだ。カウンターの女性店員によれば、黒いオニキスとの組みあわせは喪中の女性にふさわしいそうだ。真珠も涙を表すと言われているため、服喪期間に身につけても許される宝石らしい。デヴォンはその場で購入を決めた。そして今朝、鉄道の駅へ向けて屋敷を出る前に、届いたばかりのカメオをポケットに忍ばせた。

ケイトリンに会いたくてたまらない。デヴォンは彼女の姿に、その声に飢えていた。あの微笑みが恋しい。眉をひそめた顔や、無作法な行為や豚や配管工の問題に対して見せる、かわいらしいいらだちを目にしたくてしかたなかった。

期待感を募らせながら窓の外を眺めているうちに、列車は丘の上に到達し、そこから斜面を下りはじめた。もうすぐウェイ川を渡るだろう。そうなるとアルトン駅までは、わずか一・五キロほどだ。今はそれほど混んでいないが、明日のクリスマス・イヴには、今日よりはるかに多くの人々を運ぶに違いない。

橋に差しかかると、列車に勢いがついた。ところが突然の揺れに列車が傾き、猛スピードで前へ進もうとするエンジンの動きに乱れが生じた。間髪を入れずブレーキがきしむ甲高い金属音が響き渡り、客車が激しく振動した。座席から跳ね飛ばされそうになったデヴォンは、反射的に窓の格子のひとつをつかんだ。

次の瞬間、手にすさまじい衝撃を感じて、真鍮製の格子を放してしまった――いや、格子そのものが取れたのだ。客車が線路を外れ、窓のガラスが砕け散る。デヴォンは、ガラスや裂けた木片、ねじれた金属、そして不快な騒音で混沌とした車内に放りだされた。連結が外れる音に続いて列車がぐいと持ちあがったかと思うと、転がりながら突っこんでいく感覚とともに、デヴォンとウインターボーンは個室の反対側に投げだされた。真っ白なまばゆい光が満ちて目がくらむ。混乱の中、デヴォンはなんとか体を固定させようとした。けれども転落を止めるすべもなく、彼は落下を続け、ついには体が叩きつけられた。とたんに突き刺すような痛みが胸を貫き、めまいがして、意識が暗闇に沈んでいった。

16

猛烈な寒さで意識が戻り、デヴォンは空気を求めて大きくあえいだ。濡れた顔をこすって体を起こそうとする。列車の個室――あるいはその残骸と呼ぶべきもの――には、いやなにおいのする川の水がどんどん流れこんでいた。彼はガラスや木の破片を乗り越え、割れた窓の隙間に近づいて、真鍮製の格子のあいだから外をうかがった。

どうやら列車は三両の客車を道連れに、橋の袖壁から真っ逆さまに落下したらしい。頭上の土手に、かろうじて残った二両が見えた。すぐ近くでは、まるで殺されて倒れた動物のように、壊れた客車のひとつが水に浸かっている。助けを求める必死の叫びがあちこちで飛び交っていた。

デヴォンはあわてて背後を振り返り、チーク材の厚板を押しのけてウインターボーンを探した。友人は床から外れた座席の下で意識を失っていた。彼の顔を覆い隠す寸前まで水が押し寄せている。

デヴォンはウインターボーンを引っ張りあげた。動くたびに胸と脇腹に耐えがたい痛みが走った。

「ウインターボーン」小さく揺さぶって声をかける。「起きろ。目を覚ませ。さあ」

耳障りなうめきがあがった。「何があった?」友人がかすれた声で尋ねる。

「列車が脱線したんだ。客車は川に落ちた」

血まみれの顔をこすったウインターボーンが苦痛のうなり声を発した。「目が見えない」

水位はじわじわとあがりつづけていて、デヴォンは彼をさらに引きあげようとした。

「移動しないとおぼれてしまうぞ」

デヴォンには理解できないウエールズ語で何かを口走ったウインターボーンが、続いて英語で言った。「脚が折れたらしい」

デヴォンは悪態をついてがれきをかき分け、窓の格子から外れた真鍮製の棒を見つけた。別の座席へ這っていき、川の流れの下流側になっている、鍵のかかったドアに手を伸ばす。息を切らしながら、彼は棒をバールのように使ってドアをこじ開けようとした。客車が斜めに傾いている状態では骨の折れる作業だ。そのあいだも水は押し寄せ、今では膝のあたりで渦を巻いている。

ようやく鍵を壊すことに成功し、ドアを客車の外側にぶつかるまでいっぱいに押し開けた。そこから頭を突きだして、川岸までの距離を目で測る。川の深さは、せいぜい腰のあたりまでのようだ。

問題は猛烈な寒さだった。これほど冷たい水の中にいれば、ふたりともすぐにまいってしまうだろう。助けを待っている余裕はない。

煙のまじった空気に咳《せ》きこみ、デヴォンが車内に戻ると、ウインターボーンは髪からガラスの破片を引き抜いているところだった。目はまだ閉じたままで、顔についた網目状のすり傷から血が流れている。「きみを外へ引っ張りだして、川の端まで連れていく」デヴォンは言った。

「きみの具合はどうなんだ?」ウインターボーンが尋ねる。目が見えず、脚を骨折している男にしては、しっかりした声の響きだ。

「そっちよりましだよ」

「川岸までどのくらいある?」

「五、六メートルというところかな」

「水の流れは? どれくらい速い?」

「そんなことはどうでもいい。ここにいるわけにはいかないんだから」

「ぼくがいないほうが、きみが助かる確率があがる」ウインターボーンが冷静な意見を口にした。

「きみを置いていくつもりはないぞ、ばかなことを言うな」デヴォンは友人の手首をつかみ、自分の肩に腕をまわさせた。「命を救われて借りができることを心配しているなら――」開けたドアまで必死にウインターボーンを引っ張っていく。「それは正しい。ものすごく大きな貸しだからな」足場を誤り、ふたりともよろめいた。デヴォンは空いているほうの手でドアをつかんでバランスを保った。

突き刺すような痛みが胸に走り、一瞬息ができなくなる。「くそっ、きみは重いな」彼は声を絞りだした。

返事はない。ウインターボーンは意識を失わないよう懸命に闘っているらしい。

呼吸のたびに、皮膚がはがれたかと思うほどの苦しみに襲われる。胸の痛みは広がり、絶え間なく続く鋭い苦痛へと変わっていた。筋肉が硬直してけいれんを引き起こす。

さまざまな要素が積み重なって、事態をより複雑にしていた。川の水、寒さ、ウインターボーンのけが、そして原因がなんであれ、この胸の痛み。だが、動きつづける以外に選択肢はない。

デヴォンは歯を食いしばり、なんとかウインターボーンを引きあげて客車の外へ出した。ふたりでしぶきをあげて水の中へ踏みだしたとたん、ウインターボーンが苦悶の叫びをあげた。

その彼をつかみ、川底の粘つく泥の中で足を固定させようと、懸命に足がかりを探す。川は予想よりも深く、水はデヴォンの腰を軽く越える高さまで達していた。

冷たい水の衝撃が、つかのま体を麻痺させる。彼は固まった筋肉を動かすことに意識を集中させた。

「ウインターボーン」嚙みしめた歯のあいだから絞りだすように言う。「岸はそれほど遠くない。行けるぞ」

その言葉に対する友人の返答は簡潔な悪態だった。思わずにやりとする。苦労して流れに逆らいながら、デヴォンは川岸の葦原《あしはら》を目指して歩きはじめた。この事故で生き残ったほかの人々も、そこに這いあがろうとしていた。

つらくて疲労困憊する行程だった。泥が足にまつわりつき、冷水が筋肉をこわばらせて、あらゆる感覚を麻痺させてしまう。

「旦那様！　旦那様、こちらです！」デヴォンの従者のサットンが川の縁に立ち、心配そうに手を振っていた。かろうじて橋の上にとどまっている脱線した客車から出て、急斜面をおりてきたらしい。

待ちきれずに浅瀬に足を踏み入れたサットンが、骨まで凍りつくほど冷たい水に息をのんだ。

「彼を頼む」デヴォンは葦原の中を、なかば意識のないウインターボーンを引きずって歩き、ぶっきらぼうに言った。

サットンがウインターボーンの胸に腕をまわして、安全な場所まで引きあげる。

とたんに膝から力が抜けたデヴォンは葦のあいだでよろめきながらも、くずおれまいとして踏ん張った。疲れ果てた脳が呼び覚ました最後の力を振り絞り、岸へ向かって前のめりに歩きだす。

そのとき、半狂乱の甲高い叫びに気づき、彼は足を止めた。肩越しに振り返ると、斜めに傾いて川に落ちた客車のコンパートメントのひとつにまだ乗客が残っていた。

鍵のかかったドアを壊すことができなかったらしい。助けに向かっている者は誰もいなかった。なんとか水からあがった生存者たちはみな、寒さで倒れこんでいる。救助の人々はようやく到着しはじめたばかりで、彼らが斜面をおりて川岸に到達する頃には、もう手遅れになっているだろう。

それ以上、自分に考える暇を与えず、デヴォンはきびすを返してふたたび水の中に入っていった。

「旦那様！」サットンが叫ぶ声がする。

客車にたどり着いたときには腰から下の感覚がなくなり、もうろうとした意識の中でもがきながら歩いている状態だった。脳と体のつながりのほとんどが切れてしまったのかもしれない。

純然たる意志の力のみに頼り、デヴォンは客車のコンパートメントのひとつに近づいて、おそらく事故の衝撃で裂けたと思われる壁の隙間から中に入った。

窓に向かい、真鍮製の格子をつかむ。必死で集中しないと、しっかり握っていられなかった。どうにかして格子の棒を外し、がれきをかき分けて客車の中を進み、また川に戻った。

そして鍵のかかったコンパートメントのドアを棒を使ってこじ開けていると、中から安堵の叫びが聞こえてきた。金属音を響かせながらドアが開いたとたん、乗客たちが押し寄せてくる。デヴォンのかすんだ目が、泣きわめく赤ん坊を抱いた中年女性とすすり泣くふたりの女の子、そして一〇代の初めらしい少年の姿をとらえた。

「まだほかにいるのか？」デヴォンは少年に尋ねた。まるで酔っているように不明瞭な声しか出ない。

「いいえ、生きてる人は誰もいません」少年が震えながら答える。

「川岸にいる、あの人たちが見えるか？」

「は、はい、たぶん」

「あそこへ行くんだ。女の子たちと腕を組んで。つねに流れに体の側面を向けて進め……押し流される力が、できるだけ少なくなるように。行け」

少年はうなずいて川に飛びだしたものの、胸まで届く水の冷たさに息をのんだ。おびえた女の子たちも悲鳴をあげながら、それぞれが少年の腕をつかんでついていく。三人は川の流れに負けないようにお互いを支えあい、川岸を目指して歩きはじめた。

恐怖に身をすくませている中年女性を振り返り、デヴォンは簡潔に言った。

「その子をこちらへ」

女性が必死でかぶりを振る。「お願いです、どうか――」

「早く」もうこれ以上は立っていられそうにない。

女性は涙を流しながらも従った。まだ泣きやまない赤ん坊は、小さな両手をデヴォンの首にまわしてしがみついた。母親と思われるその女性がデヴォンの空いた手をつかみ、客車の外へ足を踏みだす。たちまち彼女の口から悲鳴がこぼれた。デヴォンは女性を引っ張って一歩ずつ川の中を進んだが、濡れたスカートの重みが歩みを困難にした。あっという間に時間の感覚がなくなっていく。

今どこにいるのか、何が起こっているのかも定かではなくなってきた。自分の脚がまだ動いているのかどうかも確信が持てない。脚の感覚がなかった。赤ん坊は泣きやみ、小さなヒトデのような手でデヴォンの顔を興味深げに探っている。女性が何か叫んでいることにぼんやりと気づいたものの、耳に響く鈍い脈拍の音にかき消されて、言葉の内容までは聞き取れなかった。

遠くに人々の姿が見えた。煙を含んだ空気の中で、手さげランプの明かりが揺れている。デヴォンはひたすら進みつづけた。一瞬でも躊躇《ちゅうちょ》すれば意識の細い糸が切れてしまうと、おぼろげに理解していた。

腕に抱いた赤ん坊が何かに引っ張られる感覚があった。デヴォンが抵抗するともう一度、さらに強く引かれる。すぐに誰かが赤ん坊を引き取ろうとしているのだと気づいた。別の人たちが進みでて、葦と泥のぬかるみをかき分ける女性を手助けしていた。

バランスを崩したデヴォンはうしろへよろめいた。筋肉はもはや脳の命令に従ってくれない。たちまち足を取られた彼の頭を水が覆い、岸から引き離そうとする。

川の流れに運ばれているのだとわかった。その様子を空中から見ている自分がいる。インクのように黒い水の中で、体がゆっくりと回転していた。自らの命を救うことはできなかったのだ……呆然とした驚きを覚えながら、デヴォンは悟った。誰も助けてはくれない。これまでのレイヴネル家の男たちと同じように、自分もまた早すぎる最期を迎えるのか。あまりにも多くのことをやり残したまま。もう気にかけることすらできない。ばらばらになる思考の中で、きっとウエストンがなんとかしてくれるだろうとデヴォンは思った。弟なら乗り越えられるはずだ。

しかし、ケイトリンは……。

彼女がデヴォンにとってどんな意味を持つ存在だったか、本人が知ることはもうないのだ。その思いが薄れゆく意識を貫いた。ああ、なぜ時間はたっぷりあるなどと決めつけて、ケイトリンに気持ちを告げなかったのだろう？　あと五分あれば……いや、一分でもいい……だが、もう手遅れだ。

デヴォンがいなくとも、ケイトリンはこれからも生きつづけるだろう。いつかほかの男が彼女と結婚し……ともに年老いて……デヴォンのことは色あせた記憶になってしまうに違いない。

ケイトリンが彼のことを忘れてしまえば、記憶にすら残らないが。

声にならない叫びとともに、デヴォンはもがいた。ケイトリンはぼくの運命だ。ぼくのものなのだ。彼女と一緒にいられるなら、地獄のような苦しみにも耐えられる。しかしそのあがきも、もはや無駄だった。川は着実にデヴォンを暗闇へと運んでいく。

そのとき、何かが彼をとらえた。川底から現れた怪物かと思うような、筋肉に覆われたたくましい腕が、デヴォンの腕と胸にきつく巻きついた。容赦ない力が彼の体をよじって、うしろへ引っ張ろうとする。いつの間にかしっかりとつかまえられて、デヴォンは川の流れから引きだされていた。

「ああ、勘弁してくれよ」耳のそばで、息を切らして怒鳴る男の声がした。揺るぎない手が胴を締めつける。咳きこみ、全身に鋭い痛みを感じはじめたデヴォンの耳に、ふたたびその男の声が聞こえた。「あの忌々しい領地の管理をぼくひとりに任せていなくなるなんて、承知しないからな」

17

「列車が遅れているに違いないわ」応接間の床で犬たちと遊びながら、パンドラが不機嫌そうに言った。「待つのは嫌いよ」

「何か有益なことをして暇をつぶせばいいのに」カサンドラが自分の刺繍を指さす。「待っている時間が早く過ぎるわよ」

「みんなそう言うけど、それは正しくないわ。有益なことをしていても、していなくても、かかる時間は同じなんだもの」

「アルトンから戻る途中でどこかに立ち寄って、軽く食事をしているのかもしれないわね」刺繍用の枠にかがみこんで複雑なステッチを施していたヘレンが言った。

ケイトリンは、ウエストンに勧められて読んでいた農業関連の本から顔をあげた。

「もしそうだとしたら、ここに着くまでにおなかをすかせておかないと困ったことになるでしょうね」わざと憤慨しているふりをして言う。「うちの料理人は、よほどの大食漢でなければ音をあげるほど、たっぷりごちそうを用意しているんですもの」パンドラのふくらんだスカートの襞の上に座っているナポレオンを見て、ケイトリンは眉をひそめた。「ねえ、パンドラ、お客様が到着する頃には犬の毛だらけになってしまうわよ」

「気づかれないわ」パンドラが請けあう。「わたしのドレスは黒で、犬の毛の色も黒なんだから」

「そうかもしれないけど――」そのとき、絶えず笑っているような顔のハムレットが小走りで応接間へ入ってくるのを目にして、ケイトリンは口をつぐんだ。クリスマスの準備に追われるあまり、豚のことをすっかり忘れていた。ナポレオンやジョゼフィーヌが行くところはどこへでも、ハムレットがうしろをついて歩く光景にすっかり慣れてしまい、彼を三匹目の犬のように思いはじめていたのだ。「ああ、ハムレットをどうにかしないと。ミスター・ウインターボーンがここにいらっしゃるあいだ、好き勝手にうろつかせるわけにはいかないわ」

「ハムレットはとても清潔よ」カサンドラはそう言うと、彼女に近づいて甘えたように鳴く豚をやさしく撫でた。「実際、犬たちよりも清潔だわ」

たしかにそのとおりだった。あまりに行儀がいいので、ハムレットを屋敷から追いだすのが不当に思えるほどだ。「しかたがないのよ」ケイトリンは悲しげに言った。「残念ながら、豚に関するわたしたちの進歩的な考え方を、ミスター・ウインターボーンにも求めることはできないの。ハムレットには納屋で寝てもらいましょう。藁と毛布ですてきな寝床を作ってあげればいいわ」

双子たちが愕然として抗議の声をあげた。

「そんなことをしたら彼の心を傷つけて――」

「罰を与えられたと思うわ！」

「まったく問題なく快適に過ごせるはず――」ケイトリンは途中で口をつぐんだ。物音に反応した犬たちが、尻尾を振りながら部屋を駆けだしていったのだ。

「玄関に誰かが来たみたい」刺繍を脇に置いて、ヘレンが言った。車寄せと柱廊式玄関《ポルチコ》が見える窓へ近づいていく。

デヴォンと客人が到着したに違いない。ケイトリンはさっと立ちあがり、双子たちに告げた。「豚を地下の貯蔵室へ連れていって。さあ、急いで！」

素直に走りだすふたりに、思わずこみあげてきた笑いを押し殺す。

スカートを撫でつけ、袖を引っ張って整えると、ケイトリンは窓辺に立つヘレンの隣に並んだ。しかし驚いたことに、見えたのは馬車でも馬でもなく、頑丈そうな一頭のポニーだけだった。息をあえがせ、脇腹に汗をしたたらせている。

そのポニーには見覚えがあった。郵便局長の息子で、急ぎの電報を届ける役目をよく任されているネイトのものだ。けれど、ネイトが普段の配達で、あわてふためいてやってくることはまずない。

不安で背筋が寒くなる。

やがて部屋の入り口に執事のシムズが現れた。「奥様」

シムズが電報を手にしているのに気づき、ケイトリンは息をのんだ。知りあってからこれまで、彼から手紙や電報を手渡しされたことは一度もなかった。いつも小さな銀の盆にのせて持ってくるのだ。

「これを届けに来た者によれば、非常に急を要する問題だとか」電報を差しだしながら、シムズは感情を抑えて張りつめた表情で言った。「郵便局長のもとに速報が届けられました。どうやらアルトンで列車の事故があったようです」

顔から血の気が引いていくのが自分でもわかった。耳鳴りの不快な音がする。あわてるあまりおぼつかない手つきで、ケイトリンは電報を受け取って開いた。

〝アルトン駅近くで脱線事故。トレニア、ウインターボーン両名が負傷。医師を手配して待たれたし。当方は貸馬車にて戻る。サットンより〟

デヴォンが……けがをした。

ケイトリンは知らず知らずのうちにこぶしを握っていた。まるで殴ればその事実を打ち消せるとでもいうように。心臓が激しく打ちはじめる。

「シムズ、従僕の誰かに医者を呼びに行かせて」息苦しさに襲われながらも、なんとか言葉を絞りだした。「すぐに来てもらわなくては――トレニア卿もミスター・ウインターボーンも手当てを必要としているの」

「かしこまりました、奥様」執事は年齢のわりに敏速な動きで応接間を出ていった。

「読んでもいい？」ヘレンがきいた。

ケイトリンは電報を差しだした。手が震えているせいで、とらわれたチョウのように紙がはためいている。

部屋の入り口から息を切らしたネイトの声が聞こえてきた。小柄で痩せているが屈強な少年で、赤錆《あかさび》色の髪とそばかすの散った丸い顔をしている。「父さんが電信のニュースを教えてくれたんです」女性ふたりの注意を引いたことを確認して、少年は興奮気味に続けた。「駅の直前の橋のところで起こったそうです」「砂利を積んだ荷馬車の列が線路を横断していて、列車が来るまでに渡りきれなかった。旅客列車がそこにぶつかって、客車のいくつかが橋を越えて下のウェイ川に落ちてしまったとか」少年は恐ろしげに目を大きく見開いた。「一〇人以上の人が死んで、二〇人が行方不明だそうです。父さんが言うには、きっと数日のうちにもっと死人が出るだろうって。手足がちぎれたり、骨がつぶれたりした人も――」

「ネイト」さっとうしろを向いてしまったケイトリンを見て、ヘレンが穏やかな声でさえぎった。「厨房へ行って、料理人にビスケットかジンジャーブレッドの切れ端をもらったらどう？」

「ありがとうございます、レディ・ヘレン」

ケイトリンは指の関節が食いこむのもかまわず、両のこぶしを強く目に押し当てた。苦悩に満ちた恐怖で全身が震える。

デヴォンが傷ついたと聞かされるのは耐えられない。事故のまさにその瞬間、あの美しくて傲慢ですばらしく健康な男性が痛みに見舞われて……おそらく恐怖を感じて……もしかすると死にかけているかもしれないのだ。ケイトリンは咳きこみながら息を吐きだした。さらにもう一度息を吐くと、熱い涙が指のあいだを伝い落ちた。だめよ、泣いてはだめ。やるべきことがたくさんあるのだから。デヴォンが到着するまでに準備を整えておかないと。彼を助けるために必要なものすべてを、すぐに使えるようにしておかなければならない。

「わたしにできることはあるかしら?」背後からヘレンが声をかけた。

ケイトリンは袖で頬をぬぐったが、震える息で詰まった喉はどうしようもなかった。考えをまとめられない。まるで脳が靄《もや》に包まれているみたいだ。「何があったか双子たちに知らせてちょうだい。でも伯爵たちが到着して屋敷の中に運びこまれるときは、絶対に立ち会わせないようにして。どんな状態か、けががどれほどひどいのかもわからないの。だから……あの子たちには見せたくない……」

「わかったわ」

ケイトリンはヘレンに向き直った。「わたしはミセス・チャーチを探してくる」かすれた声で言う。「屋敷じゅうの医療用品が必要になるわね。清潔なシーツや布も――」喉がふさがり、それ以上続けられなかった。

「ウエストが一緒にいるわ」ヘレンがケイトリンの肩にそっと手を置いた。血の気が引いて張りつめた顔をしているものの、とても冷静だ。「彼がお兄さんの面倒をちゃんと見てくれるはず。忘れないで、伯爵は大きくてとても強い人よ。ほかの人なら無理な事故でも、彼はきっと生き延びるに違いないわ」

ケイトリンは無意識にうなずいたが、その言葉に慰められてはいなかった。列車の事故はほかのどんな災害とも違う。衝突や脱線で負ったけがが軽傷ですむことはめったにない。どれほど強くても、勇敢でも、賢くても、時速一〇〇キロ近い速度で走っているときには関係ない。すべては運次第。そして……レイヴネル家の人間には昔から、その運が不足しているのだ。

ケイトリンがほっとしたことに、使いにやっていた従僕がすぐさま医師を連れて戻ってきた。ドクター・ウィークスはロンドンで経験を積んだ、有能で腕のいい医師だった。テオの事故があった朝もエヴァースビー・プライオリーを訪れ、ヘレンたちに兄の死を伝える役目を担ってくれた。屋敷で病人が出ればいつでも迅速に駆けつけ、たとえそれが使用人であっても、レイヴネル家の人々に対するのと同様の思いやりと敬意を持って治療にあたった。だからケイトリンもすぐに彼を好きになり、信頼するようになっていた。

「トレニア卿には、まだお会いする機会がありませんでしたが」まもなく到着する患者たちのために用意した部屋のひとつで、医療用品が入ったケースを開けながらウィークスが言った。「このような場が最初になって残念です」

「わたしも残念に思うわ」ケイトリンは大きな黒いケースの中身を凝視した。ギプス包帯、針と糸、輝きを放つ金属製の器具、粉末をおさめたガラス管、液体が入った小さな瓶。圧倒されてしまい、とても現実のこととは思えない。デヴォンはいつ着くのだろう？　どれほどのけがを負ったのかしら？

ああ、この状況はテオが亡くなった朝と、ぞっとするほどよく似ている。

ケイトリンは腕を組んで肘をつかみ、全身に走る震えを静めようとした。前回デヴォンがエヴァースビー・プライオリーを出発したときには、彼に腹を立てるあまり、別れの挨拶もしなかったことをぼんやりと思い返す。

「レディ・トレニア」ウィークスがやさしく声をかけた。「この不運な状況や、わたしがここにいることが、あなたにご主人の事故を思いださせているることでしょう。よろしければ軽い鎮静剤を調合しましょうか？」

「いいえ、結構よ。頭をはっきりさせておきたいの。ただ……とても信じられなくて……またレイヴネル家の人間が……」最後まで言うことができなかった。

ウィークスは眉をひそめ、きっちりと刈りこんだひげを撫でた。「たしかにこの家の男性は長寿に恵まれているとは言えないようです。しかし、まだ最悪の事態だと決めつけるのはやめましょう。トレニア卿の容体は、まもなく判明するのですから」

医師がさまざまな品をテーブルに並べていると、どこか離れた部屋から、間に合わせの担架を作るため、廏舎へ走って訓練用のポールをひと束取ってくるようにと従僕に告げるシムズの声が聞こえてきた。階段を急いでのぼりおりする足音や、湯を入れるたらいと石炭用の手桶《ておけ》の音もする。ミセス・チャーチは刃先のなまったはさみを持ってきたメイドを叱っているようだ。ふと、その叱責の声が途中で切れた。

ふいに訪れた静けさに、ケイトリンの体にたちまち緊張が走る。一瞬ののち、廊下からミセス・チャーチの緊迫した声が響いた。

「奥様、馬車がやってきます！」

ケイトリンはまるで熱いものにでも触れたかのようにびくりとすると、大急ぎで部屋から駆けだした。大階段でミセス・チャーチとすれ違う。

「レディ・トレニア」家政婦は叫び、ケイトリンのあとを追ってきた。「そんなにあわてては転げ落ちてしまいますよ！」

その警告を無視して走りつづけ、階段をおりてポルチコへ出た。そこにはシムズと数名のメイドと従僕が集まっていた。彼らの視線は近づいてくる馬車に向いている。

まだ完全に車輪が止まらないうちに、うしろに乗っていた従僕が地面に飛びおり、馬車のドアが内側から開けられた。

ウエストンが姿を現したとたん、メイドたちの興奮した声がさざなみのように広がった。彼の服は濡れて汚れ、すさまじい様相をしていたのだ。その場にいた全員が、すぐさま彼を取り囲もうとした。

けれどもウエストンは片手をあげてそれを制し、馬車の側面にもたれかかった。細かい震えが止まらないらしく、歯が鳴る音が聞こえる。「いや……は、伯爵が先だ。い、医者はどこにいる？」

ウィークスはすでにそばにいた。「ここにいます、ミスター・レイヴネル。けがをしたのですか?」

ウエストンが首を横に振る。「さ、寒いだけだ。あ、兄を川からひ、引きあげたから」従僕たちを押しのけ、ケイトリンは腕を取ってウエストンを支えた。ぶるぶる震えてふらつく彼の顔は血の気がなく、灰色をしている。川のにおいがまとわりつき、服からは泥と汚水のまじった悪臭が漂っていた。

「デヴォンは?」ケイトリンはせっぱ詰まった声できいた。

ウエストンがぐったりと体を預けてくる。「かろうじて、い、意識はある。だが、何を言っているかわからない。か、川の中に長くいすぎたんだ」

「ミセス・チャーチ」ウィークスが家政婦に呼びかける。「すぐにミスター・レイヴネルをベッドへ運んでください。暖炉に火をおこして、毛布で体を覆うんです。どんな種類の酒も与えてはいけませんよ。これはとても重要なことです。わかりましたか? 甘くした温かい紅茶ならかまいませんが、熱いのはだめです」

「は、運んでもらう必要はない」ウエストンが抗議した。「ほら、こうしてまっすぐ、た、立てているじゃないか!」そう言いながらも、体がずるずると沈みはじめる。ケイトリンはウエストンが倒れないように、足を踏ん張って支えた。ふたりの従僕が進みでてきてウエストンを抱え、担架の上に横たわらせた。

まだもがいている彼に、ウィークスが厳しく言い放つ。「じっとしていなさい、ミスター・レイヴネル。すっかり体が温まるまで、どんな動きも死を招く可能性があるんですよ。手足で冷えた血液が冷たいまま心臓に達したら――」医師はいらだたしげに言葉を切り、従僕たちに命じた。「彼を屋敷の中へ」

ケイトリンはすでに馬車の折りたたみ階段をのぼりはじめていた。暗い内部は不気味なほど静まり返っている。「閣下？　デヴォン――」

「まずわたしに見せてください」ウィークスが背後から声をかけ、有無を言わせぬ態度で彼女を馬車から引き離した。

「トレニア卿の様子を教えて」

「ええ、なるべく早くお伝えします」医師はそう言って、馬車に乗りこんでいった。

全身に力をこめなければ、じっと待っていることなどできそうにない。嚙みしめた唇がずきずきと痛んだ。

およそ三〇秒後、新たに切迫した気配を帯びたウィークスの声が車内から聞こえてきた。

「ミスター・ウインターボーンを先に出します。誰か力の強い者が必要だ。早く」

「ピーター」シムズの指示を受け、従僕が急いで馬車の中に入った。

デヴォンはどうなっているの？　心配のあまり、ケイトリンは頭がどうかなりそうだった。馬車の内部をのぞきこもうとするものの、医師と従僕が視界をふさいでいて何も見えない。

「ドクター・ウィークス――」

「もうすぐですから」

「ええ、でも——」そのとき、よろめきながら馬車をおりてくる大柄な男性に気づき、彼女は一歩うしろにさがった。

デヴォンだ。彼とすぐに気づけないほど、ぼろぼろの姿をしている。ケイトリンの声が届いて出てきたらしい。

「トレニア卿」ウィークスが馬車の中から命じた。「動いてはいけません。ご友人に手を貸したら、すぐに診察しますから」

その言葉をデヴォンは無視したが、足が地面に着いたとたんによろけてしまった。とっさに馬車の開口部をつかんで体を支える。彼は頭のてっぺんから爪先まで汚れきり、シャツには血の染みがついていた。だが、手足の喪失や大きく穴の開いた傷は見当たらない。どうやら致命傷は負っていないとわかり、ケイトリンはとりあえず安堵の息を吐いた。

デヴォンの混乱した視線が彼女の姿をとらえた。次の瞬間、青い瞳に炎が燃え立ち、唇が彼女の名前をつぶやいた。

二歩で近づいたケイトリンを、デヴォンが荒々しくとらえる。彼の片方の手が、編んで頭のうしろに巻いた髪を痛いほどの力でつかんだ。喉から静かなうなり声をもらしたかと思うと、彼は人の目もかまわずにケイトリンの唇に唇を押しつけ、短いが激しいキスをした。体を震わせ、崩れかけた建物のようにもたれかかってくるデヴォンを、彼女は足を踏ん張って支えた。

「立っていてはいけないわ」息を弾ませて言う。「わたしに手伝わせて――地面に腰をおろしましょう。デヴォン、お願いよ――」

しかし彼は聞いていなかった。興奮したような声を発し、ケイトリンを馬車の側面に押しつけて、ふたたび口づける。傷つき、疲れ果てていても、デヴォンは信じられないほど力強かった。彼女の唇を激しく奪い、息が苦しくなったときにだけキスを解く。彼の肩越しに、近づいてくるミセス・チャーチと担架を持ったふたりの従僕の姿が見えた。

「デヴォン」ケイトリンは懇願した。「横にならなくては――うしろに担架が来たわ。あなたを屋敷の中へ運ぶ必要があるのよ」

彼は動かず、ただ全身を激しく震わせている。

「ダーリン」不安でたまらなくなり、彼の耳元でささやいた。「お願い、わたしを放して」

デヴォンの返事は荒々しく、よく聞き取れなかった。ケイトリンを抱きしめる腕にいっそう力がこもり……彼は意識を失って、その場にくずおれた。

幸い従僕たちがすぐそばまで来ていて、彼女が押しつぶされる前にデヴォンの重い体をつかまえてくれた。彼がケイトリンから引き離され、担架の上に横たえられる。そのとき、放心状態にあった彼女の脳が、ようやく先ほどのデヴォンの言葉を理解した。

〝絶対に放さない〟

18

担架にのせる際にデヴォンの濡れたシャツの裾がめくれあがり、ケイトリンとミセス・チャーチはそろって息をのんだ。左脇腹から胸にかけて、ディナー皿ほどもあるおぞましい紫色の打撲傷が広がっていたのだ。

こんなにひどい傷になるなんて、いったいどれほどの衝撃を受けたのだろう？　ケイトリンの顔から血の気が引いた。肋骨《ろっこつ》が折れているに違いない。片側の肺がつぶれていたかもしれない。彼女は身をかがめ、投げだされていたデヴォンの片方の腕をそっと動かして、脇腹に沿うように置いた。ぴくりともせず、ぐったりと横たわる彼の姿はひどく衝撃的だった。

ミセス・チャーチがデヴォンの体に毛布をかけ、従僕たちに指示を出した。

「主寝室へ運んでちょうだい。そっと……ぶつけてはだめよ。生まれたての赤ん坊だと思って扱いなさい」

従僕たちが呼吸を合わせて担架を持ちあげる。「九〇キロ近い赤ん坊だな」ひとりがうなるように言った。

厳しい表情を崩さないミセス・チャーチの目尻に一瞬だけ、笑みをこらえるようなしわが寄った。「言葉に気をつけなさい、デイヴィッド」

こみあげてくる涙をもどかしげにぬぐいながら、ケイトリンは従僕たちのあとをついていった。

並んで歩くミセス・チャーチが小声で慰める。「思いつめてはいけませんよ、奥様。すぐに手当てをしてもらえば、すっかりよくなりますから」

その言葉を信じたいと思いながらも、こわばった声で応える。「ひどいあざができているのよ。あんなにぐったりして——内臓が傷ついているかもしれないわ」

「つい先ほどあんなことができたんですから、それほど弱っているとは思えませんけど」家政婦がさりげなく言う。

ケイトリンは真っ赤になった。「神経が高ぶっていたのよ。彼は自分が何をしているか、わかっていなかったんだわ」

「奥様がそうおっしゃるなら」ミセス・チャーチはかすかな笑みを消して続けた。「心配はミスター・ウインターボーンのためにとっておくほうがいいでしょうね。ミスター・レイヴネルが中へ運びこまれる直前におっしゃっていたんですが、ミスター・ウインターボーンは脚の骨が折れただけでなく、目も見えなくなっているとか。お気の毒に」

「まあ、そんな。どなたか呼びにやってほしい人がいるかどうか、彼に確かめなくてはいけないわね」

「そんな人がいれば驚きですよ」屋敷へ入りながら、ミセス・チャーチが言う。

「どうして?」ケイトリンはきいた。

「だってそれなら、そもそもクリスマスにおひとりでここへいらしたりしないでしょうから」

ドクター・ウィークスがデヴォンのけがの手当てをしているあいだに、ケイトリンはウエストンの様子を見に行くことにした。

ドアが開け放たれた彼の部屋にたどり着く前から、おしゃべりや笑い声が廊下にまで届いていた。入り口に立ったケイトリンは、ウエストンがベッドの上に起きあがり、まわりに集まった人々を大いに楽しませている様子を、なかばあきらめの気分で見つめた。使用人が六人にパンドラ、カサンドラ、二匹の犬とハムレットまでいる。ヘレンはランプのそばに立ち、ガラス製の体温計の目盛りを読んでいた。

ありがたいことにウエストンの震えはおさまったらしく、顔色もましになっていた。

「そのとき、川の中へ歩いていく男の姿が目に入ったんだ」彼が話している。「乗客たちが閉じこめられている、水没しかけた客車のほうへ。ぼくは思ったよ、〝あの男は英雄だ。だが愚か者でもある。彼自身、すでに長いあいだ水に浸かっていたんだから、あの人たちを助けるなんて無理だろう。自分の命を無駄に捧げることになるぞ〟とね。ぼくが土手をおりていくと、そこにサットンがいた。〝伯爵はどこだ?〟とぼくは尋ねた」劇的な効果を狙って、ウエストンはいったん言葉を切った。夢中で耳を傾ける聞き手たちの反応を楽しんでいるのだろう。「サットンはどこを指さしたと思う？　川のほうだよ。そこでは、すでに三人の子どもを救いだしたあの向こう見ずな愚か者が片手で赤ん坊を抱き、もう片方の腕に女性を抱えてあがってくるところだった」

「その男性がトレニア卿だったんですね？」メイドのひとりが息をのんで言った。

「ほかに誰がいる？」

集まった全員が誇らしげに歓声をあげた。

「旦那様ほどの大柄な男には簡単なことさ」従僕のひとりがにやりとした。

「今度の件で新聞に載るぞ」もうひとりが興奮気味に言う。

「いいね」ウエストンが応じた。「きっといやがるだろうから、その顔を見るためだけにも載ってほしいよ」そこでケイトリンの姿に気づき、彼は口をつぐんだ。

「あなたたち」彼女は低い静かな声で使用人たちに告げた。「シムズかミセス・チャーチに見つかる前に立ち去ったほうがいいわ」

「これからがいいところなのに」ウエストンが抗議する。「ぼくが伯爵を救出した、スリル満点で感動的な場面を話そうとしていたんだ」

「あとでも話せるでしょう」ケイトリンは入り口に立ったまま言った。使用人たちは一列になって急いで部屋を出ていく。「今は休まなくては」ヘレンに視線を向ける。「体温はどう？」

「あと一度あげる必要があるわ」ヘレンが答えた。

「もうじゅうぶんだ」ウエストンが文句を言う。「暖炉にあんなに火をおこして、この部屋はまるでかまどのような熱さだよ。このままではクリスマスのガチョウみたいに焼き色がついてしまう。ガチョウといえば……おなかがすいて死にそうなんだが」

「ドクター・ウィークスによれば、正常な体温に戻るまで食べてはいけないそうよ」パンドラが告げた。

「紅茶をもう一杯いかが？」カサンドラが尋ねる。

「ブランデーが飲みたい。それとスグリのパイをひと切れにチーズをひと皿、つぶしたジャガイモとカブをボウルにいっぱい、ビーフステーキも食べたい」

カサンドラがにっこりした。「薄いスープを飲んでいいかどうか、お医者さんにきいてみるわ」

「薄いスープだって？」ウエストンが憤然と繰り返す。

「いらっしゃい、ハムレット」パンドラが言った。「ウエストがベーコンも欲しいと言いださないうちに退散しましょう」

「待って」眉をひそめ、ケイトリンは声をあげた。「ハムレットは地下の貯蔵室に置いておくはずでしょう？」

「料理人が許してくれなかったのよ」カサンドラが説明する。「食料の箱をひっくり返して、根菜を残らず食べてしまうに違いないって言うの」機嫌よさそうにしている豚に、彼女は誇らしげな視線を向けて続けた。「とても独創的で冒険心に富んだ豚だから、って」

「最後の部分は言ってなかったわ」パンドラが口を開いた。

「たしかに」カサンドラも認めた。「でも、それとなくほのめかしていたわよ」

双子は犬たちと豚を引き連れて部屋を出ていった。

ヘレンがウエストンに体温計を差しだした。「舌の下に入れて」重々しい声で言う。

彼はうんざりした顔を見せながらも従った。

「ねえ」ケイトリンはヘレンに声をかけた。「夕食のことで、ミセス・チャーチと話してもらえないかしら？　具合の悪い人が三人もいるのだから、今夜は形式張らず簡単にすませるほうがいいと思うの」

「三人じゃなくてふたりだ」体温計を口に入れたまま、ウエストンが腹立たしげに言う。

「ぼくはどこも悪くない」

「ええ、もちろんですとも」ヘレンがケイトリンに答えた。「ドクター・ウィークスのところへは、食事を盆にのせて運んでもらうようにするわ。しばらくはトレニア卿とミスター・ウインターボーンにかかりきりかもしれないけど、お医者様にはちゃんと食事をとっていただかなくては」

「いい考えね」ケイトリンは賛成した。「レモン・シラバブ（泡立てた牛乳に砂糖やワインを加えたもの）も忘れないで。たしかドクター・ウィークスは甘いものがお好きなはずだから」

「どうぞどうぞ」体温計をくわえたウエストンが割って入る。「飢えた男の前で、好きなだけ食べ物の話をすればいいさ」

部屋を出ようとしていたヘレンは立ち止まり、彼の顎をそっと指で押しあげて口を閉じさせた。「おしゃべりはだめよ」

ヘレンが行ってしまうと、ケイトリンは紅茶を注いでウエストンに渡し、口から体温計を取った。水銀の線をじっと見つめる。「あと〇・五度あがったら食べてもいいわ」

彼は体の力を抜いて枕にもたれかかった。それまでの生き生きした表情が疲れた顔つきに変わる。「兄の様子は?」

「ドクター・ウィークスが治療中よ。胸から脇にかけてひどいあざになっているのを、たまたま目にしたの。ミセス・チャーチもわたしも、肋骨が折れているかもしれないと思ったわ。だけど馬車から出したときは意識があったし、部屋に運びこんだら目を開けたのよ」

「よかった」ウエストンが大きくため息をついた。「肋骨の骨折くらいですめば奇跡だ。あの事故は……くそっ、車両がまるで子どものおもちゃみたいに散らばっていた。そして助からなかった人たちが――」口ごもり、ごくりと唾をのみこむ。「できるものなら、あの光景を忘れたいよ」

ベッドのそばの椅子に座ったケイトリンは、彼の手をやさしく握った。「あなたは疲れているのよ」

ウエストンが陰鬱な声で小さく笑う。「疲れているという表現がましに思えるくらい、へとへとだよ」

「そろそろ失礼して、あなたを休ませるべきね」

彼の手がさっと反転してケイトリンの手をつかんだ。「待ってくれ。まだひとりになりたくないんだ」

彼女は立ちあがるのをやめて、小さくうなずいた。

ケイトリンの手を放すと、ウエストンは紅茶に手を伸ばした。

「本当なの？」彼女は尋ねた。「デヴォンについて、あなたが話していたことは事実なの？」

彼はふた口で紅茶を飲み干し、苦悩に満ちた視線をケイトリンに向けた。

「すべて本当のことだ。兄はもう少しで自ら命を落とすところだった」

力の抜けたウエストンの手から、彼女はティーカップを取りあげた。

「なぜ兄にあんなことができたのか、ぼくにはわからない。水中にいたのはせいぜい二分くらいなのに、ぼくの脚は芯まで凍えてしびれてしまった。激痛だったよ。誰にきいても、兄は三〇分近く川の中に入っていた。向こう見ずな愚か者だ」

「子どもたちを助けるなんて」ケイトリンはわざとあきれた口調で言った。「信じられないわ」

「ああ」その声に面白がっている気配は感じられない。ウエストンは暖炉でちらちらと揺れる炎を憂鬱そうな顔で見つめた。「前にきみに言われたこと、みんなが兄を頼りにしているという意味をようやく理解したよ。今ではぼくもそのひとりになっている。くそっ。もう二度と身を挺《てい》した行動なんて取らせないぞ。いやだと言うなら、ぼくが兄を殺してやる」

「わかるわ」痛烈な言葉の裏にひそむウエストンの恐怖を感じ取り、彼女は声をかけた。

「いや、きみにはわからないさ。あの場にいなかったんだから。くそっ、もう少しで間に合わないところだった。ぼくがたどり着くのがあと数秒遅ければ――」彼は震える息を吸って顔をそむけた。「以前の兄なら、こんなことはしなかっただろう。他人のために命をかけるなんてばかなまねはしなかった。それも見知らぬ他人のために。まったく愚か者だよ」

ケイトリンは微笑んだ。喉のつかえをのみこみ、手を伸ばしてウエストンの髪を撫でる。「ねえ」彼女はささやいた。「聞きたくないでしょうけれど……もしあなたがお兄さんでも、きっと同じことをしたと思うわ」

真夜中過ぎ、ケイトリンは患者たちの様子を確かめるためにベッドを出た。ネグリジェの上に羽織ったローブのボタンを留め、ベッドサイドのろうそくを手に持って廊下を進む。まずはウインターボーンの部屋をのぞいた。「入ってもかまいませんか？」彼女はベッドのそばの椅子に座っていたドクター・ウィークスに声をかけた。

「もちろん」

「どうぞ、そのままで」医師が立ちあがる前に言う。「どんな具合か知りたくて来ただけですから」

ウィークスにとっては大変な夜だったとわかっている。ウインターボーンの折れた脚をまっすぐにするために、執事と従僕ふたりの手を借りなければならなかったのだ。あとでシムズがケイトリンとミセス・チャーチに話してくれた内容によれば、傷ついた脚の大きな筋肉が収縮してしまい、骨をもとの位置に戻せるよう引き伸ばすのに、ひどく苦労したようだ。

脚が安定すると、シムズはウィークスを手伝い、細長く切って石膏を染みこませたリネンの布を巻きつけた。乾くと固まってギプスになるらしい。

「ミスター・ウインターボーンの容体はどうにか落ち着いています」ウィークスが小声で言った。「腓骨《ひこつ》がきれいに折れていたのは運がよかったですよ。それと非常に冷たい水に長時間さらされていたせいで血圧がさがり、失血量も少なくてすんだ。合併症さえなければ、脚は順調に癒えるでしょう」

「視力のほうは？」ケイトリンはベッドに近づき、ウインターボーンの様子をうかがった。鎮静剤で深く眠っているらしい彼の顔は、目のまわりに巻かれた包帯で上半分が覆われている。

「角膜に傷がついているのです」ウィークスが答える。「飛んできたガラスで。破片をいくつか取り除いて軟膏《なんこう》を塗りました。どの傷もそれほど深くないようなので、視力が回復する望みはあると見ています。そのためにも数日は鎮静剤を投与して、動かさないようにするべきでしょう」

「お気の毒に」彼女は静かに言った。「わたしたちでしっかりお世話をします」医師に視線を戻す。「トレニア卿も鎮静剤が必要な状態ですか？」

「そうですね、痛みで眠れない場合は。肋骨にひびが入っていますが、折れてはいないようです。肋骨の骨折の場合はたいてい、触診すると骨が動くのがわかるんですよ。かなり痛むでしょうけど、数週間もすればすっかりもとどおりになります」

ケイトリンが手にしていたろうそくの炎が小さく揺れ、熱い蠟《ろう》が手首にかかった。

「それをうかがってほっとしました。わたしがどれほどうれしいか、先生にはおわかりにならないでしょうけれど」

「わかると思いますよ」ウィークスがそっけなく言う。「あなたがトレニア卿に愛情を抱いているのは明らかだ」

笑みを浮かべていたケイトリンはたじろいだ。「まあ、愛情ではありませんわ。わたしはただ……家族として心配しているだけです。領地のこともあるし。それにまさか……わたしはまだ喪に服しているというのに、男性に……好意を持つなんてありえません。まったく不適切なことだわ」

「レディ・トレニア……」ウィークスは長いあいだ彼女を見つめていた。疲労の色が濃いものの、思いやりのこもったまなざしだ。「人間の心臓《ハート》に関して、わたしには科学的な知識が豊富にあります。そのどれを見ても、許されない相手を愛さないようにするより、永久に鼓動を止めてしまうほうがはるかに簡単なのですよ」


そのあと、ケイトリンはデヴォンの部屋を訪れた。軽くノックをしても返事がないので、そっと中へ入る。彼は横向きに寝ていた。上掛けに包まれた大きな体はぴくりとも動かない。けれども呼吸は深く、安定していた。

ベッドの横に立ってデヴォンを見おろしていると、彼を守りたいという気持ちがこみあげてきた。顎を覆うひげの中で、緊張が取れた口元が穏やかな線を描いている。まつげは長く、インクのように黒い。頬と額の二箇所の傷には絆創膏《ばんそうこう》が貼られていた。額の右側の逆毛がぴょんと立っているが、日中の彼なら決してこのままにしておかないだろう。平らにとかしてあげたくてたまらなくなる。誘惑に負け、ケイトリンはその魅惑的な髪の房をやさしく撫でた。

デヴォンの呼吸が変化した。ゆっくりと覚醒した彼が、まばたきしながら目を開ける。疲労と鎮静剤のアヘンチンキのせいで、ひどく眠たそうだ。

「ケイトリン」彼が低くかすれた声で言った。

「あなたの様子を見に来たの。何か欲しいものはない？　お水は？」

「きみが欲しい」彼女のろうそくを持っていないほうの手をつかんで引き寄せる。指先に唇が押し当てられるのがわかった。「話しあわないと」

ケイトリンの息が止まった。全身のありとあらゆる場所が激しく脈打ちはじめる。

「あなたは……象でもぐったりするくらい大量のアヘンチンキを投与されているの」努めて明るく聞こえるように言った。「そういうときは何も言わないほうが賢明よ。眠りなさい、そうすれば朝には――」

「一緒に寝てくれ」彼女の指に口づけたまま、デヴォンが懇願する。

そうしたくて胃がきりきりした。「それはできないとわかっているでしょう」ケイトリンはささやいた。

デヴォンは聞く耳を持たず、彼女の手首をつかむと、痛みをこらえながら自分のほうへ引っ張りはじめた。

「待って、傷に障るわ――」手探りでろうそくを近くのテーブルに置いた。そのあいだも彼はケイトリンを引き寄せる手に力をこめつづけている。「だめよ、あなたは肋骨が――もう、どうしてそんなに頑固なの？」もみあって彼を傷つけてしまうのが怖くなり、しかたなくベッドにあがった。「一分よ」彼に通告する。「一分だけ」

デヴォンはおとなしくなったものの、彼女の手首をゆるくつかんで放さない。向かいあわせに体を横たえたとたん、ケイトリンは後悔した。デヴォンのすぐそばに横になっているこの状態は、ひどく親密だ。眠そうな青い瞳を見つめていると、痛いほどの切望の波が全身を駆け抜ける。彼の胸に顔をうずめて泣きたくなった。

「あなたのことが心配だったの」小さな声で言った。

デヴォンが人差し指の先で彼女の顔に触れ、頬をそっとたどっていく。

「何があったの？」

指先はケイトリンの鼻をなぞり、感じやすい上唇の端にたどり着いた。

「すべてがいつもどおりだった」彼がゆっくりと口を開いた。「それが次の瞬間には……世界が爆発したみたいだった。ものすごい音がして……ガラスの破片が飛んで……何もかもがひっくり返って……それから痛みが……」彼女は沈黙したデヴォンの手を取り、自分の頬に押し当てた。「最悪だったのは」彼がふたたび話しだす。「寒さだ。何も感じられなかった。

疲れすぎて動けなかったんだ。だんだん……それほど恐ろしくなくなって……もういいかと」疲労が勝ったのか、声が次第に小さくなっていく。「死が近くなっても……これまでの人生が目の前をよぎることはなかったよ。見えたのはきみの姿だけだ」まぶたが閉じ、ケイトリンをつかんでいた手が離れた。眠りに落ちる寸前、デヴォンが力を振り絞るようにしてささやいた。「最後の瞬間、ぼくは……死ぬほどきみが欲しいと思ったんだ」

19

アヘンチンキのせいだったのよ。ゆうべ眠りにつくまで、そして今朝目覚めて一番にも、ケイトリンは繰り返し自分に言い聞かせた。夜明けの淡い灰色の光の中で、ベッドからおりて室内履きを探す。だが、どこにも見当たらなかった。

寝起きでぼんやりしたまま、しかたなく裸足で部屋の隅に置かれた大理石の洗面台へ向かい、顔を洗って歯を磨いた。台に立てかけた楕円《だえん》形の鏡をのぞきこむと、目が充血して周囲にくまができていた。

〝死ぬほどきみが欲しいと思ったんだ〟

もしかするとデヴォンは覚えていないかもしれない。希望をこめて、そう考える。アヘンチンキの影響を受けた人は、自分が何を言ったか思いだせない場合がほとんどだ。馬車のそばでキスしたことさえ、記憶に残っていないかもしれない。使用人たちはいつまでも噂するに違いないけれど、それに関しては何もなかったふりをすればすむ。運がよければ、デヴォンはすっかり忘れているに違いない。あるいは、覚えていても話題にしないくらいの礼儀はわきまえているだろう。

クララを呼ぼうと呼び鈴のひもに手を伸ばしたところで、ケイトリンは思い直した。まだ朝早い時間だった。着替えたり、髪を整えたりするには、面倒な手順を踏まなければならない。その前に患者たちの状態を確認しておこう。彼女はネグリジェの上にカシミアのショールを羽織り、まずはデヴォンの様子を見に行くことにした。

まさか彼がもう起きているとは思いもしなかったが、部屋のドアはわずかに開き、カーテンも引き開けられていた。

デヴォンはベッドの上で身を起こして枕にもたれかかっている。洗ったばかりらしく、豊かな髪にはまだ湿り気があり、丁寧にひげを剃った肌がつややかだ。けがでベッドに寝ている状態でさえ、彼はたくましく見えた。自由に動きまわれないことに内心でいらだっているのか、いくぶん落ち着かない様子がうかがえる。

ケイトリンは入り口で足を止めた。ふたりのあいだに張りつめた沈黙が流れる。耐えがたい恥ずかしさがこみあげてきて、彼女は真っ赤になった。これまで見たことのない、どこか独占欲がにじむデヴォンの大胆なまなざしに気づいたものの、だからといってどうすることもできない。何かが変わったのだ。けれどもそれがなんなのか、ケイトリンにはわからなかった。

デヴォンが彼女を見て、かすかな笑みを浮かべた。その視線は鮮やかなショールに向けられている。

「おいで」彼が小声で言った。

ケイトリンはドアを閉めたが、ひどく不安を覚え、デヴォンに近づくのをためらった。

「どうしてこんな早い時間に起きているの？」

「空腹で目が覚めたんだ。それに顔を洗ってひげを剃る必要があったから、呼び鈴を鳴らしてサットンを呼んだ」

「痛みは？」心配になって尋ねる。

「ある」デヴォンがきっぱりと言った。「ここへ来て、どうにかしてくれ」

用心しながらも、彼の要求に従った。ぴんと張ったピアノ線のように神経が張りつめている。そばに近づいていくと、鼻につんとくる刺激臭がした。デヴォンには似つかわしくない、けれど妙に覚えのあるにおい。薄荷と樟脳《しょうのう》の浸出液だ。

「湿布薬のにおいがするわ」困惑して言った。「馬に使う湿布薬の」

「ミスター・ブルームが廐舎から届けさせてくれたんだ。脇腹に湿布をするようにと。とても拒める雰囲気じゃなかった」

「まあ、そうだったの」ケイトリンはほっとして表情をゆるめた。「とてもよく効くのよ」彼を安心させようとする。「筋肉を傷めた馬に使うと、通常の半分の時間で癒えるの」

「そうだろうな」デヴォンの口元に浮かない笑みがよぎった。「ただ、樟脳がひりひりして、皮膚に穴が開きそうなんだが」

「サットンはそのまま湿布したの？」眉をひそめてきいた。「馬の治療を想定した濃度なのに。オイルか白蠟で薄めるべきだったのよ」

「誰も彼に説明しなかった」

「すぐに取らないと。手を貸すわ」デヴォンに手を伸ばしかけたところでためらう。湿布は白いナイトシャツの下に施されているはずだ。シャツを引っ張りあげて裾から中に手を入れるか、前開きのシャツのボタンを外すか。いずれにせよ、口にするのもはばかられるほど親密な行為だ。

ケイトリンの考えを読んだかのように、彼が笑みを浮かべて首を横に振った。

「サットンが戻るまで待つよ」

「いいえ、わたしにもできるわ」頰をピンクに染めて言い張った。「結婚していたんですもの」

「世慣れた既婚女性というわけか」デヴォンがやさしいまなざしを向けてからかった。

ケイトリンはむきになって唇を引き結んだ。冷静に見えるように気をつけながら、ボタンを外しはじめる。わずかに光沢のある白い麻で仕立てられたシャツは、ことのほかなめらかな手触りだった。「これはとても上等なナイトシャツね」間の抜けたことを口走る。

「サットンが出してくるまで、こんなものを持っていたことすら知らなかったよ」

当惑して手を止めた。「ナイトシャツでないなら、何を着て寝るの？」

デヴォンがにやりとして、意味ありげな視線を向けてきた。

彼がほのめかしていることに気づいたケイトリンはあっけにとられた。

「衝撃を与えてしまったかな？」

デヴォンの目はおかしそうにきらめいている。

「まさか」毅然《きぜん》とした態度でボタンに意識を集中させるものの、彼女の顔は熟れたザクロのように真っ赤になった。ボタンが外れるとナイトシャツの前が開き、筋肉質のたくましい胸があらわになった。咳払いしてから尋ねる。「背中を起こせる？」

答える代わりに、デヴォンは枕から上体を浮かせた。簡単ではないらしく、喉からうめきがもれる。

ケイトリンはショールが落ちるのもかまわず彼の体の下に手を伸ばし、湿布の上に巻いた包帯の端を探った。背中のちょうど中ほどにたくしこんである。「ちょっと待って――」もう片方の手をデヴォンにまわして布を引っ張った。だが思ったより長いのか、一度引いただけでは解けない。

体勢を維持できず、デヴォンが苦しそうな声とともに枕に背中を落としたので、ケイトリンの両手は体の下敷きになってしまった。「すまない」彼が絞りだすように言う。

なんとか手を抜こうと引っ張った。「いいのよ……ただ、できれば……」

呼吸を整えながらこの状況を吟味しているのか、デヴォンはなかなか動こうとしない。彼の目がいたずらっぽくきらめいていることに気づき、ケイトリンは面白がっていいのか、それとも激怒するべきかわからなくなった。「放してちょうだい」

大きくて温かいデヴォンの手が彼女の肩のうしろにまわり、ゆっくり円を描くように撫でる。「ベッドにあがっておいで」

「正気なの？」

両手を抜こうと必死でもがいていると、彼がケイトリンの肩にかかった三つ編みに触れ、気だるげにもてあそんだ。「ゆうべは同じことをしたじゃないか」

彼女は目を見開いて固まった。

デヴォンは覚えているのだ。

「わたしがそんなことを習慣にするとは期待しないで」息を荒らげて言う。「それに、もうすぐメイドがわたしを探しに来るわ」

彼は体を横に向け、ケイトリンを完全にベッドの上に引きあげた。「この部屋へは来ないよ」

彼女はデヴォンをにらみつけた。「どうしようもない人ね！　樟脳で皮膚の奥までただれようが、放っておくべきだったわ」

彼が眉をあげる。「せめて馬と同じ程度の扱いはしてもらえると思ったんだが」

「どんな馬でも、あなたよりはお行儀がいいわよ」ケイトリンはデヴォンのナイトシャツの中に片手を突っこみ、背中を探った。「ラバですら、もっとましにふるまうのに」包帯の端を引き抜く。布がゆるむと、大量の湿布をなんとかはがして床に放り投げた。

そのあいだデヴォンはじっとしていたが、この状況を楽しんでいるのは明らかだった。

ハンサムなろくでなしを見おろしたケイトリンは、思わず微笑みそうになった。だがそうする代わりに、非難の目を向けた。「ドクター・ウィークスは、肋骨に負担がかかるような動きは控えるべきだと言っていたわ。何も引き寄せたり、持ちあげたりしてはだめよ。あなたは休んでいなきゃいけないの」

デヴォンが手を伸ばして彼女の肩を撫でる。「きみが一緒にいてくれるなら休むよ」

巧みに誘いかける手の感触に決意が揺らいだ。ケイトリンはそっと彼の腕に身を寄せた。

「痛くないかしら？」

「刻一刻と気分がよくなっていく感じだ」彼はふたりの上に上掛けをかけ、白いシーツとやわらかな羊毛の毛布の繭の中にケイトリンを閉じこめた。

向きあって横たわっていると、デヴォンの硬く温かい体の輪郭が自分の体とぴったり合うことを意識させられて、喜びと緊張に身が震えた。

「誰かに見られるかもしれないわ」不安に駆られて言う。

「ドアは閉まっている」デヴォンの手が彼女の華奢な耳の曲線をたどった。「ぼくを怖がっているわけじゃないんだろう？」

脈がどんどん速くなっていたが、ケイトリンは首を横に振った。

デヴォンが彼女の髪にそっと鼻をこすりつける。「昨日はきみを傷つけたか、おびえさせてしまったかもしれないと心配していたんだ。ぼくが……」口ごもって言葉を探す。「夢中になりすぎたせいで」彼は皮肉めかして締めくくった。

「あなたは……自分がしていることを理解していなかったのよ」

デヴォンの声は自嘲するような響きがあった。「何をしていたかは完全にわかっていたよ。

ただ、うまくできなかっただけだ」親指がケイトリンの下唇の端をかすめる。滑りおりた指が顎を押しあげ、喉の上のやわらかな肌をさすると、彼女は息をのんだ。「もっと……こんなふうにきみにキスしたかった」

デヴォンの口が軽く彼女の唇を覆った。熱く、ゆっくりとなだめすかし、ケイトリンが止めようと思う前に、自分ではどうしようもない反応を引きだしてしまう。彼の唇にやさしくじらされると、名前も知らない体の部分がもどかしくうずいた。完全に終わらないうちにまた次がはじまり、キスは延々と続いた。上掛けの下で、粗い毛に覆われたデヴォンの脚が彼女の脚をかすめ、なじみのない感触に胸が高鳴る。ケイトリンは両手を伸ばし、彼のなめらかな黒髪に指をくぐらせて頭の形を確かめた。

デヴォンの手がケイトリンの背骨に沿ってさがり、やがてヒップをとらえて自分のほうへ引き寄せた。それぞれが身につけているフランネルとリネンを通してさえ、やわらかさが硬さに屈する形で、ふたりの体が親密に同調していくのがわかる。キスが激しくなり、彼の舌が探りながら深く入ってくると、ケイトリンの喉から歓びのうめきがもれた。

このベッドのほかは、もはや何も存在していなかった。脚と脚が絡まり、互いの手がいたるところをさまよう。ヒップを包まれ、デヴォンの硬くなった欲望の証を押し当てられて、彼女はすすり泣いた。彼はゆっくりと官能的なリズムを刻みながらケイトリンを導き、動くたびに彼女が泣き声をあげだすまで、ふたりの体をこすりあわせた。秘めやかな場所が熱く潤いはじめ、ケイトリンは恥ずかしさのあまり顔を赤らめた。こんなふうに感じるべきではないのに。こんなことを……求めてはいけないのに。どれほどデヴォンに体を押しつけても、足りないと思ってしまう。

触れあったままぎこちなく身をよじると、彼がたじろいで息をのんだ。うっかり肋骨のあたりを押してしまったらしい。

「まあ、ごめんなさい……」ケイトリンはあえぎながら、転がって離れようとした。

「大丈夫だ」デヴォンが彼女を止め、もとの位置に戻す。「行かないでくれ」彼は息を切らしていた。きっとひどく痛いに違いないけれど、気にしていないようだ。

「もうやめないと」ケイトリンは言い張った。「間違っているわ。それに、あなたには危険で——だって、わたし——」そこで口ごもる。知っている言葉ではとうてい、自分の中に渦巻く渇望を、甘く苦しい緊張を説明できない。

デヴォンがそっと彼女を突いた。そのわずかな動きだけでも、奥深いところから震えが起こる。

「やめて」哀れな声で言った。「熱くて変な気分なの。何も考えられない。息すらできないのよ」ケイトリンはうめき、横顔を枕に押しつけた。

どうしてデヴォンが楽しそうなのかさっぱりわからないが、頰をかすめた彼の唇は笑みを浮かべていた。

「助けてあげるよ」

「無理だわ」枕越しにくぐもった声で言う。

「できるさ。信じてくれ」

デヴォンはケイトリンを仰向けにすると、唇を開いたまま喉に口づけ、そこから胸へと移動していった。ネグリジェの前を開かれるまで、彼女は合わせ目を解かれていることに気づかなかった。

むきだしの肌に冷たい空気を感じてびっくりする。「デヴォン――」

「しいっ」胸の先端に息がかかった。

温かい口に包まれ、敏感なつぼみがきつく引っ張られたとたん、ケイトリンはうめいた。助けてくれると言ったのに、こんなふうにキスを続けていては、余計に苦しみを与えることにしかならない。デヴォンが両手で胸のふくらみを包み、軽く頂を吸った。それだけでケイトリンは張りつめる緊張を解きたくてたまらなくなり、無意識のうちに腰を揺らしていた。ネグリジェの下にもぐった彼の手のひらが肌を滑り、じかにヒップをつかむ。

「きみはとても美しい」デヴォンがささやいた。「肌も、姿も、どこもかしこも」いつの間にか彼の手が腿のあいだに入りこみ、そっと脚を開かせた。「ぼくのために開いてくれ……もう少し……そう、ああ、なんてやわらかいんだ……ここも、それからここも……」

茂みのあいだを通り、敏感な狭間《はざま》へと入っていく。デヴォンは指先で潤った襞をかき分け、小さな突起をあらわにした。巧みにその周囲に触れ、やわらかな襞をたどって入り口へ近づく。きつく締まった場所に指先が滑りこむのを感じ、ケイトリンは驚きに身を震わせた。その感覚に慣れないうちに、彼がさらに深く進んでいく。彼女は目を見開き、反射的に手をおろして、デヴォンの手首をつかんだ。

彼はじっと動かず、困惑したようにケイトリンの深紅に染まった顔を見おろしている。やがて彼の顔が驚きと喜び、そして欲望の入りまじった表情に変わった。「痛むのか？」かすれた声で尋ねる。

ケイトリンの体はひりひりした痛みとうずきを感じながら、侵入してきた指を締めつけていた。「あの……少し」ぎこちなく手首を引っ張るものの、彼はその無言の訴えを退けた。デヴォンの親指が、敏感な突起の上を円を描くように動く。指は彼女の中を愛撫して、あふれんばかりの潤いを生じさせている。ケイトリンは身を起こし、絡まったネグリジェの向こうで彼が何をしているのか見ようとした。

息をあえがせて、デヴォンは彼女が不安げにひそめた眉のあいだに唇を押し当てた。「心配いらないよ。きみは濡れてきたんだ……ここが……ぼくを迎えるために、きみの体の準備が整ってきた証拠だ……すばらしい。もっときみが欲しくなる……ああ、かわいい人……ぼくをとらえているのがわかるよ」

ケイトリンにもわかった。体が動き、彼をなめらかに迎え入れようとしているのだ。侵入していた指が引きさがったかと思うと、今度は二本の指が滑りこみ、きつい内部を広げようとした。デヴォンは手のひら全体で彼女を包み、頂に手の付け根をそっとこすりつける一方で、指をさらに深く差し入れてくる。全身が熱くなり、ケイトリンは思わず背中をそらした。こらえきれない興奮がわきおこり、心臓があまりにも激しく打ちはじめて、彼女は怖くなった。

「やめて」からからに乾いた唇でささやく。「お願い……気が遠くなりそう……」

からかうようなデヴォンのささやきが耳をくすぐった。「失神すればいい」

緊張が耐えがたいまでに高まっている。ケイトリンは両脚を開き、彼の手に合わせて我慢できずに腰を揺らした。そのとき驚くべき力が働いて一気に緊張を解き放ち、彼女は真っ逆さまに落下しはじめた。あまりにも激しい解放に、このまま消えてなくなるかもしれないとさえ思う。衝撃がケイトリンを開き、花を咲かせ、絞り取るような歓喜の身震いを引き起こした。あえぐ彼女にデヴォンが口づけ、歓びの声を味わうかのように唇を吸いあげた。さらに別の波が押し寄せてきて、頭に、胸に、おなかに、脚の付け根に熱が広がっていく。そのあいだも彼の唇はケイトリンを奪いつづけていた。

最後の震えが引いていくと、彼女はぐったりとしてデヴォンにもたれかかった。まだめまいがおさまらない。自分が横向きになり、やわらかく弾力のある彼の胸に顔を押しつけたことをぼんやりと意識した。デヴォンが彼女のネグリジェを引きおろし、安心させるように腰をさすってくれる。そのあいだに彼の呼吸も、いつものリズムに戻っていった。このまま眠ってしまいたい。デヴォンの温かい体にもたれ、彼の腕に抱かれてぴったりと寄り添って。けれどもどこか遠くのほうから、メイドたちが朝の仕事に取りかかり、暖炉を掃除したり絨毯を掃いたりする音が聞こえてきた。これ以上ここにいると、彼女たちに見つかってしまうだろう。

「きみの体はまるで弓の弦のように張りつめていた」頭上からデヴォンの眠たげな声がした。

「ぼくのおかげでリラックスできたんだぞ」ケイトリンが屈辱に黙りこんでいると、彼はくすくす笑った。彼の手が背中にまわり、背筋に沿って撫ではじめる。「これまで一度も、あんなふうにならなかったのか？」

彼女は首を横に振った。「女性でも可能だなんて知らなかったの」低く物憂げな声は、自分の耳にも奇妙に聞こえた。

「初夜の前に教えてくれた人はいなかったのかい？」

「レディ・バーウィックが説明してくれたけれど、彼女も知らなかったと思うわ。あるいはもしかすると……」動揺する考えが頭に浮かび、ケイトリンは口ごもった。

「なんだい？」

「もしかすると、まともな女性には起きないことなのかも」

デヴォンは彼女の背中をゆっくりさする手を止めなかった。「なぜ起こってはいけないのか理解できないな」頭をさげ、耳元でささやく。「でもきみが気にするなら、誰にも言わないよ」

おそるおそる、ケイトリンは彼の脇腹にある大きなあざの縁を指でたどった。

「ほかの男性も……あのやり方を知っているの？」

「つまり女性の歓ばせ方を？　ああ、必要なのは忍耐なんだよ」デヴォンは彼女の三つ編みからほつれた髪の房をもてあそんだ。「だが、努力するだけの価値はある。女性が楽しんでいると、行為そのものがもっと満足できるものになるんだ」

「そうなの？　どうして？」

「女性に欲望を抱かせられれば、男は自尊心を満足させられるからね。それに……」彼の手が脚のあいだに移り、ネグリジェの上からそこを撫でた。「きみがぼくの指を締めつけるあの感じ……。きみの中に入るのは、男にとってはたまらない快感だ」

彼女はデヴォンの肩に顔をうずめた。「レディ・バーウィックはとても簡単なことのように言っていたわ。だけどわたしは彼女が、何か大切な部分を言い忘れたんじゃないかと思いはじめていたの」

彼が静かに笑う。「性的な行為を簡単だと言う人は、正しく行ったことが一度もないんだろう」

ふたりは横たわったまま、寝室の向こうの物音に耳を澄ませた。外では庭師が車輪付きの芝刈り機を押して芝生の手入れをはじめたらしく、刃のついたシリンダーがなめらかに回転する音が響いている。空は灰色で、窓に近いカシの木に最後に残った数枚の茶色い葉に、強い風が吹きつけていた。寒い一日になりそうだ、とケイトリンは思った。温かいベッドにずっともぐりこんでいたい。

デヴォンが彼女の髪にキスをした。「ケイトリン……テオと最後に話したとき、〝きみはぼくの妻なんかじゃない〟と言われたんだったね」

彼が何を尋ねようとしているかに気づき、ケイトリンは凍りついた。恐怖で血管の内側がちくちく痛む気がする。

デヴォンの声はやさしかった。「本当にそうなのか？」

離れようとしたが、しっかり抱き寄せられて動けない。

「きみの答えがどうであれ気にしないよ。ただ、何があったのか理解したいんだ」

話せばすべてを危険にさらしてしまうだろう。ケイトリンには失うものが多すぎた。けれども心のどこかでは、デヴォンに真実を告げたくてたまらなかった。「ええ」無理やり口を開き、か細い声で言う。「真実よ。結婚は成立していなかったの」

20

「それが口論の内容か」ケイトリンの背中をゆっくりさすりながら、デヴォンがささやいた。

「ええ。わたしはどうしてもテオに――」そこで口ごもり、震える息をつく。「わたしにはレディ・トレニアと呼ばれる資格がないわ。あのあと、エヴァースビー・プライオリーにとどまるべきではなかった。ただ……持参金を自由にさせてもらえるかどうかわからなかったし、バーウィック卿夫妻のもとに戻って暮らすのもいやだったの。それに何より恥ずかしかった。だからテオの妻だと嘘をついたのよ」

「彼とベッドをともにしたかどうか、実際に誰かに尋ねられたのか？」問いかけるデヴォンの口調はいぶかしげだ。

「いいえ。でも、黙っていたんだもの。はっきり嘘をつくのと同じくらい悪いことだわ。わたしが処女なのは嘆かわしいけれど事実なの。これは詐欺よ」押し殺した笑いで彼の胸が揺れるのを感じ、ケイトリンは唖然とした。「この話のどこをおかしいと思えるのか、理解できないわ！」

「すまない」まだ笑いの残る声でデヴォンが言う。「小作人の排水設備、配管工、領地の負債、その他ぼくが直面している数々の難題……その中でようやく、自分でなんとかできる問題が見つかったと考えていたんだ」

非難をこめてにらむケイトリンを見て、彼がにやりとした。彼女にキスをしてから、もっと楽な体勢を取ろうと体を持ちあげる。ケイトリンは枕をいくつかデヴォンの肩のうしろに置いて、もたれやすいようにした。そして脚をなかば折って彼の前に座り、ネグリジェのひもを締め直す。

彼が片手をケイトリンの腿に置いた。「何があったか話してくれ、スウィートハート」

こうなっては、もう何も隠しておけない。彼女はデヴォンから顔をそむけ、ネグリジェの前開きのあたりを握りしめた。「理解してほしいの……結婚式の夜まで、わたしはテオとふたりきりになったことがなかった。それまでは、必ずレディ・バーウィックが付き添っていたから。わたしたちは領地内の礼拝堂で結婚したの。パーティーが一週間も続く、盛大な結婚式で――」そこで新たな考えに及び、いったん言葉を切る。「あなたとウエストを招待するべきだったのに。ごめんなさい」

「いいんだ。式の前にきみと出会っていたら、自分が何をしたかわからない」

最初は冗談かと思った。だが、デヴォンの視線はこれ以上ないくらい真剣だ。

「続けてくれ」

「式のあと、テオは友人たちと酒場へ行って、日が暮れても戻ってこなかった。わたしは部屋にいるしかなかったわ……わかるでしょう、式のあとはとても気づまりなの。初夜を前に花嫁がいつまでもみんなとおしゃべりしているなんて、体裁が悪いわ。だから入浴することにしたの。クララがこてで髪を巻いてくれて、わたしは白いレースのネグリジェに着替えたわ。それからひとりで座って、待って……待って……待ちつづけた。神経が高ぶって何も食べられなかったし、することもなかったから。真夜中になって、ようやくベッドへ行ったの。でも眠れなくて、やきもきしながら横たわっていた」

　太腿に置かれたデヴォンの手に力がこもる。

　ケイトリンがすばやく目を向けると、彼は気遣うようにじっと彼女を見つめていた。体の内側が熱した蜂蜜のようにとろけていく。

「ようやくテオが部屋に入ってきたの」彼女は続けた。「完全に酔っ払ってひどい状態で、すえたにおいがしていたわ。それなのに彼は汚れを落としもせず、服を脱いでベッドに入ってきた。そして――」思わず口ごもり、編んだ長い髪の毛先を落ち着きなくもてあそぶ。まさぐられ、組み敷かれたときのぞっとする驚きを、どう説明すればいいかわからない。裸の男性の体に触れた経験がなかったのだ。テオはキスをしなかった。もっとも、ケイトリンも望んでいたわけではなかったけれど……。彼は相手が人間だということにすら、気づいていないように思えた。

「初めのうちは、じっとしていようと努力したの」彼女は言った。「そうするものだとレディ・バーウィックに聞かされていたから。でもテオは重くて乱暴で、わたしが何も知らないせいで機嫌が悪かった。それで抗議しはじめたら、テオはわたしを黙らせようとしたわ。口を手でふさがれて――われを失ったのはそのときよ。我慢できなかった。暴れて蹴ったら急にテオが離れて、体をふたつ折りにしたの。わたしは、堆肥みたいにいやなにおいがするから触られたくない、と言ったわ」

そこで口をつぐみ、非難か冷笑の浮かぶ目で見られているに違いないと不安を覚えながら、デヴォンをちらりと見る。けれど彼の表情は謎めいていて、何を考えているか読めなかった。

「わたしは部屋から走りでた」ケイトリンは続けた。「その夜はヘレンの部屋の小さな長椅子で過ごしたわ。彼女はとても親切で、何もきかなかった。翌朝はメイドたちに見られる前に、ネグリジェの破れたレースを繕う手伝いまでしてくれたの。テオはわたしに激怒していたけど、それにしてもあんなにお酒を飲むべきではなかったと認めて、やり直しを望んだ。でも、わたしは……」ごくりと唾をのみこみ、こみあげる恥ずかしさをこらえて打ち明けた。「彼の謝罪を拒んだのよ。その晩だろうと、別の夜だろうと、彼とは二度とベッドをともにするつもりはないと言って」

「それはよかった」デヴォンがいつもの彼とは違う、これまで聞いたことのない口調で言った。目に浮かぶ感情を見られたくないかのように視線をそらしているが、その横顔は険しい。

「いいえ、わたしが悪かったのよ。レディ・バーウィックのところへ行って、どうするべきか尋ねたら、たとえ夫が酔っ払っていても、妻は我慢して求めに応じなければならないと言われたわ。決して心地よくはないけれど、それが結婚というものの本質だから。妻は自由と引き換えに、夫の庇護を得るのだと諭されたの」

「必要とあらば、夫は自分からも妻を守るべきだとは思わないのか？」

穏やかな問いかけに、ケイトリンは眉をひそめた。「わからないわ」

デヴォンは無言で続きを待っている。

「それからの二日間で」ふたたび話しはじめた。「結婚式の招待客たちはみんな帰っていったけれど、わたしはどうしてもテオのベッドへ行くことができなかった。彼は傷ついて怒り、夫としての権利を主張したわ。だけど、まだ大量にお酒を飲みつづけていて、わたしは彼がしらふになるまで関わるつもりはないと宣言したのよ。わたしたちは激しく言い争った。テオは、わたしが不感症だと知っていれば絶対に結婚しなかったと言ったわ。三日目の朝、彼はアサドに乗ろうとして……あとはあなたも知っているとおりよ」

デヴォンの手がネグリジェの裾から内側に滑りこみ、腿を軽く撫でた。全身に甘い震えが走る。ケイトリンを見つめるまなざしは温かく、興味深げだった。しばらくして彼が口を開いた。「もしぼくがテオと同じ間違いを犯したらどうしたか、知りたいかい？」彼女がおそるおそるうなずくと、デヴォンは続けた。「ぼくなら、ひざまずいてきみの許しを請い、二度としないと誓っただろう。きみが怒るのも、おびえるのも、正当な理由があると理解したはずだ。だからきみに必要なだけの時間をかけて、信頼を取り戻すまで待つ。それから……きみをベッドへ連れていって、何日も愛しあっただろう。きみが不感症だという点に関しては……さっきふたりで決定的な反証をあげたと思うんだが」

ケイトリンは真っ赤になった。「わたし……男の人には必要だと知っているの……ここを出る前に、わたしがするべきことはあるかしら？」

デヴォンの唇に悲しげな笑みが浮かんだ。「申し出はありがたい。だが今のところは、大きく息を吸うだけでも痛むんだ。きみに楽しませてもらったら、それきり命が尽きてしまうかもしれないよ」彼はケイトリンの腿をぎゅっとつかんだ。「また次の機会に」

「次の機会なんてないわ」そっけなく言う。「何もかも、これまでどおりにしなければ」

デヴォンがわずかに眉をあげた。「そんなことが可能だと思うのかい？」

「ええ。どうしてだめなの？」

「ある種の欲求は、いったん目覚めると無視するのが難しい」

「関係ないわ。わたしは未亡人だもの。もうこんなことはできない」

彼はケイトリンの片方の足首をつかみ、自分のほうへ引き寄せた。そんな動きをすれば、肋骨にかなりの痛みを感じたはずだ。「やめて」彼女はささやき、腰までまくれあがったネグリジェの裾をおろそうとした。

「ぼくを見るんだ」

両手で肩をつかまれ、しかたなく顔をあげてデヴォンと目を合わせた。真剣な熱い視線に、たちまち下腹部がうずきはじめる。

「きみがテオの死を悼んでいることを疑うわけじゃない」彼は静かに言った。「真剣な気持ちで彼と結婚したことも、本気で喪に服そうとしてきたこともわかっている。だが、ケイトリン……きみはテオの妻ではなかったのと同様に、彼の未亡人でもないんだ」

その言葉に、ケイトリンは顔を平手で打たれたような衝撃を受けた。憤慨してすぐさまベッドをおり、床に落ちていたショールをつかむ。「あなたを信用して打ち明けるんじゃなかったわ」彼女は叫んだ。

「指摘しているだけだよ。それに少なくとも、みんなの前では言っていない。きみは本物の未亡人と同じ制約にとらわれる必要はないんだ」

「わたしは本物の未亡人よ！」

デヴォンの顔に冷笑が浮かぶ。「テオについて、ほとんど何も知らないのに？」

「彼を愛していたわ」彼女は言い張った。

「ほう？　それなら、彼のどこが一番好きだった？」

すぐさま答えようと、怒りもあらわに口を開く。けれども言葉はひとつも出てこなかった。認めたくない事実に気づいて、ケイトリンは胃のあたりに手のひらを押し当てた。テオの死に対する罪の意識がある程度やわらいだ今となっては、自分の中に彼への特別な感情を見いだすことができない。あるのはただ、ぼんやりとした同情だけ。ひどい最期を遂げた、まったく見知らぬ人に対しても、きっと同じ気持ちになっただろう。

それなのにテオの未亡人という地位に居座り、彼の屋敷に住んで彼の妹たちの世話をして、レディ・トレニアとして得られる恩恵を享受してきたのだ。テオはケイトリンのごまかしに気づいていたのだろう。たとえ彼女自身がわかっていなくとも、彼を愛していないことを知っていたに違いない。だから最後の言葉が、彼女を責めるものだったのだ。

激しい怒りと恥ずかしさに耐えきれず、ケイトリンは部屋を出ようとデヴォンに背を向けた。人目を気にする余裕もないまま、勢いよくドアを開けて廊下へ飛びだす。そのとたん、がっしりした硬い体にぶつかり、息が止まるほど驚いた。

「いったい――」ウエストンの声がして、伸びてきた彼の手がケイトリンを支えた。「どうしたんだ？　何か手伝おうか？」

「ええ、お願い」嚙みつくように言う。「あなたのお兄さんを、もう一度あの川の中へ放りだしてきて」そして相手の返事を待たずに、彼女はその場を立ち去った。


困惑と疑念の入りまじった顔で、ウエストンが主寝室へ入ってきた。「いつもの魅力的な兄さんに戻ったわけか」

デヴォンは笑みを浮かべると、この数分で激しく高まった興奮を静めようとして荒々しく息を吐いた。自分のベッドにケイトリンがいるという状態は、想像しうる限りでもっともつらい苦しみだった。全身がうずき、痛み、渇望していた。人生であれ以上いい気分になることはないだろう。

「彼女はなぜ怒っていたんだ？」ウエストンがきいた。「いや、答えなくていい。知りたくないよ」ベッドサイドの椅子を片手でつかみ、くるりと向きを変える。「兄さんには靴一足分の貸しができた」彼は椅子にまたがって座り、背もたれに両腕を置いた。

「おまえには、そんなものではすまない借りができたよ」数カ月前なら、精神力は言うまでもなく、ウエストンに川からデヴォンを引きあげるだけの体力があるとは信じられなかっただろう。「ありがとう」弟と目を合わせ、率直に礼を言った。

「言っておくが、完全に自分のためだよ。ぼくはトレニア伯爵になりたくないからね」

デヴォンは短く笑い声をあげた。「それはこっちだって同じだ」

「そうか？　最近は、予想以上にその役割が合っているように見えるけど」ウエストンは意味ありげに兄をちらりと見た。「肋骨は？」

「ひびが入っているが、折れてはいない」

「ウインターボーンよりずっとましだな」

「彼は窓際の席に座っていたんだ」列車が衝突した瞬間を思いだし、デヴォンは顔をしかめた。「彼の具合はどうだ？」

「眠っているよ。ドクター・ウィークスは鎮静剤を投与しつづけたいようだ。痛みを抑えるだけでなく、そのあいだにうまく傷が癒える可能性が高いと考えているらしい。ロンドンから眼科医を呼び寄せることも勧めている」

「ウインターボーンの視力は回復するのか？」

「ドクター・ウィークスはそう見ているが、検査を受けるまではっきりしたことはわからない」

「脚のほうは？」

「きれいに折れているから、順調に治るだろう。だがウインターボーンは当初の予定より、かなり長くここに滞在することになりそうだな。少なくともひと月は」

「好都合だ。ヘレンと親しくなる時間が増える」

ウエストンの顔から表情が消えた。「まだそんな考えを？　あのふたりを結婚させる気なのか？　ウインターボーンが脚も目も不自由になったら、どうするつもりだ？」

「それでも裕福には違いない」

皮肉な顔つきになって、ウエストンが言った。「どうやら死にかけたくらいでは、兄さんにとっての優先順位は変わらないようだな」

「なぜ変えなきゃならないんだ？　あのふたりの結婚は、みんなに利益をもたらすんだぞ」

「それで、兄さんは具体的にどういう利益を得るつもりなんだ？」

「ウインターボーンには婚姻を結ぶ条件として、ヘレンに相当額の婚資を分与し、その管財人にぼくを指名するよう要求する」

「兄さんの判断で、その金を使えるように？」ウエストンが信じられないといった顔できいた。「おぼれかけた子どもを救うために命の危険を冒しておきながら、翌日にはもう、これほど容赦ない計画を練っているとはね。いったいどうしてそんなことができるんだ？」

デヴォンはいらだち、目を細めて弟を見た。「ヘレンに鎖をつけて祭壇へ引きずっていくわけじゃないんだ。大騒ぎする必要はない。この件に関しては彼女に選択権がある」

「うまく選んだ言葉は、鎖より効果的に人を縛ることが可能だよ。兄さんはヘレンの気持ちなんか関係なく彼女を操って、自分の思いどおりに動かすんだ」

「せいぜいご立派な道徳心を振りかざして、高いところから好き勝手を言っていればいいさ」デヴォンは不機嫌に告げた。「あいにくこちらは物事を現実的に見なければならないんだ」

ウエストンが立ちあがり、窓に近づいていった。外の景色に目を向けながら顔をしかめる。

「兄さんの計画には穴がある。ウインターボーンはヘレンを気に入らないかもしれない」

「彼は受け入れるよ」デヴォンは断言した。「ウインターボーンが社交界で地位を得るには、貴族の娘と結婚するしかないんだ。考えてもみろ、ウエスト。ロンドン屈指の金持ちで、貴族階級の半分は彼に借金がある。にもかかわらず、信用貸しを懇願するその同じ貴族が、やつを自宅に招き入れることは拒むんだ。だが伯爵の娘と結婚すれば、これまで閉ざされていたドアがたちまち開かれるだろう」いったん言葉を切ってから続ける。「彼にとってヘレンは役に立つ」

「彼女が望まないかもしれない」

「一文なしのオールドミスになるほうを選ぶのか？」

「さあね」ウエストンがいらだたしげに応じた。「ぼくにわかるわけがないだろう？」

「大げさに言っただけだよ。もちろんヘレンは同意するはずだ。そもそも貴族の結婚は、家のためになることを見込んで取り決められるものだからな」

「それはそうだけど、たいていの花嫁は同じ階級の相手と結びつけられるじゃないか。だけど兄さんは自分の利益のために、金さえあれば武骨な平民でもかまわずヘレンを売ろうとしている。彼女をおとしめることになるんだぞ」

「誰でもいいとは言ってない。われわれの友人のひとりだ」

ウエストンが不本意そうに笑い、振り返って兄を見た。「ぼくたちの友人なら、なおさら勧められないよ。せめてパンドラかカサンドラならいいのに。少なくとも彼女たちなら、ウインターボーンに立ち向かう気概があるだろう」

クリスマス・イヴのパーティーと使用人たちの舞踏会が予定どおり開かれることになり、ヘレンはほっとした。家族はみな、不自由を強いられている気の毒なミスター・ウインターボーンの状況が気にかかっていて、にぎやかな催しを開いていいものか、ずっと議論していたのだ。けれどもデヴォンとウエストンは、一年じゅう懸命に働いてきた使用人や小作人の楽しみであるクリスマスの行事が自分のために中止されることを、ウインターボーンは決して喜ばないと断言した。パーティーを計画どおり開催すれば、使用人たちの士気を効果的に高められるだろう。それにヘレン自身も、クリスマスの精神を称《たた》えることは重要だと考えていた。愛と善意の気持ちをかきたてて、なんの不都合があるだろうか。

みんなが贈り物を包んで準備に取りかかり、厨房からパン菓子や大きな肉のかたまりを焼く芳醇《ほうじゅん》なにおいが漂ってくると、屋敷じゅうが興奮に包まれた。玄関広間には、こま、木彫りの動物、縄跳びの縄、剣玉を詰めたバスケットとともに、オレンジやリンゴを入れた大きなかごがいくつも置かれた。

「ミスター・ウインターボーンはお気の毒だわ」パンドラが言った。彼女とカサンドラは、砂糖がけのアーモンドを小さな紙に包んで端をねじっている。ヘレンは大きな花瓶に花を生けていた。「だって、暗い部屋にひとりでいなければならないのよ」パンドラが続ける。「わたしたちはミスター・ウインターボーンに送ってもらった飾りつけを楽しんでいるというのに。しかも彼は、それを見ることすらできないなんて！」

「わたしもお気の毒に思うわ」カサンドラが口を開いた。「でも彼の部屋は離れているし、騒がしくて迷惑をかけることはないでしょう。それにドクター・ウィークスの薬でほとんどの時間を眠っているんだから、何が起こっているか気づきもしないかもしれないわ」

「もう眠ってないわよ」パンドラが反論する。「ミセス・チャーチによれば、午後のお薬を拒否したんですって。彼女の手からティーカップを払い落として、何かひどいことを言ったあげく、謝りもしなかったの！」

大きな花瓶に生けた赤いバラや常緑樹の枝、白いユリとキクの配置を整えていたヘレンは、手を止めて言った。「彼は激しい痛みに苦しんでいるの。それにきっと怖いのよ。同じ立場に置かれたら、どんな人でもそうなるはず。だから不当な判断を下してはいけないわ」

「たぶんそうなんでしょうね」パンドラが言った。「なんの気晴らしもなく、あそこで横になっているだけなんて、わたしならものすごく退屈しちゃう。読書もできないのよ！　ケイトリンお義姉様は彼の部屋を訪ねて、せめてスープか紅茶を飲むよう説得するつもりだと言っていたわ。今度こそ、うまくいくといいけど」

ヘレンは眉をひそめ、もう一本バラを手にして茎を切ると花瓶の中へ入れた。

「わたしが行くわ」彼女は言った。「何か手伝えることがないかきいてみる。カサンドラ、わたしの代わりに、この花を仕上げてくれるかしら？」

「ミスター・ウインターボーンさえよければ」パンドラが申しでた。「カサンドラとわたしで、ディケンズの『ピクウィック・クラブ』を読んであげるわ。ふたりで登場人物の声を演じ分けるの。すごく面白いわよ」

「この花を生け終わったら、ジョゼフィーヌを連れていってもいいわ」カサンドラも提案する。「ナポレオンよりずっとおとなしいから。具合が悪いときに犬がそばにいると、わたしはいつも気分がましになるの」

「彼はハムレットに会いたがるかも」パンドラが興奮気味に声をあげた。

ヘレンは真剣な顔の妹たちに微笑みかけた。「ふたりとも、やさしいのね。ミスター・ウインターボーンも、もう少し体を休めたらきっと、あなたたちのもてなしを喜んでくれるはずよ」

食堂をあとにしたヘレンは玄関広間を横切り、きらきら輝くクリスマス・ツリーの眺めを楽しんだ。飾りつけられた枝の下に落ちた葉を掃くメイドが、鼻歌でクリスマス・キャロルを歌っている。階段をあがると、ウインターボーンの部屋の外に立つケイトリンとミセス・チャーチの姿が見えた。ふたりは憤慨しながらも心配そうに、声をひそめて話しあっている。

「お客様の様子を見に来たわ」ヘレンは彼女たちに声をかけた。

ケイトリンが眉をひそめる。「熱があって、胃が何も受けつけないの。わずかな水でさえ吐いてしまうのよ。心配だわ」

少し開いたドアの隙間から、ヘレンは薄暗い室内をのぞきこんだ。うめき声とうなり声の中間のような小さな音を耳にしたとたん、うなじの毛が逆立つのがわかった。

「ドクター・ウィークスを呼びにやりましょうか?」ミセス・チャーチがきいた。

「それがいいと思うんだけど」ケイトリンが言う。「先生はほとんどひと晩じゅう起きてミスター・ウインターボーンを見守っていたから、せめて数時間は休む必要があるわ。それに薬か水をのむよう、わたしたちで患者を説得できなければ、先生も手の打ちようがないんじゃないかしら」

「わたしがやってみてもいい?」ヘレンは申しでた。

「いいえ」女性ふたりが声をそろえて言った。

ケイトリンがヘレンに向き直って説明した。「これまでのところ、ミスター・ウインターボーンからは口汚い悪態しか聞けていないの。幸い少なくとも半分はウエールズ語だからよくわからないけれど、それでも乱暴すぎて、とてもあなたの耳には入れられないわ。それにあなたは結婚前の娘で、彼はきちんとした服装をしていない。問題外よ」

部屋の奥でののしり声がしたかと思うと、身をよじるように苦しげなうめきが続いた。

ヘレンの胸に同情がこみあげる。「病人がいる部屋に入るのは初めてじゃないから、何も驚かないわ」彼女は言った。「お母様が亡くなったあと、何度も病気になったお父様を、わたしがずっと看病していたんですもの」

「そうね。だけど、ミスター・ウインターボーンは身内じゃないわ」

「誰かを傷つけられるような状態でもないでしょう。それに……ミセス・チャーチにはほかにやるべきことがたくさんあって、すでに負担をかけているわ」ヘレンはケイトリンを見つめて懇願した。「わたしに彼のお世話をさせて」

「わかったわ」ケイトリンがしぶしぶ了承した。「ただしドアは開けておくのよ」

ヘレンはうなずき、すばやく部屋の中へ入った。

室内は暖かく空気がこもり、鼻につんとくる汗と薬剤と石膏のにおいがした。もつれたシーツの中央に、身もだえするウインターボーンの大きな体がある。彼はナイトシャツを着ていたが、片方の膝から下がギプスで固定され、日に焼けて浅黒い肌と毛に覆われた足がのぞいていた。わずかにウエーブのかかった髪は、黒曜石のように真っ黒だ。彼は白い歯を苦痛に食いしばり、目から包帯をむしり取ろうとしていた。具合が悪いにもかかわらず、その様子はまるで野生の獣のようで、ヘレンは思わず躊躇した。だが手探りする彼の手が震えていることに気づくと、哀れみで胸がいっぱいになる。

「だめよ、だめ……」急いでベッドに近づいた。ウインターボーンの額にそっと手を当てると、そこは乾燥してストーブのように熱かった。「落ち着いて。じっとしていなくては」

彼はヘレンを押しのけようとしたが、彼女の冷たい指を感じて低くうめき、動かなくなった。熱でなかば意識が混濁しているらしい。唇は荒れ、端がひび割れている。ヘレンは安定させるために彼の頭を自分の肩に引き寄せ、目のまわりの包帯を巻き直して、ゆるんだ先端をたくしこんだ。「引っ張ってはだめよ」小声で話しかける。「傷が癒えるまで、目を覆っておかなくてはならないの」ウインターボーンは彼女の肩にもたれたまま、短く息をあえがせた。「少し水を飲んでみたらどうかしら?」

「無理だ」彼が苦しそうに声を絞りだす。

ヘレンは部屋の入り口に立つ家政婦に目をやった。「ミセス・チャーチ、窓を開けてちょうだい」

「ドクター・ウィークスから、部屋を暖かくしておくように言われてるんですが」

「彼は熱があるのよ」ヘレンは引きさがらなかった。「空気を入れ替えれば、多少は気分がよくなると思うの」

ミセス・チャーチが窓のほうへ歩いていく。窓の掛け金を外して押し開けると、冷たい空気がどっと部屋に流れこみ、病室特有の臭気を追い払った。

ウインターボーンが深く息を吸い、それに合わせて彼の胸が上下に動くのをヘレンは感じた。背中と腕の厚い筋肉がほっとしたようにぴくりと動き、強い緊張が解けていく。彼は疲れ果てた子どものように、ヘレンの肩に頭をもたせかけた。裸に近いウインターボーンの状態と毛に覆われた長い脚を意識して、彼女はあえて視線を下に向けないように気をつけた。

そうして彼を抱いたまま、ナイトテーブルに置かれた水の入ったグラスに手を伸ばす。「二、三滴でもいいから飲んでみましょう」ヘレンは説得した。「口を湿らせるだけでいいの。お願いだから」唇にグラスを当てると、ウインターボーンはかすかに抗議の声をあげたものの、唇を湿らせる彼女を払いのけようとはしなかった。

今のところはこれが限界だろう。ヘレンはグラスを脇に置いてささやいた。

「ほら、ましになったでしょう」彼女はウインターボーンを抱えつづけ、そのあいだに無言で近づいてきた家政婦が寝具を整えはじめる。

よく知らない相手はもちろん、たとえどんな男性に対してでも、こんなふうに接するのが恥ずべきことだとはヘレンにもわかっている。ケイトリンが知れば愕然としたに違いない。けれどもヘレンはこれまでずっと、社交界から隔離された状況で育ってきた。決まりごとには可能な限り従うつもりだが、必要とあらばいつでも喜んでそれらを無視するだろう。それにたとえ普段のウインターボーンが影響力のある人間だとしても、具合を悪くして苦しんでいる今は、助けを必要としている子どものように思えてならない。

ヘレンは彼の頭を枕の上に移そうとした。だが、ウインターボーンが低くうなって抵抗した。片方の手で彼女の手首を握っている。痛いほどではないが力強さを感じた。彼が本気を出せば、ヘレンの骨など簡単に折れてしまうだろう。「あなたの気分がもっとよくなりそうなものを取ってこようと思うの」やさしく話しかけた。「すぐに戻るわ」

ウインターボーンはおとなしく枕に頭をのせたものの、ヘレンを放そうとはしない。彼女はうろたえて彼の大きな手を見つめ、それから視線を顔に移した。目と額は包帯で覆われているが、あざとすり傷の下にある骨格はしっかりしていて、頬骨は果物ナイフの刃のようにくっきりと際立ち、頑丈そうな顎が目立っている。口の周囲に笑いじわはなく、やわらかい雰囲気はどこにもなかった。

「三〇分で戻ってくるから」ヘレンは告げた。「約束よ」

ウインターボーンの手は、まだ彼女をつかんだままだ。

「約束するわ」そう繰り返した。自由なほうの手で彼の指をそっと撫で、力をゆるめるように促す。

彼が舌で唇を湿らせてから言った。「きみは誰なんだ？」かすれた声だ。

「レディ・ヘレンよ」

「今は何時だ？」

ヘレンが困ってミセス・チャーチを見ると、家政婦は暖炉の上に置かれた時計に近づいた。

「ちょうど四時ですね」

彼は時間を計るつもりだ。そう気づいて、ヘレンはとまどいを覚えた。もし遅れたら大変なことになるかもしれない。

「四時半までに戻ってくるわ」そう言って、一瞬ためらってからつけ加える。「わたしを信じて」

ウインターボーンはゆっくりと指を開き、彼女を解放した。

21

列車の事故のあと、リース・ウインターボーンが最初に思いだせたのは、誰かに——おそらく医者に——呼びにやってほしい人がいるかどうか尋ねられたことだった。彼はすぐさま首を横に振った。父親は亡くなっていたし、ロンドンに住む冷淡で生真面目な年配の母親は、今のリースが会いたいと思う相手ではなかった。それに、たとえ彼が求めたとしても、母には慰めの与え方がわからないだろう。

これまでリースは大きなけがも病気もしたことがなかった。子どもの頃から骨格のしっかりした少年で、体の丈夫さでは誰にも負けていなかった。悪いことをしたり、怠けたりすると、ウエールズ人の両親から樽《たる》を縛るロープで打たれた。そんな最悪の罰を受けるときでさえ、リースはたじろぎもせずに耐えた。彼の父親は食料雑貨店の店主で、一家は小売店が並ぶ通りで暮らしていた。リースはそこで売り買いについての知識を、学ぶというよりは、息をするのと同じくらい自然に吸収して育ったのだった。

自ら商売をはじめてからは、仕事の不利益になる人間関係を避けるようになった。もちろん女性とのつきあいはあったが、彼の出した条件に基づく関係、すなわち情を絡めない体だけの関係でもいとわない相手に限られた。今、見知らぬ寝室で、息をするのも苦しいほどの痛みに耐えて横たわりながら、リースはふと、もう少し他人と関わるべきだったかもしれないと思った。そうしていれば、誰かにここへ来てもらうこともできたはずだ。けがをして身動きの取れない彼の世話をしてくれる誰かに。

窓から冷たい風が入ってくるにもかかわらず、体じゅうが燃えるように熱かった。骨折のひどい痛みに負けず劣らず、脚を固定するギプスの重みがリースをいらだたせていた。部屋がぐるぐるまわっているように感じられて、強烈な吐き気がする。それなのに自分ではどうすることもできず、あの女性が戻るまで、ただ時間が過ぎるのを待つしかなかった。

レディ・ヘレン……つねづねリースがひそかに軽蔑の目で見ている、お高くとまった人々の仲間だ。彼よりも上位に立つ人々。

永遠にも思える時間が経ったのち、リースは誰かが部屋に入ってくる気配に気づいた。ガラスか磁器が金属製のものに当たる、小さな音がする。彼はぶっきらぼうにきいた。

「何時だ?」

「四時二七分よ」レディ・ヘレンの声だ。明瞭で、どこか面白がっているような響きがある。「あと三分あるわ」

リースは耳を澄ませた。スカートの衣ずれの音……注いでかきまぜる音……液体の中で氷がぶつかる音。何か飲ませる気でいるなら、彼女の努力は徒労に終わるだろう。のみこむことを考えただけで、不快感がこみあげて身震いしてしまうのだから。

ヘレンが近づいてきた。リースのほうへ身をかがめているのがわかる。やがて湿って冷たい、おそらくフランネルの布が、額から頬、首筋を撫ではじめた。ため息がこぼれるほど気持ちがいい。布が離れていくことに気づいた彼は、思わず手を伸ばしてつかんだ。

「やめないでくれ」ちょっとした世話を焼いてもらうにも懇願してしまう自分に、内心では腹が立ってしかたがなかった。

「しいっ……」ふたたび湿らせたフランネルは先ほどより水分が多く、さらに冷たく感じられた。ヘレンがゆっくりと手を動かしているあいだ、リースは指先に触れたスカートの襞を、逃がさないと言わんばかりにきつく握りしめた。やさしい手が彼の頭を下から少し持ちあげて、布で首のうしろをぬぐう。悔しいことに、あまりの心地よさに安堵のうめきがもれた。

リースの緊張がほぐれ、深く呼吸できるようになると、布は脇へ置かれた。ヘレンがベッドをまわりこみ、彼の上半身を起こして頭と肩を枕にもたれさせる。もう一度水か、あるいはあのむかつくアヘンチンキを飲まされるに違いないと気づき、リースは食いしばった歯のあいだから抗議の声を絞りだした。

「いやだ――くそっ――」

「試してみて」穏やかだが容赦ない口調だ。ヘレンの重みでマットレスの片側がわずかに沈む。リースの背中の下に、ほっそりした腕が差し入れられた。あやすような形で抱きかかえられ、相手を押しのけようかと考える。けれども思いやりの伝わる仕草で頬に触れられると、どういうわけか彼女を困らせようという気持ちが薄らいだ。

グラスがあてがわれ、甘くて冷たい液体が唇に触れた。警戒しながらも、少しだけ口に含む。干からびた舌の表面はたちまち、蜂蜜のにおいがして口当たりのいい、かすかにしぶみのある液体を吸収した。うまい。

「ゆっくりよ」ヘレンが注意する。

まるで火薬庫の中のように乾いて喉がからからだったリースには、とうてい足りなかった。グラスを持つ彼女の手を探り当ててつかみ、制止される前にもうひと口飲む。

「待って」グラスが遠ざけられた。「吐かずにいられるか様子を見ましょう」

飲ませてくれないヘレンに悪態をつきたくなる。だが頭の奥では、言われたとおりにするべきだとわかっていた。

しばらくして、ようやくまた唇にグラスがあてがわれた。

ごくごく飲みたいのを我慢し、ゆっくりと中身を口に含む。やがて飲み終わっても、ヘレンはそのまま静かにリースを支えつづけた。彼女の呼吸は規則正しく穏やかで、頭を預けている胸はクッションのようにやわらかい。バニラと、かすかに花のエキスのような香りがした。リースがこれほど何もできない状況に置かれるのは、大人になってから初めてのことだった。つねにきちんと身なりを整え、主導権を握ってきたというのに、今は自由に動くこともままならず、だらしない姿をこの女性にさらしている。それが腹立たしかった。

「ましになったかしら?」ヘレンがきいた。

「ああ」無意識にウエールズ語《イドゥ》で答えていた。たしかにそうだ。部屋がぐるぐるまわる感じがしなくなっている。ときどき脚に弾丸で撃ち抜かれたかのような激しい痛みが走るものの、吐き気さえなければ耐えられるだろう。

ヘレンがリースを膝から移動させようとしたが、彼は腕を投げだし、重くて簡単に動かせないようにして抵抗した。せめてあと数分はこのままでいたい。彼女がリースを抱えてもとの体勢に戻るのを感じ、満足感を覚える。

「何を飲ませたんだ？」彼はきいた。

「ランから作ったお茶よ」

「ラン」困惑して繰り返す。

あの醜悪としか思えない奇妙な花に、異国風の装飾以外の用途があるとは初耳だ。

「デンドロビウムを二種類とスピランテスを一種類。薬効の特性を持つランは多いのよ。母が収集していて、調べた情報を書き留めた手帳が何冊もあるの」

いい声だ。低くて、心を落ち着かせる響きがある。そのとき、リースはヘレンがふたたび身じろぎするのを感じた。また彼を移動させようとしているのだ。リースはさらに体重をかけて彼女の膝にのりあげ、頭をもたせかけて腕を動かせないようにした。離れるのは許さないという意思表示だ。

「ミスター・ウインターボーン、そろそろ失礼して、あなたを休ませてあげないと――」

「話をしてくれ」

ヘレンはためらっているようだ。「お望みなら。何を話せばいいかしら？」

永遠に視力が回復しないのかどうか尋ねたかった。これまでに何か聞かされていたのかもしれないが、薬でもうろうとしていたせいで思いだせない。だが、質問を口にすることはどうしてもできなかった。答えを知るのが怖いから。それでもこの静かな部屋にひとりでいると、そのことについて考えるのをやめられない。リースは気をそらしてくれる慰めを必要としていた。

彼女が必要なのだ。

「ランについて話しましょうか?」静けさの中でヘレンがきいた。体の位置を調整して楽な姿勢を取りながら、彼の答えを待たずに続ける。「ランという名称はギリシア神話に由来するのよ。サテュロスとニンフのあいだに、オルキスという息子がいたの。ディオニュソスの祝祭でワインを飲みすぎたオルキスは、女司祭にしつこく言い寄ったせいでディオニュソスの機嫌を損ねて、ばらばらに引き裂かれてしまった。破片はいたるところに散らばり、落ちた場所でランの花を咲かせたわ」言葉が途切れ、彼女が一瞬体をそらした。手を伸ばして何かを取ったらしい。やわらかくて繊細な感じのものが、リースのひび割れた唇に触れる。指先で軟膏を塗っているのだ。「ほとんどの人は知らないでしょうけれど、バニラは蔓《つる》性のランの実なのよ。うちの温室でも育てているの。とても長くて、壁を伝って横向きに伸びているわ。朝に花が開くのだけど、夕方には閉じてしまって二度と開かないから、その日のうちに受粉しなければならないの。白い花で、中にバニラビーンズの入っている鞘《さや》があって、この世で一番甘い香りが……」

穏やかな声が話しつづけていたが、リースの意識はふわふわと漂っていた。押し寄せる赤潮のように彼を苦しめていた熱が、ゆっくりと引いていく。ヘレンの腕の中でうとうととしているこの状況は、なんとも奇妙だが心地いい。もしかすると女性と交わるよりも……。そんなことを思ったせいで、思考がみだらな方向へ流れていく。ヘレンが相手ならどんな感じだろう？　静かに横たわる彼女を組み敷き、花びらみたいなやわらかさとバニラのような甘い香りを存分にむさぼって……。ヘレンの腕に抱かれたまま、リースは次第に眠りに落ちていった。

22

午後遅く、デヴォンはベッドから出た。食堂で家族がクリスマス・イヴの特別なお茶の時間を過ごす予定だったので、そこに加わろうと考えたのだ。従者の助けを借りてなんとか服を着たものの、予想よりはるかに時間がかかってしまった。まずはひびの入った肋骨を支えるために、胴体にきつく包帯を巻く必要があった。たとえサットンの介添えがあっても、シャツの袖に両腕を通すのは非常に激しい痛みを伴った。上半身をわずかにひねっただけでも、耐えがたい苦痛が全身を突き抜ける。普段の半量のアヘンチンキを飲んで痛みをやわらげなければ、上着も着られないありさまだった。

ようやくネッククロスをきっちり結び終えたサットンが、一歩うしろにさがって出来栄えを確かめる。「ご気分はいかがですか、旦那様?」

「階下でしばらく過ごすくらいは大丈夫だ」デヴォンは答えた。「だが、元気溌剌《はつらつ》とはいかない。くしゃみでも出ようものなら、赤ん坊のように泣き叫びはじめるだろうな」

従者はかすかに笑みを浮かべた。「喜んでお手伝いする者がいくらでもいますよ。階下で旦那様に付き添う権利をめぐって、従僕たちは文字どおりくじを引いたそうですから」

「付き添いは不要だ」痛風持ちの偏屈な老人のように扱われるところを想像して、デヴォンは不機嫌に言った。「まっすぐ立っていられるように手すりにつかまるよ」

「残念ながら、シムズの意志は固いようです。旦那様にこれ以上のけがを負わせてはならないと、すべての使用人に言い渡していましたから。それに手伝いを拒めば、使用人たちをがっかりさせてしまいます。あの事故で人々を救ってからというもの、彼らにとって旦那様は英雄なのですよ」

「英雄なんかじゃない」デヴォンは一蹴した。「誰だって同じことをしたはずだ」

「おわかりではありませんね、旦那様。新聞によれば、あなた様が救出した女性は粉屋の女房で、母親を亡くしたばかりの幼い甥《おい》を引き取るためにロンドンまで出かけていたそうです。少年とその妹たちは工場労働者の子どもだとか。田舎で暮らすために、祖父母のもとへ送られるところでした」サットンはいったん口をつぐんでから、ことさらに強調して言った。「全員が二等車の乗客だったのです」

デヴォンはいぶかしげに従者を見た。

「もちろん誰のためであっても、命がけの行為は英雄にふさわしいものでした」サットンが熱心な口調で言う。「ですが旦那様のような階級の方が、あのような平民たちのために進んですべてを犠牲にするということはつまり……ええ、エヴァースビー・プライオリーでお仕えする者はみな、自分たちのために旦那様が命をかけてくださったも同然ととらえているのです」当惑するデヴォンの表情を見て、サットンの顔に笑みが広がる。「これから何十年も、使用人たちはうるさいくらいに旦那様を崇拝し、忠誠を誓うことでしょう」

「なんてことだ」デヴォンは顔を赤らめてぼやいた。「アヘンチンキは?」

サットンがにっこりして、呼び鈴を鳴らしに行く。

部屋を出てすぐに、デヴォンは望みもしない注目を過剰に集めていることに気づいた。階段をおりる際には、ひとりどころかふたりの従僕が寄り添い、緑がつまずきやすくなっている段や、磨いたばかりで滑るかもしれない手すりの部分など、しきりに注意を促してきた。危険な場所は言われるまでもなくわかっているというのに。ようやく階段を切り抜けたデヴォンが続いて大広間に入ると、ずらりと並んだメイドたちがお辞儀をして〝よいクリスマスを〟とか〝旦那様に神の祝福がありますように〟とか、さまざまな祈りの言葉を口にするたびに足を止めなければならなかった。

どうやらみなに敬意を表されているらしい。突然の変化にとまどいつつも、デヴォンは微笑んで彼らに礼を述べた。苦労して食堂にたどり着いてみると、そこはたくさんのポインセチアが配置され、金色のリボンを巻きつけた常緑樹のガーランドで飾りつけられていた。ケイトリンとウエストンと双子たちは席につき、くつろいだ様子で楽しそうに笑ったりしゃべったりしている。

「こちらへ来るのがわかったわ」パンドラがデヴォンに言った。「玄関広間のほうから、みんなのうれしそうな声が聞こえてきたから」

「兄は喜んで出迎えられるのに慣れていないんだよ」ウエストンがいかめしい口調で言う。

「いつもは立ち去るときにそういう反応をされる」

デヴォンは弟をにらみつけるふりをして、ケイトリンの隣の空いている席に向かった。部屋の壁際に控えていた副執事が飛んできて椅子を引き、大げさすぎるほどの注意を払ってデヴォンを座らせる。

ケイトリンは彼と目を合わせづらいらしい。「無理をしてはだめよ」心配そうな声でそっと言った。

「ああ、大丈夫だ」デヴォンは請けあった。「お茶を飲んで、小作人たちが到着したら出迎えを手伝おうと思ったんだ。きっとそれだけでも疲れきってしまうよ」テーブルを見渡して尋ねる。「ヘレンは?」

「階上《うえ》でミスター・ウインターボーンと一緒にいるわ」カサンドラが明るい声で答える。

どうなっているんだ? デヴォンが横目でウエストンをうかがうと、弟は小さく肩をすくめてみせた。

「ミスター・ウインターボーンにとっては、かなりつらい一日だったの」ケイトリンが説明した。「熱があるし、アヘンチンキのせいで気分が悪いのよ。作法に反するのは明らかだけれど、ヘレンが彼を手助けできるかもしれないと言うので」

「やさしいんだな」デヴォンは言った。「それを許可したきみも寛容だ」

「ミスター・ウインターボーンはもう嚙みついたりうなったりしていないって、ミセス・チャーチが言ってたわ」パンドラが口をはさむ。「枕にもたれて、ランのお茶を飲んでいるそうよ。ヘレンお姉様は、おしゃべりなカササギみたいに何時間も話しつづけているんですって」

カサンドラが唖然とした顔になった。「ヘレンお姉様が何時間も話しているの？　信じられないわ」

「お姉様にそれほどたくさん話すことがあるなんて、考えてもみなかった」パンドラも同意する。

「もしかすると、これまでは誰かさんたちのおしゃべりがすぎるから、話す機会が得られなかっただけかもしれないぞ」ウエストンが静かに意見を述べた。

数秒後、彼は角砂糖の集中砲火を浴びていた。

「あなたたち」ケイトリンが憤然と声をあげる。「すぐにやめなさい！　ウエスト、あなたも笑わないで。この子たちを調子づかせるだけなんだから」彼女は懸命に笑いをこらえているデヴォンをにらみ、厳しい口調で続けた。「あなたもよ」

「笑わないよ」痛みにたじろぎながら約束する。〝笑いは百薬の長〟と言ったのが誰かは知らないが、その人物は肋骨を痛めたことがなかったに違いない。

小作人や町の人々が到着しはじめる頃までに、みながどうにかうわべを取り繕って威厳を身にまとうことができたのは、ケイトリンにすれば奇跡としか言いようがなかった。

列に並んだ客たちを順に出迎えるデヴォンは物怖じせずに親切で、傲慢さのかけらも感じられない。魅力的に思われるよう努力しているらしく、賞賛の言葉に対して、機知に富んだ表現で控えめに応じていた。連れてこられた子どもたちは普段より身ぎれいな格好で、小さな男の子たちは頭をさげ、女の子たちは膝を曲げてお辞儀をしている。デヴォンも会釈を返すものの、感じているに違いない痛みはまったく顔に出さなかった。

しかし一時間半が過ぎた頃、ケイトリンは彼の顔に疲れの色が見えることに気づいた。そろそろ終わりにするべきだろう。客の大半はすでに到着しているので、残りはウエストンと双子たちでなんとか対応できるはずだ。

けれどもケイトリンがデヴォンを連れだす前に、ひと組の夫婦が近づいてきた。バラ色の頬の幼児と一緒だ。女の子で、きらきら光る金色の髪を小さなリボンで結んでいる。

「この子を抱いていただけませんか、伯爵様？」若い母親が期待のこもったまなざしを向けてきいた。「幸運を授けてもらえるように」デヴォンが列車の事故でけがをしたことを知らないのだろう。

「まあ、わたしに抱かせてちょうだい」デヴォンに返事をする間を与えず、ケイトリンは声をあげた。だが幼子のほうへ手を差しだしながらも、彼女は少しためらいを感じていた。何しろ小さな子どものことは、ほとんどわからないのだ。ところがケイトリンの腕に抱かれた赤ん坊は満足そうに力を抜き、ボタンのように丸い目で見あげてきた。彼女も思わず微笑み返す。なんてやわらかい肌だろう。それにこの唇。まるでバラのつぼみのよう。

デヴォンに向き直ったケイトリンは、赤ん坊を掲げて提案した。「幸運を祈ってキスをしてはどうかしら？」

彼は躊躇なく応じ、かがんで幼子の頭に唇を押し当てた。

上体を起こすときに、視線が赤ん坊を離れてケイトリンの顔をとらえた。ほんの一瞬デヴォンの目から表情が消え、氷河の氷のように冷たい青色に変わる。すぐに隠されてしまったが、決して気のせいではなかった。赤ん坊を抱いた彼女の姿が、彼が直視したくない何かの感情へのドアを開けてしまったに違いない。ケイトリンには本能的にわかった。

彼女は無理やり笑顔を作り、誇らしげな母親に赤ん坊を返した。「なんて美しい子かしら。まるで天使ね！」

幸い出迎えの挨拶を待つ客の列は短くなっていたので、ケイトリンは急いでこの機会を利用した。デヴォンの腕を取ってささやく。「行きましょう」

邪魔されずに腰をおろせる静かな場所を探すつもりだった。ところが驚いたことに、デヴォンは彼女をクリスマス・ツリーのうしろへ引っ張っていき、常緑樹の枝が重なって視界をさえぎっている階段の下の空間に押しこんだ。

「何をするつもり？」混乱して尋ねる。

無数の小さなろうそくから放たれる光が、デヴォンの瞳に映って揺れていた。

「きみに贈り物があるんだ」

彼女は動揺を覚えた。「まあ、でも……明日の朝、家族で贈り物を交換する予定なのよ」

「残念ながら、ぼくがロンドンで買ってきたものは列車の事故でなくなってしまった」彼が上着のポケットに手を入れる。「残ったのはこれだけなんだ。きみとふたりだけのときに渡したかった。ほかのみんなにはあげるものがないからね」

ためらいがちに、ケイトリンは彼が手のひらにのせたものを取りあげた。

真珠で縁取られた、小さくて精巧な黒いカメオ。馬に乗った女性の姿が浮き彫りにされている。

「この女性はアテナだ」デヴォンが言う。「神話によると、彼女が馬勒《ばろく》を発明して、初めて馬を飼い慣らしたらしい」

驚きを感じながら贈り物を見つめる。最初はショール、そして今度はこれ。どちらもケイトリンのためを考えた、美しくて心のこもった品物だ。今までこれほど彼女の好みをよく理解してくれた人はいない。

なんて人。

「きれいだわ」ぎこちない口調で言った。「ありがとう」

こみあげてきた涙越しに、デヴォンが微笑むのが見える。

ケイトリンは小さなピンを外し、カメオを首元に留めようとした。

「まっすぐになっているかしら？」

「少しずれているな」カメオの位置を直し、慎重に留めてくれるデヴォンの指の背が、彼女の頬をかすめた。「まだきみが乗馬をするところを実際に見たことはないが」彼が言う。「これまでに知っている誰よりもうまいとウエストが言っていたよ」

「大げさだわ」

「そうは思わない」デヴォンの指がカメオから離れた。「よいクリスマスを」彼はつぶやくように言うと、身をかがめてケイトリンの額に口づけた。

押し当てられていた唇が離れるのを感じた彼女は、うしろにさがってデヴォンとのあいだにしかるべき距離を空けようとした。そのとたん、踵が何か硬いものをかすめた。生き物だ。憤慨した金切り声が響いてぎょっとする。

「まあ！」本能的に前に飛びだした彼女はデヴォンにぶつかった。彼は苦痛のうめきをもらしながらも、すぐさま腕をまわして支えてくれた。「ごめんなさい――いったい何が――」身をよじって振り返ると、そこにはハムレットの姿があった。枝から飾りを移動させたときにこぼれ落ちた菓子を狙って、クリスマス・ツリーの下に来ていたのだ。豚は木の根元を覆うツリースカートの襞や、あちこちに置かれた色鮮やかな包み紙の贈り物のあいだで鼻を鳴らしている。食べられるものを見つけたのだろう、やがて満足げにブーブーと鳴いた。

ケイトリンはあっけにとられ、デヴォンにつかまったまま頭を振った。ふたりとも笑いをこらえて体が震えている。「わたしのせいで痛い思いをしなかった？」彼のベストの脇に軽く手を置いて尋ねた。

笑みの形の唇が彼女のこめかみをかすめる。「まさか、きみなんて軽いものだよ」

ろうそくの光と常緑樹のかぐわしい香りの中、互いに惹かれあう気持ちを意識しながら、ふたりはじっと立ちつくしていた。玄関広間は静けさに包まれている。客たちはみな、応接間へ移動してしまったのだろう。

デヴォンの頭がさがり、ケイトリンの喉の横にキスが落とされた。「もう一度、ぼくのベッドへ来てほしい」彼がささやく。唇が首筋をたどりながら敏感な場所を見つけだすと、彼女はこらえきれずに全身を震わせ、背中をそらした。舌が脈打つ肌に触れる。まるで自分の体がデヴォンの体と同調しているかのようだ。彼が近くに来るとたちまち興奮が高まり、おなかのあたりが熱くうずきはじめる。彼の望みどおりに身を差しだしたら、どれほど心が休まるだろう。与えられる快感に屈して、今この瞬間だけしか考えなくていいなら。

そうしていつか……すべてが崩壊して、彼女の心は打ちのめされてしまうに違いない。

意志の力を振り絞って体を離し、苦悩と決意の入りまじった目でデヴォンを見つめた。

「あなたと情事にふけることはできないわ」

彼の表情がさっと変わった。

「それ以上の関係を求めているのか？」

「いいえ」実感をこめて言う。「あなたとはどんな関係を結ぶことも考えられない。最後にはみじめな終わりを迎えるのだから」

いつも超然とした態度のデヴォンも、その言葉には鉄の矢尻で射抜かれたような衝撃を受けたらしい。

「紹介状が必要なのか？」声に冷淡さがにじんでいる。「寝室で満足させられる能力があると立証すればいいのか？」

「もちろんそんな必要はないわ」ケイトリンはそっけなく答えた。「嫌味なことを言わないで」

デヴォンの視線が彼女を貫く。無愛想な青い瞳の奥で炎がくすぶっていた。

「それなら、なぜぼくを拒む？　どうしてきみ自身も望んでいることを否定するんだ？　結婚していたきみに、誰も処女性など求めていない。われわれがお互いに楽しんだところで、傷つく者はいないんだ」

「いずれわたしが傷つくわ」

彼は困惑と怒りのまじったまなざしでケイトリンを見つめた。「なぜそんなことを言う？」

「自分を知っているからよ」彼女は静かに言った。「あなたが絶対にわざと女性を傷つけたりできないのもわかっているわ。でもわたしにとって、あなたは危険な存在なの。あなたがわたしの決意を覆させようとすればするほど、それが明らかになるのよ」

ヘレンはリース・ウインターボーンの部屋で三日間を過ごした。熱を出してほとんど無言で横たわる彼のそばで、絶え間なくおしゃべりを続けながら。二日目が終わりに近づく頃には自分の声にうんざりして、そのことを彼にも告げた。

「うんざりなんてしない」ウインターボーンがぶっきらぼうに言った。「話しつづけてくれ」

骨折と発熱、それにベッドから出られないことが重なり、彼は無愛想で短気になっていた。相手をするヘレンがいないと誰彼かまわず、朝の掃除と暖炉の火おこしに来ただけのメイドにまで噛みついて、いらだちのはけ口にした。

子ども時代の逸話やレイヴネル一族の詳細な歴史、これまでの家庭教師たちの描写やお気に入りのペット、エヴァースビーの周辺でもっとも美しい散歩道について話し終えると、ヘレンは読み物に話題を求めた。ところがウインターボーンの関心をディケンズの小説に向けようと試みたものの、作り話にも詩にも興味はないと頭ごなしに拒まれてしまった。次に新聞を勧めてみると、彼もそれは受け入れられると判断したようだ。実際のところ新聞に関しては、広告も含めて隅々まで残らず読んでほしがった。

「あなたが進んで彼に読み聞かせているなんて驚きね」のちにヘレンが報告すると、ケイトリンは言った。「わたしなら、わざわざそんなことはしないわ」

ヘレンは少し驚いて義姉を見た。ふたりはランの温室にいて、バニラの花に人工授粉をさせるという骨の折れる作業を、ケイトリンが手伝っているところだった。

「なんだかミスター・ウインターボーンが好きではないように聞こえるわね」

「彼はメイドたちを怖がらせたうえにミセス・チャーチをののしって、シムズを侮辱したあげく、わたしに対して癇癪を起こしたのよ」ケイトリンが言う。「この屋敷の中で彼に気分を害されていないのはハムレットだけじゃないかしら。それも単に、あの子がまだ彼の部屋に入ったことがないからなんだけど」

「ミスター・ウインターボーンは熱があるのよ」ヘレンは反論した。

ケイトリンがにっこりする。「少なくとも、彼が気難しくてわがままだという点は認める

いけれど」

ケイトリンは声をあげて笑った。「気難しい人を扱うあなたの能力には感心するわ」

慎重な手つきで、ヘレンは淡い黄色の花を開き、先端に花粉がついた部分を見つけだした。「レイヴネルの家で暮らしてきたから、心構えができていたんだわ。そうでなければ理解できなかったと思うの」爪楊枝《つまようじ》を使って花粉の粒を集め、柱頭の小さな垂れの下に隠れている花蜜にこすりつける。何年も続けている作業なので手慣れたものだ。

ひとつの花の授粉を終えたところで、ケイトリンがとまどいがちな視線を向けてきた。「どうして家族の中であなただけが癇癪持ちじゃないのか、いつも不思議に思っていたの。かっとなっている姿を見たことがないもの」

「わたしだって、よく怒るわ」眉をひそめて断言する。

「そうね。だけど叫んだり、物を投げつけたり、ひどい言葉を口にしたりするような怒り方ではないでしょう」

バニラの蔓を丁寧に調べていく。「わたしは反応が遅いのかも。きっと、あとになって怒りがわいてくるのよ」

「まあ、困るわ。もしそうなら、ミスター・ウインターボーンみたいに凶暴な猛獣をなだめられる、やさしくて穏やかな人がいなくなってしまうじゃない」

のね」

笑いをこらえて唇を引き結びながら、ヘレンは認めた。「多少は要求が厳しいかもしれな

ヘレンは微笑み、ケイトリンをちらりと横目で見た。「彼は凶暴ではないわ。自分が中心になって活動することに慣れているの。気力にあふれた男性にとって、具合が悪くて何もできない状態はつらいものよ」

「でも、ましになっているんでしょう？」

「ええ、明らかにね。それに今日は眼科医が来て、彼の視力を検査する予定なの」そこでいったん口をつぐみ、もうひとつ花を開いた。「また見えるようになったら、ミスター・ウインターボーンは今の一〇〇倍くらいやさしくなると期待しているんだけど」

「視力が回復しないと判明した場合は？」

「そうでないことを祈っているわ」ケイトリンの質問をじっくり考えてみたヘレンは困惑をあらわにした。「彼は……どんなことであれ、自分に弱点があると思うと耐えられないんじゃないかしら」

ケイトリンが悲しげに顔をしかめて義妹を見た。「人生には何度か、耐えがたいことに耐えなければならないときがあるものよ」


人工授粉を終えてヘレンとケイトリンが屋敷に戻ると、眼科医のドクター・ジェンザーはすでに到着していた。彼はドクター・ウィークスとデヴォンの同席のもと、ウインターボーンの目の検査に取りかかっているらしい。はしたないことに何人かが立ち聞きを試みたものの、閉じられたドアの向こうの会話を聞き取れた者は誰もいなかった。

「イングランドでドクター・ジェンザーほど知識のある目の専門医は」階上の家族用の居間で検査が終わるのを待っているとき、ウエストンが言った。「片手の指で足りるほどしかいないんだ。彼は検眼鏡を使う訓練を受けている。光を反射させて、目の中を直接見ることができる装置だよ」

「瞳の中をのぞくの？」カサンドラが驚いて尋ねた。「何が見えるのかしら？」

「神経と血管だろう」

そのとき、数分前に居間を出ていったカサンドラがあわてた様子で部屋の入り口に現れ、芝居がかった口調で宣言した。「ミスター・ウインターボーンは目が見えているわ！」

ヘレンは思わず息をのんだ。心臓がどきどきする。「どうしてわかったの？」彼女は静かにきいた。

「彼が視力検査表の文字を読みあげる声を聞いたのよ」

ケイトリンがパンドラをにらみつける。「ドアの外で立ち聞きしないように言ったわよね、パンドラ」

「してないわ」パンドラは空のグラスを掲げてみせた。「隣の部屋へ行って、壁にこれを押し当てたの。耳を近づけたら、向こうで話していることが聞こえるのよ」

「わたしもやってみたい！」カサンドラが叫ぶ。

「そんなことをしてはいけません」ケイトリンがたしなめ、パンドラには居間へ入ってきて座るよう合図した。「ミスター・ウインターボーンにはプライバシーを守る権利があるわ。

彼の視力に問題がないなら、わたしたちにもすぐにそのことを教えてもらえるでしょう」

「だから、問題ないんだってば」パンドラが得意げに言う。

「たしかなの？」ヘレンは尋ねずにいられなかった。

パンドラが大きくうなずいた。

レディらしく淑《しと》やかな態度を崩さずにいたものの、ヘレンは力が抜けるほど安堵し、心の内で感謝の祈りを捧げた。

「よかった」長椅子の彼女の隣に座っていたウエストンが、ぽつりと言う。

部屋ではほかのみんなが会話を続けていたが、ヘレンはウエストンに向き直ってきいた。

「ミスター・ウインターボーンの視力が回復することに関して、あなたは楽観的に見ていたのではなかった？」

「うまくいくように願っていたが、悪い方向に進む可能性もまだあったんだ。ウインターボーンにはそんな目に遭ってほしくなかった。耐えるばかりの人生に苦しむべきじゃない」

ウインターボーンの短気は病室に閉じこめられているせいだけではなかったらしい、とヘレンは気づいた。「百貨店の経営者だなんて、とても魅力的で、みんなと気楽に接してくれる人に違いないと想像していたのだけど」

それを聞いて、ウエストンがにやりとした。「彼はそういう人間にもなれるよ。ただ、魅力的でつきあいやすいウインターボーンはもっとも危険なんだ。いい人でいるときの彼は、絶対に信用してはいけない」

ヘレンは驚きに目を丸くした。「あなたと彼はお友だちだと思っていたわ」

「ああ、友だちだよ。でも、ウインターボーンに幻想を抱いてはだめだ。きみが知っているどんな男とも違うし、きみのご両親が生きていれば絶対に、社交の場で彼と顔を合わせることすら許さなかっただろう」

「わたしの両親は」ヘレンは言った。「社交界の誰とも、わたしを会わせるつもりはなかったわ」

彼女に鋭い視線を向けて、ウエストンが尋ねる。「それはまたどうして?」

ヘレンは黙りこんだ。余計なことを言わなければよかったと後悔する。

「前から奇妙だと思っていたんだ」ウエストンが続けた。「きみが修道院の尼僧みたいな暮らしを強いられるなんて。きみのお兄さんはどうしてケイトリンに求婚していたときに、社交シーズンのロンドンへきみも連れていかなかったんだろう?」

ヘレンは彼の視線を受け止めた。「わたしが都会に興味を持たなかったからよ。ここにいるほうが幸せなの」

ウエストンがすっと手を伸ばし、一瞬だけ彼女の手を握りしめた。「将来、特にきみが社交界に出たときに役立つかもしれない忠告をさせてくれないか。嘘をつくときは手をいじっちゃいけない。力を抜いて、膝の上から動かさないようにするんだ」

「嘘なんて――」言葉をのみこむ。ゆっくりひとつ呼吸をしてから、冷静な口調で続けた。「わたしは行きたかったのだけど、兄がまだそのときではないと考えたのよ」

「うん、いいね」ウエストンが笑みを浮かべた。「まだ嘘だけど……ましになった」

そのとき居間の入り口にデヴォンが現れ、ヘレンは返答をまぬがれた。彼は部屋にいるみんなに向かって笑顔で告げた。「ドクター・ジェンザーによれば、ウインターボーンの目は順調に癒えているそうだ。彼の視力は特別優れているらしい」いったん言葉を切り、あちこちであがった歓声がおさまるのを待って続ける。「ウインターボーンは検査で疲れている。あとでそれぞれが一定の間隔を置いてなら、彼を見舞ってもかまわないよ。ブリストル動物園のテナガザルを見物するみたいに、いっせいに押しかけるよりはいいだろう」

23

視力が回復して熱がさがると、リースは自分がほぼ本調子に戻ったと感じた。わきおこるエネルギーが全身を駆けめぐってじっとしていられず、百貨店のことばかり考えるようになった。支配人や広報担当者、個人秘書、それに卸売業者や製造業者と連絡を取らなければならない。従業員たちは有能なので、短期間ならうまくやってくれると信じていたが、監督する彼がいなければ、そのうち仕事の手を抜いてしまうだろう。百貨店は書籍部門をオープンさせたばかりだった。最初の二週間でどれくらいの売り上げがあっただろう？　改装して広くなった軽食堂をひと月以内にお披露目する予定だが、大工や技術者たちは予定どおりに作業を進められているだろうか？

顎をさすったリースは、ひげが伸びてヤマアラシのようにちくちくすることに気づいた。たちまち不機嫌になり、ベッドサイドの呼び鈴を鳴らす。ところが三〇分経っても誰も現れなかった。もう一度鳴らそうかと思ったそのとき、白髪の年配の男性が姿を現した。小柄でがっしりとして、簡素な黒の燕尾服《えんびふく》と濃いグレーのズボンをはいている。地味で目立たない顔はでこぼこにふくらんだパンのかたまりを思わせ、鼻は球根の形に似ていた。けれども、真っ白でふさふさした眉の下の干しブドウのような黒い目は、誠実で賢そうだ。クインシーと名乗ったその従者は、どのようなご用でしょうかと尋ねた。

「顔を洗ってひげを剃りたい」リースは言った。珍しく自虐的な気分になってつけ加える。「見てのとおりの姿だから、厄介な仕事になると思うが」

従者はにこりともしないものの、感じのいい口調で応えた。「そんなことはございません」

クインシーは準備のためにいったん退室し、ひげ剃りに必要な品々、はさみ、磨きあげたスチール製の道具、そしてさまざまな液体の入ったガラス瓶をのせた盆を持って戻ってきた。また、彼の指示で従僕が、高く積みあげたタオルと湯を入れたふたつの大きなバケツ、たらいを携えてついてきた。

どうやらクインシーは単に洗顔とひげ剃りをするだけでなく、身なりを整えさせるつもりらしい。リースはうさんくさげに、集められた道具類を一瞥《いちべつ》した。身のまわりの世話をする者を雇ったことは一度もない。そういう存在はプライバシーの侵害になるのは言うまでもなく、上流階級の気取りにすぎないとつねづね思っていた。普段の彼は自分でひげを剃り、爪を切り、普通の石けんで顔を洗い、歯を磨き、月に二回ほどメイフェアの床屋へ行って髪を整えている。それ以上めかしこむのはごめんだった。

従者はまずリースの髪から仕事に取りかかった。首と肩をタオルで覆い、あちこち跳ねている髪を湿らせる。「長さや髪型にご要望はございますか？」

「任せる」リースは答えた。

眼鏡をかけると、クインシーは髪を切りはじめた。量の多い髪に、なめらかな手つきではさみを走らせていく。手を動かしながらリースの問いかけに答える形で、クインシーが従者として前トレニア伯爵とその前の伯爵にも仕え、合計で三五年もレイヴネル家のために働いていることがわかった。現在の伯爵が自分の従者を連れてきたため、今は訪問客の世話を任されるか、そうでないときは副執事の補佐として銀器を磨いたり、家政婦を手伝って繕い物をしたりしているらしい。

「針仕事ができるのか？」リースはきいた。

「もちろんです。主《あるじ》が召されるものを完璧な状態にしておくのは従者の務めですから。縫い目がほつれたり、ボタンが取れていたりすることがあってはならないのです。寸法直しが必要になった場合も、従者たるもの、その場ですみやかに対応できなければなりません」

それから二時間以上かけて、年配の従者はリースの髪を洗い、少量のポマードできれいに整え、蒸しタオルを顔に当ててひげを剃り、何種類もの道具を使って手と足の手入れをした。ようやくすべてが終わり、クインシーが掲げる姿見をのぞいたリースは驚いた。髪は以前より短くなって形よく整えられ、ひげを剃った顎は卵の殻のようにつるつるしている。爪の表面はかすかに光沢が出るまで磨かれており、自分の手がこれほど清潔に見えるのは初めてだった。

「ご満足いただけましたか？」クインシーがきいた。

「ああ」

道具類を片づけはじめるクインシーを、リースはしかめっ面で見つめながら考えこんだ。従者についての自分の見解は間違っていたかもしれない。デヴォン・レイヴネルや彼の仲間がいつも非の打ちどころのない洗練された姿をしていたのも、不思議はないことだったのだ。

次にクインシーはリースを手伝って、ウエストンから借りた新しいナイトシャツに着替えさせた。それから、黒いベルベット生地にひし形のキルティングを施し、絹の襟とベルト、縁飾りがあしらわれたガウンを着せかける。ナイトシャツもガウンも、リースがこれまで身につけたどんなものよりも上質だった。

「庶民でも、上流階級の人間と同じように装うべきだと思うか？」ガウンの裾を引っ張って脚を覆うクインシーに、リースは問いかけた。

「誰であろうと、可能な限りきちんとした服装をするべきだと信じております」

リースはわずかに目を細めた。「着ているもので人を判断するのが正しいことだと？」

「正しいかどうか決めるのはわたしではありません。ただ事実として、世間の人々はそうしているのです」

クインシーの言葉はほかのどんな答えよりもリースを満足させた。そういう現実的なものの考え方こそ、彼が理解し、信じてきたことなのだ。

この従者を雇おう。どのような手段を使ってでも。年を重ねて経験を積み、貴族の暮らしや礼儀作法の複雑な決まりごとに精通している人間が、リースには必要だった。ふたりの伯爵に仕えたクインシーなら、愚か者に見えないように気を配ってくれるに違いない。

「年収はいくらだ?」リースは尋ねた。

クインシーが面食らった顔になる。「はい?」

「三〇ポンドというところだな」相手の表情を読んだリースは、実際の数字はそれより少し高いと推測した。「四〇ポンド出そう」ぶっきらぼうに言う。「ロンドンに来て、ぼくの身のまわりの世話をしてほしい。専門知識と助言が必要なんだ。ぼくは雇主としては厳しいが、偏見はないし、給料もいい。少なくとも今よりは充実した毎日を送れるぞ」

返答の時間を稼ぐかのように、クインシーは眼鏡を外してレンズを拭き、上着のポケットにしまった。咳払いをして言う。「この年齢になると、生活を変えてなじみのない土地へ移ろうとはなかなか考えられないものです」

「ここに女房がいるのか? 家族は?」

一瞬とはいえ明らかなためらいを見せたあと、クインシーが答えた。

「いいえ、おりません。ですが、ハンプシャーには友人たちがおります」

「ロンドンで新しく友だちを作ればいい」

「ひとつお尋ねしたいのですが、ご自身のお屋敷にお住まいなのでしょうか?」

「ああ、そうだ。百貨店の隣で、別棟だが行き来ができるようにしてある。コーク・ストリート沿いの土地と、その裏の厩舎も所有しているよ。サヴィル・ローへつながるクリフォード・ストリートの区画も最近購入した。うちの使用人は週五日の勤務で、通常の祝日は休みだ。百貨店の従業員と同様に、かかりつけ医と歯科医の診察を受けられる。従業員用の食堂では無料で食事ができるし、〈ウインターボーン百貨店〉で欲しいものがあれば、なんでも割引料金で購入が可能だ」リースはそこでひと息ついた。獲物を狙うフォックスハウンド犬並みの鋭い嗅覚で、相手の躊躇を感じ取ったのだ。「何を迷うことがある?」穏やかな口調で言う。「ここでは自分の能力を無駄にしているんだぞ。役立たずになったわけでもないのに、残りの人生を田舎でくすぶって過ごすつもりか? まだまだ仕事を続けたいはずだ。それに、ロンドンでのお楽しみに興味がないと言えるほどの年齢でもあるまい」それでもまだクインシーの中に残る不安を見抜いて、リースはとどめを刺すことにした。「年に四五ポンド。これ以上はなしだ」

従者はごくりと唾をのみこみ、その条件を検討している。「いつからはじめればいいでしょうか?」やがて彼が尋ねた。

リースは笑みを浮かべて言った。「今日からだ」

その知らせはたちまち使用人たちのあいだに広まった。その夜、デヴォンがリースの部屋を訪れる頃には、彼もクインシーの新しい立場を承知していた。

「うちの使用人たちの引き抜きをはじめているらしいな」デヴォンが皮肉のこもった口調で言った。

「不満なのか?」リースはワイングラスを口に運んだ。終えたばかりの夕食はまだ消化されておらず、機嫌がよくない。従者を雇ったことで得られた満足感は、わずか数分しか続かなかった。今はとにかく決定を下したり、目標を達成したりして、もう一度しっかり仕事の手綱を握り直したい。この小さな部屋に閉じこめられていると、永遠に出られないのではないかと思ってしまう。

「冗談だろう」デヴォンが答える。「うちには使用人が多すぎるんだ。あと一〇人ほどそっちで雇ってくれたら、ジグ（飛び跳ねながら踊るダンス）を踊れるくらいうれしいんだが」

「たしかに、ここにいるふたりのうち、ひとりは踊れるだろうよ」

「ちょっと待て、きみは脚を折る前から踊れなかったじゃないか」

リースは不本意ながら笑みを浮かべた。彼をからかうことを恐れない人間はこの世にひと握りしかいないが、デヴォンはそのひとりだった。

「クインシーがいれば間違いない」デヴォンが続けた。「頼りになる男だからな」ベッドのそばの椅子に腰をおろし、伸ばした脚を組む。

「きみの具合はどうなんだ？」デヴォンがいつになく慎重に動いていることに気づいて、リースはきいた。

「ありがたいことに生きているよ」デヴォンは以前より無駄な力が抜けて、満ち足りているように見えた。「よく考えてみれば、あと四〇年は死ぬわけにいかないと気づいた。エヴァースビー・プライオリーですべきことが、まだたくさんあるんだ」

リースはため息をついた。ふたたび百貨店に意識が向かう。「ここにいると頭がどうかなりそうなんだよ、トレニア。できるだけ早くロンドンに戻らなければ」

「ドクター・ウィークスによると、ギプスはつけたままだが、松葉杖の助けを借りれば三週間ほどで歩きはじめられるらしい」

「二週間しか待てない」

「わかるよ」デヴォンが言う。

「きみに異存がなければ、何人かうちの従業員たちを呼び寄せて、ここで一日過ごさせたいんだが。ぼくの不在中に何が起こっているか、知る必要があるんだ」

「もちろんかまわないとも。手助けできることがあれば言ってくれ」

リースはデヴォンに感謝した。以前なら決して抱かなかった感情で、なんだか落ち着かない。誰に対しても借りを作りたくないのだ。「きみにはもうじゅうぶんすぎるほど助けてもらっている。命を救ってくれたんだからな。ぜひ恩返しをさせてほしい」

「セヴェリンの鉄道会社に土地を貸す件で、これからも助言をしてくれればそれでいいさ」

「領地の経営状況と賃貸料の見積もりを見せてもらえば、もっと役に立てると思う。イングランドの農業は好ましい投資先とは言えない。農業以外の財源が必要だ」

「少なくとも年収を一・五倍に増やせるよう、ウエストがいろいろと変えているところだよ」

「手はじめとしてはいいだろう。技術と運があれば、いずれは領地で採算が取れるようになるかもしれない。だが、利益はあげられないぞ。たとえば製造とか、都市部の不動産とか、思いきったことをしなければ儲けは出ない」

「問題は資本だ」

「必ずしもそうとは限らないさ」

興味を覚えたらしく、デヴォンの視線が鋭くなった。けれどもリースがさらに説明しようとしたところで、ドアの外を通るほっそりした人影が視界に入った。ちらりと見えただけだが……リースの注意を引くにはじゅうぶんだった。

「誰だか知らないが、今通り過ぎたきみ」廊下にまで届く大きな声で呼びかける。「こちらへ来てくれ」

しんとして注目が集まる中、部屋の入り口にゆっくりと若い女性の姿が現れた。細く華奢な顔立ちで、銀色がかった青い目を大きく見開いている。ランプの明かりが届くぎりぎりのところに立つ彼女は肌が白く、淡い金色の髪が自ら光を放っているかのように見え、旧約聖書に出てくる天使を描いた絵を思いださせた。

〝風合いがある〟とは、すばらしく洗練されていて完璧なもの、最高の品質のものを描写したいときに、リースの父親がよく口にしていた表現だ。たしかにこの女性には独特の風合いがある。中背だが、かなり細いので実際より背が高く感じた。リースの頭にふと、ハイネックのドレスの下では、高い位置にある胸がなだらかな曲線を描いている。リースの頭にふと、ランのお茶を飲ませてくれた女性の胸に頭を預けていた、心地よいひとときの記憶がよみがえった。

「何か言ったらどうだ？」リースはぶっきらぼうに言った。

彼女がはにかんだ笑みを浮かべると、あたりの空気が金色に輝いたような気がした。

「具合がよくなったようでうれしいわ、ミスター・ウインターボーン」

ヘレンの声だ。

彼女は輝く星よりも美しく、そして星と同じくらい手の届かない存在だった。ヘレンを見つめながら、リースは店の手伝いをしていた少年時代に、上流階級の女性たちから蔑みの目で見られたことを苦々しく思いだした。通りで近くをすれ違おうとすると、まるで汚れた野良犬を避けるようにスカートの裾をつまんでよけられたものだ。

「わたしにできることが何かあるかしら？」ヘレンがきいた。

リースは首を横に振った。まだ彼女から視線が離せない。「いや、顔と声を合致させたかっただけだ」

「あと数日して」デヴォンが彼女に提案した。「ウインターボーンが居間で座っていられるようになったら、彼のためにピアノを弾いたらどうかな」

ヘレンが微笑む。「ええ、平凡な演奏でもミスター・ウインターボーンが気にしないなら」

デヴォンがリースに視線を向けた。「謙虚なふりにだまされるなよ。レディ・ヘレンはとんでもなくピアノの才能に恵まれているんだ」

「ふりじゃないわ」彼女が笑って抗議した。「本当に才能なんてないのよ。ただ長い時間、練習してきただけで」

ヘレンの白い手をちらりと見たリースは、そのやわらかさを思いだした。あの指先が唇にそっと軟膏を塗って……。彼の人生でも指折りの官能的な瞬間だった。これまで思うまま欲望を満たしてきた男が言うのだから、それなりの意味合いがある。

「懸命な努力が、才能よりもよい結果を生むことはよくある」彼女の発言に応えて、リースは言った。

ヘレンが少し顔を赤らめてうつむく。「では、そろそろ失礼するわ。おふたりで話の続きをどうぞ」

リースは返事をせず、ワイングラスを口元に運んでたっぷりと飲んだ。しかし視線はヘレンが部屋を出ていく最後の瞬間まで、その姿を追っていた。

デヴォンが椅子の背にもたれ、両手の指を組んで腹部に置いた。「ヘレンは教養のある女性だ。歴史、文学、芸術の教育を受けていて、フランス語が堪能。使用人の管理や、上流階級の家の切り盛りについてもよく知っている。服喪期間が過ぎたら、双子たちと一緒にロンドンへ連れていって、初めての社交シーズンに参加させるつもりだよ」

「たくさんの求婚者から、すばらしい申し出があるんだろうな」苦々しい思いで言う。

ところがデヴォンは首を横に振った。「そこそこの申し出が二、三件もあればいいほうだろう。すばらしいどころか、彼女のような身分の娘にはとうてい釣りあわない」リースのいぶかしげな視線に応えて説明する。「前の伯爵が持参金を用意していなかったんだ」

「気の毒に」ヘレンを貴族と結婚させるために、デヴォンは金を貸してくれと言うつもりなのだろうか？　それならきっぱり断ってやる。「だが、それがぼくとどういう関係があるんだ？」

「何もないだろうな、きみが彼女を気に入ったのでなければ」わけがわからないという顔をしているリースを見て、デヴォンがじれたような笑い声をあげた。「まったく、鈍いやつだ。ヘレンに興味があるなら、機会をやろうと言っているんじゃないか」

リースは何も言わなかった。唖然として言葉が出てこなかったのだ。

デヴォンが慎重に言葉を選んで続ける。「たしかに表面上は、誰もが認めるいい縁組ではないかもしれない」

縁組だって？　結婚の縁組のことか？　この男は明らかに、自分が何を提案しているか理解していない。だが、たとえそうでも……リースの心は、その考えにすがりたがった。

「しかし」デヴォンがさらに言う。「双方に利点がある。ヘレンは安全で快適な暮らしを得られるだろう。自分の家庭を持つことができる。きみのほうは美しくて育ちのいい妻が手に入るんだ。その妻の血統は、これまできみに閉ざされていた多くのドアの向こうへ入りこむことを可能にしてくれる」ひと息置いて、彼はさりげない口調でつけ加えた。「伯爵の娘だから、きみの妻となっても彼女は称号を失わない。レディ・ヘレン・ウインターボーンと呼ばれるだろう」

その響きがリースの胸をどれほど揺さぶるか、したたかなデヴォンはじゅうぶん承知しているに違いない。レディ・ヘレン・ウインターボーン……。くそっ、忌々しいくらい心を引かれる。社会的な地位の高い女性との、まして貴族の娘との結婚など、夢にも考えたことがなかった。

自分はヘレンにふさわしい人間だとはとても言えない。耳障りな訛りのあるウエールズ人で、言葉遣いも荒く、卑しい庶民の育ちだ。商人なのだ。どんなに立派な服を着て礼儀作法を身につけても、粗野で負けず嫌いな本質は変わらない。ふたりが一緒にいるところを見れば、人々は陰で噂するだろう。結婚によって彼女の品位がさがったと誰もが思うはずだ。ヘレンは哀れみの対象となり、下手をすれば軽蔑されるかもしれない。

そして彼女は心の中で、リースを憎むだろう。

そんなことは痛くもかゆくもないが。

もちろん幻想は抱いていない。デヴォンが条件もつけずにヘレンを差しだすとは考えられなかった。かなりの代価を支払わなければならないはずだ。レイヴネル家は喉から手が出るほど金を必要としているのだから。しかし、いくらかかろうと、ヘレンにはそれだけの価値がある。それに実のところ、リースの財産は世間が想像するより莫大《ばくだい》だった。望めば小さな国くらい買えるほどに。

「ヘレンとはすでに話をしたのか？」リースはきいた。「だからぼくが熱を出したとき、彼女はフローレンス・ナイチンゲールを演じて、かいがいしく看病してくれたのか？　取引をする前に、ぼくを手なずけておこうと？」

「まさか」デヴォンが鼻で笑う。「ヘレンはそんなふうに人を操ることをよしとしない。きみの手助けをしたのは純粋な思いやりからだろう。ぼくが彼女に縁談を考えているとは、感づいてもいないはずだ」

リースは単刀直入に尋ねることにした。「いったいどうして彼女がぼくのような人間と進んで結婚すると思うんだ？」

デヴォンも率直に答えた。「現在のところ、彼女にはほとんど選択肢がないんだ。それなりの暮らしができて、上流階級の女性にふさわしい職業があればいいんだが。愛人に身を落とすつもりは絶対にないだろう。そのうえ、誰かのお荷物になるのはヘレンの良心が許さない。つまり彼女は夫を見つけるしかないんだよ。しかし持参金がないとなると、ベッドでは役立たずの弱った老いぼれか、出生に問題があるどこかの四男坊とでも、いやいや結婚せざるをえない。あるいは……異なる階級の男と結婚するか」彼は肩をすくめ、楽しそうな笑みを浮かべた。カードゲームで有利な手を持っているときの顔だ。「もちろん、きみがこの話に乗る義務はない。ヘレンはセヴェリンに紹介してもいいわけだし」

デヴォンの言葉を聞いて体じゅうに怒りが充満していても、交渉ごとの経験が豊富なリースはいっさいの反応を見せなかった。外見上はくつろいだ様子を崩さず、つぶやくように言う。「そうするべきかもしれないな。セヴェリンなら、すぐに飛びつくはずだ。ぼくのほうは身の丈に合った相手と結婚するほうがいいかもしれない」そこでいったん言葉を切り、手にしたワイングラスを見つめながらまわす。最後に少し残った赤いしずくが、グラスの内側を転がっていった。「とはいえ」ふたたび口を開く。「ぼくはいつも、身のほどを知らずにものを欲しがるんだ」

リースが抱いてきた野心も、決意も、すべてたったひとつの願望に結びつく。ヘレン・レイヴネルとの結婚。彼女はやがてリースの子どもを産むだろう。貴族の血を引く美しい子どもたち。彼らは上流社会で教育を受け、贅沢に育てられる。何も恐れるものはなくなるのだ。いつか必ず、ウインターボーン家の人間と結婚させてくれと人々が懇願する日がやってくるに違いない。

24

列車の事故から一週間が経ったものの、デヴォンはまだ日課にしていた朝の乗馬に出かけられるほどには回復していなかった。せいぜい散歩をするくらいだが、一日のはじまりに必ずなんらかの運動をしていた彼には物足りない。思うような行動を取れず、だんだん怒りっぽくなってくる。さらに悪いことに、最近の彼はまるでさかりのついた動物のように、すぐ好色な気分になった。それなのに、運動不足も性欲も解消する方法がないのだ。ケイトリンに情事を拒まれ、デヴォンはいまだに困惑していた。〝わたしにとって、あなたは危険な存在なの〟という言葉で彼は途方に暮れ、怒りを覚えた。彼女の髪一本たりとも傷つけるつもりはないのに。いったい何が危険だというのだ?

レディ・バーウィックに厳しくしつけられたせいで、ケイトリンは道徳心が強すぎるのかもしれない。今はもう厳格な規則に縛られる必要はないのだが、彼女がそのことを受け入れられるようになるまで、少し時間を与えるべきだろう。

デヴォンのほうでも、彼女の信頼を勝ち取る努力をしなければ。

あるいは誘惑するか。

どちらでも、先に機会が訪れたほうを試してみよう。

デヴォンは田園風景が広がる方角へと小道を歩きはじめた。森の中を抜け、中世に建てられた納屋の跡を通る道だ。霜がおり、空気がじめじめして冷たかったが、早足で歩きつづけたおかげで体はほどよく温まった。低空飛行するハイイロチュウヒに気づき、狩りの様子を見物しようと足を止める。どうやら獲物を探してさまよっているらしい。朝の光の中で、灰色と白の羽毛が青白く見えた。遠くの空ではアトリが群れになって飛んでいる。

ふたたび小道を歩きだしながら、デヴォンはこの土地に愛着がわいている自分に気づいて驚きを覚えた。領地を維持して屋敷を修復する責任は死ぬまで続くというのに、もはや罰だとは感じなくなっている。彼の中に深く根ざしていた、先祖伝来の土地を守りたいという本能的な欲求が呼び覚まされていた。

過去数世代のレイヴネルたちが、ここまで先見の明のない愚か者でなければよかったのだが。エヴァースビー・プライオリーには、住める状態にない部屋が少なくとも二〇以上ある。雨水が染みこんだせいで壁が湿って腐り、漆喰や室内の家具がだめになってしまったのだ。早急に手を打たなければ、損傷がさらにひどくなって修繕もできなくなるだろう。

金がいる。一刻も早く大金が必要だ。できることならロンドンのレイヴネル・ハウスを手放し、売却金をただちにエヴァースビー・プライオリーに注ぎこみたいが、そこまで困窮しているのかと、融資や出資を考えている人々の不安をかきたてるに違いない。思いきってノーフォークの土地を売ろうか？　そのほうが目立たないだろう。しかし、たいした金額にはなるまい。それにノーフォークの小作人を立ちのかせるとなれば、間違いなくケイトリンとウエストンが不満の声をあげて騒ぎたてるはずだ。

デヴォンの口元に自嘲の笑みが浮かんだ。メイドのいれる紅茶が薄いとか、馬に蹄鉄《ていてつ》をつけ直さなければならないとか、つい最近まではそんな問題しか抱えていなかったのに。

思いにふけりながら、彼はエヴァースビー・プライオリーまでの道のりを戻りはじめた。一月の空を背景に、複雑に入り組んだ屋根が広がっている。おびただしい量の透かし細工を施した胸壁やアーチ天井の通路、先端に装飾をつけた細い煙突の数々を見つめ、一番最初に崩れそうなのはどの部分だろうと暗い気分で考えた。やがて離れの建物を通り過ぎ、白い柵の放牧場が並ぶ厩舎の裏手に差しかかった。一番大きな囲いの柵のそばに馬番見習いの少年が立ち、小柄で細身の乗り手が馬の能力を試す様子を眺めている。

ケイトリンとアサドだ。

たちまち、デヴォンの脈が速くなった。彼は少年の近くへ行き、柵の上部に両腕をのせた。

「旦那様」少年があわてて頭から帽子をつかみ取り、恭しくお辞儀をした。

デヴォンはうなずいて応えると、放牧場の反対端でアラブ馬を乗りまわすケイトリンをじっと見つめた。

彼女はかっちりした仕立ての乗馬用の上着を着て、てっぺんのクラウンの幅が狭い小さな帽子をかぶっている。下半身につけているのは――ズボンとショートブーツだ。以前にはいていたブリーチズ同様、このズボンも本来は乗馬スカートの下にはくことを想定してデザインされたはずで、決して単独で身につけるものではない。それでもケイトリンの自由で軽やかな動きが、やや奇妙なこの服装のおかげだということは、デヴォンも認めざるをえなかった。重いスカートを身にまとっていては無理だろう。

彼女は半円を描きながらアサドを進め、ターンのたびに深く膝を曲げて腰を前に押しだし、なめらかに体重を移動させている。そのゆったりした完璧なフォームを目にして、デヴォンはうなじの毛が逆立つのを感じた。男であれ女であれ、これほど無駄な動きのない乗り方を見るのは初めてだった。アラブ馬はケイトリンが膝と腿をわずかに押しつけただけでも敏感に反応し、彼女の考えが読めるかのように指示に従っている。彼らは理想的な組みあわせだった。姿形がよく、優雅で、敏捷《びんしょう》だ。

デヴォンの姿に気づいたケイトリンが輝かんばかりの笑みを浮かべた。そしてこれ見よがしにアサドを促すと、馬は膝をあげてうしろ脚を曲げ、しなやかに走りはじめた。ひととおり蛇行パターンを終えたアサドは速歩《はやあし》で所定の位置につき、しゃがんで完璧なターンをしてみせた。右へくるりと一回転し、次は左へまわる。金色の尻尾が風を切る音がした。

なんてことだ、あの馬はダンスをしているのか。

驚きに目を奪われながら、デヴォンは小さく頭を振った。

放牧場の中で滑るように馬を駆けさせたあと、ケイトリンは速度を落としてデヴォンのいる柵のほうへやってきた。彼に気づいたアサドが歓迎するようにいななき、柵のあいだから鼻先で突いてくる。

「よくやったな」デヴォンは馬の金色の毛を撫でてやった。顔をあげてケイトリンを見る。「見事な乗りこなしだった。まるで女神だ」

「アサドのおかげよ。誰でも名人級に見せてくれるの」

デヴォンは彼女の視線をとらえた。「だが、まるで彼に翼が生えているかのような乗り方ができるのはきみしかいない」

頬をピンク色に染めて、ケイトリンは少年に声をかけた。「フレディ、アサドに引き綱をつけて、待機用の放牧場へ連れていってくれる？」

「はい、奥様！」少年は柵のあいだをすり抜けて中へ入った。ケイトリンがさっと馬をおりる。

「手を貸したかったのに」デヴォンは言った。

彼女は柵をよじのぼって越えた。「助けはいらないわ」少し気取った感じで告げるケイトリンが愛らしい。

「もう屋敷へ戻るのか？」

「ええ。でも、先に馬具室へオーバースカートを取りに行かないと」

一緒に歩きだしながら、デヴォンは彼女の腰やヒップを盗み見た。はっきりとわかる女性らしい曲線に脈が速くなる。「ブリーチズについては着用の決まりがあったはずだが」

「ブリーチズじゃなくてズボンよ」

彼は片方の眉をあげた。「呼び名が違えば、法の精神をおかしても正当化されると思うの、か？」

「そうね。そもそもあなたに、わたしの服装の決まりを作る権利はないわ」

デヴォンは懸命に笑いをこらえた。やりこめるつもりで生意気な口をきいているなら逆効果だ。何しろ彼は男で、しかもレイヴネル家の人間なのだから、余計に駆りたてられるだけだった。

「そうは言っても、なんらかの影響を及ぼすことはできるだろう」

ケイトリンが不安げな視線をさっと彼に向ける。

厩舎を通って馬具室へ向かいながら、デヴォンは無表情を保っていた。

「あなたがついてくる必要はないのよ」彼女が歩みを速めて言った。「やることがたくさんあるんでしょうから」

「これのほうが重要だ」

「これって？」

「ある疑問の答えを見つけること」

ケイトリンは鞍をかける棚が並んでいる壁のそばで足を止めると、肩を怒らせ、毅然とした態度でデヴォンを振り返った。「なんの疑問かしら？」指を一本ずつ引っ張って、乗馬用の手袋を脱ぐ。

体の大きさが約半分しかないにもかかわらず、こうして果敢に立ち向かってくるところがいい。デヴォンはゆっくり手を伸ばしてケイトリンの帽子を取り、隅に放り投げた。彼が戯れているのと気づいたのか、ほっそりした体から反抗的な緊張がいくらか解けた。乗馬のせいで髪が少し乱れ、頬を染めているケイトリンはとても幼く見える。

進みでたデヴォンはじわじわと彼女を追いつめ、空の棚のあいだの壁に背を向けて立たせると、狭い空間から動けなくした。乗馬用の上着の細い折り襟を両手でつかみ、耳元に唇を寄せてささやく。「レディは乗馬ズボンの下に何をはいているんだろう？」

ケイトリンがあえぎともつかない笑いをもらした。手袋が床に落ちる。「そんなこと、悪名高い放蕩者なら知っているかと思っていたわ」

「悪名をはせたことはないよ。放蕩に関しては、ごく標準的だからね」

「否定する人ほど最悪なのよ」デヴォンが首筋に沿ってキスをはじめると、彼女の体がこわばった。運動のあとで肌は熱く、少し塩辛くて、とても官能的なにおいがする。馬と、冬の外気と、汗と、バラの花のにおい。「あなたはロンドンで騒動ばかり引き起こしていたに違いないわ。お酒を飲んで、賭けごとをして、ばか騒ぎをして、女性を追いまわして……」

「酒はほどほどだ」くぐもった声で言う。「賭けごとはほんの少し。まあ、ばか騒ぎは認めるよ」

「女性は？」

「ない」ケイトリンが疑わしげに鼻を鳴らす音が聞こえて、彼は顔をあげた。「きみと出会ってからはひとりもいない」

ケイトリンが体を引き、困惑の目で見あげる。「誰とも……」

「ああ。どうしてほかの誰かをベッドへ連れていく気になれる？　毎朝きみが欲しいと思いながら目覚めているのに」デヴォンはさらに近づき、大きな足で彼女の小さな足をはさみこんだ。「ぼくの質問に答えていないぞ」

彼女があとずさりして、板張りの壁に頭が触れた。「答えられないとわかっているくせに」

「ならば自力で答えを見つけるとしよう」デヴォンはさっと彼女に腕をまわした。片方の手を上着の裾から差し入れ、背中のくぼみをたどる。指先が、普通のものより短くて軽い乗馬用のコルセットの表面をなぞった。ズボンのウエストのあたりを探っていると、リネンかコットンに触れるかと思っていた場所に、薄くてなめらかな布地の感触があった。興味をそそられた彼は片手を背中に移動させながら、もう片方の手でズボンの前に並ぶボタンを外した。

「これはドロワーズかな？　生地はなんだ？」

ケイトリンはデヴォンを押しのけようとしたものの、けがのことを思いだしたらしく動きを止めた。両手を宙に浮かせたままの彼女のヒップをぐっと引き寄せる。彼の下腹部の硬さを感じて、ケイトリンが鋭く息をのんだ。

「誰かに見られるわ」彼女がささやく。

ドロワーズに気を取られているデヴォンは、ほとんど聞いていなかった。「絹だな」ズボンのさらに奥へ手をさまよわせる。

「そうよ、だから下に着てもさらさらして……ああ、お願いだからやめて……」

下着の脚の部分は、かろうじて腿の上部を覆う長さにまつってあった。探索を続けたデヴオンは、ドロワーズに開口部がないことに気づいた。「縫って閉じてある」

彼の困惑の表情を目にして、ケイトリンの口から思わず引きつった笑いがもれた。

「乗馬のときは開いていないほうがいいのよ」絹を撫でおろす手の動きに、彼女は身を震わせた。

デヴォンは繊細な起伏や襞をたどり、布越しに彼女が放つ熱を感じた。なだめるように指先を軽く動かしていると、ケイトリンの体が変化するのがわかった。抵抗が弱まってきたのだ。そこで首筋に戻り、曲線に沿って上着の襟元までキスをした。一方では指の関節を使って脚のあいだをそっとなぞり、彼女の喉からうめきを引きだす。

ケイトリンがあえぎながら何か言おうとしたが、デヴォンは口づけで唇をふさいだ。彼女の震える両手が肩をつかみ、しがみついてくる。ためらいは崩壊し、次第に薄れていった。デヴォンは一瞬の猶予も与えず、やがて絹の布が湿り気を帯びてくるまで唇と手を動かしつづけた。

ケイトリンがもがき、彼の手を逃れてうしろにさがった。ズボンの前をつかんで閉じ、壁にかけてあったオーバースカートをひったくる。たっぷりした布地を必死で探るものの、留め具が見つからない。

「ぼくに手伝わせ——」デヴォンは口を開きかけた。

「結構よ」いらだちに息を切らせた彼女は、あきらめてオーバースカートを腕に抱えた。

本能的に彼の手が伸びる。ケイトリンが神経質な笑い声をあげて飛びすさった。

その笑い声がデヴォンをどうしようもなく高ぶらせた。体の隅々までが熱くなる。

「ケイトリン」目に浮かぶ欲望を隠そうともせずに言った。「きみがじっとしているなら、スカートをつける手助けをする。だが逃げたら、きみを追いかけてつかまえるぞ」荒い息をひとつ吐いて、やさしくつけ加える。「そしてもう一度、きみを絶頂に導く」

彼女が大きく目を見開いた。

デヴォンは慎重に足を踏みだした。たちまちケイトリンが脱兎《だっと》のごとく駆けだし、一番近い戸口から馬車置き場へと逃げこんだ。すぐにあとを追い、彼女に続いて大工仕事用の長椅子と道具戸棚のある作業場を通り過ぎる。馬車置き場はおがくずと車軸の潤滑油やニス、革の研磨剤のにおいがした。静かで薄暗く、蝶番《ちょうつがい》で留められた巨大なドアの上の明かり窓からしか光が入ってこない。ドアの向こうには馬車道が続いているはずだ。

ケイトリンは馬車の列のあいだを駆け抜けた。二輪の荷馬車《カート》、四輪の荷馬車《ワゴン》、軽量の箱馬車《ブルーム》、折りたたみ式屋根のついた客馬車《ランドー》、軽四輪馬車《フェートン》、幌付きの四人乗り四輪馬車《バルーシュ》など、さまざまな用途別に使用される馬車だ。デヴォンはそれらをまわりこみ、家族向けの大型四輪馬車《コーチ》のそばで彼女をつかまえた。大きくて堂々とした六頭立ての馬車で、側面にはレイヴネル家の紋章——白と金の盾の上に三羽の黒いオオガラス《レイヴン》——が描かれている。

つかまれたケイトリンが、薄暗がりを通して彼を見つめた。

デヴォンはオーバースカートを取りあげて床に落とし、馬車の側面に彼女を押しつけた。

「わたしのスカートが」ケイトリンがうろたえて叫ぶ。「だめになるわ」

彼は声をあげて笑った。「どうせ、はくつもりはなかったくせに」上着のボタンを外しはじめると、ケイトリンが抗議の声をあげた。

その口をキスでふさいで黙らせ、ずらりと並んだボタンに取りかかる。上着の前が開くと、片手で彼女の頭のうしろを支えて激しく唇を奪い、深く口づけした。するとケイトリンも、こらえきれないというようにキスに応じてきた。恥ずかしげに小さく舌を吸われたとたん、デヴォンの全身に歓喜が駆けめぐった。馬車のドアのリング状の取っ手を手探りでつかむ。

彼の意図に気づいたケイトリンが言った。「だめよ」

これほど興奮して楽しい気分になったのは初めてだ。デヴォンはドアを開け、折りたたみ式のステップを引きおろした。「きみに選択権をあげよう。通りかかった者に見られてしまうこの場所でするのがいいか……それとも、誰にも見えない馬車の中がいいか」

ケイトリンが目をしばたたいて彼を見つめる。あきれ返っているようだ。だが、誘惑されて深紅に染まった顔を隠すことはできない。

「ならばここだ」冷酷に言い放ち、彼女のズボンのウエストに手を伸ばす。

ケイトリンの行動はすばやかった。うめき声をあげて背を向けると、馬車に乗りこんだ。デヴォンもすぐさまあとに続く。

馬車の内部は革とベルベットが張られた贅沢な造りで、漆塗りの寄せ木細工が施され、クリスタルのグラスやワインがおさめられた一角があった。窓には絹の房飾りがついたダマスク織のカーテンがかかっている。初めは暗くてよくわからなかったが、目が慣れてくるにつれて、ケイトリンの白く輝く肌が見えるようになった。

デヴォンが上着を引っ張ると、彼女はぎこちない動きで袖を抜いた。彼は背中に手をまわしてブラウスのボタンを外した。ケイトリンの震えを感じ、彼女の耳の縁をそっと噛んで、なだめるように舌先で突く。

「きみがいやだと言えばやめる」デヴォンはささやいた。「だがそれまでは、ぼくのやり方で進めるつもりだ」顔をしかめ、苦労して自分の上着を脱ぎ捨てる。ケイトリンの手がネクタイの結び目に向かうのを感じ、微笑んで彼女の頭にキスをした。

ベスト……ズボンつり……シャツ……身につけているものが取り除かれていくにつれて、デヴォンはどれくらい自制心を保っていられるだろうかと真剣に考えはじめた。裸の胸にケイトリンを引き寄せると、彼女はデヴォンの体に腕をまわし、肩のうしろに手を当てた。彼はうめき、コルセットで高く押しあげられている胸の曲線に唇を這わせた。コルセットを外したかったが、暗がりの中でまたつけ直せるとは思えない。

ケイトリンのズボンのゆるんだウエストに手を差し入れると、ドロワーズのひもに触れた。それを器用に解いて引っ張る。彼女は身をこわばらせたものの、抵抗はしなかった。下着を腰からずらし、さらに引きさげるあいだ、デヴォンの手は震えそうになった。鼓動が荒々しいスタッカートを刻み、欲求が募るあまりに全身の筋肉が張りつめている。絨毯が敷かれた床にひざまずき、彼はケイトリンのむきだしのヒップから腿へと続くなめらかな曲線を手のひらで覆った。ズボンがショートブーツに引っかかり、踵のところでかたまりになっている。

ブーツは横の部分に余裕を持たせてあり、背面の小さなつまみを使えば簡単に脱がせることができた。ズボンも取り去ったデヴォンは、彼女の閉じた腿の合わせ目を指先でたどった。

「ぼくのために開いてくれ」彼はささやいた。

だが、ケイトリンは動かない。

彼女を思いやる気持ちとともにおかしさがこみあげてきて、デヴォンは忍耐強く脚を愛撫した。「恥ずかしがらなくていい。きみの体で美しくない場所なんてないんだから」手を太腿の上に滑らせ、繊細な茂みの中に親指を差し入れて、そっと円を描く。「ここにキスさせてほしい、一度だけ」

「ああ、そんな……だめよ」ケイトリンが手を伸ばし、彼の手を弱々しく押しやった。「それは罪だわ」

「どうしてわかる?」

「そんな感じがするからよ」絞りだすように言う。

デヴォンは静かに笑い、有無を言わせずケイトリンのヒップを引き寄せた。彼女が小さく悲鳴をあげる。「どうせなら……中途半端ではなく、思う存分に罪を犯そう」

25

「ふたりとも地獄に落ちるわ」固く閉じた腿の合わせ目に沿って口づけられながら、ケイトリンは言った。

「ぼくはきっと地獄行きだろうと昔から思っていたよ」デヴォンが気にする様子もなく言う。恥ずかしさにケイトリンは身をよじった。いつの間に馬車の中で彼と半裸になる事態に陥ってしまったのだろう？　気温は低く、むきだしのヒップに当たるベルベットの生地は冷たいが、彼女の全身に鳥肌を立たせているのはデヴォンの温かい手と唇だった。

彼がケイトリンの両脚をつかんだ。無理に開かせるのではなく、こわばった筋肉をぎゅっと握っただけなのに、うっとりするような心地よさを感じ、彼女は甘いうめき声をもらした。彼の親指が徐々に秘めやかな場所にもぐりこみ、そこをやさしくマッサージしはじめる。おなかの底から震えるような歓びがわきおこり、ケイトリンはついにデヴォンの要求に屈して脚を開いた。もう何も考えられない。意識はすべて、敏感な肌をさまよいながら内腿に沿って押し当てられる彼の唇に集中している。デヴォンがとうとう腿の付け根に到達すると、膝がびくっとけいれんした。彼の舌が襞を開きながら上に進み、小さなつぼみに届く寸前で止まる。息をあえがせ、彼女はデヴォンの頭に手を伸ばして髪をまさぐった。彼を押しのけたいのか、引き寄せたいのか、それすらもわからない。デヴォンが外側の襞の縁をそっと噛んだ。彼の息が熱くて、くすぐったい。あたりをゆっくりと探っているのに、どこよりもうずくその場所には触れてくれないのだ。

暗がりの中、悪魔のささやきとしか思えない声が聞こえた。「ここにキスしてほしいかい？」

「いいえ」一瞬ののち、すすり泣きながら言っていた。「ええ」

濡れた部分に唇を当てたまま、デヴォンが静かに笑う。その振動が伝わったとたん、彼女は卒倒しそうになった。「どっちだ？　イエスなのか、ノーなのか？」

「イエス、イエスよ」

道徳を守ろうとする自分の決意が濡れた厚紙ほどの強さしかないと思い知るのは、あまりうれしいものではない。

「どこにキスしてほしいのか教えてくれ」彼がささやいた。

激しい苦悩に息を弾ませながら、ケイトリンはなんとか下に手を伸ばして、小さな突起をあらわにした。デヴォンの口がゆっくりとそこを覆い、舌が触れる。彼女の両手がぱたりと落ち、体の下のベルベット張りの座席に指先が食いこんだ。彼の舌が滑るように動いている。小刻みに震え、なかば意識を失いそうになりながら、ケイトリンはうめき声をあげた。

「ぼくが必要だと言ってくれ」やわらかな部分を息でくすぐりながら、デヴォンがささやく。

「あなたが必要なの」彼女は息をのんだ。

彼の舌がじらすように円を描いた。「きみはぼくのものだと言うんだ」

渇望は身を焦がすほどに強く、どんな言葉でも口にしていただろう。けれどもケイトリンは、デヴォンの口調のわずかな変化に気づいた。かすかに感じられる所有欲のようなものが、彼はもうふざけていないと警告する。

彼女が応えずにいると、デヴォンが敏感な襞を通り過ぎて、指をそっと一本……いや、二本、奥に差し入れた。満たされる感覚は違和感もあるものの、このうえなくすばらしかった。体の奥の筋肉が脈打つように動き、彼の指をさらに深く引きこもうとする。まさぐっていた指が内部のどこか、ひどく感じやすい場所に触れたとたん、ケイトリンは反射的に膝を引きあげて爪先を丸めていた。

デヴォンの声が低く……太くなった。「言ってくれ」

「わたしはあなたのものよ」弱々しい声で言う。

彼の喉から満足げな、まるで猫が喉を鳴らすみたいな音がこぼれた。

ケイトリンは背中をそらし、またあの場所に触れてほしいと懇願した。その願いがかなえられて体が跳ねる。手足にまったく力が入らない。「ええ、そうよ。そこ、そこよ……」開いたデヴォンの唇に覆われ、じらすように吸いあげられて、声にならなくなった。望みどおりの返事をした褒美とばかりに、彼が一定のリズムを刻みはじめる。空いているほうの手をケイトリンの腰の下に滑りこませ、口元へ引き寄せてさらに強く揺さぶる。ヒップがさがるたびにデヴォンの舌が上へ動き、舌先が小さな真珠のすぐ下をとらえた。何度も何度も。彼女の耳に、すすり泣くようなうめき声をあげる自分の声が聞こえた。もう何も抑えられない。考えることも、自らの意志で動くこともできず、恐ろしいほどの欲求を感じているだけ。そしてついに、すさまじいけいれんがはじまった。低い叫びとともに、ケイトリンはデヴォンに体を押しつけ、彼の肩にのせた腿を締めつけた。

やがて長い震えが消えていくと、ケイトリンは放りだされたぬいぐるみのように、ベルベット張りの座席の上にぐったりと倒れこんだ。デヴォンはまだ彼女に口をつけたまま、快感をゆっくりとやわらげてくれている。ケイトリンはなんとか手を伸ばして、彼の頭を撫でた。地獄へ落ちるだけの価値があるかもしれない。そう考えて無意識のうちにつぶやいていたらしく、デヴォンの口元に笑みが浮かぶのがわかった。

階上の居間へ近づいていたヘレンは、喉の奥を鳴らすような発音の言葉を耳にして歩みをゆるめた。この一週間で、ウエールズ語の悪態にはかなり慣れた。ミスター・ウインターボーンが、けがや脚のギプスのせいで思うように動けない状態に、なんとか立ち向かいはじめたからだ。決して大声を出すわけではないのに、彼の声は普通の男性よりもよく通った。教会の鐘のように深い音質なのだ。どうして多くの人がウエールズ訛りをばかにするのか、ヘレンには理解できなかった。長く発音される母音や、かすかに喉の奥を振動させる〝r〟の音、言葉をやわらかく感じさせる子音の脱落などは耳に心地いいのに。

まだ階段ののぼりおりはできないし、移動が制限されているというのに、屋敷じゅうにウインターボーンの存在が感じられた。彼は精力的な男性で、すぐに時間を持てあまし、どんな制約に対してもいらだちを見せた。活発で騒がしい環境を望み、彼が回復するまで改修工事を中断するようデヴォンが大工や配管工に命じたというのに、作業を再開させて騒音を聞かせてほしいと言いだす始末だ。平安こそ、ウインターボーンがもっとも望んでいないものに違いない。

ウインターボーンは、ヘレンの父親の従者を務めていたクインシーに絶えず用事を言いつけている。本来ならそれも心配の種になりかねないのだが、クインシー自身が新たな役割にやりがいを感じているようだった。数日前、ウインターボーンの使いで村へ電報を打ちに行く途中でヘレンと出会った際、クインシーは新しい仕事についたことを教えてくれた。

「よかったわね」最初は驚いたものの、ヘレンは感嘆の声をあげた。「本当のことを言うと、あなたのいないエヴァースビー・プライオリーは想像もできないけれど」

「はい、お嬢様」年配の従者は彼女に温かい目を向けた。言葉にすることはないものの、クインシーの視線からは愛情が伝わってくる。彼は規律正しい無口な男だが、仕事を中断してなくした人形探しを手伝ったり、すりむいた肘をハンカチで包んでくれたりと、いつも変わらぬやさしさでヘレンと双子に接してくれた。そして三姉妹の中では自分が彼の一番のお気に入りだと、ヘレンは気づいていた。おそらく性格に似た部分があるからだろう。ふたりとも、すべてが平穏で、あるべき場所におさまっていることを好んだ。

クインシーとの暗黙の絆は、ヘレンの父親が亡くなるまでの最後の数日をともに看病することで強まった。彼女の父は、寒空の下で一日じゅう雨に打たれて狩りをしたせいで病に倒れたのだ。もちろんシムズやミセス・チャーチも主の苦しみをやわらげるためにできる限りのことをしてくれたが、ヘレンとクインシーのふたりは交替で、ずっとベッドのかたわらに座っていた。ほかには誰もいなかったから。父親の病が伝染してはいけないと、双子は入室を許されなかったし、テオはロンドンから戻ってくるのが間に合わず、最後の別れを告げられなかった。

クインシーがエヴァースビー・プライオリーを離れると知って、ヘレンは残ってほしいとわがままを言うより、彼のために喜ぼうと思った。「ロンドンでの暮らしは気に入るかしらね、クインシー？」

「そう期待しています、お嬢様。冒険だと思うことにしたんですよ。気持ちを切り替えるにはうってつけなのかもしれません」

涙をこらえて微笑みかける。「寂しくなるわ、クインシー」

従者は平静を保っていたが、その目は潤んでいた。「ロンドンへお越しの際はいつでもご用命を承りますので、どうぞお忘れなく。使いを出していただければ、すぐに参上いたします」

「あなたがミスター・ウインターボーンのお世話をすることになってよかったわ。彼にはあなたが必要よ」

「ええ」クインシーがしみじみと言う。「本当に」

クインシーが新しい雇主の癖や好み、思いがけない行動に慣れるまで、少し時間がかかるかもしれないとヘレンは思った。幸い、彼は何十年も気性の激しい主人に対応する訓練を積んできた。レイヴネル一族よりは、ウインターボーンのほうが間違いなくましだろう。

この二日間、百貨店の店長や会計士、広報担当者を含むウインターボーンの従業員の一団がロンドンからやってきていた。彼らは家族用の居間で何時間も過ごし、報告をしたり指示を受けたりしていた。仕事のしすぎは回復を遅らせるかもしれないと、ドクター・ウィークスに警告されていたのだが、ウインターボーンの場合は従業員たちと話すことから活力を得ているようだった。

「彼にとってあの百貨店は、単なる仕事にとどまらないんだ」ウインターボーンが店長たちと階上で話をしていたとき、ウエストンがヘレンに言った。「彼そのものなんだよ。時間と関心のほぼすべてを費やしている」

「でも、なんのために？」困惑して尋ねる。「男の人がお金を稼ぎたがるのはたいてい、より大切なものを手に入れたいからよね。家族や友人と過ごすとか……自分の才能を伸ばしたり、精神面を充実させて精神生活をよくしたりとか……」

「ウインターボーンにそれはないだろう」ウエストンがそっけなく言った。「物質より精神面を重視していると人に思われたら、不快に感じるんじゃないかな」

従業員たちは今朝帰っていき、ウインターボーンは一日のほとんどを居間か寝室で過ごしている。けがをした脚に体重をかけないように医師から指示されているにもかかわらず、介助を拒み、松葉杖で移動すると言い張って。

居間の入り口から室内を見まわしたヘレンは、大理石をのせたクルミ材のテーブルのそばで椅子に座っているウインターボーンを見つけた。テーブルの上からうっかり書類の束を落としてしまったらしく、周囲の床に紙が散らばっている。彼は椅子から転げ落ちないよう気をつけながら、ぎこちなく身を乗りだして紙を拾おうとしていた。

内気さより心配が勝って、ヘレンはよく考える前に部屋へ足を踏み入れていた。

「こんにちは、ミスター・ウインターボーン」膝をついて書類を集める。

「気遣いは無用だ」彼がぶっきらぼうに言う。

「たいしたことじゃないわ」自分のしていることに自信がなくなり、彼女はひざまずいたままウインターボーンを見あげた。これほどまでに濃い、ほとんど黒に見える茶色の瞳は初めてだ。心臓がどきりとする。さらにもう一度。彫りの深い顔に濃いまつげが影を落としていた。どこか荒々しさのあるハンサムな顔は、ヘレンを落ち着かない気分にさせた。椅子に座っていても、ウインターボーンは彼女が考えていた以上に大きかった。脚につけたギプスでさえ、恐ろしげな雰囲気をやわらげる役には立っていない。

拾い集めた書類を差しだすと、一瞬ふたりの指が触れあった。ヘレンは驚いて手を引っこめた。彼が険しい顔になり、太い眉を寄せる。

彼女は慎重に立ちあがった。「あなたがもっと快適に過ごせるように、何かわたしにできることはないかしら？　紅茶か軽食を持ってきてもらいましょうか？」

ウインターボーンが首を横に振った。「すぐにクインシーが盆を運んでくる」

なんと応えればいいかわからない。具合が悪くて自分では何もできない彼と話すほうが簡単だった。

「ミスター・クインシーが、ロンドンであなたのために働くことになるだろうと教えてくれたの。彼に機会を与えてくれてよかったわ。あなたたちの両方にとっていいことよ。彼はすばらしい従者になるわ」

「それだけの給料を払うんだからな」ウインターボーンが言う。「イングランドで最高の従者になってもらわないと」

つかのま、ヘレンは途方に暮れた。「彼なら間違いなくそうなるわよ」思いきって言う。

ウインターボーンが書類の束を慎重にそろえながら言った。「まずはぼくのシャツを処分するところからはじめたいらしい」

「あなたのシャツを」困惑して繰り返す。

「店長のひとりが、ロンドンからぼくの服をいくらか持ってきたんだ。クインシーはそのシャツが既製品だと見抜いた」ヘレンの反応をうかがうように、用心深く視線を向ける。「正確に言うと、半分完成した状態で売られているものなんだ。客の好みに合わせて仕上げられるように。どんなあつらえのシャツにも負けない高品質の生地を使っているんだが、それでもクインシーは鼻であしらう」

彼女はよく考えてから口を開いた。「クインシーのような職業の人は、細かいことに関して厳しい目を持っているのよ」何も言わずにおくべきだったのかもしれない。男性の服について議論するなんて、きわめて無作法だ。けれどもヘレンは、ウインターボーンがクインシーの気遣いを理解できるように手助けするべきだと感じた。「単なる生地の問題ではないの。注文仕立てのシャツは縫い方が違うわ。完璧にまっすぐな折り伏せ縫いで、ボタンホールはボタンの脚《シャンク》にかかる負担が少なくなるように、手縫いで片方の端を鍵穴の形にしている場合が多いのよ」にっこりして続ける。「前立てや袖口について詳しく説明してもいいけれど、あなたは退屈して、椅子に座ったまま寝てしまうんじゃないかしら」

「細部の重要性は承知している。だが、シャツに関しては……」ウインターボーンが口ごもった。「自分が売っている商品を身につけるよう心がけてきたんだ。百貨店に来れば同じものが手に入るとわからせるために」

「それはうまい販売戦略でしょうね」

「実際にそうなんだよ。うちはロンドンのほかのどの店よりも多くのシャツを売りあげている。だが、上流社会の人間がボタンホールにまで注意を払って見ているとは考えもしなかった」

自分より社会的に優位な人々にまじったとき、自らが不利な立場にあると気づかされた彼は、さぞ自尊心が傷つけられたことだろう。

「そんな場合ではないでしょうに」ヘレンは詫びるように言った。「彼らには気にかけるべき、はるかに重要な問題があるわ」

ウインターボーンがいぶかしげな視線を向ける。「まるで他人事のような口ぶりだな」

彼女はかすかな笑みを浮かべた。「わたしはこれまでの人生のほとんどを上流社会から離れた場所で過ごしてきたのよ、ミスター・ウインターボーン。自分が何者なのか、どこに居場所があるのか、ときどきわからなくなるわ」

「トレニアは、喪が明けたらきみと妹たちをロンドンに連れていくつもりでいるようだが」

ヘレンはうなずいた。「ロンドンへは子どもの頃に行ったきりなの。とても大きくて刺激的な場所だった記憶があるわ」彼を信頼して心の内を打ち明けそうになっているのに気づき、言葉を切る。「今なら……怖じ気づいてしまうかもしれない」

ウインターボーンが微笑む。「怖じ気づいたらどうなるんだ？　走って逃げて、隅に隠れるんじゃないのか？」

「そんなことないわ」つんとして言った。からかわれているのかしら？「どんな状況であれ、しなくてはならないことをするだけよ」

彼の笑みが広がり、日に焼けた肌の色と対照的な白い歯がちらりと見えた。

「それを誰よりもよく知っているのは、ぼくだろうな」穏やかな口調で告げる。

熱を出したウインターボーンを看病したときのことを言っているのだろう。あの黒髪の頭を腕に抱きかかえ、顔や首筋を濡らした布でぬぐって……。ヘレンは顔が紅潮しはじめていることに気づいた。赤くなってもすぐにおさまる、いつもの赤面とは違う。熱がどんどん増して赤みが全身に広がり、落ち着きをなくして呼吸もままならない。彼のきらめくコーヒー色の瞳をちらりと見たのは間違いだった。熱くて焼きつくされそうだ。

必死の思いであたりを見まわしたヘレンの目が、部屋の隅に置かれた古いピアノに留まった。「何か弾きましょうか？」答えを待たずに立ちあがる。部屋から逃げださずにいるには、そうするしかなかった。視界の端に、椅子の肘掛けをつかんで立とうとするウインターボーンの姿が映る。だが、彼は脚にギプスをつけていることを思いだしたようだ。

「ああ、聴きたいな」ウインターボーンは弾いている彼女の横顔が見える位置へ、少し椅子を動かした。

ピアノの前に座り、鍵盤を覆う蝶番のついた蓋を開けると、なんだか守られているような気持ちになった。ゆっくりと呼吸をして心を落ち着かせ、姿勢を正して鍵盤に指を置く。そして暗記している曲を弾きはじめた。ヘンデルのピアノ組曲からアレグロへ長調。活気にあふれ、複雑で難易度が高く、赤面のことを考えている余裕はない。二分半のあいだ、彼女は勢いを落とさないまま、高速で鍵盤に指を走らせた。やがて曲を弾き終えると、気に入ってくれたことを願いながらウインターボーンを振り返った。

「優れた技巧だ」彼が言った。

「ありがとう」

「お気に入りの曲なのか？」

「いいえ。わたしが弾けるうちでもっとも難しい曲だけど、一番のお気に入りではないわ」

「ひとりのときは何を弾くんだ?」

母音を長く伸ばす話し方で穏やかに問いかけられ、おなかのあたりがぴんと張りつめた。快感とも言えるその感覚に動揺しつつ、ゆっくりと答える。「曲名は覚えていないの。ピアノの家庭教師がずっと昔に教えてくれたのよ。なんという曲か、もう何年も突き止めようとしているのだけど、メロディーを知っている人が誰もいなくて」

「弾いてみてくれ」

記憶をたどりながら鍵盤に手を置き、ヘレンは頭から離れないその美しい調べを奏でた。悲しげな曲は弾くたびにいつも心を動かし、自分でもわからない何かを恋しく思う気持ちをかきたてる。最後まで弾き終えて顔をあげると、ウインターボーンが釘づけになっているかのように彼女を凝視していた。困惑と憧憬、熱く心を騒がす感情が入りまじった表情だ。だが、彼はすぐに覆い隠してしまった。

「ウエールズの曲だ」ウインターボーンが言った。

ヘレンは驚きの声をあげて笑い、信じられない思いで頭を振った。「知っているの?」

「《ア・イー・ディール・デリン・ドゥ》だよ。ウエールズ人なら生まれたときから知っている」

「どういう歌なのかしら?」

「恋する男が、愛する人に気持ちを伝えてほしいとブラックバードに頼むんだ」

「どうして直接会って伝えないの?」なぜかふたりとも、秘密を打ち明けあうように声をひ

なくなっている」

「彼女を見つけられないからだ。彼の思いはあまりにも深く――そのせいではっきりと見えそめていた。

「ブラックバードは彼女を見つけたの？」

「歌の中では触れられていないな」ウインターボーンが肩をすくめる。

「そんな。どうしても結末が知りたいわ」

彼が声をあげて笑った。粗野だがやわらかく、引きつけられる声だ。口を開いたウインターボーンは、いつもより訛りがきつくなっていた。「小説なんか読んでいるからだ。この物語に結末は必要ないんだよ。問題はそこじゃない」

「それなら何が問題なの？」

濃い色の瞳がヘレンをとらえる。「恋人を愛しているということだ。彼は探しつづけている。哀れなわれわれほかの人間と同様、彼の心からの願いがかなうのかどうか、知る手立てはない」

あなたもそうなの？　ヘレンはそうききたくてたまらなかった。いったい何を探しつづけているの？　けれど、その問いは個人的すぎる。まして、よく知りもしない男性に尋ねることなどできない。それでも言葉は舌先にとどまり、口に出してほしいと懇願していた。顔をそむけて懸命に押しとどめていると、やがて砕いた砂糖のかけらのように消えてなくなった。ようやく視線を戻したウインターボーンの表情は、ふたたびよそよそしいものに戻っている。

ヘレンは安堵した。恐ろしいことに、誰にも告げたことのないひそかな思いや願いを彼に打ち明けてしまいそうになったからだ。

そこへ夕食の盆を持ったクインシーが現れ、彼女はほっとした。ウインターボーンとふたりきりで部屋にいるヘレンを目にして白い眉をわずかにあげたものの、従者は何も言わなかった。クインシーがテーブルにナイフやフォーク、グラスや皿を並べるあいだに、彼女は平静を取り戻した。布張りの長椅子から立ちあがり、ウインターボーンにあいまいな笑みを向ける。「そろそろ失礼するわ。どうぞ、お食事を楽しんで」

ヘレンの全身を一瞥した彼の視線が、しばらく顔にとどまった。「また弾いてくれるか?」

「ええ、あなたがお望みなら」急に走りださないように我慢しながら、彼女は居間をあとにした。

ヘレンのうしろ姿を目で追いつつ、リースはこの数分間の出来事をひとつ残らず思い返していた。彼女に嫌われているのは明らかだ。彼に触れられると急いで手を引っこめ、なかなか視線を合わせようとしなかった。個人的なことに話題が向きかけると、唐突に話題を変えた。

外見も彼女の好みではないのかもしれない。もちろん訛りにも不快感を覚えているだろう。温室育ちのほかの令嬢たちと同じく、ヘレンもウエールズ人を野蛮人だと思っているのかもしれない。自分がリースのような卑しい者にはもったいないとヘレンは知っているのだ。たしかにその点に関しては、彼も文句を言うつもりはなかった。

だが、なんとしてでも彼女を手に入れてやるぞ。

「レディ・ヘレンをどう思う?」リースは目の前のテーブルに食事を並べているクインシーにきいた。

「レイヴネル家の宝です」従者が答える。「おそらく、どなたよりも心のやさしいお嬢様ですよ。悲しいかな、これまでは見過ごされてきました。ご両親はほとんどお兄様にしか興味をお持ちでなく、残ったわずかな関心も双子のお嬢様たちに向けられていましたから」

双子には数日前に会っていた。目をきらきらさせた陽気な娘たちで、百貨店に関する質問を山ほど浴びせられた。かなり気に入ったと言えるが、どちらにも興味は引かれない。姉とはまったく似たところがないのだ。ヘレンはまるで真珠貝のようで、ひとつの色しかないかと思うと、違う角度から見ればラベンダーやピンク、ブルー、グリーンなど繊細な色がきらめいているのがわかる。美しい容姿だが、本質はほとんど表に出ていない。

「彼女は知らない人間には、いつもあんなふうによそよそしいのか?」ナプキンを膝に置いて尋ねる。「それとも、ぼくに対してだけか?」

「よそよそしい?」クインシーの声は心底から驚いているように聞こえた。しかし彼が何か言う前に、二匹のスパニエル犬が居間に入ってきた。うれしそうにあえぎながら、リースのほうへ跳ねてくる。「なんということだ」従者が眉を寄せてつぶやく。

リースは犬が好きなので、突然入ってこられても気にならなかった。それより当惑したのは、犬たちのあとから小走りでやってきて彼の椅子のそばに座りこんだ三匹目の動物のほうだ。

「クインシー」呆然として尋ねる。「なぜ居間に豚がいるんだ?」

犬たちを追い払うことに気を取られていた従者がうわの空で答える。「ご家族のペットなのです。納屋から出さないように気をつけているのですが、しきりに屋敷の中へ入りたがって」

「でも、なぜ――」リースは口ごもった。どんな説明をされようと理解はできないだろう。彼は質問を変えた。「ぼくが家に家畜を置いていたら無教養で頭がどうかしている思われるのに、伯爵の屋敷内を豚が自由に歩きまわっていても、どうして風変わりだとしか言われないんだ?」

「世間が貴族に期待するものは三つ」クインシーが豚の首輪を引っ張りながら答える。「カントリーハウスと小さい顎、そして奇行です」彼は押したり引いたりしたが、豚は頑として動こうとしなかった。「こいつめ」一度に数センチずつ豚を動かしながら、息を切らして言う。「明日の朝食までには、おまえをソーセージと薄切り肉に変えてやるからな!」

決意に満ちた従者を無視して、豚は期待に満ちた目で我慢強くリースを見あげている。

「クインシー」彼は言った。「いくぞ」皿からロールパンを取りあげ、さりげなく宙に放り投げる。

従者が手袋をはめた手でうまくつかんだ。「ありがとうございます、旦那様」パンを手に彼がドアのほうへ歩いていくと、豚はあとを追った。

かすかな笑みを浮かべてその様子を見つめながら、リースは言った。「恐怖よりも欲望のほうが意欲を起こさせるものなんだ。覚えておくといい、クインシー」

26

〝テオ！　テオ、やめて！〟

悪夢はいつものことながら鮮明で耐えがたく、地面が動いているように感じられて、廏舎へ向かう足が斜めに着地してうまく走れなかった。遠くから、ひどく腹を立てているらしいアサドのいななきが聞こえてくる。馬番がふたりがかりで馬勒をつかんで動けないようにしているあいだに、威圧的な姿の夫が馬の背にひらりとまたがった。まばゆい朝の光が、金色の馬体に降り注いでいる。アサドが蹄《ひづめ》で地面を激しくかき、足を踏み鳴らした。

夫が握っている鞭を目にしたとたん、胸がばくばくしはじめた。鞭に屈するくらいなら、アサドは死を選ぶだろう。〝やめて！〟ケイトリンは叫んだ。けれども馬番たちは馬勒から手を離してしまい、すでに馬は前に跳ねていた。恐慌をきたして目を見開いたアサドが、うしろ脚で立ちあがる。腹帯を引きちぎらんばかりに馬体が大きく波打った。テオが鞭を持った手をあげ、振りおろした。何度も何度も。

アラブ馬は身をよじり、うしろ脚を蹴りあげた。次の瞬間、テオの体が鞍から離れる。彼は投げられたタオルのように宙を舞ったかと思うと、激しく地面に叩きつけられた。

ケイトリンは最後の数メートルをよろめきながら進み、ぴくりとも動かない彼のもとへたどり着いた。手遅れなのは明らかだった。へなへなとひざまずき、死を目前にした夫の顔をのぞきこむ。

しかし、それはテオではなかった。

悲鳴が喉を焼く。

夢から覚め、ケイトリンは絡まるシーツの中からなんとか体を起こした。かすれた音をたてながら激しく息をする。上掛けを握りしめ、汗に濡れた顔をおぼつかない手つきでぬぐい、立てた膝に頭を預けた。

「現実じゃないのよ」小さな声で自分に言い聞かせて、恐怖が徐々に消えていくのを待つ。ゆっくりとマットレスに体を近づけるが、背中や脚の筋肉がこわばり、体を伸ばして横たわることはできなかった。

ケイトリンは洟《はな》をすすり、横向きになってから、もう一度起きあがった。マットレスの端から片方の脚を外に出す。それからもう一方も。ベッドにいなさいと自分に命じたが、すでに両足は下へおりようとしていた。そして足が床に着いた瞬間、もうあと戻りはできないと覚悟する。

すばやく部屋を出て、過去の亡霊と記憶に追いたてられるように暗闇の中を走った。

主寝室にたどり着くまで止まらなかった。

ドアをノックするときになってようやく、衝動的な行動を後悔する気持ちが浮かんできたが……それでも手を止められない。そのとき、ふいにドアが開いた。

あたりは暗く、大きな体の輪郭がわかるだけで顔は見えないけれど、聞こえてきたバリトンの声はデヴォンのものだった。

「どうした？」彼がケイトリンを室内に引き入れてドアを閉める。「何があった？」デヴォンは震える体を抱きしめてくれた。もたれかかったケイトリンは、胴に巻いた包帯以外、彼が何も身につけていないことに気づいてはっとした。けれども温かい体の感触はとても心地よく、どうしても離れられなかった。

「悪い夢を見たの」彼女はささやき、絹のようになめらかな毛に覆われた胸に頬を寄せた。なだめるような声が頭上から聞こえる。

「あなたを煩わせるべきではなかったんだけど」ケイトリンは言いよどんだ。「ごめんなさい。だけど、ひどく真に迫った夢で」

「なんの夢を見たんだ？」彼女の髪を撫でながら、デヴォンがやさしく尋ねる。

「テオが亡くなった朝の夢よ。何度も同じ悪夢を見ているの。でも、今夜はいつもと違った。わたしが彼のところへ走っていくと――テオは地面に横たわっているのよ。そして顔を見おろしたら、彼ではなかったの。あれは――あそこにいたのは――」悲しくてそれ以上続けられず、さらにきつく目を閉じる。

「ぼくだった？」彼が落ち着いた声できいた。手はケイトリンの後頭部を包んでいる。

彼女はしゃくりあげてうなずいた。「ど、どうしてわかったの？」

「夢というのは、実際の記憶と不安に感じていることを混同させる傾向がある」デヴォンの唇が彼女の額をかすめた。「最近の出来事を考えれば、きみの心がそれを亡くなった夫の事故と結びつけたとしても、さほど驚くことじゃない。だが、現実ではないんだ」そっと頭を傾け、ケイトリンの濡れたまつげに口づける。「ぼくはここにいる。何も起こらないよ」

彼女は弱々しくため息をついた。

デヴォンは彼女の震えがおさまるまで抱きしめていてくれた。「きみの部屋まで送っていこうか？」

しばらくのあいだ、ケイトリンは答えられなかった。正しい返答はイエスだとわかっているけれど、本心はノーと言いたい。破滅に足を踏み入れることを覚悟して、彼女はついに小さくかぶりを振った。

デヴォンがぴたりと動かなくなる。彼は深く息を吸い、ゆっくりと吐いた。片方の腕をケイトリンにまわしてベッドへと導いていく。

罪の意識と喜びの両方を感じながら、彼女はマットレスの上にあがり、上掛けの下に体を滑りこませた。

デヴォンはまだベッドサイドにいる。マッチをする音がして一瞬の青い炎が浮かびあがり、続いてろうそくの光があたりを照らした。

彼がベッドに入ってくると、ケイトリンは緊張して体をこわばらせた。この行動が行き着く先に疑問の余地はない。血気盛んな裸の大人の男性とひとつのベッドを分かちあって、処女のままでいられるとは思っていない。だが彼女には、この行動が決して行き着かない先もわかっていた。クリスマス・イヴに小作人の幼い娘を抱いていたとき、ケイトリンはデヴォンの表情を目にした。ほんの一瞬、彼は恐怖の色を浮かべたのだ。

これ以上先へ進むなら、彼が領地のためにどんな計画を立てても、受け入れなくてはならないだろう。でも、そこに結婚や子どもをもうけることは含まれない。

「これは情事ではないわ」デヴォンにというより、自分に言い聞かせるように言った。「一夜限りのことよ」

横向きになってケイトリンを見おろす彼の額に、ひと房の髪がこぼれ落ちている。デヴォンの手は上掛けの上から彼女の腰や腹部を撫でていた。「なぜ呼び方を気にするんだ？」

「情事は必ず終わるものだから。どちらかが離れたくなっても、もうひとりの考えが違うと、終わらせるのが難しくなるわ」

デヴォンの手の動きが止まる。彼は色濃く見える青い目でケイトリンを見おろした。彫りの深い顔の高い頬骨に、ろうそくの明かりがちらちらと揺れている。「ぼくはどこへも行かない」デヴォンは片手で彼女の顎をつかみ、いきなり激しくキスをした。自分のものだというしるしを刻むかのように。ケイトリンは口を開き、情熱をこめて探ってくる彼の思うようにさせた。

上掛けをはがして、デヴォンは彼女の胸の上にかがみこんだ。薄いキャンブリック地のネグリジェを突き抜ける熱い息を感じ、胸の先端が硬くなる。そこに彼の指が触れ、張りつめた形を確認してから口に含み、布越しになめる。顔をあげたデヴォンがそっと息を吹きかけると、濡れた生地がひんやりと感じられた。

うめき声をあげ、ケイトリンはネグリジェの前を留めている小さなボタンを乱暴に引っ張って外そうとした。

デヴォンが彼女の手首をつかみ、脇におろさせる。動きを封じてから、彼はネグリジェの上から吸ったり甘嚙みしたりを続けた。デヴォンの体は開いた腿のあいだにあり、その重みは苦しいけれど刺激的だった。身もだえするうちに、彼の下腹部が硬くなるのがわかった。こすれあう甘美な感覚に、ふたりして息をのむ。

ケイトリンの手首を放したデヴォンはネグリジェのボタンに注意を向け、慎重に外しはじめた。裾はすでに腰の近くまでめくれあがっている。彼の熱いこわばりが内腿をかすめるのを感じた。

ボタンがすべて外れる頃には、彼女はすっかり力を奪われてあえいでいた。

ついにデヴォンがネグリジェを引きあげて頭から脱がせ、脇に放った。彼は正座をする形でひざまずき、開いた脚をケイトリンの腿の下に入れて、ろうそくの炎で金色に輝く体をじっと見つめた。一糸まとわぬ姿を見られるのは初めてだと気づき、ケイトリンは恥ずかしさのあまり全身が熱くなった。反射的に手で隠そうとする。けれどもデヴォンはその手を難なくとらえ、腕を大きく開かせた。

ああ、なんという目で見ているのだろう。強く、やさしく、そして激しいまなざし。

「これほど美しいものは見たことがない」彼の声はわずかにかすれていた。ケイトリンを放すと、彼は広げた指先で腹部に触れ、そこから下へと滑らせた。指の触れたあとが燃えるように熱い。やがて指は脚のあいだのやわらかな三角地帯にたどり着いた。かすみのような巻き毛をそっとすき、その下のひそやかな肌を探索されると、声にならないうめきが喉をふさぐ。興奮が全身に広がり、彼女は身もだえして体を持ちあげた。

デヴォンが腹部に手のひらを置いて、まるで暴れ馬に声をかけるようにささやいた。「落ち着いて」指先が脚のあいだを滑り、小さな突起のすぐ上を撫でて、熱いうずきを目覚めさせる。ケイトリンは身を震わせ、両脚で彼の腰を締めつけた。

親指が彼女の体の入り口のあたりで円を描き、潤いを集めてから、ふくらんだ突起へと戻っていく。

ああ、なんて不道徳な行為だろう。

目を閉じて、燃えるように熱い顔をそむける。デヴォンの親指がまた下へ滑り……戯れながらゆっくりと内側へ入りこんでいった。ちくりとした痛みがあった。特に、やわらかな部分の張りつめた縁を越えて親指が入れられると痛みが増す。しかし彼はこのうえなくやさしく、ゆったりとしたリズムで、さするように動いた。デヴォンが生みだす感覚に、ケイトリンは息をのんだ。快感で内部がほどけはじめる。ヒップの筋肉が張りつめてはゆるみ、恥知らずにも欲求を募らせるにつれて、彼女の内側はとろとろに溶けていった。

彼の手が離れるのを感じ、ケイトリンはすすり泣いて抗議した。黒い影になったデヴォンの頭と広い肩がのしかかり、彼女の膝をつかんで肩のほうへと押しあげる。そして脚を大きく開かれるとヒップが持ちあがり、すべてがさらけだされてしまった。かがみこんだ彼が秘めやかな部分にゆっくり舌を這わせると、ケイトリンの耳に自分のうめき声が聞こえた。デヴォンの舌が容赦なく突起をこすり、神経の端々にまで至福の歓びを送りこむ。すさまじい快感が押し寄せ、ついにはあふれだして、ケイトリンは弾けた。

絶頂感が次第にやわらいでくると、ヒップがマットレスにおろされるのを感じた。デヴォンが彼女の唇にキスをする。彼の舌は塩辛く、わずかに官能の味がした。たくましい筋肉に覆われた腹部に両手をさまよわせ、こわばった部分にためらいがちに触れる。そこは思ったより硬く、絹よりもなめらかに思えた。驚いたことに、指先にはっきりと脈動を感じる。

低いうなり声をあげたデヴォンがさらに体重をかけてのしかかり、彼女の脚を押し広げた。彼はケイトリンの体がついに屈するまで突き進み、鋭い痛みに彼女がたじろいでも、止まろうとはしなかった。締めつける筋肉の中をゆっくりと進んでいく。焼けつくような感覚に身を固くした彼女は、弱々しい叫びをあげた。

デヴォンが動きを止め、愛情のこもった言葉をささやいた。痛みをこらえて彼を包みこむケイトリンのヒップや腿をさすり、さらに近くへ引き寄せる。腹部が重なり、体の奥にデヴォンの熱を感じた。抵抗してもしかたがないと悟ったかのように、彼女の内側の筋肉が徐々にこわばりを解きはじめた。

「よし」彼女の力が抜けたのを感じ取って、デヴォンがささやいた。ケイトリンの顎から喉へ唇を這わせ、ゆったりとした動きで慎重に突きはじめながら、じっと彼女を見つめる。快感が彼の厳しい顔つきをやわらげて、頬骨のあたりを鮮やかな色に染めていた。やがて引火点に到達したデヴォンは、唇をぴったりと合わせたまま激しく身震いした。そしてさっと身を引き、濡れたこわばりを押しつぶすようにしてケイトリンの腹部に当てる。ふたりのあいだに熱い波が広がるあいだ、デヴォンはうめきながら彼女の髪に顔をうずめていた。

ケイトリンは彼をきつく抱きしめ、その体に走る興奮の細かな震えを味わった。ふたたび呼吸ができるようになると、デヴォンは略奪を堪能して満足した男のように、気だるげに彼女にキスをした。

しばらくしてベッドを離れたデヴォンが、水を入れたグラスと湿らせた布を持って戻ってきた。ケイトリンがごくごくと水を飲み干すあいだに、ふたりが交わった証拠をぬぐい去ってくれる。「きみを傷つけたくなかったんだが」脚のあいだのひりひりする場所でそっと布を動かしながら、彼がささやいた。

ケイトリンは空のグラスを彼に返した。「わたしはあなたが心配だったわ。体を痛めてしまうかもしれないと思ったの」

彼がにやりとして、グラスと布を脇に置く。「どうやって？　ベッドから転げ落ちて？」

「いいえ、あんなに激しい運動をしたから」

「あれぐらいなら激しいとは言わないよ。抑制していたからね」デヴォンはベッドに戻ると彼女を引き寄せ、体じゅうに両手をさまよわせた。「明日の夜」肩にキスしながら言う。「激しいとはどういうものか見せてあげよう」

ケイトリンは彼の首に両手をまわし、豊かな髪に唇を押し当てた。「デヴォン」おずおずと告げる。「明日の夜はあなたとベッドをともにしないと思うわ」

彼が頭をあげて心配そうにケイトリンを見る。「痛みが強すぎるようなら、抱いているだけにするよ」

「そうじゃないの」デヴォンの額に落ちかかった髪の房を撫でて戻す。「前にも言ったように、わたしに情事は無理なのよ」

彼の瞳に困惑の色が浮かんだ。「そろそろ言葉の定義をはっきりさせておくほうがよさそうだな」ゆっくりと言う。「ぼくたちは一緒に寝た。明日の夜もう一度同じことをするのに、どんな違いがあるというんだ？」

どうやって理解してもらえばいいのだろう？　ケイトリンは唇を噛んだ。

「デヴォン」しばらくして口を開く。「あなたが女性と関係を結ぶとき、いつもはどんなパターンなの？」

彼は明らかに、その問いが気に入らなかったようだ。「パターンなどない」

ケイトリンは疑わしげな視線を向けた。「きっとはじまりは同じだと思うの」感情をあらわにしない口調で続ける。「あなたが誰かに興味を持って、戯れたり追いかけたりしたあと、最終的にはその女性を誘惑する」

デヴォンが眉をひそめた。「みんな進んで身を任せてきたんだ」

すぐそばにいる見事な体格の男性を見つめ、彼女はかすかな笑みを浮かべた。

「そうでしょうね。あなたとベッドをともにするのに、つらいことなんてないもの」

「それならなぜ――」

「待って」やさしくさえぎった。「誰かと親しくなったあと、その関係はどのくらい続くの？　数年？　それとも数日？」

「平均すると」デヴォンがそっけなく答える。「数カ月というところだ」

「そのあいだ、都合のいいときにいつでもそのレディのベッドを訪れていたのね。あなたが彼女に飽きるまで」いったん言葉を切ってから続ける。「終わらせるのはいつもあなたのほうからだったと思うんだけど、違うかしら？」

彼はすっかりしかめっ面になっていた。「まるで裁判所に呼ばれて、罪を問いただされている気分だな」

「つまり、答えはイエスなのね」

デヴォンの腕が離れ、彼は体を起こした。「ああ、そうだ。関係を終わらせるのはいつもぼくだった。別れの贈り物を持っていって、きみとの思い出をいつまでも大切にすると告げるんだ。そしてできるだけ急いで立ち去る。それがぼくたちのことに、どう関わってくるというんだ？」

シーツを引っ張って胸を覆い、ケイトリンは率直に言った。「それこそが、あなたと情事にふけるわけにいかない理由なの。あなたが欲求を満たしたくなったら、いつでも利用できる存在だと思われたくない。わたしたちのどちらにも、お互いを手にする権利があるとは思いたくないのよ。複雑な事態に陥りたくないし、醜聞の可能性におびえるのもいや。特に、別れの贈り物は欲しくないわ」

「じゃあ、きみはいったい何を求めているんだ？」

不安げにシーツの端を折り、小さな扇のような襞を作りながら言う。「たぶん……ときどき、わたしたちの両方が望んだときに、あなたと夜を過ごしたいんだと思うの。なんの義務も感じず、期待もしないで」

「〝ときどき〟の定義は？　週に一度か？」

ケイトリンは肩をすくめて力なく笑い声をあげた。「予定を立てるようなことはしたくないわ。単純に、自然に、なりゆきに任せるのではだめかしら？」

「だめだ」デヴォンが冷たく答える。「男は予定を立てたがるものだ。説明できないことや、質問しても答えがないことには我慢ならない。いつ何が起こるかを知っておきたいんだ」

「親密な関係でも？」

「男女の関係においては特にそうだ。くそっ、なぜきみはほかの女性たちのようにできないんだ？」

彼女の唇がゆがみ、悔しげな苦笑いを作った。「そしてあなたに全権をゆだねるの？　その気になったあなたに指をぱちんと鳴らされるたびに、いつでも喜んでベッドに飛びこむの？　あなたがわたしに興味を失うまで？　そうなったらきっと、戸口に立って別れの贈り物を待つべきなんでしょうね？」

彼の顎の筋肉がぴくりと動いて目が光る。「きみをそんなふうに扱うつもりはない」

いいえ、この人はきっとそうするだろう。いつもそうやって女性をあしらってきたのだから。

「ごめんなさい、デヴォン。でも、あなたのやり方ではできないの。わたしのやり方に従ってもらうか、何もなしか、どちらかしかないわ」

「きみのやり方なんて理解できるものか」彼がいらだちの声をあげた。

「あなたを怒らせてしまったわね」ケイトリンは申し訳なさそうに言うと、ベッドから起きあがろうとした。「もう出ていきましょうか？」

デヴォンが彼女を押し戻し、上にのしかかった。「だめだ」シーツをはぎ取る。「次にいつベッドをともにすることを許されるかわからないんだから、この機会を最大限に利用しないと」

「でも、痛みがあるのよ」彼女は抗議して、反射的に胸と下腹部を手で覆った。

彼の頭がさがってくる。「きみを傷つけるつもりはない」ケイトリンの腹部に向かってうなるように言った。へその縁を甘嚙みして、小さなくぼみに舌を滑りこませる。その動作を何度も、彼女が震えだすまで丹念に繰り返した。

デヴォンの口がさらに下へ向かうと、彼女の心臓は激しく打ち、視界がかすみはじめた。

両手がさがり、腿の力がゆるんで、彼に押されると簡単に開いてしまう。デヴォンは唇と歯と舌を使ってケイトリンをあおり、絶頂寸前まで高めておきながら、決して頂を越えさせようとはしなかった。両肘のあいだでケイトリンを抱え、彼女が懇願の声をあげるまでじらしつづける。なめらかな舌が深く侵入し、すさまじいけいれんを連続して引き起こした。震える手をおろし、デヴォンの頭をつかんで自分に押しつける。彼はまだ足りないと言わんばかりにケイトリンを味わった。彼女は喉を鳴らし、背中をそらして応えた。やがて徐々に脈が落ち着き、ケイトリンはため息をついて、デヴォンの下でぐったりと体を伸ばした。

けれども、彼がまた愛撫をはじめた。

「だめよ」笑い声が震える。「デヴォン、お願い……」

その言葉を無視して、彼はケイトリンの敏感になった部分を引っ張った。あまりにも容赦なく挑んでくるデヴォンに、彼女もうめきをあげて従うしかなかった。ろうそくが燃えつき、影がふたたびゆっくりと部屋を支配する。もはや闇と歓びのほかは何も存在しなかった。

27

一月の日々はのろのろと過ぎていく。ケイトリンは相変わらず、自分のベッドにデヴォンを招き入れることを断固として拒否していた。彼女は一撃でふたりの関係を支配してしまったのだ。結果として彼はずっと、激しい憤りと欲望と混乱が入りまじった状態に置かれている。

ケイトリンが完全に降参してデヴォンを受け入れるか、あるいは徹底的に彼を寄せつけなければ、まだよかっただろう。しかし彼女は、ひどくあいまいな状況を作りだしてしまった。いかにも女性がやりそうなことだ。

〝わたしたちの両方が望んだときに〟とケイトリンは言った。まるでデヴォンがつねに望んでいることを知らないかのように。

これが彼に正気を失わせるための策略だとすれば、見事に成功している。ケイトリンを求めているのに、いつ手に入れられるかわからなくて、デヴォンは頭がどうかなりそうだった。だが、ケイトリンが故意に人を操ったりしないと確信が持てるくらいには、デヴォンも彼女を理解していた。ケイトリンが彼から自分自身を守ろうとしているとわかるからこそ、事態が余計に悪化しているのだ。彼女のあげた理由――デヴォンも理論上は同意できるかもしれないと思う――は理解するものの、それでもいらだちは消えない。

自分の本質は変えられないし、変えたくもない。心も自由も絶対に明け渡すつもりはない。だが、デヴォンは今になるまで気づいていなかった。同じように心と自由を渡さない決意をしている女性との情事は、ほとんど不可能だということを。

デヴォンから見て、ケイトリンはこれまでと同じだった。話好きで、真面目で、陽気で、彼と意見が合わないときはすぐに異議を唱える。

変わったのは彼のほうだ。ケイトリンのことで頭がいっぱいで、その言動のすべてに魅了されるあまり、視線を外すことすらままならない。彼女を幸せにするためならなんでもしたいと思う一方で、首を絞めてやりたいとも思う。ケイトリンが欲しい。彼女が進んで差しだす以上のものが欲しい。これほどのいらだちは初めてだ。

デヴォンは彼女をしつこく追いまわすまでに成り果てていた。戯れにメイドを追いかけていちゃつく好色な貴族のように、廊下の隅でケイトリンをつかまえようとする。図書室で抱きしめてキスしたり、階段の裏でスカートの下に手を滑りこませたり。ある朝など一緒に乗馬へ出かけたあとで彼女を馬具室の薄暗い片隅に引っ張りこみ、愛撫で説得して、最終的には壁にもたれさせた状態でわがものにした。そのときも、最高にすばらしい絶頂を迎えた数秒後には、また彼女が欲しくなっていた。

デヴォンがケイトリンに夢中だということは家族や使用人たちも気づいているに違いない

が、誰もあえて口にしなかった。だが、月なかばにロンドンへ戻る予定をデヴォンが変更すると、さすがにウエストンが尋ねてきた。

「明日ウインターボーンと一緒に出発するつもりでいたのに、なぜ気が変わったんだ？　ロンドンで借地契約の交渉準備を整えなくてはならないんだぞ。前に聞いたときは、二月一日から交渉を開始すると言っていたじゃないか」

「ぼくがいなくても弁護士や会計士たちで準備できる」デヴォンは言った。「少なくともあと一週間はここに、ぼくを必要とする場所にいられるさ」

「なんのために必要だって？」ウエストンが鼻を鳴らす。

デヴォンは目を細めた。「屋敷の修復、排水路や生け垣の設置、トウモロコシの脱穀。やるべきことは何かしらあるはずだ」

ふたりは廏舎の近くの倉庫に格納された、届いたばかりの蒸気式の脱穀機を見に行き、屋敷へ歩いて戻るところだった。その機械は中古で購入したにもかかわらず、とても状態がいいように見えた。ウエストンが数家族の小作人たちで脱穀機を共有し、交替で使用するという案を思いついたのだ。

「領地の管理ならぼくにもできる」ウエストンが異議を唱えた。「兄さんはロンドンで、うちの財政問題に取り組んでいるほうが役に立つよ。ぼくたちには金が必要なんだ。小作人の地代を免除したり、値下げしたりすると決めた今は特に」

デヴォンは張りつめた息を吐きだした。「それはもう少し待ったほうがいいと言ったはずだ」

「小作人たちは待ってないんだよ。兄さんと違って、ぼくは飢えた子どもたちの口からパンのかけらを奪い取るようなまねはできない」

「おまえはまるでケイトリンみたいだな」デヴォンはぶつぶつ言った。「できるだけ早くセヴェリンと話をまとめるつもりだ。彼が部下に交渉を任せてくれたら、もっと楽なんだが。どういうわけか、自分で対応すると決めたらしい」

「兄さんもぼくもよく知っているように、セヴェリンは友人と議論したいだけなんだよ」

「だから彼にはあまり友だちがいないんだな」

屋敷の入り口で足を止め、デヴォンはポケットに両手を入れて二階の居間の窓を見あげた。ヘレンが弾いているらしく、ピアノの音が外れていることに目をつぶれるくらい美しい旋律が流れてくる。

くそっ、修理が必要なものが多すぎてうんざりだ。

ウエストンが兄の視線を追う。「ウインターボーンにはヘレンの話をしたのか？」彼がきいた。

「ああ。求婚したいそうだ」

「よかった」

デヴォンは眉をあげた。「彼らの縁組を認めることにしたのか？」

「ある程度は」

「ある程度とはどういう意味だ?」

「金が好きで、監獄に入りたくないぼくとしては、すばらしい考えだと思う気持ちもある」

「監獄はないだろう。破産するだけだ」

「どっちもどっちだな」ウエストンが肩をすくめる。「とにかく、ヘレンにとって悪くない縁談だという結論に達したんだ。ウインターボーンと結婚しないとしたら、彼女はろくでもない貴族の中から夫を選ぶしかないと考えるとね」

思いにふけりながら、デヴォンはふたたび窓を見あげた。「みんなをロンドンへ連れていこうかと考えているんだが」

「家族全員を? いったいなぜ?」

「ヘレンをウインターボーンの近くにいさせられる」

「それに」ウエストンが辛辣に言う。「ケイトリンを兄さんの近くにいさせることにもなるしね」警戒するデヴォンの視線をとらえ、皮肉をこめて続けた。「以前ケイトリンを誘惑するなと言ったのは、彼女が心配だったからだ。だけど今は、兄さんのことも同じくらい心配するべきだったと思えるよ」そこで彼はわざと言葉を切った。「最近の兄さんは自分を見失っている」

「放っておいてくれ」そっけなく応える。

「わかった。だが、もうひとつだけ忠告するよ。ぼくなら、ヘレンに関する兄さんの計画をケイトリンには言わない。彼女は三人の義妹たち全員が幸せを見つけられるように手助けすると決めているからね」ウエストンは冷ややかな笑みを浮かべた。「人生における幸せは自分で決めるものだと、彼女はまだ気づいていないんだろう」

ケイトリンが朝食室へ入っていくと、食卓にヘレンや双子たちの姿はなかった。テーブルではウエストンとデヴォンが手紙や新聞を読み、従僕が使用済みの食器を片づけている。

「おはよう」ケイトリンは兄弟に声をかけた。部屋に入ってきた彼女を見て、ふたりが反射的に立ちあがる。「あの子たちはもう食事を終えたのかしら？」

ウエストンがうなずいた。「ヘレンは双子に付き添ってラフトンの農場へ行ったよ」

「そうなの？」デヴォンが椅子を引いて座らせてくれた。

「ぼくが提案したんだ」ウエストンが説明する。「小屋と屋根付きの囲いの設置費用をこちらで持つなら、ラフトン家でハムレットを引き取ってもいいと言ってくれている。ミスター・ラフトン本人がハムレットの幸福を約束してくれるなら、双子たちも喜んで譲り渡すそうだ」

ケイトリンは微笑んだ。「いったいどうしてそんなことになったの？」従僕が食器棚から紅茶の盆を持ってきて、彼女がスプーンで量った茶葉を小さなポットに入れるあいだ、盆を捧げ持っていた。

ウエストンがトーストにたっぷりジャムを塗った。「双子たちには、できるだけ差し障りのない表現で、本来は子豚のときにすべき断種の処置をハムレットが受けていないと説明したんだ。そんなことが必要だとは、ぼくも知らなかったよ。わかっていたら、必ずそうしたのに」

「断種?」ケイトリンは困惑して聞き返した。

ウエストンが二本の指をはさみのように動かす。

「ああ、そういうこと」

「ずっと……その、ついたままの状態だと」ウエストンが続ける。「食用に向かなくなるから、ハムレットが夕食の皿にのる心配はしなくてすむ。でもこれから年頃になるにつれて、彼はどんどん攻撃的になるだろう。それに悪臭を放つようにもなる。そして彼が役に立つことはひとつ」

「それはつまり――」ケイトリンは言いかけた。

「朝食が終わるまで待てない話題かな?」新聞の向こうからデヴォンがきいた。

ウエストンが申し訳なさそうな笑みを彼女に向けた。「あとで説明するよ」

「家の中に去勢されていない雄がいると、どれほど不都合か教えてくれるつもりなら」ケイトリンは言った。「すでに知っているわ」

ウエストンがトーストを喉に詰まらせた。デヴォンのいる方向からはなんの反応もない。

紅茶を持って従僕が戻ってくると、ケイトリンは自分で注いだ。砂糖を入れ、湯気のあがるティーカップを口に運ぶ。そのとき執事が近づいてきた。

「奥様」一通の手紙と象牙の柄のレターナイフをのせた銀の盆を差しだす。

手紙を手に取ると、うれしいことにバーウィック卿からだった。ケイトリンは封筒を開けてレターナイフを盆に戻し、手紙を読みはじめた。最初はあたりさわりなく、家族がみな元気にしていることが書いてある。そして購入したばかりの、すばらしいサラブレッドの子馬のこと。けれども中ほどになると、彼は次のように書いていた。

〝最近、グレンギャリフにいる父上の種馬農場の管理人から気になる話を聞いた。父上はきみに知らせる必要はないと思っているようだが、彼がけがをしたと、わたしからきみに告げることに反対はしておらず……〟

ティーカップを受け皿に置こうとして、磁器がかたかたと音をたてた。それほど大きな音ではなかったが、デヴォンの注意を引いたようだ。ケイトリンの真っ青な顔を一瞥した彼は、ナプキンをたたんで脇に置いた。「どうした？」彼女をじっと見つめて尋ねる。

「なんでもないの」頬がこわばっていた。心臓が不快なほど速く、強く打ちはじめ、呼吸のたびにコルセットがきつく感じて息苦しい。手紙に視線を落とし、もう一度その部分を読んで内容を理解しようと試みた。「手紙はバーウィック卿からよ。わたしの父がけがをしたけれど、今はもう回復しているんですって」隣に座ったデヴォンに手を包まれるまで、ケイトリンは彼が席を立ったことにも気づかなかった。

「何があったのか話してくれ」穏やかな口調だ。

彼女は手にした手紙を見つめ、息を吸って胸の締めつけをゆるめようとした。

「それがどれくらい前のことか……わたしにはわからないわ。父は室内競技場で乗馬をしていたらしいの。馬が急に頭をあげて、その弾みで木製の梁《はり》に頭をぶつけてしまったんですって」いったん口をつぐみ、力なく頭を振る。「種馬農場の管理人によると、父は痛みがひどくて頭がぼんやりしていたけれど、お医者様は頭に包帯を巻いてしばらく休むように指示したそうよ。三日ほど寝込んで、今はだいぶ調子がよくなったみたい」

「どうしてすぐきみに知らせなかったんだろう?」デヴォンが眉をひそめる。

ケイトリンは肩をすくめた。答えられなかったのだ。

「心配させたくなかったんじゃないかな」ウエストンが慎重に中立の意見を述べる。

彼女は無言でうなずいた。

けれども真実は違う。ケイトリンの父親にとっては、彼女が心配しようがしまいがどうでもいいのだ。父が娘に愛情を示したことは一度もない。誕生日を覚えていたことも、休暇で一緒に旅行をしたこともない。母が亡くなったあとも、ケイトリンを家に呼び戻してともに暮らそうとはしなかった。テオの死後、慰めを求めて父親に連絡を取ったときには、彼女がアイルランドで暮らしたいとしても、家に居場所があるとは思うなと警告された。バーウィック卿夫妻のところへ戻るか、さもなければ自立するようにと。

何度も拒絶されたので、もう傷つかないと思っていた。だが、痛みは以前と変わらず深く染みこんでくる。心の奥ではひそかに、いつか父に必要とされる日が来るのではないか、けがをしたり病気になったりしたら、来てほしいと連絡があるのではないかと幻想を抱いていたのだ。そうすればすぐに駆けつけ、やさしく看病して、ずっと切望していた父娘《おやこ》の関係を築けるだろう。けれど現実は相変わらずで、ケイトリンの空想とは大きく異なっていた。けがをしたというのに、父は娘を呼ぶどころか知らせることすら望まなかった。

涙でかすむ目で手紙を凝視していたケイトリンは、デヴォンが弟と視線を交わしたことに気づかなかった。紅茶を飲もうとデヴォンの手から手を引き抜いたところでようやく、ウエストンの席が空っぽになっていることに気づく。彼女はとまどいながら部屋の中を見まわした。ウエストンは執事や従僕とともにそっと退室し、ドアを閉めていったらしい。

「みんなを出ていかせる必要はなかったのに」ケイトリンは声を張りあげた。顔色が戻ってくる。「醜態を演じるつもりはないわ」紅茶が手にはねかかり、悔しさをこらえてティーカップを置いた。

「きみは動揺している」デヴォンが静かに言う。

「いいえ、動揺なんてしていない。わたしはただ――」口ごもり、震える手を額に走らせた。

「動揺しているわ」

彼が手を伸ばし、驚くほど簡単にケイトリンを椅子から抱きあげた。「一緒に座ろう」そう言って、ケイトリンを自分の膝にのせる。

「一緒に座っていたじゃない。あなたの上に座る必要はないわよ」いつの間にか、足をぶらぶらさせて横向きに腰かけていた。「デヴォン――」

「しいっ」彼は腕をまわしてケイトリンを支えると、空いているほうの手でティーカップを取り、彼女の口元へ持っていった。熱くて甘い紅茶をひと口飲む。彼の唇がこめかみに触れた。「もう少し飲むんだ」そうささやいて、彼女が飲むあいだティーカップを持っていてくれた。まるで子どもみたいに慰められるなんて、ばかばかしいけれど……デヴォンの広い胸にもたれていると、安堵感に包まれていく。

「父とわたしは一度も心を通わせる間柄になったことがないの」しばらくしてケイトリンは口を開いた。「理由はずっとわからなかった。何か……わたしに原因があるんだと思うわ。父は生涯でひとりしか愛せない人で、それが母だったのよ。母も同じ気持ちだった。とてもロマンティックだけれど……子どもには理解するのが難しいわ」

「それがロマンティックだなんて、いったいどこでそんなゆがんだものの見方を覚えたんだ？」問いかけるデヴォンの声が冷笑的に聞こえる。

ケイトリンは驚いて彼を見た。

「世界でただひとりの人間しか愛さないのはロマンティックなんかじゃない」彼は言った。「愛ですらないよ。きみの両親がお互いにどんな感情を抱いていようと、ひとり娘に対する責任を放棄する言い訳にはならないんだ。バーウィック家で暮らしたほうがよかったのかどうか、それはわからないが」デヴォンは彼女をきつく抱きしめた。「よかったら、ぼくが管理人に電報を打って、お父さんの状態についてもっと詳しく尋ねてみよう」

「そうしてほしいわ」ケイトリンは言った。「でも、父はうるさいと思うかもしれない」

「それならそれで結構」デヴォンが彼女の喉元に手を伸ばし、カメオの位置を直す。

ケイトリンは真剣な顔で彼を見あげた。「以前は、男の子として生まれればよかったと願っていたの。そうすれば父に関心を持ってもらえたんじゃないかと思って。わたしがもっとかわいいか、もっと賢ければよかったのかもしれない」

デヴォンが彼女の頬を両手で包み、目を合わせた。「ダーリン、きみは今でもかわいすぎるくらいだし、とても賢いよ。それにきみが男の子でも関係なかったはずだ。問題はそこじゃないんだよ。きみの両親はふたりとも自分勝手な愚か者だ」彼の親指が頬を撫でる。「たとえ欠点があったとしても、きみを愛せないわけがない」最後の驚くべき言葉を口にするあいだ、もともと静かだった声はほとんどささやきになっていた。

ケイトリンは愕然としてデヴォンを見つめた。

そんなことを言うつもりはなかったのだろう。彼は後悔している。けれど、絡みあったふたりの視線は離れなかった。濃い青色の瞳におぼれて深い底まで沈み、二度と水面にあがってこられないのではないかと思えてくる。ケイトリンは震えながら、なんとか顔をそむけて視線を外した。

「ぼくと一緒にロンドンへ来てくれ」デヴォンの静かな声が響いた。

「なんですって？」混乱して尋ねる。

「ロンドンへ一緒に来てくれ」彼が繰り返した。「二週間以内に出発しなければならないんだ。ヘレンたちやメイドも連れていけばいい。きみも含めてみんなにとって、そのほうがいいだろう。この時期、ハンプシャーでは何もすることがないが、ロンドンには楽しめることが限りなくあるからね」

ケイトリンは眉を寄せた。「そんなことは不可能だとわかっているでしょう」

「きみたちが喪に服しているから？」

「もちろんそうよ」

デヴォンの目に浮かぶ、いたずらっぽい輝きが腹立たしい。

「そのことについてはずっと考えていたんだ。ぼくは礼儀作法に関してきみほど詳しくないが、きみたちのような立場の若い女性にとってどういう行動なら容認できるか、社交の手本とも言うべき人に相談した」

「手本？　なんの話をしているの？」

膝の上のケイトリンをもっとおさまりのいい位置にずらすと、デヴォンはテーブルに手を伸ばし、自分の皿から一通の手紙を取った。「今日、手紙を受け取ったのはきみだけじゃない」封筒から中身を取りだす。「服喪期間中の作法に関して名高い専門家によれば、観劇や舞踏会への出席は問題外だが、音楽会や博物館の展示、個人の画廊を訪れるのは許容範囲内だそうだ」彼は声に出して手紙を読みはじめた。「博識なこのレディはこう書いている。〝従順な性質を持つ若い人を長期にわたって世間から隔離すると、深い悲しみを抱きつづけることを助長する恐れがあります。お嬢様方は亡くなった伯爵の思い出に適切な敬意を払わねばなりませんが、その一方で彼女たちに害のない気晴らしをいくらか許可するのも賢明であり、有益でしょう。レディ・トレニアにも同じことを勧めます。わたしの考えでは、活発な気質の彼女は単調で孤独な変化のない毎日に長くは耐えられないはずです。したがって、わたしは――〟

「誰が書いたの？」ケイトリンはデヴォンの手から手紙をひったくった。「いったい誰がこんな差しでがましい――」手紙の末尾に署名された名前を見て息をのむ。「なんてこと。あなた、レディ・バーウィックに相談したの？」

デヴォンはにやりとした。「彼女以外の判断は、きみが受け入れないとわかっていたからね」膝の上でケイトリンを小さく弾ませる。ほっそりとしなやかな彼女の体は何層ものスカートやアンダースカートに包まれ、魅力的な曲線はコルセットを装着して細い筒のようになっていた。彼女が動くたび、ふたりの周囲に石けんとバラのほのかな香りが漂う。

「いいじゃないか」デヴォンは言った。「ロンドン行きは、それほど悪い考えではないだろう？　きみはレイヴネル・ハウスに滞在したことがなかったはずだ。廃墟の山みたいなここよりは、はるかに状態がいい。新しい環境に身を置けば、新たな見方ができるようになるよ」思わず、からかうような口調でつけ加える。「それに何より重要なのは、いつでもきみが望むときにぼくが奉仕できることだ」

ケイトリンが眉をひそめた。「そんな言い方をしないで」

「すまない、無粋な発言だった。だが結局のところ、ぼくは去勢されていない雄なんだよ」

彼女の目から打ちひしがれた表情が消えていることに気づき、デヴォンは微笑んだ。「ヘレンたちのためだと考えてごらん」彼は説得した。「彼女たちはきみより長いあいだ喪に服して耐えてきたんだ。ひと息つかせてやってもいいと思わないか？　それに彼女たちにとっては、来年の社交シーズンの前にロンドンに慣れておけるという利点もある」

ケイトリンが眉を寄せる。「どのくらいの滞在を考えているの？　二週間くらい？」

「ひと月になるかもしれない」

彼女はデヴォンの絹のネクタイの端をもてあそびながら考えこんだ。「ヘレンと話しあってみるわ」

ケイトリンは同意に傾いている。あとひと押しだ。「ロンドンへ来るんだ」彼はきっぱりと言った。「きみの存在はもう、ぼくにとってあたりまえになっている。きみがそばにいないと、代わりに何をしはじめるか自分が心配なんだよ。煙草とか。指の関節を鳴らすとか」

膝の上で彼女が身をひねり、デヴォンの肩に両手を置いた。笑みを含んだまなざしが彼の視線をとらえる。「楽器をはじめればいいのよ」

デヴォンはゆっくりと彼女を引き寄せ、豊かな曲線を描く美しい口に向かってささやいた。「だが、ぼくが奏でたいのはきみだけなんだ」

ケイトリンの腕が首にまわされる。

胴に硬いコルセットをつけた彼女が膝に横向きに座っている状態では、身動きが取れなかった。しかもふたりとも、自由に動くようデザインされているとは言いがたい何層もの服に覆われているのだ。デヴォンの硬い襟は首に食いこみ、シャツはベストの下で偏っている。伸縮性のあるズボンつりに肩を引っ張られる感覚が不快だった。それでもケイトリンの舌が、子猫が戯れるように舌にじゃれてくるので、彼はすっかり高まっていた。

ドレスの布の中に埋もれた彼女がキスを続けたまま身をよじり、手をおろしてたっぷりしたスカートを引っ張る。デヴォンと同じく衣服に動きを阻まれ、いらだっているようだ。勢いあまって膝から転げ落ちそうになった姿を見て、彼は微笑んだ。ケイトリンの体を高く持ちあげ、重いスカートのあいだで脚を揺り動かして、なんとか彼女を膝にまたがらせることに成功した。ふたりで身もだえしながらひとつの椅子に座っている状況はひどく滑稽に思えるが、こうしてケイトリンを抱きかかえると、とてつもなくいい気分になる。

ケイトリンの手がズボンの上から硬くなった部分に触れた。思わず彼女に体を押しつける。自分が何をしているか意識する前に、デヴォンは両手をスカートの下にもぐりこませていた。ドロワーズの切りこみを見つけ、満足のいく裂け目ができるまで布を引っ張ると、彼が渇望してやまないやわらかな場所があらわになった。

そこに二本の指を沈ませる。ケイトリンがくぐもった声をあげ、腰を押しつけてきた。熱く濡れた部分が指のまわりで脈打っている。とたんにすべての理性が吹き飛んだ。ケイトリンの中へ入ること以外、どうでもよくなってしまう。デヴォンは指を引き抜き、乱暴に手探りしてズボンを開けようとした。それを手伝おうと彼女が頑固なボタンに取り組んだ結果、かえって邪魔をすることになった。これほど高ぶっていなければ、彼もきっと笑っていただろう。必死で格闘するうちに、どういうわけかふたりは床に転がっていた。ケイトリンはまだデヴォンにまたがったままで、大きくふくらんだスカートがかぶさり、彼らをこの世のものとは思えない巨大な花のように見せていた。

布のかたまりの下で、服から解放されたデヴォンの体が彼女を見つけた。彼は位置を調整して体勢を整えたが、導こうとする間もなくケイトリンが自ら身を沈めてきた。熱い潤いに満ちた部分が、これまでより深くデヴォンを迎え入れる。その衝撃にふたりとも身震いして、低いうなり声をあげた。押しつぶしたベルベットのような感触が、豊かに脈打ちながら彼を締めつけた。

上下を入れ替えようと、ケイトリンが体を横に倒しかける。だが、デヴォンは彼女の腰をつかんで止めた。困惑の目で見おろすケイトリンをよそに、彼は指を広げてヒップをつかみ、その感触を楽しんだ。下から突きあげて彼女を持ちあげ、動きの手本を示してみせる。おろすときは慎重にゆっくりと、数センチだけ沈ませた。ケイトリンが切れ切れに息を吐きだす。デヴォンはふたたび腰を持ちあげ、欲情をあおりながらなめらかに突き入れた。

彼の望みを理解したケイトリンが、ためらいがちに動きはじめた。本能に従い、デヴォンの上で体を揺らす。徐々に自信が増してきたのか、最後には前のめりになって、彼の突きをのみこむようになっていた。

なんてことだ。見事に彼女に乗りこなされている。ケイトリンはさらに速いリズムを刻むことで自らに歓びを与え、欲望の炎をぶつけられたデヴォンは汗びっしょりになっていた。

汗が額からしたたり落ちる。彼は目を閉じて自制心を取り戻そうとしたが、ケイトリンのペースではかなり難しかった。いや、不可能だ。

「ゆっくりだ、スウィートハート」かすれた声で呼びかけ、ドレスの下に手を入れてヒップをつかもうとする。「もっときみが欲しい」

けれどもケイトリンはあらがい、デヴォンを締めつけて荒々しく追いたてた。

そのときは突然訪れた。回避しようと努力しても、絶頂感はどんどん増していく。

「ケイトリン」彼は歯を食いしばって言った。「だめだ……持ちこたえられそうにない」

しかし、彼女は聞こえていなかった。デヴォンの上で激しく上下に動いている。彼はケイトリンが頂点に達するのを感じた。しなやかな震えと脈拍が彼を包みこむ。じっと動かずにいるには、ありったけの自制心をかき集める必要があった。全身の筋肉が収縮して、岩のように硬くなる。デヴォンは無理やり自分をあとまわしにして、そのために心臓が爆発しそうになっても、先にケイトリンに歓びを与えようとした。一〇秒ならなんとかなる……人生でもっともつらい一〇秒だが……彼に待てるのは、せいぜいその程度だった。そして解き放たれる瞬間がやってきた。うなりをあげてこらえ、デヴォンは自分の上から彼女を引きずりおろそうとした。

しかし、ケイトリンの腿の力がこれほど強いとは思ってもみなかった。乗馬経験の豊富な女性の筋肉が、五〇〇キロ近いアラブ馬でも落馬させられないほどの力強さで、デヴォンをはさみこんで放さない。ケイトリンは振り落とそうとする彼を本能的な動きで制し、反動で跳ね返るたびに脚できつく締めつけた。ついに、やけどしそうなほど熱い爆発がデヴォンを襲い、圧倒的なまでの歓びとともに体に流れこんできた。さらに数回、跳ねるように突きあげるあいだ、ケイトリンは彼に乗りつづけ、興奮の最後の一滴までも容赦なく絞り取った。

めまいがするほどの恍惚《こうこつ》感が次第に薄れていくと、彼女の中で達してしまったことに気づいて、デヴォンは凍りついた。ほかの誰ともそんな経験はない。絶対に失敗しないよう、いつもゴム製の避妊具を使っていた。しかし彼は傲慢にも、ケイトリンから体を離せば問題ないだろうと思いこんだ。そして本当は――ふたりのあいだを隔てるものが何もない状態で、彼女の中に入りたいと思っていた。

そのために、想像を絶するほどの代価を支払わなければならなくなった。

ケイトリンはデヴォンの上に重なり、彼の荒い呼吸に合わせて細い体を上下させている。

「ごめんなさい」息を切らし、衝撃を受けているようだ。「止められなかったの。どうしても……無理だった」

無言のまま、彼はなんとか考えをまとめようとした。

「どうしたらいい？」ケイトリンが尋ねる。声がくぐもっていた。

妊娠を防ぐ方法ならいくつか知っているが、性行為のあとで何をするかは、女性の側の処置なのでよくわからない。

「シャンパンを使うと聞いたことがある」どうにか言葉を発した。とはいえ、どうやって洗浄すればいいのか、あやふやな知識しかないのだ。それに間違ったことをして、ケイトリンを傷つける危険を冒すわけにはいかない。

「シャンパンを飲めばいいの？」彼女が希望のこもった声できいた。

ケイトリンの頭上で、彼は冷ややかな笑みを浮かべた。「飲むんじゃない。きみはうぶだな。どのみち関係ないよ。ただちに処置しなければならないだろうが、もう手遅れだ」

彼女の体重がかかっているせいで、脇腹が痛みはじめていた。デヴォンはケイトリンを上からおろして立ちあがり、手早く服を直した。伸ばされた彼女の手を取って引き起こす。

立ちあがって彼の表情を見たとたん、ケイトリンの顔が色を失った。「ごめんなさい」震える声で繰り返す。「信じてちょうだい。どんなことになろうと、あなたに責任を負わせるようなことはしないわ」

その言葉が恐怖を怒りに変え、デヴォンは爆発する火薬樽のように癇癪を炸裂《さくれつ》させた。

「それで何かが変わるとでも思うのか？　ぼくはすでに望んでもいない責任を山ほど背負わされているんだ」

ケイトリンは下着をもとに戻そうとしながらも可能な限りの威厳をもって答えた。「そのリストにわたしを含んでほしくないわ」

「今回はきみが何を望もうと関係ない。赤ん坊ができたら、きみもぼくもその存在をなかったことにはできないんだからな。それに半分はぼくの子だ」まるで自分の種がすでに彼女の中で根を張りはじめているかのように、視線が下腹部へ向かってしまう。ケイトリンが一歩あとずさりした。その小さな動きがデヴォンの怒りに火をつける。

「月のものはいつはじまるんだ?」口調を抑えようと苦労しながらきいた。

「二週間か、もしかすると三週間後。はじまったら、ロンドンのあなたのところへ電報を打つわ」

「はじまるとしたらな」苦々しげに言う。「電報なんて打つ必要はない。きみも一緒にロンドンへ来るんだ。わざわざ理由を言わせないでくれ。この忌々しい領地にいるひとりひとりに、自分が下したあらゆる決定の理由を説明するのは、もううんざりなんだ」

それ以上ひどいことを口にしないうちに、デヴォンは急いでケイトリンのそばを離れた。悪魔に追いかけられているとでも言わんばかりに。

28

列車だと、驚くことに馬車で行くより四倍も速く、たったの二時間でロンドンに到着する。そして鉄道の旅を選んだのは正解だった。出発してまもなく、レイヴネル家の女性たちが旅慣れていないことが明らかになったからだ。

生まれて初めて列車に乗るパンドラとカサンドラはひどく興奮していた。おしゃべりしては歓声をあげ、ハトに餌をやったり、車内での読書用に編纂《へんさん》された大衆小説——一冊わずか一シリング——や、小さなかわいい紙箱に入ったサンドイッチ、田園風景が印刷されたハンカチを買ってほしいとウエストンにねだったりして、プラットホームをあちこち駆けまわっていた。土産をたっぷり抱えてようやく家族で一等客車に乗りこんだものの、今度はすべての座席を試してから好みの席を選ぶと言い張った。

ヘレンはヘレンで、ランの鉢植えをひとつ持っていくことにこだわった。折れやすい茎を支柱にリボンで固定したそのランは、珍しくて扱いの難しいブルー・バンダだった。移動を嫌う性質だが、放置するよりはロンドンへ持っていって自分で世話をするほうがましだとヘレンは信じている。彼女は旅のあいだずっとランの鉢を膝にのせ、車窓を流れる景色を魅入られたように見つめていた。

列車が駅を出発してすぐ、小説を一、二ページ読もうとしたところでカサンドラが吐き気を訴えた。彼女は目をつぶって座席にもたれかかり、ときおり列車が揺れるとうめき声をあげた。対照的にパンドラは、動く列車の中で立っているのはどんな感じか確かめようとすばやく席を立ったり、いろいろな窓から景色を眺めようと試みたりして、一度にせいぜい数分間しか座っていられない。だが、最悪だったのはメイドのクララだ。列車の速度に恐れをなしていた彼女には、どんなに手を尽くしてなだめても効かなかった。ほんの少し揺れたり傾いたりするだけで甲高い悲鳴をあげるので、ついにデヴォンが小さなグラスにブランデーを注ぎ、彼女に飲ませて神経を落ち着かせた。

「だからサットンと一緒に二等客車に乗せたほうがよかったんだ」デヴォンはケイトリンに言った。

朝食室での出来事があってからの一週間、ふたりはできるだけ相手を避けていた。今のように一緒にいるしかないときは互いに細心の注意を払い、礼儀正しく接するよう心がけている。

「わたしたちと一緒のほうがクララが安心すると思ったのよ」ケイトリンは肩越しに振り返り、頭をうしろに傾けて半分口を開けた状態で眠っているメイドをうかがった。「ひと口ブランデーを飲んだら、かなりましになったみたいね」

「ひと口だって？」デヴォンが憤慨した視線を向ける。「もう半パイントは飲んでいるぞ。

この三〇分、パンドラが飲ませつづけていたんだ」

「なんですって？　どうしてあなたは何も言わなかったの？」

「おかげで静かになったからさ」

ケイトリンはすばやく立ちあがり、あわててパンドラからブランデーのデカンターを取りあげた。「いったい何をしているの？」

パンドラが真面目くさった顔で答える。「クララを助けているのよ」

「やさしいのね。でも、もうじゅうぶんよ。これ以上は飲ませないで」

「どうしてクララはあんなに眠くなっちゃったのかしら。わたしも同じくらいお薬を飲んだけど、ちっとも疲れていないわ」

「きみもブランデーを飲んだのか？」客車の向こう端から、ウエストンが眉をあげてきいた。

パンドラは立ちあがって反対側の窓へ行き、ケルトの丘上集落や、牛たちが草を食《は》んでいる牧草地を眺めた。「ええ、川の上にかかる橋を渡ったとき、少し不安になったの。だけど、あのお薬を飲んだら、すごく落ち着いた気分になったわ」

「まったく」ウエストンはケイトリンが手にしている半分空になったデカンターをちらりと見てから、パンドラに視線を戻した。「ここへおいで。一緒に座ろう。ロンドンに着く頃には、きみもクララと同じくらいへべれけになっているはずだ」

「ばかなことを言わないで」ウエストンの隣の空いた席にどすんと座ったパンドラは文句を言うと、やたらとくすくす笑いだした。そうかと思うと彼の肩に頭を預け、いびきをかきはじめた。

　ようやく、ウォータールー駅にふたつある屋根付きのプラットホームのひとつに列車が到着した。駅の構内は、自分の乗る列車が出るホームを探して右往左往する人々でごった返している。立ちあがったデヴォンが、伸びをして肩をほぐしながら言った。

「駅の外で迎えの馬車と御者が待っている。クララはサットンに介添えさせよう。ほかのみんなは離れずに一緒にいるんだ。カサンドラ、小物や本を見に行こうなんて考えるなよ。ヘレン、人ごみの中を進むあいだに誰かにぶつかられるかもしれないから、ランをしっかり抱えているんだぞ。それからパンドラは……」

「任せてくれ」ぐにゃりとしている少女を引っ張って立たせながら、ウエストンが請けあった。「起きろよ、お嬢ちゃん。移動する時間だぞ」

「脚が違う足にくっついちゃったみたい」パンドラはぼそぼそと言って、ウエストンの胸に顔をうずめた。

「ぼくの首に腕をまわすんだ」

　彼女が目を細めてウエストンを見る。「どうして？」

　面白がって、彼はわざと憤慨した口調で言った。「きみを列車からおろせるようにさ」

「わたしは列車が好きなのに」やすやすと胸に抱えられながら、パンドラはしゃっくりした。

「あら、運んでもらうのって、自分で歩くよりずっといいわね……」

　一行はなんとか無事にホームを出ることができた。デヴォンがポーターや従僕たちに、馬車のうしろからついてくる予定の荷馬車へ荷物を積みこむよう指示を出す。サットンはしぶしぶクララの世話を引き受けた。荷馬車のベンチで彼の隣に座ったクララは目を離すとすぐに傾いて、ずるずると崩れ落ちてしまう。

一家は大型の四輪馬車に乗りこみ、ウエストンが高い位置にある御者台に御者とともに座った。馬車は駅を離れ、ウォータールー・ブリッジの方角へ進んでいく。やがて霧雨が降りだし、それに伴ってゆっくりと白い靄がかかりはじめた。

「こんなお天気なのに外にいて、ウエストは不快にならないのかしら?」カサンドラが心配そうにきいた。

デヴォンが首を横に振る。「あいつはロンドンの街にいると元気が出るんだ。あらゆる光景を目に入れたいんだよ」

パンドラが身じろぎして体を起こし、外の景色に視線を向けた。「通りは全部石を敷いてあるのかと思っていたわ」

「石畳はほんのわずかだ」デヴォンが説明する。「ほとんどの通りは木片で舗装している。馬にはそのほうが歩きやすいからね」

「なんて高い建物かしら」ランの鉢を守るように抱きかかえながら、ヘレンが口を開いた。

「少なくとも七階建て以上のものがあるわ」

双子たちは窓に鼻を押しつけるようにしている。真剣な顔が外からも見えているだろう。

「あなたたち、ヴェールは――」ケイトリンは言いかけた。

「好きなだけ見させてやればいい」デヴォンが静かにさえぎった。「初めてロンドンを目にするんだから」

ケイトリンは譲歩して、座席に座り直した。

ロンドンはさまざまなにおいや見どころがあふれる、驚きに満ちた街だった。犬の吠える声、馬の蹄鉄がぱかぱかと響かせる音、ヒツジの鳴き声、馬車の車輪がきしむ音、悩ましげなバイオリンの音色、すすり泣くような手まわし風琴、物売りやバラッドの歌い手の切れ切れに聞こえる声、争ったり交渉したり、笑ったりお互いを呼びあったりするたくさんの声。

馬車と馬は通りを流れるように進んでいく。歩道ではあふれんばかりの歩行者たちが、湿気を吸い取らせるために小道沿いや店先にまかれた麦藁の上を踏んで移動していた。露店商人、勤め人、浮浪者、貴族、ありとあらゆるデザインのドレスをまとった女性たち、ぼろぼろのほうきを手にした煙突掃除人、折りたたみ式の作業台を運ぶ靴磨き、箱を入れた包みを頭の上にのせてバランスを取るマッチ売りの少女たちがいる。

「このにおい、ひとことでは言い表せないわ」御者台の下にある小窓の隙間から入ってくるにおいにとまどいながら、カサンドラが言った。ロンドンの空気は、煙、煤《すす》、肥料、濡れたれんが、塩漬けの魚、赤身肉、パンやソーセージのパイ、油っぽい嚙み煙草、人の汗、蜜蠟や獣脂や花の芳香、蒸気で動く機械類の金属質なにおいなど、うんざりするほどいろいろなにおいを運んでくる。「あなたならなんて呼ぶ、パンドラ?」

「圧倒臭」パンドラが答えた。

カサンドラは頭を振り、悲しげな笑みを浮かべてパンドラの肩に腕をまわした。

通りや建物は煙で灰色にかすんでいるものの、あたりには気持ちを浮き立たせるさまざまな色もあふれていた。物売りは花や果物や野菜を満載した手押し車を押しながら、手描きのつり看板をさげてショーウインドウを美しく飾った店の前を通り過ぎていく。円柱や鉄製の手すりがある石造りの家々のあいだには、宝石のように美しい小さな庭園や歩道が設けられていた。

馬車がリージェント・ストリートに入ると、堂々とした階段状の入り口を備えた店や紳士クラブの前を流行の装いに身を包んだ男女がそぞろ歩いていた。デヴォンが天井の窓を開けて御者に声をかける。「バーリントン・ガーデンズとコーク・ストリートを経由して行ってくれ」

「かしこまりました、旦那様」

座席に戻って、デヴォンは言った。「少しまわり道をするよ。みんな、〈ウインターボーン百貨店〉を見たいだろうと思ってね」

パンドラとカサンドラが歓声をあげる。

コーク・ストリートに入ったとたんに交通がひどく渋滞しはじめ、馬車は大理石の大きな建物群の前を、カタツムリのようにのろのろと進んだ。中央の建物にはステンドグラスでできた円形のドームがついていて、ほかよりも五メートルほど高い。

通りに面した正面玄関には、ケイトリンが見たこともないほど大きな厚板ガラスの窓があり、その内側の人目を引く展示物を見ようと人々が集まっていた。上階は円柱のあるアーケードとアーチ窓で飾られ、屋根にはガラスをはめこんで三層の欄干をつけた小塔が並んでいる。これほど巨大な建造物にしては明るくて風通しもよく、心地よい雰囲気があった。

「ミスター・ウインターボーンのお店はどこなの？」ケイトリンはきいた。

デヴォンが目をしばたたいている。彼女の質問に驚いているらしい。

「このすべてが〈ウインターボーン百貨店〉だよ。いくつかの建物に分かれているように見えるが、実際はひとつなんだ」

あっけにとられて、ケイトリンは窓の外を見つめた。その建物は丸ごとひとつの通りを占めていた。大きすぎて、これまで抱いていた〝店〟の概念には当てはまらない。それ自体でひとつの王国を成しているかのようだ。

「入ってみたいわ」カサンドラが熱心に言った。

「わたしも」パンドラが叫ぶ。

デヴォンは何も言わず、考えを読み取ろうとするかのようにじっとヘレンを見ていた。

やがて馬車はコーク・ストリートの突き当たりに差しかかり、そこからサウス・オードリー・ストリートへ入った。目を引く鉄製の柵と石造りの門に囲まれた、大きくて立派な屋敷へと近づいていく。ジャコビアン様式で建てられたエヴァースビー・プライオリーとよく似ていることに気づき、ケイトリンにはそれがレイヴネル家の所有だとわかった。

馬車が停止したとたん、双子たちは従僕の助けも借りず、飛びだすようにして外へ出た。

「きみもここへ来たことはなかったのか?」屋敷の中へ入りながら、デヴォンがケイトリンに尋ねた。

首を横に振る。「一度、外から見ただけよ。独身男性の住まいを訪ねるのは不謹慎なことだったから。テオとわたしは夏の終わりをここで過ごす予定を立てていたの」

玄関広間は統制の取れた騒がしさに満ちていた。使用人たちが荷馬車から荷物をおろし、家族をそれぞれの部屋に案内していく。ケイトリンは昔ながらの頑丈な家具や、カシ材とサクラ材で寄せ木細工が施された床、巨匠の絵画で埋めつくされた壁など、屋敷の醸しだす雰囲気を心地よく感じた。デヴォンの話では、二階には寝室と小さな応接間、そして控えの間があった。あとで三階へ行ってみよう。デヴォンの話では、屋敷の奥行きいっぱいに広がるひと部屋が丸ごと贅沢な舞踏室になっていて、両開きのドアを開けて外のバルコニーにも出られるらしい。

今はまず自分の部屋へ行き、旅の汚れを落としてさっぱりしたい。

デヴォンに付き添われて二階へあがったケイトリンは、まるで石けんの泡のように軽やかで優美な音楽が流れてくることに気づいた。その繊細な音はピアノによるものではない。

「なんの音かしら?」彼女はきいた。

デヴォンが困惑した顔で首を横に振る。

ふたりが応接間へ入ると、小さな長方形のテーブルのまわりにヘレンとカサンドラ、パンドラの三人が集まっていた。双子の顔が興奮に輝いている一方で、ヘレンは感情を表に出さない慎重な顔つきをしている。

「ケイトリンお義姉様」パンドラが声をあげた。「これほど精巧なものは、きっと見たことがないはずよ！」

ケイトリンが視線を向けた先には、これまで目にしたどれよりも大きなオルゴールがあった。長さは九〇センチで高さが三〇センチくらいだろうか。金と漆をちりばめた紫檀《したん》材の箱が、そろいのテーブルの上に置かれている。

「別の曲を試してみましょうよ」カサンドラがそう言って、テーブルの正面の引き出しを開けた。

ヘレンが注意深くオルゴールに手を入れ、表面に無数の小さなピンが立っている真鍮製の円筒を取りだした。引き出しの中には、さらに数本の円筒が輝きを放ちながら並んでいる。

「わかる？」パンドラが興奮した口調でケイトリンに言う。「それぞれの円筒が違う曲を演奏するの。聴きたい曲を選べるのよ」

驚嘆のあまり、ケイトリンは無言で頭を振った。

ヘレンが新しい円筒を箱の中に入れ、真鍮製のハンドルを動かした。《ウイリアム・テル》の序曲の小気味よい陽気なメロディーが流れだし、双子たちが声をあげて笑う。

「スイス製だな」蓋の内側につけられた飾り板を見て、デヴォンが言った。「曲はすべてオペラの序曲のようだ。《イル・バチオ》、《ザンパ》……」

「でも、いったいどこから来たの？」ケイトリンはきいた。

「今日ここへ届けられていたみたい」妙に抑えた声で、ヘレンが答える。「わたし宛に。あの……ミスター・ウインターボーンから」

　突然、全員が黙りこんだ。

　ヘレンが折りたたんだ紙を取りあげてデヴォンに渡した。落ち着き払った顔をしているものの、目には困惑がにじんでいる。「彼は――」言いにくそうに口を開いた。「つまりミスター・ウインターボーンは――どうやら――」

　デヴォンが正面からヘレンの視線をとらえた。「彼に求婚の許可を与えたんだ」単刀直入に告げる。「だが、きみが望めばの話だよ。いやなら――」

「なんですって?」ケイトリンは激しい怒りを覚えてさえぎった。どうしてデヴォンは何も話してくれなかったのだろう? 反対されるとわかっていたからに違いない。

　もちろん、ケイトリンは全力で反対するつもりだった。ヘレンには望まぬ結婚を絶対にしてほしくない。彼と結婚すれば、ヘレンはまったくなじみのない生活に合わせることを強いられるだろう。たとえどれほど不幸になっても、そうせざるをえなくなるのだ。部屋じゅうに広がる《ウイリアム・テル》の序曲が、ぞっとするほど陽気に感じられた。

「絶対にだめよ」ケイトリンはデヴォンに嚙みついた。「すぐに断ってちょうだい」

「どうしたいか決めるのはヘレンだ」彼が冷静に応える。「きみじゃない」

「ウインターボーンは何を約束したの?」ケイトリンは詰問した。「彼がヘレンと結婚したら、領地にとってどんな得があるの?」

　デヴォンの目つきが厳しくなった。「人のいないところで話そう。一階に書斎がある」

一緒に行こうとしたヘレンを、ケイトリンは肩にそっと手を置いて制した。

「まずわたしにトレニア卿と話をさせてちょうだい。彼には個人的に尋ねたいことがあるの。あなたとはそのあとで話しましょう。お願いよ」

ヘレンはまばたきもせず、じっと義理の姉を見つめた。その目は光の加減でとても淡く、力強く見える。口を開いた彼女の声は穏やかで冷静だった。「何を話しあうにしても、その前にはっきりさせておきたいことがあるの。あなたのことは実の姉のように信頼して愛しているわ、ケイトリンお義姉様。でも自分の置かれている状況は、お義姉様よりずっと実際的に理解しているつもりよ」デヴォンに視線を移して続ける。「ミスター・ウインターボーンがわたしに申しこんでくださるつもりなら……それは安易に退けられるものではないわ」

とても冷静に話せそうになく、ケイトリンは怒りをのみこんだ。笑みを浮かべようとするものの、顔がこわばってうまくいかない。

さっと向きを変えて、ケイトリンは応接間をあとにした。うしろからデヴォンがついてきた。

29

ケイトリンとデヴォンが言い争いをはじめたちょうどそのとき、ロンドンの市街地図を探して書斎に入ってきたのはウエストンにとって災難だった。

「どうしたんだ?」ふたりのこわばった顔を交互に見ながら、彼が尋ねる。

「ヘレンとウインターボーンだ」デヴォンが簡潔に答えた。

非難もあらわなケイトリンの顔をちらりとうかがったウエストンは顔をしかめ、ネクタイを引っ張った。「この議論にぼくが加わる必要はない……それともあるかな?」

「あなたは求婚のことを知っていたの?」ケイトリンは冷たい声で問いただした。

「まあね」ウエストンが小声で言う。

「それなら加わる必要があるわ。ここにいて、どうしてそんな恐ろしい考えを撤回するよう彼を説得しなかったのか説明してちょうだい」

ウエストンが憤然とした顔になった。「ぼくが兄やきみを説得して何かをやめさせられたことなんて、一度でもあったかい?」

ケイトリンはデヴォンに向き直ってにらみつけた。「本気でヘレンにこんな仕打ちをするつもりなら、あなたは初めて会ったときに思ったとおりの冷酷な人なんだわ」

デヴォンもにらみ返す。「こんな仕打ち？　彼女に富と社会的な地位と自分自身の家族を与えてくれる縁組をまとめる手助けをすることか？」

「彼の社会での地位であって、わたしたちが属する社会ではないわ。ヘレンはそんなもの望んでいない。あなただって、わかっているはずよ。貴族はみんな、彼女が自らをおとしめたと噂するでしょう」

「そんな噂をするのとほとんど同じ人々が、持参金のないヘレンが社交シーズンに加わったとき、まっぴらごめんだと言って彼女を拒んだぞ」デヴォンは暖炉に近づき、大理石の炉棚に両手をついた。その顔や黒い髪の上で火明かりが躍っている。「ぼくだって、これがヘレンにとって理想的な縁組でないことはわかっている」そっけなく言った。「だがウインターボーンは、きみが言うほどいやな相手じゃない。時が経てば、ヘレンも彼を愛するようにさえなるかもしれない」

「じゅうぶんな時間を与えれば」ケイトリンは皮肉めかして言った。「ヘレンは疫病にかかったネズミでも、歯のない世間からのつまはじき者でも、愛していると自分に思いこませられるでしょうよ。だからといって、彼女がウインターボーンと結婚するべきということにはならないわ」

「ヘレンがネズミと結婚しないのはたしかだと思うけど」ウエストンが言う。

デヴォンが火かき棒を手に取って火格子の上の炎をつつくと、大量の火花が舞いあがった。

「今までのところ、ヘレンにはどんな相手であろうと、婚約する機会は一度も訪れていない」彼はケイトリンに向かって肩越しに厳しい視線を送った。「きみは受け入れたくないようだが、ただ単に我慢できるというだけの娘との豊かな暮らしより、愛する娘との貧しい暮らしを選ぶような、地位のある紳士はひとりもいないんだ」

「何人かいるかもしれないわ」デヴォンのあざけるような視線を受け、彼女は身構えた。「ひとりくらいはいるはずよ。どうしてそういう人を見つける機会をヘレンに与えてあげられないの？」

ウエストンが割って入った。「ウインターボーンと結婚する可能性を断念することになるからだよ。それで社交シーズンが終わるまでにヘレンが一定の水準に達する相手を見つけられなければ、彼女には何も手に入らないんだ」

「そうなったら、わたしと一緒に暮らせばいいのよ。田舎にコテージでも見つけて、わたしの寡婦給付金からの収入で生活していけるわ」

暖炉から振り返ったデヴォンが目を細めてケイトリンを見た。「それがヘレンの望みだというのか」

ケイトリンは静かにデヴォンに告げた。「ウインターボーンにひどい扱いを受けたとしても、ヘレンには身を守るすべがないのよ」

「そんなことはない。ウエストとぼくで、ずっと彼女を守っていくつもりだ」

「だったら、今ヘレンを守るべきだわ」

ウエストンが立ちあがり、ドアへ向かって歩いていった。「家族を持つというのはこういうことなのか？」いらだたしげに問いかける。「果てしなく口論を続けて、朝から晩まで思っていることを話すのが？　もうたくさんだ。失礼して、金を払えばほとんど服を着ていない女性が膝に座ってくれるパブを探しに行くよ。そういう女性なら、飲んだくれるぼくと喜んで一緒にいてくれるだろう」

書斎を出ていったウエストンは乱暴にドアを閉めた。

ケイトリンは胸の前で腕を組み、デヴォンをにらみつけた。

「ヘレンは自分の望みを絶対に認めないわ。これまでずっと、誰の厄介者にもならないように気を遣ってきたんだもの。家族のためになると思えば、悪魔とだって結婚するでしょう。彼女は自分の結婚次第でエヴァースビー・プライオリーが恩恵を受けられることを、じゅうぶんに承知しているのよ」

「ヘレンは子どもじゃない。二一歳の女性だ。きみは今まで気づいていなかったんだろうが、彼女はぼくたちよりもはるかに冷静にふるまっていた」冷たい声でそう言ったあとで、デヴォンはやさしくつけ加えた。「きみは驚くかもしれないが、一生きみの言いなりになって生きることにヘレンが魅力を感じない可能性もあるんだよ」

ケイトリンは彼を見据え、言葉を探して口を開けたり閉じたりした。もう一分たりとも同じ部屋にいることに耐えられず、彼女は書斎を飛びだして階段を駆けあがった。

それから一時間以上のあいだ、ケイトリンとヘレンは応接間に隣接する小さな控えの間で、真剣に話しあった。ケイトリンが愕然としたことに、ヘレンはリース・ウインターボーンという男に求婚されることを喜んでいた。そして、それを受けようと決意していた。

「彼は正当な理由からあなたを望んでいるわけじゃないのよ」ケイトリンは心配して言った。「野望の達成を早めてくれる妻が欲しいだけなの。貴族の血統を持つ妻が」

ヘレンが小さく微笑む。「わたしたちの階級の男性も、そうやって妻の価値を判断するんじゃないかしら?」

じれったさのあまり、ため息が抑えられない。「ヘレン、認めなくてはいけないわ。あなたと彼の世界は違うのよ!」

「ええ、彼とわたしはまったく違っている。だから慎重に進めるつもりよ。だけどわたしがこの求婚を受けるのには、自分なりの理由があるの。全部を説明したくはないんだけど……彼がエヴァースビー・プライオリーに滞在していたとき、彼とのあいだに一瞬つながりを感じたのよ」

「熱を出した彼を看病していたとき?　もしそうなら、それは同情であって好意じゃないわ」

「いいえ、そのあとだった」ケイトリンがさらに異議を唱える前にヘレンが続ける。「彼のことはほとんど知らないわ。でも、もっと知りたいと思うの」義姉の両手を取り、ぎゅっと握りしめる。「お願いだから、当分のあいだは反対しないで。わたしのために」

ケイトリンはしぶしぶうなずいた。「わかったわ」

「それとトレニア卿のことだけれど」ヘレンが思いきった様子で口にする。「彼を責めてはいけない——」

「ヘレン」静かにさえぎった。「ごめんなさい。でも、彼を責めるのには理由があるの。個人的な理由が」

翌日の朝、デヴォンはレイヴネル家の女性たちを大英博物館に案内した。ケイトリンにすればウエストンに付き添ってもらうほうがよかったのだが、彼はエヴァースビー・プライオリーに移ったあとも手放さずにいた自分のテラスハウスへ行ってしまった。

デヴォンがウインターボーンの求婚を隠していたことや、前夜の心ない発言にまだ腹を立てていたケイトリンは、彼を避けて必要以上に話さないようにした。今朝はふたりとも礼儀正しい言葉遣いや、かみそり並みに鋭い微笑みを、まるで武器のように振りかざしている。

博物館のおびただしい数の展示物に直面して、レイヴネル家の姉妹たちはまず、エジプト・ギャラリーを訪れることにした。パンフレットやガイドブックを握りしめ、彼らは午前中のほとんどを費やして、展示物のひとつひとつを見てまわった。彫像、大理石の石棺、オベリスク、石板、動物の剝製《はくせい》、装飾品、武器、道具、宝石。ロゼッタ・ストーンには特に時間をかけ、なめらかな表面に刻まれた象形文字《ヒエログリフ》を見て感嘆の声をあげた。

デヴォンがその近くに展示された兵器を見ているあいだ、ヘレンがガラスケースに入った古代の硬貨を眺めるケイトリンに近づいて言った。「この博物館にはとてもたくさんのギャラリーがあるのね。一カ月のあいだ毎日訪れても、すべては見られないわ」

「この調子では絶対に無理ね」ケイトリンは、スケッチブックを開いてヒエログリフを細かく写しているパンドラとカサンドラに目を向けた。

その視線を追ってヘレンが言う。「ふたりとも、大いに楽しんでいるわ。わたしもだけど。エヴァースビー・プライオリーが与えてくれる教養や刺激以上のものに、わたしたちはずっと飢えていたみたい」

「ロンドンには豊富にあるわね」ケイトリンは応えた。軽い調子に聞こえるように心がけてつけ加える。「ミスター・ウインターボーンのまわりにもあるんじゃないかしら。きっと退屈しないわよ」

「ええ、本当に」ヘレンは一瞬ためらいを見せたものの、用心深い口調で尋ねた。「ミスター・ウインターボーンのことだけど、夕食に招待してもいいかしら？　直接オルゴールのお礼を言いたいの」

ケイトリンは顔をしかめた。「ええ。あなたが望むなら、トレニア卿が招待してくださるわ。だけど……あのオルゴールはよくないと思うの。すてきで気前のいい贈り物だとは思うけれど、お返しするべきよ」

「できないわ」ヘレンが眉をひそめてささやく。「そんなことをしたら、彼の気持ちを傷つけてしまうもの」

「あなたの評判が傷つくのよ」

「誰にも知らせる必要はないわ、そうでしょう？　あれをうちの家族みんなへの贈り物と考えてはだめかしら？」

答えようとしたケイトリンの頭に、デヴォンの顔が浮かんだ。自分が破った規則や犯した罪が次々に思い出される。ちっぽけなものもあれば、不適切な贈り物を受け取るよりはるかにひどいものもある。彼女は苦笑いを浮かべて反論をあきらめた。

「そうね」ヘレンの腕を取る。「一緒に来て手伝ってちょうだい。どうやらパンドラがミイラの棺《ひつぎ》を開けようとしているみたい」

ヘレンが驚き、興奮したことに、ウインターボーンは次の日の夕食への招待を受け入れた。彼に会いたい気持ちはとても強かった。恐れを感じるのと同じくらいに。

ウインターボーンは時間ぴったりに到着し、レイヴネル家の人々が集まる一階の応接間に案内された。彼は黒い上着とグレーのズボンにベストという、優雅で飾り気のない装いに身を包んでいた。骨折した脚はまだ完全に癒えていなかったが、すでにギプスは取り外され、木製の杖を使って歩いている。たとえ群衆の中にいても、彼の姿はたやすく見つけられるだろう。際立つ背の高さや体格のよさだけでなく、漆黒の髪と目、そして浅黒い肌の色のせいでもある。ウエールズに移り住んだスペインのバスク人の影響を受けたと思われるその色合いは、貴族階級のものとは見なされない。けれどもヘレンには、とてもハンサムで魅力的に感じられた。

ウインターボーンの視線が彼女に向けられた。黒いまつげに縁取られた熱いまなざしに、ヘレンはそわそわして落ち着かない気分になった。なんとか平静を保ってあいまいな笑みを返しながら、彼の気を引ける魅力的な発言ができるだけの自信があればよかったのにと思う。悔しいことに、パンドラとカサンドラはヘレンよりずっと気楽にウインターボーンと接していた。彼の杖に剣を隠せるかどうか――残念ながら無理なのだが――尋ねたり、エジプト・ギャラリーで見た犬のミイラを詳しく説明したりと、くだらないおしゃべりで彼を楽しませている。

やがて夕食の席に移ると、一瞬当惑した空気が広がった。双子たちが座席の前のネームカードを、ヒエログリフで書いていたことがわかったからだ。

「どれが自分のカードか、みんな推測してみたいんじゃないかと思ったの」パンドラが告げた。

「ありがたいことに、ぼくの席は上座と決まっている」デヴォンが言う。

「これはぼくのだな」ウインターボーンが一枚のカードを示した。「おそらくレディ・ヘレンはぼくの隣だ」

「どうしてわかったの?」カサンドラがきいた。「ヒエログリフに詳しいの、ミスター・ウインターボーン?」

彼はにっこりした。「文字数を数えたんだよ」ネームカードを手に取り、顔を近づけてよく見る。「うまく書けているな。特にこの小さな鳥が」

「なんの鳥かわかる?」期待のこもった声で、パンドラが問いかけた。

「ペンギンかな?」ウインターボーンが推測する。

カサンドラが勝ち誇った顔になった。「ほら、言ったじゃない、ペンギンに見えるって」

「それはウズラなの」ため息をつきながら、パンドラが言う。「古代エジプトの文字は英語の文字ほどうまく書けないわ」

全員が席につき、従僕が給仕をはじめた。ヘレンは内気さを克服しようと決意して、ウインターボーンに向き直った。「ギプスが取れたのね、ミスター・ウインターボーン。経過は順調なんでしょう?」

彼が警戒するようにうなずく。「かなりね。ありがとう」

膝に置いたナプキンを、ヘレンは何度も撫でて伸ばした。「オルゴールのこと、お礼の言葉が見つからないほど感謝しているわ。あんなに美しい贈り物は初めてよ」

「喜んでくれたならよかった」

「ええ」目を合わせたとたん、ヘレンはいつかこの男性が自分にキスをする権利を得るかもしれないという事実に気づいた。抱きしめられて……夫婦のあいだで行われる謎めいたことがなんであれ、ふたりでそれをするのだ。顔の赤みがどんどん広がっていく。どうやらウインターボーンだけに引き起こされる反応らしい。赤面を止めようと必死になって、ヘレンは視線を彼のシャツの襟に落とした。さらに下へ、完璧にまっすぐな手縫いの縫い目をたどる。

「ミスター・クインシーの影響がうかがえるわ」いつの間にか声に出していた。

「シャツのことかな？」ウインターボーンが尋ねる。「ああ、そのとおり。クインシーがやってきてからというもの、衣装戸棚も引き出しも旅行鞄も、中身はすべて厳しい目で監視されている。衣類をきちんとした状態に保つためだけに、別にひと部屋が必要だと彼は言うんだ」

「クインシーは元気？　もうロンドンに慣れたのかしら？」

「わずか一日でね」話題は、新しい暮らしを満喫している従者の様子に移った。クインシーはすでに、何年も働いている従業員たちよりも百貨店に詳しくなっているらしい。新しい友人も数多くできたが、ウインターボーンの個人秘書だけは別で、しょっちゅう言い争っているそうだ。だが、ふたりはひそかに口論を楽しんでいるのではないかとウインターボーンは疑っているという。

ヘレンは注意深く耳を傾けながら、自分から話す必要がなくなって安堵していた。本か音楽の話題を持ちだそうと考えていたのだが、それでは意見が衝突するかもしれず、不安だったのだ。できれば彼のこれまでについて尋ねたかったけれど、ウエールズの生まれであることを考えると微妙な空気になるかもしれない。それよりは黙っているほうが安全だ。ところが控えめな意見を述べるだけでは会話にならず、ウインターボーンはウエストンとの議論に引き寄せられていった。

つまらない女だと思われたのではないかしら？　ヘレンは心配になり、暗い気分で黙って料理をつついていた。

しばらくして皿がさげられると、ようやくウインターボーンが彼女のほうを見て言った。

「食事のあとでピアノを弾いてもらえないだろうか？」

「そうしたいのだけれど、残念ながらピアノがないの」

「これほどの屋敷なのにピアノがない？」濃い茶色の瞳が何かを企むように揺らめく。

「わたしのために買うなんて言わないで」ヘレンはあわてた。

その言葉を聞いた彼が急に笑顔になり、シナモン色の肌と対照的な白い歯がちらりと見えた。ヘレンのおなかの中まで温かくなるような、魅力的な笑みだった。

「うちの百貨店には一〇台以上のピアノがあるんだ」ウインターボーンが言う。「そのうちのいくつかは一度も弾かれていない。明日、ここへ一台運ばせることも可能なんだが」

それほど多くのピアノが一箇所にある光景を想像して、ヘレンは目を丸くした。

「あなたは今でも寛大すぎるのに」彼女は言った。「何よりうれしい贈り物は、こうして訪ねてきてくださることだわ」

ウインターボーンの視線が彼女をとらえた。「つまり、きみは求婚を拒んではいないということかな？」穏やかに尋ねる。おずおずとうなずくヘレンを見て、彼がほんのわずかに身を乗りだした。だが、それだけでも彼女は圧倒されてしまう。「では、もっと一緒にいるようにしよう」ウインターボーンはつぶやくように言った。「双子たちはどんな贈り物が好みだろう？」ヘレンは顔を赤らめた。「ミスター・ウインターボーン、そんな必要は——」

「ピアノの件はまだあきらめていないよ」

「お花とか」急いで言う。「缶入りのお菓子とか、紙の扇とか。ささやかに示してもらうほうがいいわ」

彼の唇の端があがった。「残念だな。ぼくは気前のよさで知られているんだ」

夕食の締めくくりに、男性たちはテーブルに残り、女性たちは紅茶を飲むために退室した。

「食事のあいだじゅう、すごく静かだったわね、ヘレンお姉様」応接間に足を踏み入れたとたん、パンドラが声をあげた。

「パンドラ」ケイトリンがそっとたしなめる。

カサンドラが擁護にまわった。「でも本当のことよ。ヘレンお姉様はおしゃべりだったのに」

「彼に何を話していいか、わからなかったのよ」ヘレンは認めた。「失敗したくなかったの」

「あなたはとてもうまくやっていたわ」ケイトリンがやさしく慰めた。「よく知らない人と会話をするのは簡単じゃないもの」

「自分が何を言おうと気にしなければ簡単よ」パンドラが助言する。

「あるいは、相手にどう思われても気にしないか」カサンドラがつけ加えた。

ケイトリンはヘレンにあきれた顔をしてみせた。「この子たちを社交界に出せる日が来るとは思えないわ」

ヘレンは小さく笑みを返した。

その夜が終わりを迎え、ウインターボーンが玄関広間で帽子と手袋を身につけていたとき、ヘレンは応接間のテーブルから衝動的にランの鉢植えを取って、彼のところへ持っていった。「ミスター・ウインターボーン」真剣な声で言う。「あなたがこれを持っていてくださると、とてもうれしいのだけれど」

手に押しつけられた鉢植えに、彼が問いかけるような視線を向ける。

「これはブルー・バンダというランなの」ヘレンは説明した。

「どうすればいいのかな？」

「よく見える場所に置いておくといいんじゃないかしら。寒さと湿気、熱さと乾燥も苦手なの。新しい環境に移すとバンダはたいてい元気がなくなるわ。だから、しぼんだり花を落としたりしても心配しないで。一般的には、風や日光が当たりすぎない場所に置くのが一番よ。ああ、日陰すぎるのもだめ。それから果物を盛った鉢の隣には絶対に置かないで」そこで励ますように彼を見る。「あとで、霧吹きでかけるための特別な栄養剤を届けるわ」

ウインターボーンが手に持った異国の花を困惑した様子で凝視しているので、ヘレンは思いつきの行動を後悔しはじめた。彼はこの贈り物を欲しくないようだけれど、うまく言って返してもらう言葉も浮かばない。

「ランはもともと生えていた場所に似た環境だとよく育つの」彼女は続けた。「順応が難しくなるのは、新しい場所に移したときだけ」何かを考えこんでいるようなウインターボーンの表情に気づいて、いったん口をつぐむ。「気が進まないなら受け取らなくていいのよ。あなたの気持ちも理解できる――」

「もらうよ」ヘレンの目をのぞきこみ、彼はかすかに微笑んだ。「ありがとう」

彼女はうなずき、ランをしっかり抱えて帰っていくウインターボーンのうしろ姿を見送った。

「ブルー・バンダをあげちゃったのね」パンドラが驚いた声をあげて、ヘレンのそばにやってきた。

「ええ」

カサンドラが反対側に立つ。「お姉様のコレクションの中でも、とりわけ扱いの難しいランなのに」

ヘレンはため息をついた。「そうね」

「一週間も経たないうちに枯らしてしまうに違いないわ」ケイトリンがきっぱりと言う。

「わたしたちの誰が世話をしても同じだけど」

「ええ」

「それならどうしてあれを彼にあげたの?」

ヘレンは眉をひそめ、両方の手のひらを上に向けてみせた。「何か特別なものを持っていてほしかったのよ」

「彼なら、世界じゅうの特別なものを何千と持っているでしょうに」パンドラが指摘する。

「わたしからの特別なものよ」ヘレンが穏やかな口調で言うと、そのあとはもう誰も何も言わなかった。

30

「この目で見られる日を二週間も待っていたのよ」パンドラが興奮して言った。

馬車の座席で隣に座っているカサンドラは、文字どおり期待に身を震わせている。

「わたしなんて、生まれてからずっと待っていたわ」

ウインターボーンは約束どおり、ケイトリンとレイヴネル姉妹が営業時間後に百貨店を訪れて、好きなだけ買い物ができるように手配してくれた。彼は手袋や帽子、ピン、さまざまな装飾品など、若い女性が好みそうなものを商品を陳列するカウンターの上に出しておくよう、女性店員たちに指示してあるという。レイヴネル家の女性たちは、書籍や香水、食料品を含む、百貨店にある八五の売り場のほとんどを自由に訪れることができるのだ。

「ウエストが一緒にいればよかったのに」パンドラが残念そうに言う。

一週間足らずロンドンに滞在しただけで、ウエストンはエヴァースビー・プライオリーに帰ってしまった。彼はケイトリンに、もうロンドンのどこにも彼が望むような目新しいものはないのだと説明した。〝昔は〟ウエストンは言った。〝価値があると思えばなんでも、何度でもやったよ。だけど今は、領地でするべきことばかり考えてしまう。あそこはぼくが誰か

の役に立てる唯一の場所だからね〃

ウエストンがエヴァースピー・プライオリーへ戻りたくてしかたがないことは、もはや誰の目にも明らかだった。

「わたしも彼がいなくて寂しいわ」カサンドラが言った。

「あら、わたしは別に寂しくないわよ」パンドラがいらずらっぽく反論する。「ウエストがいれば荷物を持ってもらえるから、もっとたくさん買えるのにと思っただけ」

「選んだ品物は」デヴォンが口を開いた。「明日レイヴネル・ハウスへ届けてもらおう」

「ふたりとも、忘れないで」ケイトリンは双子たちに釘を刺した。「いくら買い物が楽しくても、勘定を支払うときになれば喜んでばかりもいられないわよ」

「でも、わたしたちが払うわけじゃないわ」パンドラがにやりとする。「請求書はすべてトレニア卿宛だもの」

デヴォンが物憂げに微笑んだ。「食料を買う金もなくなったときに、今の会話を思いださせてやろう」

「ねえ、ヘレンお姉様」カサンドラが明るい声をあげた。「ミスター・ウインターボーンと結婚したら、百貨店と同じ名前になるのね！」

ヘレンはそういうことをうれしいとは思わないだろう。どんな形であれ、注目を浴びたり噂されたりしたくないはずだ。「彼はまだヘレンに結婚を申しこんでいないのよ」ケイトリンは冷静に指摘した。

「申しこむわよ」パンドラが自信たっぷりに断言する。「少なくとも三回は夕食にうちを訪れたし、わたしたちと一緒に音楽会へ行って、みんなを彼のボックス席に座らせてくれたじゃない。求婚は明らかにうまくいってるわ」そこでいったん口をつぐみ、少し恥ずかしそうに続けた。「少なくとも、わたしたち家族にとっては」

「彼はヘレンお姉様のことが好きよ」カサンドラが口を開いた。「キツネがニワトリを見るみたいな目でお姉様を見ているもの」

「カサンドラ」ケイトリンはたしなめた。ちらりとヘレンをうかがうと、彼女はうつむいて手袋を凝視している。

求婚がうまく運んでいるのかどうかはよくわからなかった。ウインターボーンの話題になると、ヘレンの表情が読めなくなるのだ。彼女はみなの意見をどう思うのかも、自分自身の気持ちも明らかにしなかった。ふたりが接する様子を見ていても、今のところケイトリンには、お互いに好意を抱いているようには感じられない。

この問題についてデヴォンと話しあうことは避けていた。また不毛な言い争いになるのが目に見えているからだ。実際、この二週間は彼とほとんど何も話していなかった。家族で朝の散歩に出かけたあと、デヴォンは弁護士や会計士や鉄道会社の重役と会ったり、開会中の貴族院議員として議会に出席したりするために出かけてしまう。帰宅は毎晩遅く、終日の人づきあいで疲れていて、話をする気分ではなさそうだった。

心の中でしか認めないものの、ケイトリンは彼との親密な関係が途絶えてひどく寂しかった。気さくで楽しい会話や大らかな魅力、彼が与えてくれる慰めが恋しい。今やデヴォンは、彼女と視線を合わせる気すらないらしい。彼と離れると、まるで神経の伝達速度が遅くなったみたいに感覚が麻痺していた。お互いの存在を楽しむような機会は、もう二度とないだろうと思えてくる。でも、そのほうがいいのかもしれない。妊娠の可能性——月のものはまだはじまっていない——に気づいたデヴォンが冷淡になり、ヘレンとウインターボーンの結婚をあと押しするためという理由を隠してケイトリンをロンドンに連れてきたのを知ってからは、彼のことが信じられなくなった。

馬車が〈ウインターボーン百貨店〉の裏手にある廏《うまや》に到着した。デヴォンは巧みに人を操るろくでなしだ。そこにある裏口のひとつから、目立たないよう店内に入ることができる。従僕が馬車のドアを開け、敷石の上に移動式の階段を置くと、デヴォンが馬車からおりる娘たちに手を貸した。最後に出てきたケイトリンも手袋をした彼の手を取ったものの、階段をおりるとすぐに放した。廏の隣には門のついた配送場があり、労働者たちが木箱を積みおろし口へ運んでいた。

「こちらだ」アーチ形の入り口へ向かうデヴォンのあとを、みんなでついていく。

青い制服のドアマンがブロンズ製の大きなドアを開け、帽子に軽く触れて言った。

「〈ウインターボーン百貨店〉へようこそお越しくださいました、閣下。どうぞなんなりとお申しつけください、奥様、お嬢様」中へ入ると、彼はひとりひとりに小さな冊子を手渡した。象牙色と青色の表紙には、金色の文字で〝〈ウインターボーン百貨店〉〟、その下には〝売り場目録〟と書かれている。

「ミスター・ウインターボーンは中央の円形広間でお待ちです」ドアマンが告げる。

　双子たちは興奮を通り越して畏敬の念を抱いているに違いない。ふたりが完全に黙りこんでいるところを、ケイトリンは初めて目にした。

〈ウインターボーン百貨店〉は娯楽の殿堂とでも言うべき場所で、『千夜一夜物語』に出てくる宝物の詰まったアラジンの洞窟のように、訪れた客の目を奪うように設計されている。内部は彫刻を施したカシ材の羽目板、漆喰の成形天井、入り組んだモザイクタイルをはめこんだ板張りの床などをふんだんに使った豪華な造りだった。普通の店のように囲われた小さな部屋があるのではなく、広々と開放的で、売り場から売り場へ客が移動しやすいように幅の広いアーチ道がついている。興味をそそる品々が曇りひとつないガラスケース内にあふれんばかりに積まれ、カウンターの上にも巧みに並べられていた。それらを照らしているのは豪華なシャンデリアだ。

〈ウインターボーン百貨店〉なら一日で、家庭に必要なものをすべて買うことができるだろう。クリスタル製品、磁器、調理器具、金物、大型家具、室内装飾用の布地、時計、花瓶、楽器、額入りの絵画、馬用の鞍、氷で冷やす木製の冷蔵庫、そこへ入れておく食料品。

　レイヴネル家の一行は建物の中央にある円形広間へやってきた。六階分の高さがあり、それぞれの階に金メッキを施した渦巻き模様のバルコニーがついている。最上部は渦巻きやバラの花《ロゼット》など、さまざまな装飾が施された巨大なステンドグラスのドームになっていた。板ガラスのカウンターのあいだをぶらぶらしてケース内の商品を見ていたウインターボーンが、気配に気づいて顔をあげた。

「ようこそ」目に笑みを浮かべて言う。「予想と違わない場所だったかな?」全員に向けられた言葉だが、ウインターボーンの視線はヘレンから離れなかった。

双子たちの口から感嘆と賞賛の叫びが次々と飛びだす一方で、ヘレンは頭を振って微笑んだ。「想像していたより、ずっと大きくて立派だわ」ウインターボーンに言う。

「まだどこも見ていないじゃないか。ぼくが案内しよう」彼は問いかけるようにほかの人々を見た。「一緒に来たい人は? それとも買い物をはじめたいかな?」カウンターの近くにある籐《とう》製のバスケットの山を示す。

双子は顔を見あわせてから、きっぱりと言った。「買い物よ」

ウインターボーンが笑顔になる。「菓子や本はあちらの方角だ。薬と香水類は向こう。うしろ側に行けば帽子やスカーフ、リボンやレースがある」彼が言い終わらないうちに、双子たちはバスケットをつかんで駆けだしていた。

「あなたたち……」あまりの熱狂ぶりに面食らい、ケイトリンは声をかけようとしたが、ふたりはすでに声の届かないところにいた。彼女は浮かない顔をウインターボーンに向けた。「あなたの安全のためにも、あの子たちの行く手には立たないほうがいいわ。さもないと踏みつけられてしまうかも」

「年に二回の割引販売を初めて実施したときのご婦人方はもっとすごかった」ウインターボーンが言う。「乱闘騒ぎに悲鳴。あの列車の事故をもう一度経験するほうがましに思えるほどだ」

ケイトリンは思わず笑みを浮かべた。

ウインターボーンがヘレンを案内して円形広間から離れた。「ピアノを見てみないか？」やさしく尋ねている。

ふたりの姿が遠ざかり、ヘレンのおずおずとした答えはくぐもってよく聞こえなかった。

デヴォンが静かにケイトリンのそばへやってきた。

しばらく気づまりな沈黙が続いたあとで、彼女は口を開いた。「あのふたりが一緒にいて、ほんのわずかでもお互いに夢中な様子がうかがえたことがある？　彼らのあいだには自然な気安さとか、熱い気持ちを共有している感じがまったくないわ。馬車に乗りあわせた見知らぬ者同士が話しているみたい」

「お互いにまだ警戒をゆるめていないように見える」淡々として味気ない答えが返ってきた。

もたれていたカウンターから離れ、ケイトリンは円形広間の中の、文房具を品よく陳列しているあたりへゆっくりと歩いていった。カウンターの上には、香料入りの瓶を並べた漆塗りの盆が置かれている。額に入った小さな説明書きによると、手紙に香りをつけたい女性向けの、吹きつけて使う香料らしい。紙が染みになることも、インクがにじむ原因になることもないと請けあっている。

デヴォンが無言でケイトリンの背後に立ち、両側から彼女をはさむようにカウンターに両手をついた。思わず鋭く息をのむ。硬くて温かい体にとらわれ、首のうしろに彼の唇が触れても動くことができなかった。ケイトリンは目を閉じ、活力に満ちた男らしい力強さを全身に感じてうっとりした。うなじのおくれ毛をデヴォンの息がそよがせ、その繊細な感覚に身が震える。

「こちらを向いて」彼がささやいた。

ケイトリンは無言でかぶりを振った。脈が速まるのがわかる。

「きみが恋しい」デヴォンの片方の手が持ちあがり、指先が官能を呼び覚ますようにそっとうなじを愛撫した。「今夜、きみのベッドへ行きたい。ただ抱きしめるだけでもいい」

「あなたとベッドをともにしたがる女性なら簡単に見つかるでしょう」辛辣に言う。

彼は頬と頬が合わさるまで近づいてきた。ひげを剃ったあとの顎の感触は、まるで猫の舌のようだ。「欲しいのはきみだけだ」

全身に彼を感じる歓びに体がこわばる。「子どもができたかどうかわかるまで、そんなことを言うべきじゃないわ。どちらの結果でも、わたしたちの関係が修復されることはないでしょうけれど」

そっと鼻をすり寄せられると顎の下の肌がちくちくして、ケイトリンはぶるっと震えた。

「すまない」デヴォンがかすれた声で言った。「あんなふうに反応するべきではなかった。できることなら、すべての言葉を取り消したいよ。きみのせいじゃなかったんだ。愛の行為の経験が、きみにはほとんどないのに。相手にできるだけ近づきたいと思う、まさにその瞬間に離れるのがどれほど難しいか、きみのおかげでぼくは誰よりも知っている」

デヴォンの謝罪に驚き、ケイトリンは目を合わせることができずにそのまま立ちつくしていた。急にこみあげてきた孤独感が、振り向いて彼の腕の中で泣きたいと思ってしまう自分のもろさがいやだった。

けれども考えがまとまる前に、双子たちの甲高いおしゃべりと、大量のものを一度に運んでいるらしく、がちゃん、かさかさという音が聞こえてきた。悪態をつきながら、デヴォンが離れていく。

「バスケットが足りないの」広間に入ってきたパンドラが意気揚々と言った。

双子たちは明らかにすばらしい時間を過ごしたらしく、ひどく風変わりに自分たちを飾りたてていた。カサンドラは宝石をあしらった羽根飾りを頭につけ、緑色の夜会用のコートを身にまとっている。パンドラは片方の脇に薄青色のパラソルを、もう一方にはテニスラケットを抱えていたが、頭にかぶった花冠がずれて目の上に落ちかかっていた。

「その様子からすると」ケイトリンは言った。「もうじゅうぶん買い物をしたみたいね」

カサンドラが不安げな顔になった。「あら、まだよ。少なくとも、あと八〇の売り場が残ってるわ」

ケイトリンは思わずデヴォンのほうを見た。彼は懸命に笑みを押し殺そうとしているが、成功はしていない。心から微笑んでいる姿を見るのは、この数日で初めてだった。

すっかり買い物に心を奪われている双子たちは重そうなバスケットを苦労してケイトリンのところまで運び、カウンターの上に品物を積みあげた。香料入り石けん、白粉、ビスケットの缶、甘草のトローチ、大麦糖のキャンディ、金網の茶こし、網目の小袋に詰めた靴下、スケッチ用の鉛筆、鮮やかな赤い液体が入った小さなガラス瓶、金色の蓋付きのガラス壺。

「これは何かしら？」ケイトリンはガラス瓶を手に取っていぶかしげに眺めた。

「美容用品よ」パンドラが答える。

「ブルーム・オブ・ローズというの」カサンドラが口をはさんだ。

それが何か気づいたケイトリンは息をのんだ。「これは紅ね」紅が入った容器など、手に取ったことさえない。彼女は急いで瓶をカウンターに置いた。「だめよ」

「でも、ケイトリンお義姉様――」

「紅は絶対にだめ」きっぱりと言う。「今も、これからもずっと」

「だけど肌の色をよく見せないと」パンドラも加わる。「瓶の説明書きによれば、ブルーム・オブ・ローズは肌に〝やさしくて無害〟なのよ……ほら、ここに書いてあるでしょ？」

「人前で紅をつけたら間違いなく、やさしくもなく無害でもないことを言われるのよ。堕落した女だと見なされるわ。悪くしたら女優だと思われるかも」

パンドラがデヴォンに向き直った。「トレニア卿、あなたはどう思う？」

「こういうとき、男は考えないようにするのが一番だ」彼は即答した。

「いろいろ面倒なのね」カサンドラが言う。彼女は金の蓋がついた白いガラスの壺に手を伸ばし、ケイトリンに渡した。「お義姉様用にこれを見つけたの。ユリの香りのする軟膏よ。

「しわに効くんですって」

「しわなんてないわ」ケイトリンはむっとして応えた。

「今はまだないけど」パンドラが認める。「そのうちできるわよ」

空のバスケットをつかみ、買い物の続きに急ぐ双子たちを、デヴォンが笑みを浮かべて見送る。

「わたしにしわができるとしたら」ケイトリンは沈んだ声で言った。「ほとんどの原因はあの子たちでしょうね」

「まだまだそんな日は来ないよ」デヴォンが近づいてきて、両手で彼女の頬を包んだ。「だがそうなったときみは、今よりさらに美しいだろうな」

やさしく触れられた肌が熱を持ち、壺入りの紅よりもっと鮮やかな赤色に染まる。必死で離れようとするものの、彼の手はすでにケイトリンをしびれさせ、動けなくしていた。

指を彼女のうなじにまわして支えながら、デヴォンが顔を近づけてくる。唇が重なったとたんに衝撃が走り、力が入らなくなって、傾く船の甲板に立っているみたいに体が揺れた。ケイトリンに腕をまわし、やすやすと引き寄せてしまう彼の力に圧倒される。〝わたしはあなたのものよ〟馬車置き場で、官能の歓びを与えて挑んできたデヴォンにそう言わされた。あの言葉は真実だった。どこへ行こうと、何をしようと、ケイトリンはいつでも彼のものでいるだろう。

彼女の喉から絶望の小さなうめきがもれたが、言葉も呼吸もすべてキスに吸収されてしまった。デヴォンはじっくりとケイトリンを味わい、唇がもっと深く合わさるように角度を変えた。舌で彼女の舌を探り、反応を引きだすキスは、やさしさと激しい要求を伝えてくる。抑えきれない渇望があふれ、ケイトリンは何も考えられなくなった。何層にも重なる服の下で体はすでに目覚め、期待にうずいて下腹部が熱くなっている。

そのとき、デヴォンがいきなり身を引いて彼女から離れた。ケイトリンは切ない声をもらし、思わず彼を求めて手を伸ばした。

「誰かが来る」デヴォンが静かに言う。

彼女はカウンターにもたれて身を支え、ぎこちない手つきでドレスを撫でつけながら、懸命に呼吸を整えた。

ヘレンとウインターボーンが円形広間に戻ってくるところだった。ヘレンの唇の端はピンで留めたみたいにあがったままだ。けれども彼女の態度の何かが、母親を探して連れられていく迷子の幼児を思いださせた。

不安を覚えたケイトリンの視線が、ヘレンの左手に光るものに吸い寄せられた。それが何か理解したとたん、官能にほてっていた体から熱が引いていった。

指輪。

たった二週間の求婚期間で、あの男は結婚を申しこんだのだ。

31

〝親愛なるケイトリンへ

たった今、ラフトン家の農場から帰ってきたところだ。あそこの一番新しい住民が幸せにやっているかどうか、調べに行っていた。心配しているみんなに伝えてほしい。ハムレットは自分の小屋にすっかり満足していた。つけ加えるならば、その小屋は豚界の最高水準にのっとって建てられていた。そして彼は、自分のハーレムの雌豚たちとのつきあいに夢中だった。あえて言うが、純粋に快楽を求める豚にとって、あれ以上を求めることなどないだろう。

領地に関するほかの知らせはすべて、排水溝と配管工事の不具合に関するものだが、どれも特筆するほどのことではないと思われる。

きみがヘレンとウインターボーンの婚約をどのように受け止めているか知りたい。実の兄のような気持ちで心配しているので、すぐに返事がもらえることを願っている。せめて、殺人の計画があるかどうかだけでも教えてくれ。

愛情をこめて
ウエストより〟

返事を書くためにペンを取ったケイトリンは、ウエストンの不在を予想以上に寂しく感じていた。ほんの数カ月前にエヴァースビー・プライオリーへやってきた酔っ払いの放蕩者が、彼女の人生でこれほど大きな存在になるとは不思議なものだ。

〝親愛なるウエストへ

先週ミスター・ウインターボーンがヘレンに結婚を申しこんだ件で、殺人計画が頭をよぎったことは認めます。しかしながら、もしウインターボーンを排除すれば、あなたのお兄様も始末しなければならないと気づきました。それはできません。このような状況ですから、一件の殺人は正当と認められるかもしれませんが、二件となるとそれはわがままというものでしょう。

ヘレンは静かに引きこもっていて、婚約したばかりの娘とはとても思えません。婚約指輪をひどく嫌っているのは明らかなのに、ウインターボーンに頼んで交換してもらうことを拒んでいます。昨日ウインターボーンは、結婚式の計画も費用もすべて彼が受け持つと決めました。したがって、その件についてもヘレンに発言権はないでしょう。

ウインターボーンは支配的ですが、そのことに気づいてすらいないようです。彼はいわば影を落とす巨木で、小さな木々は彼のそばでは育つことができません。

とにかく、結婚式は避けられないようです。

わたしはなりゆきに任せることにします。少なくとも、そう努力します。あなたが兄のような気持ちで心配してくれたことは大変ありがたく、わたしからも妹のような気持ちで親愛の情をお返しします。

あなたの友
ケイトリンより”

夜遅く、デヴォンは疲れているものの、満足感とともに帰宅した。〈ロンドン鉄鉱石鉄道〉との賃貸契約は、双方の当事者によって署名がなされた。

この一週間というもの、セヴェリンがじらすせいで交渉は難航していた。急かしたり、先延ばしにしたり、予期せぬ動きに出たり、修正案を出してきたりというセヴェリンに対応するには、人類の域を超えた自制心と多大なエネルギーが必要だった。弁護士たちが黙りこんでしまい、ふたりの言い争いになったことも何度かあった。そしてとうとうデヴォンは望んでいた譲歩を引きだすことに成功したのだが、その寸前には、デスクを飛び越えて友人の首を絞めようかと考えていた。それほど腹が立ったのは、その部屋にいたほかの誰とも違い、セヴェリンが完全に楽しんでいたからだ。

セヴェリンは興奮をもたらす騒ぎや意見の衝突など、貪欲《どんよく》な脳を楽しませることならなんでも夢中になった。人々を引きつけるセヴェリンはあらゆる場面に招待されるのだが、活気に満ちて熱狂的な彼に長時間耐えるのは難しい。セヴェリンと過ごすのは打ちあげ花火を見るようなものだった。短時間なら楽しいが、長すぎると疲れてしまう。

執事に上着と帽子と手袋を渡したデヴォンは、飲まずにいられない気分になって書斎へ向かった。階段を通り過ぎると、階上の応接間からオルゴールが曲を奏でるかすかな音とともに、笑い声と話し声が聞こえてきた。

書斎はテーブルランプと暖炉の火に照らされていた。ケイトリンの小さな体が布張りのウイングチェアで丸くなっている。指は空のワイングラスの脚をゆるく握っていた。彼女がデヴォンの贈ったショールを身につけていることに気づき、喜びが胸を締めつける。物思いに沈みながら炎を見つめる彼女の繊細な横顔に、火明かりがちらちらと揺れていた。

ヘレンとウインターボーンが婚約して以来、ケイトリンとふたりきりで話す機会はなかった。ケイトリンは口数が減り、話をしたくない様子で、不満な現状となんとか折りあいをつけようとしているのが明らかだった。さらにこの一週間は、デヴォンも〈ロンドン鉄鉱石鉄道〉との交渉に集中せざるをえなかった。領地にとってあまりにも重要な問題で、失敗する危険は冒せなかったからだ。

しかし契約がまとまった今、彼は問題をきちんと片づけるつもりだった。

デヴォンが部屋に入っていくと、ケイトリンが顔をあげた。感情を押し隠した慎重な表情だ。

「おかえりなさい。交渉はどうだった？」

「契約書にサインした」彼は答え、ワインを注ぐためにサイドボードへ向かった。

「相手はあなたの条件をのんだの？」

「もっとも重要な条件は受け入れられたよ」

「おめでとう」その言葉は心からのものだった。「あなたなら勝つと信じて疑わなかったわ」

デヴォンは微笑んだ。「ぼくのほうは疑っていたけどね。ビジネスにおいては、セヴェリンのほうがはるかに経験豊富なんだ。だが、足りない経験の分は頑固さで補うことにした」ワインのデカンターを指さし、ケイトリンに視線で問いかける。

「ありがとう、でも、もう結構よ」彼女が隅のデスクを示して言った。「夕食の直前にあなた宛の電報が届いたの。銀の盆の上にあるわ」

デヴォンは盆に近づいて電報を手に取り、糊づけされた封を開けた。中身を読んだ彼は眉をひそめた。「ウエストからだ」

〝ただちに領地へ戻れ

W・R・〟

「ぼくに急いでハンプシャーへ戻れと言ってきている」デヴォンは困惑した。「理由は書いていない」

ケイトリンがたちまち心配そうな表情になって彼を見た。「悪い知らせでないといいけれど。彼がけがをしたのかしら？　それとも誰かが病気になったとか？」

「悪い知らせだとしても、それほどではないだろう。さもなければ電報で説明したはずだ」デヴォンは顔をしかめた。「朝一番の列車に乗らなければならないな」

空のワイングラスを脇に置き、ケイトリンが立ちあがってスカートのしわを伸ばした。疲れているようだが、火明かりを浴びて心配そうに眉をひそめている姿は美しい。彼女はデヴォンのほうを見ずに言った。「あなたはほっとするに違いないと思うけれど、月のものがはじまったの。赤ん坊はできていないわ」

彼は無言でケイトリンを見つめた。

奇妙なことに、予想と違って安堵感はない。ただ空虚であいまいな感情があるだけで、そんな気持ちになること自体が驚きだった。感謝して膝からくずおれてもいいはずなのに。

「きみはほっとしたのか？」

「もちろんよ。あなたと同じで、わたしだって赤ん坊は望んでいなかったもの」

その落ち着いた口調は、かすかにいらだちを含んでいた。

ケイトリンのほうへ足を踏みだすと、彼女の全身がこわばり、無言の拒絶を示すのがわかった。

「ケイトリン」怒りを抑えて言う。「きみとのあいだに距離がある、この状態にはうんざりなんだ。なんであれ必要なことを――」

「お願い。今はやめて。今夜だけは」

手を伸ばしてケイトリンが何もわからなくなるまでキスしようとしたデヴォンを押しとど

めたのは、穏やかだが冷たい彼女の口調だった。彼はしばし目を閉じて、心を静めようとした。しかし結局うまくいかず、ワイングラスを持ちあげて三口で中身を飲み干した。

「戻ってきたら」まっすぐ彼女を見据えて言う。「きみとぼくはよく話しあうんだ。ふたりだけで」

デヴォンの真剣な口調に、ケイトリンが口元を引きしめた。「わたしに選択の余地があるとでも？」

「ああ。ベッドへ行くのは話しあいの前か、それともあとか、選択権はきみにある」

怒りのため息をついて、ケイトリンは書斎を出ていった。デヴォンは空のグラスを握りしめ、彼女が見えなくなったあともドアから目を離せずに立ちつくしていた。

32

アルトン駅で列車をおりたデヴォンの目の前に現れたのは、埃だらけの上着と泥にまみれたブリーチズとブーツを身につけた、凶暴な目つきの弟だった。

「ウエスト？」驚きに心配が加わり、デヴォンは声をあげた。「いったい何が――」

「契約書にサインしたのか？」ウエストンがさえぎり、兄の上着の襟をつかもうとするかのように手を伸ばしたが、そこで思い直したらしく途中でやめた。じっとしていられないのか、いらいらと踵を踏み鳴らしている姿はまるで子どものようだ。「〈ロンドン鉄鉱石鉄道〉との契約だよ。サインしたのか？」

「ああ、昨日」

ウエストンが腹の底から悪態をつき、プラットホームにいた人々から非難の視線が向けられた。「採掘権は？」

「うちが鉄道会社に貸す土地の採掘権のことか？」

「そうに決まっているじゃないか。セヴェリンに権利を譲ったのか？　全部？」

「すべてこちらが持ちつづけることになった」

弟はまばたきもせずにデヴォンを凝視した。「絶対にたしかなのか?」

「もちろんだとも。採掘権に関して、セヴェリンは三日間もしつこく食いさがった。議論が長引けば長引くほど、ぼくは腹が立ってきたんだ。だから最後には、エヴァースビー・プライオリーの土地からはたとえ肥料のひとかたまりでも渡すつもりはない、地獄で会おう、と言って話しあいを放棄した。ちょうどぼくが通りに出たところで、セヴェリンが五階の窓から頭を突きだして、きみには負けた、戻ってこいと叫んだんだ」

デヴォンに抱きつきそうな勢いで身を乗りだしたウエストンが、はっとわれに返ったように動きを止めた。代わりにデヴォンの手を取って強く握りしめ、痛いほど強く背中を叩く。

「なんてことだ、愛してるよ、兄さん。この頑固者め!」

「いったいどうしたんだ?」

「教えるよ。行こう」

「サットンを待たなきゃならないんだ。彼はうしろの客車に乗っている」

「サットンはいなくてもいい」

「アルトンからエヴァースビー・プライオリーまで歩かせるわけにはいかない」デヴォンは言った。いらだちが薄れて笑いに変わる。「おいおい、ウエスト、そんなに跳ねまわるなよ。まるでスズメバチの巣へ頭を――」

「ああ、サットンが来た」ウエストンが叫び、従者に急ぐよう合図した。

ウエストンの要望で、馬車は屋敷ではなくエヴァースビー・プライオリーの東の境界線へと向かった。未舗装の道路からしか近づけない場所だ。セヴェリンに貸したばかりの土地が目的地だとデヴォンは気づいた。

やがて馬車は小川とブナの木立に隣接する野原のそばで止まった。荒れ地や小さな丘の上に人が集まって作業をしている様子が馬車の窓からうかがえる。少なくとも一〇人以上の男たちが、測量装置やシャベル、つるはし、手押し車、蒸気エンジンを使って立ち働いていた。

「彼らは何をしているんだ?」デヴォンは不可解に思って尋ねた。「セヴェリンのところから送られてきたのか? まだあの土地の調査はできないはずだ。契約書には昨日サインしたばかりなんだから」

「いや、ぼくが雇った」御者が開けるより先に、ウエストンが馬車のドアを押し開けて地面におり立つ。「来てくれ」

「旦那様」あとに続こうとしたデヴォンにサットンが異議を申したてた。「このように荒れた地形向きのお召し物ではありません。岩や泥だらけでは……旦那様の靴もズボンも……」

苦悶の表情を浮かべて、デヴォンがはいているアンゴラの毛織物のズボンの染みひとつない灰色の裾を見つめる。

「おまえは馬車で待っていてもいいぞ」デヴォンは従者に告げた。

「はい、旦那様」

旗を立ててしるしをつけてある、掘られたばかりの溝へ向かってウエストンと歩いていくと、たっぷり湿気を含んだ風を顔に感じた。土と濡れたスゲ、泥炭のにおいに包まれる。なじみのあるハンプシャーの新鮮な空気のにおいだ。

通り過ぎようとしたふたりに、手押し車を押していた男性が足を止めて帽子を取り、恭しくお辞儀をした。「伯爵様」

デヴォンは軽く微笑んでうなずいた。

溝の端に到達したところでウエストンが身をかがめ、小さな岩を拾ってデヴォンに渡した。その岩は——岩というより小石に近いが——大きさのわりに意外と重かった。親指で泥をこすり落とすと、鮮やかな赤い縞《しま》模様のある赤みがかった表面が現れた。

「鉱石か？」デヴォンは推測し、さらにじっくりとその小石を観察した。

「高純度の赤鉄鉱石だ」ウエストンの声は抑えた興奮で張りつめている。「この石から最高の鋼ができるんだ。市場では最高値がつく」

にわかに興味が増して、デヴォンは弟に目を向けた。「詳しく話してくれ」

「ぼくがロンドンにいたあいだに」ウエストンが話しはじめた。「セヴェリンの雇った測量技師たちが、ここで試験的に掘削を行ったようなんだ。小作人のひとり——ミスター・ウッテンが機械の音に気づいて、何が行われているのか見に来た。もちろん教えてはもらえなかったらしい。だが、ぼくはそれを聞いて、自分たちで調べるために地質学者と鉱物専門の測量技師を雇った。彼らはここで三日間にわたり、掘削機を使って次々に標本を掘りだした」

デヴォンの手にある赤鉄鉱石を顎で示す。

どういうことか理解しはじめたデヴォンは、硬い鉱物のかたまりをぎゅっと握りしめた。

「どのくらいの量があるんだ？」

「まだ査定している最中だからな。だが地質学者も測量技師も、地表に近いところに帯状の赤鉄鉱石の巨大な地層があるのは間違いないと言っている。粘土と石灰石の層のすぐ下だ。これまでに彼らが調べたところでは、厚みが二・五メートルの場所もあれば、七メートル近いところもあるらしい。広さは少なくとも一五エーカー。すべて兄さんの土地だよ。地質学者によれば、カンバーランドのこれほど南部で鉱脈が見つかるなんて聞いたことがないそうだ」ウエストンの声がかすれる。「軽く五〇万ポンドの価値があるんだよ、兄さん」

じっと立っているにもかかわらず、デヴォンはめまいがして倒れそうな気分だった。あまりのことに、にわかには信じられない。目の前の光景に視線を向けているものの、何も見えていなかった。この意味を脳が必死で理解しようとしている。

領地を受け継いで以来、ずっと肩にのしかかっていた借金の重荷が……消えてなくなるのだ。これでエヴァースビー・プライオリーに暮らす全員の将来が安泰になる。たっぷり持参金を用意できるのだから、テオの妹たちは好きな求婚者を選べるだろう。エヴァースビーで暮らす男たちには仕事ができ、村にとっては新たなビジネスとなる。

「それで感想は？」無言のままのデヴォンに、ウエストンが期待のこもった声できいた。

「現実だとは信じられないんだ」やっとのことでそう言った。「もっと詳しく知りたい」

「信用して大丈夫だよ。本当なんだ。一〇万トンもの石が、ぼくたちの足の下から急に消えることはないんだから」

デヴォンの顔に少しずつ笑みが広がった。「セヴェリンがなぜあれほど熱心に採掘権を手に入れようとしていたか、ようやく理由がわかったよ」

「兄さんが頑固でよかった」

低い声で笑う。「おまえにそう言われるのは初めてだな」

「これが最後でもあるけどね」ウエストンが応える。

ゆっくりとあたりを見まわしたデヴォンは、南の森林地帯を目にしたところで真剣な顔になった。「だが、溶鉱炉や鉄工所を作るために領地の森を破壊するわけにはいかないぞ」

「ああ、それなら問題ない。ぼくたちで精錬する必要はないんだ。ここの赤鉄鉱石はかなり純度が高いから、切りだすだけでいい。そのあとはすぐに輸送できる」

デヴォンの視界に、掘削機の周囲を歩きながら興味津々で機械を眺めているひとりの男と小さな男の子の姿が入ってきた。

「最初は伯爵の身分」ウエストンが話している。「次に鉄道会社との土地の賃貸契約。そして今度がこれだ。ぼくが思うに、兄さんはイングランドいち幸運な男じゃないかな」

デヴォンの注意は男と子どもに向いていた。「あれは誰だ?」

ウエストンが兄の視線を追う。「ああ、あれがミスター・ウッテンだよ。息子のひとりを連れて機械を見に来たんだな」

ウッテンが地面と平行になるように上体を曲げ、男の子がその背中によじのぼった。若い農夫は腕の下に息子の脚を引っかけると、体を起こして野原を横切っていった。男の子は父親の肩にしがみついて笑っている。

デヴォンはふたりがだんだん小さくなるまで見つめていた。

子どもの姿が、彼の心の中にある光景を呼び覚ました。赤ん坊はできていないと言ったときの、火明かりに照らされた無表情なケイトリンの顔。

あのときはただ、なぜか安堵感がないことや、空虚な感情に困惑していることしか気づいていなかった。

そして今になってようやく、自分がケイトリンの妊娠を確信していたことに気づいた。それが事実だった場合、彼女と結婚する以外に選択肢はなかったはずだ。二週間のあいだ、ずっとその考えが頭の奥にあり、すっかり慣れきってしまっていた。

いや……正確には違う。

動揺を覚えながらも、デヴォンはついに真実と向きあった。

彼はそれが欲しかったのだ。

あらゆる意味でケイトリンを自分のものにする口実が欲しかった。彼女のおなかの中にいる、わが子が欲しかった。彼女の指にはめる指輪が、それによって与えられる夫としてのあらゆる権利が欲しかったのだ。

残りの人生の毎日をケイトリンと分かちあいたい。

「何を心配しているんだ？」弟の声が聞こえる。

デヴォンはすぐに返事ができなかった。自分はこういう人間だと信じていた姿から、ずいぶんかけ離れた現在の姿にいたるまでの歩みを頭の中でたどり直していた。

「爵位を継ぐ前は」ぼんやりと言う。「おまえもぼくも、金魚すら信頼して預けられる人間ではなかっただろう。まして二万エーカー近くもある領地の管理など、できるわけがない。どんなたぐいの責任だろうと、ぼくはいつも回避してきた。自分には無理だとわかっていたからだ。われわれの父親と同じで、ぼくは短気な厄介者だ。領地の管理方法なんて知らないだろうとおまえに言われて、実際に失敗しかけ――」

「あんなのはただの戯言《たわごと》だ」ウエストンがきっぱりと言った。

デヴォンは小さく笑った。「おまえの言い分は正しかったんだ」赤鉄鉱石を手のひらで転がしはじめる。「しかしあらゆる予想を覆して、ぼくたちはなんとかそれなりに正しい選択を――」

「違う」ウエストンがさえぎった。「ぼくは関係ない。領地という重荷を引き受けると決めたのは兄さんだ。兄さんの下した決定が土地の賃貸契約に結びついて、さらには鉱脈の発見につながったんだよ。もしこれまでの伯爵たちが土地の改良をちゃんと行っていたら、赤鉄鉱石の鉱床は何十年も前に見つかっていたと思わないか？　小作人の農場のために深い排水溝を掘るよう命じた時点で、いずれ兄さんが鉱脈を見つけることは決まっていたようなものだ。エヴァースビー・プライオリーは信頼できる人物の手にゆだねられた。兄さんの手に。ぼくも含めて何百人もの人々の暮らしを、いいほうへ変えたんだよ。そういうことをすべて成し遂げた人間をなんと呼ぶとしても……〝厄介者〟でないことはたしかだ」そこでひと息つく。「まったく、率直な気持ちを口に出すなんて慣れないことをしたら胸が詰まってきたよ。消化不良かな。このあたりでやめておこう。屋敷へ戻ってブーツを履き替えるかい？そのあとでまた戻ってきて、測量技師たちと話したり、あたりを歩いてみたりすればいい」

その提案をじっくり考えたデヴォンは、手に持っていた赤鉄鉱石をポケットに入れた。弟と目を合わせる。

最優先すべきことがひとつあった。ケイトリンがいなければどうにもならない問題だ。一刻も早く彼女のもとへ行かなければ。そして、この数カ月間でデヴォンが自分でも気づかないうちに変わっていたことを、どうにかして彼女にわかってもらわなければならない。

彼はケイトリンを愛せる男になったのだ。

ああ、そうだ、彼女を愛している。

ケイトリンを納得させる方法を見つける必要があるが、簡単にはいかないだろう。

だが……デヴォンは難題に背を向けて逃げだすような男ではない。

今はもう違う。

彼はウエストンを見て、切迫した声で言った。「ここにはいられない。ロンドンへ戻らなくてはならないんだ」

デヴォンがエヴァースビー・プライオリーへ発った朝、ヘレンは朝食におりてこず、偏頭痛がするのでしばらくベッドにいるつもりだと伝えてきた。彼女が具合を悪くしたのは、前回がいつか思いだせないほどしばらくぶりのことだったので、ケイトリンは心配になった。階上にあがってヘレンに痛みをやわらげる薬をのませたあとで、ケイトリンは義妹の額に冷湿布を施し、寝室を暗く静かに保つようにした。

ヘレンが眠っているあいだは、少なくとも一時間ごとにケイトリンか双子のどちらかが、そっと部屋の入り口まで行って様子を確認した。ヘレンが目を覚ましていたことは一度もなく、心地よいとは言えない眠りの中を漂う猫のように、ときおりぴくりと動くだけだった。

「熱を出していないのは、いいしるしよね？」午後になって、パンドラが言った。

「ええ」ケイトリンはきっぱりと答えた。「この一週間の出来事で神経が高ぶっているのよ。休息が必要だわ」

「そのせいじゃないと思うけど」カサンドラが言う。彼女はヘアブラシと大量のピン、ファッション雑誌を膝に置いて長椅子に腰かけ、パンドラで髪型を試しているところだ。ふたりが試みているのは最新流行のスタイルで、いくつかの髪の房を巻いてふくらませてピンで頭の上に留め、ゆるく編んだ二本のおさげ髪を背中に垂らすという凝った代物だった。ただ残念ながら、パンドラの髪は量が多くてさらさらしているので、ピンで留めておくことができず、ふくらませた部分がすぐに崩れてしまった。

「がんばって」パンドラが促した。「もっとポマードを使ってちょうだい。わたしの髪は手荒に扱わないと言うことを聞かないのよ」

「〈ウインターボーン百貨店〉でもっと買うべきだったわ」カサンドラがため息をついて言

う。「もう半分使っちゃった――」

「待って」ケイトリンはカサンドラを見て言った。「今なんて言ったの？　ポマードじゃなくて、ヘレンについてあなたが言ったこと」

カサンドラがパンドラの髪にブラシをかけながら答えた。「神経が高ぶったせいで休息が必要なわけじゃないと思うの。わたし――」そこで口ごもる。「ケイトリンお義姉様、誰にとって個人的なことで、口外してほしくないだろうとわかっているのに話したら、告げ口になるのかしら？」

「ええ、そうよ。でも、あなたが言おうとしているのがヘレンに関することなら話は別だわ。続けて」

「昨日ミスター・ウインターボーンが訪ねてきたとき、彼とヘレンお姉様はドアを閉めて一階の居間にいたの。わたしが窓台に置いた本を取りに行こうとすると、声が聞こえてきたのよ」カサンドラはいったん言葉を切り、弁解するように言った。「ケイトリンお義姉様はミセス・チャーチと食材の在庫を確認していたから、わざわざ話して面倒をかける必要はないと思ったの」

「わかったわ……それで？」

「ほんの少ししか聞こえなかったんだけど、ふたりは何かのことでけんかをしていたわ。ヘレンお姉様が声を張りあげていたわけじゃないから、けんかとは言えないかもしれない。でも、動揺しているみたいな声だったの」

「きっと結婚式の話をしていたんだわ」ケイトリンは言った。「たしかそのときにミスター・ウインターボーンから、式の計画は彼が立てると告げられたはずだから」

「いいえ、そのことで争っていたんじゃないと思う。もっとよく聞こえていればよかったんだけど」

「わたしがやったみたいに、ガラスのグラスを使うべきだったのよ」パンドラがしびれを切らして言う。「わたしがその場にいたら、ひとこともらさず聞いていたでしょうに」

「それから、わたしは階段をあがったの」カサンドラが続けた。「ちょうど一番上の段まで行ったところで、帰っていくミスター・ウインターボーンの姿が見えたわ。その数分後に階段をあがってきたヘレンお姉様は、まるで泣いていたみたいに赤い顔をしていたのよ」

「何があったか話した？」ケイトリンはきいた。

「いいえ、ひとことも」

パンドラが眉をひそめて自分の髪に手を伸ばした。カサンドラがピンで留めていたあたりを慎重に触りながら言う。「ちっともふわふわじゃないわ。なんだか芋虫みたいな感触」

双子を見たケイトリンの口元に抑えきれない笑みがよぎった。彼女はこのふたりを愛していた。母親というには賢明さも年齢も不足しているけれど、彼女たちにとって母親らしく導いてくれる存在はケイトリンしかいない。責任は重大だ。

「ヘレンの様子を見てくるわ」ケイトリンはそう言って立ちあがった。パンドラの髪に触れ、芋虫のような髪のかたまりをふたつに分けてそれぞれを丸くふくらませ、カサンドラが固定に使っていたピンで留める。

「ヘレンお姉様がミスター・ウインターボーンとけんかしたと言ったら、どうするつもり？」カサンドラがきいた。

「もっとけんかしなさいと勧めるわ」ケイトリンは言った。「いつも男の人のしたいようにはさせられないもの」いったん口を閉じ、考えてから続ける。「昔、バーウィック卿にこう言われたことがあるの。馬が手綱を引っ張ったら、絶対に引っ張り返してはいけない。むしろゆるめなさい。ただし、ほんの少しだけ」

静かに部屋へ入っていったケイトリンの耳に、ヘレンが低くすすり泣く声が聞こえた。

「どうしたの？」急いでベッドに近づき、そっと声をかける。「痛みがあるの？　わたしにできることはある？」

ヘレンが首を横に振り、ネグリジェの袖で目をぬぐった。

ナイトテーブルに置かれた水差しからグラスに水を注ぎ、ケイトリンはヘレンに手渡した。刺激しないように気をつけながらヘレンの頭の下に枕を入れ、乾いたハンカチを渡して、上掛けの乱れを直す。「偏頭痛はずっと続いているの？」

「ものすごく痛いわ」ヘレンが小さな声で答えた。「肌まで痛む気がする」

ケイトリンはベッドのそばへ引き寄せた椅子に座り、じっと動かないほっそりした姿を見つめた。「どうしてこうなったの？」長い時間が過ぎたあと、思いきって尋ねる。「ミスター・ウインターボーンが訪問していたあいだに何か起きたの？　結婚式の話しあいのほかにも何かあったの？」

わずかにうなずいたヘレンの顎は震えていた。

ケイトリンの思考がぐるぐると渦を巻く。崩壊寸前らしいヘレンを、どうやって助ければいいのだろう？　テオが亡くなって以来、これほど動転した義妹は見たことがない。

「わたしに話してくれないかしら」しばらくして言った。「いろいろ想像しすぎて頭がどうかなりそう。いったいウインターボーンは何をして、あなたをそんなに悲しませているの？」

「言えないわ」ヘレンがささやく。

ケイトリンは努めて冷静にきいた。「彼はあなたに乱暴したの？」

長い沈黙が続く。「わからない」ヘレンが元気のない声で言った。「彼が……何を望んでいたのか、わたしにはわからないの。今まで一度も……」そこで口ごもり、ハンカチで洟をかんだ。

「あなたを傷つけたの？」ケイトリンは声を絞りだすようにして尋ねた。激しい怒りで全身が震える。

「いいえ。でもずっとキスをして、やめようとしなかった……いやだったわ。わたしが考えていたキスとは全然違っていたの。それに彼は、手を……置くべきではない場所に置いたのよ。わたしが押しのけたら、怒った顔をした。彼が口にしたきつい言葉はまるで……わたしでは物足りないと告げているように思えたの。ほかにも言われたけれど、ウエールズ語がたくさんまじっていて、どうすればいいかわからなかった。わたしが泣きだしたら、彼は無言で立ち去ってしまったのよ」ヘレンは何度かしゃくりあげながら続けた。「自分がどんな間違いを犯してしまったのか、わからないの」

「あなたは何も間違ったことをしていないわ」

「でも、そんなはずない。したに違いないのよ」ヘレンの細い指がこめかみに触れ、湿布の上から軽く押した。

野暮な男ね、ウインターボーン。ケイトリンは憤りながら思った。内気な女性に初めてのキスをするときくらい、やさしくできないの？「彼が無垢な娘に対するふるまい方を知らないのは明らかね」彼女は静かに言った。

「お願い、誰にも言わないで。みんなに知られたら死んでしまうわ。約束して、お願いよ」

「約束するわ」

「ミスター・ウインターボーンに、彼を怒らせるつもりはなかったと理解してもらわなくては――」

「もちろんあなたにそんなつもりはなかったでしょう。彼はそのことを知るべきよ」そこでためらう。「結婚式の計画を進める前に……婚約を考え直す時間を取るべきかもしれないわね」

「わからないの」ヘレンが顔をしかめて息をあえがせる。「頭がずきずきするわ。今はもう彼と会いたくない気分よ。お願い、もう少し薬をもらえない？」

「ええ、でも先に何か食べないと。料理人がスープとブラマンジェを作っているわ。もうすぐできるはずよ。わたしは出ていきましょうか？　おしゃべりで頭痛を悪化させてしまったんじゃないかしら」

「いいえ、一緒にいてほしいの」

「わかったわ。ここにいるから、かわいそうな頭を休めなさい」

ヘレンはおとなしく従い、横になった。続いて静かに洟をすする音がした。

「がっかりだわ」彼女が小さな声で言う。「キスのこと」

「いいえ、違うわ。あなたは本当の意味でのキスをされていないのよ。正しい相手となら違ってくるわ」

「違ったらどうなるのかなんてわからない。もっと……美しい音楽に耳を傾けるようなものか……晴れた朝の日の出を見つめるような感じかと思っていたの。それなのに……」

「それなのに？」

ヘレンはためらい、不快そうに小声で言った。「彼はわたしに唇を開かせたの。キスの最中に」

「ああ、そうだったの」

「彼がウエールズ人だからかしら？」

ケイトリンの胸に同情とおかしさの入りまじった気持ちがこみあげてきた。感情を交えない声で答える。「そのキスのやり方はウエールズの人たちに限られたものではないと思うわ。

たしかに初めは魅力を感じないかもしれない。だけど、もう一、二回試してみたら、心地よく思えるかもしれないわよ」

「どうしてあんなことができるの？　ほかの人もやっているの？」

「キスにはたくさんの種類があるのよ」ケイトリンは言った。「ミスター・ウインターボーンが徐々に教えてくれていれば、あなたも気に入ったかもしれないのに」

「キスが好きになるなんて思えないわ」

ケイトリンは新たに白い布を湿らせて折りたたみ、ヘレンの額に置いた。

「きっと好きになるわ。ふさわしい男性とのキスはすばらしいものよ。長くて穏やかな夢の中に引きこまれるみたいに。あなたにもいずれわかるわ」

「そうは思えない」ヘレンがささやく。上掛けを引き寄せる指が動揺で震えていた。

そのままベッドサイドにとどまり、ケイトリンは義妹の体から力が抜けてうとうとしはじめる様子を見つめていた。

ヘレンの体調が完全に回復する前に、彼女がこうなった原因に対処しておかなければならない。テオが亡くなったあとの数週間、精神的に苦しい思いをしたケイトリンは、ほかの人の苦悩の徴候にも気づけるようになった。やさしくて明るい性格のヘレンが、不安の重みにつぶされかけている様子を見ると胸が痛む。

この状態が長く続けば、彼女は深い物思いに沈んでしまうかもしれない。

どうにかしなくては。強い不安に駆りたてられ、ケイトリンはヘレンのそばを離れて、呼び鈴でクララを呼んだ。

やってきたメイドにきびきびした口調で告げる。「散歩用のブーツとヴェール、それからフード付きの上着を出して。用事で出かけなければならないの。あなたが付き添ってちょうだい」

クララが狼狽《ろうばい》する。「ご用ならわたしが行ってまいります、奥様。どうすればいいか、おっしゃってください」

「ありがとう、でも、わたしにしかできないことなの」

「馬車の用意をするよう執事に伝えましょうか？」

ケイトリンは首を横に振った。「歩いていくほうが簡単だし、面倒もないわ。一キロもない短い距離よ。今から準備して馬に馬具をつけ終えるまでに、わたしの用事は終わって、帰り道を歩いているでしょう」

「一キロ？」歩くのが嫌いなクララは愕然としている。「夜にロンドンの街を？」

「外はまだ明るいわ。庭園を抜けて遊歩道沿いに歩きましょう。さあ、急いで」わたしが怖じ気づく前に。

この用事は、反対したり先送りにしたりする時間を誰にも与えないうちにすばやく実行しなくてはならない。運がよければ夕食の前に帰ってこられるだろう。

暖かい格好をして出発の準備が整うと、ケイトリンは階上の居間へ行った。そこではカサンドラが読書をし、パンドラが雑誌の絵を切り抜いて糊でスケッチブックに貼っているところだった。

「どこへ行くの？」カサンドラが驚いた顔で尋ねる。

「ちょっと用があって外出するわ。クララとわたしはすぐに戻るから」

「ええ、でも――」

「そのあいだ」ケイトリンは続けた。「あなたたちのどちらかが、夕食の盆をヘレンのところへ運ばせるように手配してくれるとうれしいのだけど。そばに座って、少しでも食べるように見ていてほしいの。だけど質問してはだめよ。彼女が自分から話したくなるまで、そっとしておくほうがいいわ」

「でも、お義姉様は？」パンドラが眉を寄せてきいた。「なんの用事があって、いつ頃戻ってくるの？」

「あなたが心配することは何もないわ」

「誰かがそう口にするときはいつでも」パンドラが言う。「反対の意味なのよ。〝単なるかすり傷だ〟とか〝航海ではもっと悪いことも起こる〟と同じ」

「もしくは」クララがむっつりとつけ加える。「〝ほんの一杯飲むだけだ〟とか」

　通りを行き交う人々の流れに加わり、その勢いに合わせて早足で歩くと、ケイトリンとクララはすぐにコーク・ストリートへたどり着いた。

「〈ウインターボーン百貨店〉だわ！」クララが顔を輝かせて叫ぶ。「お買い物のご用とは知りませんでした、奥様」

「残念ながら違うのよ」ケイトリンはずらりと並んだ建物の端まで歩き、意外にも百貨店と上品に一体化している大きな屋敷の前で足を止めた。「クララ、玄関へ行って、レディ・トレニアがミスター・ウインターボーンに会いたがっていると伝えてくれるかしら？」

メイドはしぶしぶ従ったが、普通は従僕がする役目を引き受けることに抵抗があるようだ。クララが機械仕掛けのドアベルを鳴らし、凝った装飾が施されたブロンズ製のノッカーを叩いているあいだ、ケイトリンは階段の最下段で待っていた。やがてドアが開かれ、にこりともしない執事がふたりを一瞥する。彼はクララと短く言葉を交わすと、ふたたびドアを閉めた。

ケイトリンに向き直ったクララが不満げな表情で告げた。「ミスター・ウインターボーンが在宅かどうか確かめるそうです」

うなずいて腕を組んだケイトリンは、上着をはためかせる冷たい風に身を震わせた。何人かの通行人が向けてきた好奇の視線を無視して辛抱強く待つ。

階段の前を通り過ぎようとした白髪で背が低くがっしりとした男性が、メイドの姿を見て足を止めた。

「クララ？」男性は困惑した声で尋ねた。

メイドがうれしそうに目を見開く。「ミスター・クインシー！」

従者がケイトリンに視線を移した。ヴェールで顔を覆っていても、彼女だと気づいたらしい。「これはレディ・トレニア」恭しく言う。「こんなところにお立ちになって、いったいどうされたのですか？」

「会えてうれしいわ、クインシー」ケイトリンは微笑んだ。「個人的な用件で、ミスター・ウインターボーンと話をするために来たの。執事は彼が家にいるかどうか確認すると言っていたけれど」

「在宅でないとしたら、ミスター・ウインターボーンは間違いなく百貨店にいらっしゃるでしょう。わたしが探してまいります」舌打ちしながら、クインシーはケイトリンを案内して階段をのぼった。クララがあとをついてくる。「レディ・トレニアを通りで待たせるとは」従者があきれた様子でぶつぶつ言った。「執事には、すぐには忘れられないくらいの文句を言ってやりますよ」

金色の鎖飾りにつけた鍵でドアを開けると、クインシーはふたりを中へ招き入れた。屋敷の内部は現代風に洗練されていて、塗ったばかりのペンキや漆喰、クルミ油で仕上げた木材のにおいがした。

クインシーは天井が高く広々とした読書室へケイトリンを導き、そこで待つように勧めた。クララは使用人用の広間へ連れていくと言う。「ミスター・ウインターボーンがいらっしゃるまで、お茶はいかがですか？」彼が尋ねる。

ケイトリンはヴェールを外した。視界を悪くする黒い靄がなくなってほっとする。「親切にありがとう。でも、結構よ」

クインシーがためらいを見せた。作法を無視した訪問の理由をききたくてしかたがないのだろう。結局、あきらめて質問を変えた。「レイヴネル・ハウスのみな様は、お元気でいらっしゃるんでしょうね？」

「ええ、みんな元気にしているわ。レディ・ヘレンは偏頭痛に悩まされているけれど、まもなく回復するでしょう」

クインシーはうなずいた。眼鏡の上の白い眉をひそめて続ける。「では、ミスター・ウインターボーンを探してまいります」彼はクララをうしろに従えて部屋を出ていった。

ケイトリンは読書室の中をうろうろしながら待った。かすかなかびくささとともに、この部屋もやはり新しいにおいがした。屋敷はまだ完成していないようだ。人が暮らしている気配がない。わずかな数の絵画や小さな置物が、あとから思いついたかのようにまばらに配置されている。家具も一度も使われていないように見えた。読書室もほとんどの書棚が空っぽで、ばらばらな分野の本がわずかにあるだけだ。書店の棚から無造作に選び、読むためではなく展示するために置いたに違いない。

読書室だけを見ても、この屋敷はヘレンが幸せに暮らせる場所ではなく、ウインターボーンは彼女が一緒にいて楽しい相手ではないとわかった。

一五分が経った。そのあいだケイトリンは、ウインターボーンになんと言うべきか考えていた。残念ながら、うまい言い方が見つからない。とりわけ、婚約者の具合を悪くさせたのはあなただと伝えようとしている今は。

そのとき、ウインターボーンが部屋に入ってきた。彼の存在感がたちまち空間を埋めつくす。「これはレディ・トレニア。お会いできるとは思いがけない喜びだ」彼が軽くお辞儀をした。その表情はケイトリンの訪問を少しも喜んでいないと告げている。

お互いを困難な状況に追いこんでいることは彼女にもわかっていた。誰の立ち会いもなく未婚の男性を訪問するのは、ひどく型破りな行動だ。けれど残念ながら、ほかに選択肢はない。

「ご面倒をおかけしてごめんなさい、ミスター・ウインターボーン。長居をするつもりはありませんから」

「きみがここに来ていることを誰か知っているのか？」彼がそっけなくきいた。

「いいえ」

「それならさっそく用件を言ってくれ。手短に」

「いいわ。わたしは――」

「ただし、それがレディ・ヘレンに関することなら」ウインターボーンがさえぎった。「このまま帰ってもらおう。話しあいが必要なことがあるなら、彼女が自分で来ればいい」

「あいにくヘレンは今、どこへも出かけられる状態ではないの。一日じゅう具合が悪くて寝ていたわ。神経が過敏になって体調を崩しているのよ」

彼の目つきが変わった。何か底知れぬ感情が、暗く深い色の瞳を光らせている。

「神経過敏か」侮蔑をこめた冷たい声で繰り返す。「貴族のご婦人方のあいだでは、よくある病らしいな。いったいなぜそれほど神経をすり減らすのか、いつか知りたいものだ」

同情を示すか、せめて自分が婚約している女性を気遣う言葉くらいかけるだろうと予想していたのに。「残念なことに、ヘレンを苦しませている原因はあなたよ」はっきりと告げた。「昨日あなたが訪ねてきたせいで、彼女はひどい状態になったの」

ウインターボーンは無言だが、その目は刺すように鋭かった。

「何があったのか、ほんの少ししか話してくれなかったけれど」ケイトリンは続けた。「ヘレンについて、あなたが理解していないことがたくさんあるのは明らかだわ。亡くなった夫の両親は、三人の娘たちを世間から隔離した状態に置いていたの。必要以上にね。その結果、三人とも年齢のわりにかなり幼くなってしまった。ヘレンは二一歳だけれど、同年代のほかの娘たちがするような経験をしていないのよ。エヴァースビー・プライオリーの外の世界については何も知らないの。彼女にとってはすべてが初めてのことだわ。すべてが。これまで密接に関わった男性といえば、ひと握りの親類、使用人、ときおり領地を訪ねてきた人たちだけだった。男性に関するヘレンの知識のほとんどは、本かおとぎばなしから得たものなのよ」

「そこまで過保護に育てられるなんてありえない」ウインターボーンがにべもなく言う。

「あなたの世界ではそうでしょうね。だけど、エヴァースビー・プライオリーのような領地では可能なことなの」いったん口をつぐんでから続けた。「わたしの考えでは、相手が誰であれ、ヘレンに結婚はまだ早すぎたのよ。どうしても結婚するとしたら……穏やかな気性の夫でなくては。彼女のペースでことを運ばせてくれる夫が必要なの」

「ぼくはそうじゃないと言いたいわけか」質問というよりは断言だった。

「ほかのすべてに対処するときと同じで、あなたは妻に命令して支配するでしょう。あなたがヘレンを肉体的に傷つけるとは思わない。でもあなたのやり方に合わせるために、彼女は身を削って、ひどく不幸になるわ。この環境は——ロンドンや人ごみや百貨店は、ヘレンの性質に合わないの。移植したランのように、いつかしおれてしまうに違いない。だからわたしは、あなたとヘレンの結婚を支持できないのよ」そこで大きく息を吸ってから、ふたたび口を開いた。「彼女のためには婚約を破棄するのが一番だと思っているわ」

重苦しい沈黙が広がった。

「彼女がそう望んでいるのか?」

「あなたとはもう会いたくないそうよ」

ケイトリンが話しているあいだ、ウインターボーンは適当に聞き流しているかのように顔をそむけていた。けれどもその質問を口にしたときの彼は、刃物のように鋭い視線を向けてきた。

早くこの場を立ち去るべきかもしれない。彼女は不安を覚えた。

ウインターボーンが、書棚のそばに立つケイトリンに近づいてくる。

「それなら、もう自由だと彼女に伝えてくれ」彼はあざ笑うように言った。杖を棚のひとつに立てかけ、書棚の飾り枠の部分に大きな手をつく。「何回かキスしただけで寝込むくらいなら、妻として初夜を乗りきれるとは思えない」

ウインターボーンはこちらを動揺させるつもりなのだ。そう気づいて、ひるまずに彼の目を見返した。「指輪はできるだけ早くお返しするようにしますから」

「時間を無駄にさせた埋めあわせに持っているといい」

彼は空いている手を書棚の反対側に置き、触れることなくケイトリンを腕のあいだに閉じこめた。この人はなんて大きいのだろう。デヴォンと同じくらいか、もっと大きいかもしれない。広い肩に視界をさえぎられて、彼以外は何も見えなくなった。

尊大な視線がケイトリンの全身を探る。「代わりにきみをもらおうか」それを聞いて、彼女は驚いた。「貴族の血が流れていることに変わりはない。世間からはレディとして見られているわけだしな。体は小さいが、レディ・ヘレンよりずっと丈夫そうだ」

ケイトリンは冷たい目でにらみつけた。「わたしをばかにしても、得るものは何もないはずよ」

ウインターボーンは頭を傾け、スズメの周囲を旋回するタカのように彼女から視線を外さない。「本気じゃないと思っているのか？」

「本気だろうとそうでなかろうと、わたしにはどうでもいいわ。あなたが差しだすものに興味はないの」

彼がにやりとした。面白がっているようだが、友好的な笑みではない。

横に体をずらそうとしたケイトリンを、ウインターボーンがすばやく動いて阻んだ。

彼は何をするつもりなのだろう？　こちらを怖じ気づかせるために、どこまでする気なの？

けれども、ケイトリンがその答えを知ることはなかった。彼女が口を開く前に、部屋の入り口から恐ろしげな声が響いてきた。

「離れろ。さもないと、おまえの体から手足を引きちぎるぞ」

33

ウインターボーンは書棚の縁から手を離し、まるで銃口を突きつけられているかのように、わざとらしく両手を宙に掲げてみせた。安堵の息をついたケイトリンは、彼をまわりこんでデヴォンのいるほうへ急いだ。けれどもデヴォンに近づいてその顔を見たとたん、思わず足が止まった。

表情から見る限り、彼は正気を失いかけていた。目はぎらつき、顎の筋肉が引きつっている。レイヴネル一族の呪いと言われた悪名高い憤怒《ふんぬ》が、炎の中に本を投げこんだときのように、あらゆる理性の積み重ねを一瞬で燃やしつくそうとしていた。

「閣下」張りつめた緊張をやわらげようと、ケイトリンは息を殺してささやきかけた。「ハンプシャーへ行ったのかと思っていたわ」

「行った」デヴォンが怒りに満ちた視線をちらりと彼女に向ける。「レイヴネル・ハウスへ戻ってきたところだ。双子たちが、きみがここにいるかもしれないと言ったんだ」

「ヘレンのことで、ミスター・ウインターボーンと話す必要が――」

「ぼくに任せるべきだった」食いしばった歯のあいだから絞りだすように言う。「ウインターボーンとふたりきりでいるという事実だけで、きみは死ぬまで醜聞につきまとわれるかもしれないんだぞ」

「かまわないわ」

デヴォンの顔が怒りで黒ずんだ。「初めて出会ったときから、きみはぼくやまわりの全員に礼節を守ることの重要性をうるさく説いてきたじゃないか。そのきみが〝かまわない〟だと？」不穏な目でケイトリンをにらんでから、ウインターボーンに視線を移す。「彼女を追い返すべきだったんだ、狡猾《こうかつ》なろくでなしめ！　ぼくがきみたちふたりを絞め殺さずにいる理由はただひとつ、どちらからはじめるべきか決められないからだ」

部屋の中は、男として抑えることのできない敵意に満ちていた。

「しかしその問題はあとにしよう」復讐心《ふくしゅうしん》に燃えた声で、デヴォンがきっぱりと言う。「今はとにかく彼女を連れて帰る。ぼくに近づかないほうがいいぞ。次に会ったときには、折りたたんで箱詰めにしてやるからな」彼はケイトリンをにらみつけ、ドアを指さした。

言うことを聞かないプードルみたいに命令されるのは気に入らない。けれど、こんな状態のデヴォンは刺激しないほうがいいだろう。ケイトリンはしぶしぶながらドアのほうへ歩きだした。

「待て」ウインターボーンがぶっきらぼうに言う。彼は窓のそばのテーブルへ行き、何かをつかんだ。ケイトリンは気づいていなかったが、そこにはヘレンが彼にあげた鉢植えのランがあった。「この忌々しいやつを持っていってくれ」ウインターボーンが鉢を突きだして言った。「まったく、やっと処分できてせいせいするよ」

デヴォンとケイトリンが立ち去ったあと、リースは窓辺に立ってぼんやりと通りを見つめていた。馬車につながれた馬たちの鼻先から湯気があがり、百貨店のショーウインドウを見ようと急ぐ歩行者たちに、街灯が淡いレモン色の光を投げかけている。

彼はクインシーのしっかりした足音が近づいてくることに気づいた。

しばらくして、従者が静かに言った。「レディ・トレニアを怖がらせる必要はありませんでしたのに」その声には非難がこめられている。

リースは振り返り、目を細めてクインシーを見た。この従者がこれほど生意気な口をきくのは初めてだ。過去にリースは、少し差しでがましい程度の発言をしたことで、有益な人材を解雇したことさえある。

しかし彼はクインシーに首を言い渡さず、通りに視線を戻して、世の中とすべての人々に対して嫌悪感を募らせた。「いや、必要はあったんだ」悪意をこめて穏やかに言う。「おかげで気分がよくなった」

レイヴネル・ハウスへの帰り道、デヴォンは無言を貫いていたが、馬車の中には隅々まで彼の怒りが満ちあふれていて、ケイトリンは座席に押しつけられるような圧力を感じていた。クララはまるで姿を消そうとしているかのように、端に身を寄せている。

罪悪感と抑えきれない反発心のあいだで揺れ動きながら、ケイトリンは先ほどのことを思い返していた。デヴォンは彼女が自分のものだと言わんばかりにふるまった。実際は違うのに。彼はケイトリンのしたことで傷ついたかのように騒いでいた。実際は違うのに。この状況は、ほかならぬデヴォンのせいなのだ。ヘレンに求婚するようウインターボーンをたきつけ、婚約を受け入れるよう彼女を操ったのはデヴォンなのだから。

馬車が屋敷に着くと、息苦しい車内から逃れることができて、ケイトリンは大いにほっとした。

けれどもレイヴネル・ハウスの中に入ったとたん、彼女が出かけたときとは打って変わって、邸内が陰鬱な静けさに包まれていることに気づいた。あとで双子たちから聞いたところでは、ケイトリンの不在を知ったデヴォンがあまりに感情を高ぶらせたため、屋敷じゅうの使用人たちが彼の視界に入らないよう用心していたらしい。

ランの鉢をテーブルに置くと、ケイトリンはクララが上着と手袋を脱がせてくれるのを待ってから言った。「このランを階上の居間に運んでちょうだい。そのあとでわたしの部屋へ来て」

「今夜は必要ない」デヴォンが無愛想に言い放ち、もうさがるようメイドに顎で合図した。

その言葉の意味を頭が完全に理解しないうちから、ケイトリンの肩や首のうしろが怒りで引きつった。「なんですって?」

デヴォンはクララが階段をあがりはじめるまで待ち、不自然なほどやわらかな口調で話しかけた。「ぼくの部屋で待っていてくれ。一杯飲んでから行く」

ケイトリンは目を丸くした。「頭がどうかなったの?」消え入りそうな声で尋ねる。奉仕するために金で買われた娼婦のように、彼女がおとなしく命令に従って彼の部屋で待つと本気で信じているのだろうか? 自分の部屋へ行って鍵をかけてしまおう。ここは立派な貴族の屋敷なのだ。使用人やヘレンや双子に目撃されるとわかっていて、デヴォンが騒ぎを起こすとは思えない。

「鍵をかけても、ぼくを締めだすことはできないぞ」驚くほど正確に彼女の考えを読んで、デヴォンが言った。「だが、お望みとあらばやってみるといい」

さりげない礼儀正しさを装ったその言い方に、ケイトリンはかっとした。

「ヘレンの様子を見に行きたいの」

「彼女の面倒なら双子が見ている」

別の角度から、もう一度試みる。「わたし、まだ夕食をとっていないわ」

「ぼくもだ」視線で命じながら、デヴォンが階段を指さした。

痛烈な言葉を返して彼を傷つけられたら、さぞかしすっきりしただろう。だが、ケイトリンの頭の中は真っ白になっていた。彼女はぎこちない動きでデヴォンに背を向け、うしろを振り返らずに階段をのぼりはじめた。

背中に彼の視線を感じる。

ケイトリンは内心で取り乱し、その思考はあちこちに揺れていた。一杯飲めばデヴォンも落ち着いて、いつもの彼に戻るかもしれない。

あるいは一杯では終わらずに何杯も飲んで……テオみたいに酔っ払い、望みのものを手に入れると心に決めて、彼女のもとへやってくるかもしれない。

気が進まなかったが、ケイトリンはデヴォンの寝室へ行った。彼を避けてばかげた茶番劇を演じるより、そのほうが楽だと合理的に考えたのだ。重い足取りで室内へ入ってドアを閉める。肌は燃えるように熱かったが、体の内側は冷たくなっていった。

デヴォンの寝室は大きくて豪華な作りで、床はやわらかな厚い絨毯で覆われていた。先祖から伝わるものらしい大型のベッドはエヴァースビー・プライオリーの主寝室のものより大きく、天井まで続くヘッドボードと、うろこ状の彫刻を施して帯模様をつけた不釣りあいなほど巨大な円柱で飾られている。図案化した森の風景が美しく刺繍された上掛けが、真っ平らなマットレスを覆っていた。レイヴネル一族が何世代にもわたって子孫を残すことを目的に作られたベッドだ。

すでに火がおこされている暖炉のそばに立ち、ケイトリンは放たれる熱に冷たい指をかざした。

数分後、ドアが開いてデヴォンが入ってきた。

たちまち彼女の心臓が激しく打ちはじめる。

酒を飲んで気が静まっていたとしても、外見にそれらしき兆候は見られない。デヴォンの顔は紫檀のように濃い赤色になっていた。彼がわざとゆっくりと歩いてくる。気を抜けば、表面下で荒れ狂う嵐のような怒りが解き放たれてしまうと言わんばかりに。じっと見つめられ、ケイトリンはいたたまれずに自分から沈黙を破った。

「ハンプシャーで何があった――」

「それはあとで話そう」デヴォンが上着を脱ぎ、無造作に隅へ放り投げた。従者が見れば、泣いて嘆くに違いない。「まずは、きみがいったいなぜ今夜のような危険な行動に出たのか、それを話しあうんだ」

「危険なんてなかったわ。ウインターボーンはわたしに危害を加えなかったはずよ。あなたのお友だちなんですもの」

「きみはそこまでうぶなのか？」ベストを脱いでいた彼が残忍な表情になる。ベストは力任せに投げつけられ、ボタンが壁に当たる音が響いた。「招かれてもいない男の家へ行って、ふたりきりで話をしたんだぞ。たいていの男は、何をしてもかまわないと誘われているように解釈するだろう。くそっ、きみはテオと婚約していたときでさえ、彼のもとを訪ねようとしなかったじゃないか」

「ヘレンのためだったの」

「まずはぼくに相談するべきだった」

「あなたが耳を傾けてくれるとは思わなかったのよ。わたしの意見に同意してくれるとは、とても思えなかったわ」

「いつでも耳を傾けているさ、つねに同意するわけではないが」デヴォンはネクタイの結び目を乱暴に引っ張り、シャツから取り外しのできる襟をはぎ取った。「わかってくれ、ケイトリン。二度とあんな立場に身を置いてはいけない。ウインターボーンがきみにのしかかっているのを見たとき……ちくしょう、やつは知る由もないが、もう少しであのろくでなしを殺すところだった」

「やめて」ケイトリンは叫んだ。「あなたのせいで頭がどうかなりそうよ。まるで自分のものみたいにふるまいたがるけれど、わたしはあなたのものじゃない。今後そうなるつもりもいっさいないわ。あなたの一番の悪夢は、夫になり、父親になることでしょう。あなたはわたしたちのあいだに軽い愛情とでも言うべきものを形作ろうと決めているみたいだけど、わたしは望んでいないの。たとえ妊娠していて、あなたが義務感から結婚を申しこむ気になったとしても断るわ。わたしと同じくらい、あなたも不幸になるとわかっているから」

デヴォンの怒りが何か別のものに変わったが、その激しさは弱まらなかった。果てしなく青く熱いまなざしで彼女を見つめている。

「ぼくがきみを愛していると言ったら?」彼が穏やかにきいた。

その問いは鋭い痛みとともにケイトリンの胸を貫いた。涙が目にしみる。「あなたはそんなことを口にする人じゃない。本気のはずがないわよ」

「たしかに過去のぼくはそうだった」その声は静かで揺るぎない。「だが、今のぼくは違う。きみがそうさせたんだ」

たっぷり三〇秒間、暖炉で炎がぱちぱち燃える音だけが響いていた。

デヴォンが本当は何を考えているのか、どう感じているのか、ケイトリンにはわからなかった。けれど彼がなんと言おうと、それを信じるほど愚かではない。

「デヴォン」しばらくして震える声で言う。「愛に関して……あなたもわたしも、あなたの約束を信じることはできないわ」

苦悩の涙で目がかすんでよく見えなかったが、デヴォンが放り投げた上着を拾いあげて何かを探っているのがわかった。

近づいてきた彼がケイトリンの腕を軽くつかみ、ベッドまで引っ張っていく。マットレスが高い位置にあるので、彼女を座らせるためには、デヴォンがウエストに手をまわして持ちあげなければならなかった。彼がケイトリンの膝に何かを置いた。

「これは？」小さな木製の箱を見おろして尋ねる。

デヴォンの表情は読み取れない。「きみへの贈り物だ」

その言葉がケイトリンを打ちのめした。「別れの贈り物？」

彼が顔をしかめる。「開けてみてくれ」

言われたとおりに蓋を持ちあげた。箱の内部は赤いベルベットで裏打ちされている。中身を包んでいる布を脇へ寄せると、花と葉の繊細な彫刻を縁に施した、長い鎖付きの金の懐中時計が姿を現した。蝶番のついた蓋のガラス窓から、白いエナメルの文字盤に、黒い時針と分針が見える。

「これはぼくの母のものだった」デヴォンの声が聞こえた。「母の持ち物はこれしかない。

母が身につけたことは一度もなかったが」声に皮肉がまじる。「時間を重要だと思っていなかったから」

悲しくなり、ケイトリンは顔をあげて彼を見た。声をかけようと開きかけた口を、デヴォンの指がそっと押さえる。

「ぼくがきみにあげようとしているのは時間なんだよ」指が下へさがり、彼女の顎を持ちあげた。「残りの人生のあいだずっときみを愛し、きみに忠実であると証明するには、これしか方法がない。ぼくはそうするつもりだ。たとえきみがぼくを望まなくても。ぼくと一緒にいることを選ばなくても。残された時間のすべてをきみにあげよう。今この瞬間から、ほかの女性には二度と触れないし、きみ以外の誰にも心を渡さないと誓うよ。証明できるまで六〇年待たなければならないとしても、一分たりとも無駄にはしない。すべての時間を、きみを愛して過ごすつもりだから」

ケイトリンは驚いて彼を見つめた。体の奥から危険なぬくもりがわきおこり、目から新たな涙がこぼれる。

デヴォンは両手で彼女の頬を包み、かすめるようにそっとキスをした。「それはそうと」彼がささやく。「早急にぼくと結婚することを考えてほしいんだが」ふたたび、今度はゆっくりと口づけた。「きみが欲しくてたまらないんだ、ケイトリン。毎晩きみと一緒に眠り、毎朝きみと一緒に目覚めたい」彼女の唇を愛撫していたデヴォンの口が、深くしっかりと合わさってくる。ケイトリンは彼の首に腕をまわした。「きみとの子どもが欲しい。すぐにでも」

声が、まなざしが、唇が、彼の言葉は真実だと告げている。それはケイトリンにも伝わった。

感嘆の震えが全身を走る。どういうわけかこの数カ月で、デヴォンの心は本当に変わったのだ。運命が変えようとした姿になりつつある……本来の彼の姿に……約束を交わし、責任を引き受け、そして何より、惜しみなく愛することのできる男性の姿に。

六〇年待つですって？　そんなにすばらしい男性は、たとえ六〇秒でも待たせてはいけない。

懐中時計の鎖を手探りして持ちあげると、ケイトリンは自分の首にかけた。金色の時計がちょうど心臓の上におさまる。顔をあげ、潤んだ目で彼を見た。「愛しているわ、デヴォン。ええ、あなたと結婚します。イエスよ、イエス――」

彼女を引き寄せたデヴォンが容赦なく口づけた。服を脱がせるあいだもキスを続け、あらわになった肌をやさしく熱く、隅々まで奪っていく。やがてデヴォンは金の懐中時計を除いてすべてを取り去った。時計はケイトリンが外したくないと言ったのだ。

ふたりとも一糸まとわぬ姿になり、デヴォンが隣に身を横たえると、彼女は息を弾ませて告げた。「わたし……あなたに小さな嘘をついてしまったの」

「なんだい？」彼がケイトリンの喉に唇をつけたまま尋ねた。片方の腿を彼女の脚のあいだに押しつけている。

「最近まで、暦をきちんと調べたことがなかったのよ。わたし――」しるしを刻むように喉にそっと歯を当てられ、言葉が続かなくなる。「正確に日数を数えていなかったの。それにすべての責任を負うと決めていたから――」彼の舌が鎖骨のくぼみをさまよった。「あの朝に起きたことで。朝食のあとの。あなたも覚えているはずよ」

「覚えているとも」デヴォンのキスが胸へおりていく。

ケイトリンは両手で彼の頭をつかみ、自分に注意を向けさせた。「デヴォン、聞いてちょうだい。わたしはゆうべ、月のものがはじまったと言って――」ごくりと唾をのみこんで、なんとか続ける。「あなたをあざむいたの」

彼が急に動かなくなった。ケイトリンを見おろす顔からは、あらゆる表情が消えている。

「はじまっていなかったのか?」

ケイトリンは小さくうなずき、不安の浮かぶ目で彼を見つめた。「実を言うと、かなり遅れているわ」

デヴォンの片方の手が彼女の顔に触れる。長い指から震えが伝わってきた。

「きみは妊娠しているかもしれないのか?」彼はかすれる声できいた。

深く息を吸うのが難しく、うまく答えられない。「たぶん間違いないと思うの」

赤みの増していく顔で、デヴォンは呆然とケイトリンを見おろした。「いとしい人、美しいきみ、ぼくの天使――」彼女の体じゅうに唇を押し当て、おなかをやさしく撫でる。「なんてことだ。これで決まりだな。ぼくはイングランドいち幸運な男だ」静かに笑いはじめた彼の手が、このうえないやさしさでケイトリンの全身をさまよった。「ぼくのほうにもいい知らせがあるんだが、きみのものに比べればずいぶん色あせてしまう」

「どんな知らせ？」デヴォンの髪をもてあそびながら尋ねる。

説明しようとしたところで、彼の頭に別の考えが浮かんだらしい。笑みが薄れて困惑した表情になった。「きみの状態はまもなく明らかになったはずだ。どうするつもりだったんだ？いつぼくに打ち明けるつもりだった？」

ケイトリンはおずおずと彼を見あげた。「それは……あなたに気づかれる前に……どこかへ行こうかと」

「どこかへ？」デヴォンが愕然として聞き返す。「ぼくを置いて？」

「まだ決めていなかった――」弁解しようと口を開いた。

けれども低いうなり声がケイトリンをさえぎり、それについて彼がどう思っているか明確に伝えてきた。彼女の上に覆いかぶさったデヴォンは、恐ろしいまでの熱を放っている。

「どこへ行こうと見つけていただろう。どんなことがあろうと、きみはぼくから逃れられないんだ」

「逃れたくなんて――」続く言葉は強引なキスにのみこまれた。

デヴォンが彼女の両手首をつかみ、頭上に押さえつけた。自分の体重でケイトリンを固定し、一気に身を沈めてくる。入ってくるデヴォンを感じたとたん、歓びが全身を駆け抜けた。彼はさらに深く、何度も突き入れてくる。うめきや言葉にならない声で喉が詰まり、息ができなくなった。ケイトリンは脚を大きく広げ、できる限り彼を受け入れようとした。

彼女を求めて、デヴォンがゆっくりと前後に動く。指が絡みあい、彼の口が貪欲にケイトリンの唇をむさぼった。うねる波のような歓びが繰り返し押し寄せ、やがてふたりの体は同じリズムを刻みはじめた。

彼がケイトリンの手を放し、ヒップをしっかりつかんで動きを封じた。彼女はすすり泣き、なすがままになってデヴォンを受け入れているうちに、彼を包みこんでいる部分がけいれんしはじめた。

ケイトリンが頂上をきわめたことを感じ取り、デヴォンが息をのむ。歓喜の身震いにあと押しされて、細い腰が彼の重みを忘れるほどに持ちあがった。うめき声とともに、デヴォンがさらに奥深くへと突き入れる。体内にあふれる熱を感じながら、ケイトリンは彼にしがみついて、解き放たれたものすべてを受け入れた。

長い時間が過ぎ、ふたりは体を絡ませたまま、眠たげに言葉を交わした。

「ヘレンにもうウインターボーンと結婚しなくてもいいと話すのは明日にしないか？」

「ええ、あなたがそれでよければ」

「よし。男にとって、婚約の話は一日にひとつが限度なんだ」デヴォンがケイトリンの首にかかったままの懐中時計を手に取った。なめらかな表面で、彼女の胸をゆっくりとたどる。

ケイトリンは下唇を突きだした。「まだ結婚の申しこみをしてもらっていないんだけど」

デヴォンが彼女の唇を自分の唇でとらえ、軽く引っ張る。「もうしたよ」

「正式に、という意味よ。指輪と一緒に」

懐中時計が胸の曲線をおりていく。人肌で温まった金色の時計が、ふくらみの先端を滑るように越えた。「それなら明日、宝石商を訪ねよう」期待に目を輝かせるケイトリンを見て、デヴォンがにやりとする。「それで満足かな？」

うなずいて、彼の首に両腕をまわした。「あなたの贈り物が大好きなの」ケイトリンは打ち明けた。「あれほど美しいものをくれた人は、これまで誰もいなかったわ」

「いとしい人」唇を合わせながら、デヴォンが小声で言った。「いやというほど贈ってあげるよ」懐中時計を胸の谷間に進ませて、ケイトリンの頰を撫でる。声に茶化すような響きがまじった。「きみはぼくに、膝をついた本格的な求婚をしてほしいんだろう？」

にっこりしてうなずく。「だって、〝どうか《プリーズ》〟と言うあなたの声を聞くのが大好きなんですもの」

デヴォンの目がおかしそうにきらめいた。「それなら、ぼくたちはお互いにぴったりだ」ケイトリンに覆いかぶさり、しっかりと抱き寄せながらささやく。「ぼくも、素直に〝はい《イエス》〟と言うきみの声を聞くのが大好きなんだ」

エピローグ

もう安心なんだわ。レイヴネル・ハウスの上階の部屋をあてどなく歩きまわりながら、ヘレンは思った。朝にケイトリンと話したあと、もはやリース・ウインターボーンとの婚約が破棄されたと知って、ほっとするべきだった。けれども安堵する代わりに、彼女は衝撃を受けてうろたえたのだ。

ケイトリンもデヴォンも、ヘレン自身がリース・ウインターボーンとのことを決めるべきだとは思いもしなかったらしい。彼らがヘレンに愛情を持って心配してくれた結果だと理解はしている。それでも……。

婚約者に同じことをされたときと同様に、彼女は息苦しさを感じた。

〝もうミスター・ウインターボーンと会いたくないと言ったのは〟ヘレンは浮かない顔でケイトリンに話した。〝あのときはそういう気分だったからなの。頭が割れそうに痛くて、気が動転していたから。だけど、もう二度と会いたくないという意味じゃなかったのよ〟

ひどく上機嫌なケイトリンは、その違いをわかってくれたように見えなかった。

〝ねえ、もう終わったの。すべてがあるべき状態に戻ったのよ。その忌まわしい指輪は外してかまわないわ。ただちに送り返させましょう〟

だが、ヘレンは指輪を外さなかった。左手に視線を向け、居間の窓から差しこむ光を受けてきらめく巨大なローズカットのダイヤモンドを見つめる。大きくてこれ見よがしなこの指輪は大嫌いだ。重くて不安定で、すぐ左右に滑ってしまうので、簡単な作業をすることさえままならない。まるで指にドアのノブを結びつけているみたい。

ああ、それにピアノ、とヘレンは思った。鍵盤を叩いて音を鳴らしたくてたまらない。ベートーベンかヴィヴァルディを。

婚約は解消されたけれど、ヘレンがどうしたいのか、誰ひとり尋ねてはくれなかった。ウインターボーンでさえ。

すべてがもとどおりになるのだろう。おびえさせられたり、挑発されたりすることは二度とないのだ。ヘレンには差しだし方がわからないものを欲しがる、濃い茶色の瞳の求婚者はもういない。それなのに彼女は安堵していなかった。そういう気分になるはずなのに。胸が締めつけられて身動きできない感覚は、むしろ以前より悪化しているくらいだ。

最後にウインターボーンと会ったときのこと――彼がいらだち、強引なキスをして、厳しい言葉を投げかけたときのこと――を考えれば考えるほど、ふたりでちゃんと話をするべきだったと思えてくる。

少なくとも、話す努力をしたかった。

だけど結局、これでよかったのかもしれない。ヘレンとウインターボーンは一緒に立つべき足がかりを見つけることができなかった。彼はヘレンを怖じ気づかせ、彼女は間違いなくウインターボーンを退屈させた。彼の世界で、どうやって自分の居場所を見つければいいかわからなかったのだ。

ただ……ウインターボーンの声の響きや、ヘレンを見るまなざしが好きだった。新しくて、怖くて、すばらしくて、そして危険な何かをもう少しで発見できそうな感覚も。あの感じが恋しい。ウインターボーンのプライドを傷つけてしまったのではないかと心配だった。彼が喪失感を抱き、孤独を感じている可能性もある。ヘレンと同じように。

思い悩みながら部屋の中を歩きまわっていた彼女の視線が、居間の窓辺のテーブルに置かれたものをとらえた。ウインターボーンにあげたブルー・バンダの鉢だと気づいて目を見開く。欲しがっていなかったのに、とりあえず持って帰ってくれたラン。彼はこれを返してきたのだ。

弱い日光がテーブルの上に斜めに差しかかり、空中を漂う埃の粒をきらきら輝かせている。ランの薄青色の花びらの周囲をまわっているものもあった。埃の粒を目で追い、花房が開花していることに気づいたとたん、ヘレンの体にとまどいの震えが走った。卵形の葉は汚れがなくつややかで、根を固定する陶器のかけらの上に出ている部分は、余分な根を慎重に切りこんで湿らせてあった。

ウインターボーンに任せても、ブルー・バンダはしおれなかった。それどころか……生き生きと育っている。

ヘレンはランの上にかがみこみ、美しく弧を描く茎に指先で触れた。驚きに頭を振る彼女の顎を、何かがくすぐっている。ブルー・バンダの葉の一枚にしずくが落ちるまで、自分でもそれが涙だと気づかなかった。

「ああ、ミスター・ウインターボーン」ヘレンはささやき、濡れた頬をぬぐった。「リース。間違いだったわ」

訳者あとがき

お待たせしました。リサ・クレイパス作品〈ザ・ハサウェイズ〉シリーズ最終作『優しい午後にくちづけて』以来、四年ぶりとなるヒストリカル・ロマンス『アテナに愛の誓いを』をお届けします。

本書は新シリーズ〈ザ・レイヴネルズ〉の第一作目となります。

物語のはじまりは一八七五年のハンプシャー。

いとこのテオが突然亡くなり、デヴォン・レイヴネルは伯爵の地位を継ぐ羽目になります。自分の不運を嘆くこともしきりのデヴォン。それもそのはず、ロンドンで自由気ままな生活を送っていた彼は、爵位にも上流社会にもまったく興味がなかったのですから。おまけに伯爵領は借金だらけ。一刻も早くすべて売却して、もとの生活に戻ろうと画策するのですが……。

そこに立ちはだかるのが本作のヒロイン、ケイトリン・レイヴネルです。夫のトレニア伯爵テオ・レイヴネルを落馬事故で亡くし、彼女の結婚生活はわずか三日で終止符が打たれます。自分の今後の生活はもちろん、それ以上にケイトリンは義妹たちのことが心配でした。夫のテオは三人の妹たちに一ペニーも遺していなかったのです。そんな状況にもかかわらず、新しい伯爵が無情にも彼女たちを無一文のまま屋敷から追いだそうとしていることを知り、それを阻止すべくケイトリンは彼に真っ向勝負を挑みます。

レイヴネル一族に脈々と流れている短気な血をしっかり受け継いだデヴォンと、小柄で華奢な外見に似合わず、こうと決めたらとことん戦う不屈の女性、ケイトリン。ふたりの恋は言い争いからはじまります。とはいえ、面と向かって口にこそ出しませんが、お互いに気になる存在になるまでにそれほど時間はかかりません。両親が不仲な家庭で育ち、愛というものをいっさい信じていなかったデヴォンは、ケイトリンと出会いこれまで付き合った女性にはただの一度も抱くことのなかった感情に目覚め、そんな自分に戸惑いながらも彼女を思う気持ちは日ごとに強くなっていきます。一方、ケイトリンもまた、傲慢で身勝手な男性だと腹を立てつつも、デヴォンが時折見せてくれるやさしさや気遣いに胸がときめき、彼に惹かれていきます。ですが、彼女は夫のテオが落馬事故を起こしたのは自分のせいだと人知れず罪悪感に苛まれつづけており、そのうえ、結婚したとたんに手のひらを返したように豹変してしまったテオの仕打ちに、心に深い傷も負っているのです。本作品には、そんなふたりが互いを意識しはじめ、それぞれが抱える葛藤を乗り越え、やがて幸せを手に入れる過程が細やかに描かれています。

また、ケイトリンとデヴォンが投げ合う辛辣な中にも知的なユーモアやウィットにあふれている言葉の応酬も、本作の読みどころのひとつです。そして、ただの酔っぱらい男から領地の管理業務を取り仕切るまでに変身するデヴォンの弟ウエストンや、自由奔放な双子の姉妹カサンドラとパンドラ、恋の行方が気になる三姉妹の長女ヘレンといった個性的な登場人物たちが物語にさらなる魅力を添えています。

ケイトリンとデヴォンのロマンスだけでなく、デヴォンとウエストン兄弟の絆や、ケイトリンと三姉妹の女同士の友情が描きこまれた本作品を堪能していただければ幸いです。

二〇一六年一一月

ライムブックス

アテナに愛《あい》の誓《ちか》いを

著　者　リサ・クレイパス
訳　者　桐谷美由記《きりたにみゆき》

2016年12月20日　初版第一刷発行

発行人　成瀬雅人
発行所　株式会社原書房
〒160-0022東京都新宿区新宿1-25-13
電話・代表03-3354-0685　http://www.harashobo.co.jp
振替・00150-6-151594
カバーデザイン　松山はるみ
印刷所　図書印刷株式会社

落丁・乱丁本はお取替えいたします。
定価は、カバーに表示してあります。
 ISBN978-4-562-04491-7 Printed in Japan